ULLSTEIN

Feuer der Leidenschaft – große Liebesromane

Karen A. Bale, **Sinnliche Versprechen**
Mary Balogh, **Nacht der Verzückung**
Mary Balogh, **Von dir kann ich nicht lassen**
Nina Beaumont, **Preis der Leidenschaft**
Rosanne Bittner, **Ich kämpfe um uns**
Claire Delacroix, **Dame meines Herzens**
Claire Delacroix, **Die geraubte Schöne**
Claire Delacroix, **Erbin der Glückseligkeit**
Claire Delacroix, **Geliebte Gräfin**
Claire Delacroix, **Prinzessin meiner Liebe**
Thea Devine, **Brennendes Verlangen**
Thea Devine, **Das Liebesjuwel**
Christina Dodd, **Liebhaber meiner Träume**
Christina Dodd, **Geheime Sünden**
Jane Feather, **Engel in Gefahr**
Emily French, **Ruf nach Freiheit**
Dorothy Garlock, **Eine Liebe wie der Himmel**
Dorothy Garlock, **Geheime Passionen**
Dorothy Garlock, **Paradies der Sinne**
Dorothy Garlock, **Schöner, wilder Mann**
Elizabeth Graham, **Rivalinnen des Glücks**
Elizabeth Graham, **Vergib mir meine Liebe**
Tracy Grant, **Erobere mich!**
Tracy Grant, **Verratenes Herz**
Tracy Grant, **Wer der Sehnsucht erliegt**
Eloisa James, **Ekstase der Liebe**
Eloisa James, **Heiße Nächte der Leidenschaft**
Mandalyn Kaye, **Der Fremde in meinen Armen**
Elizabeth Lane, **Gefallener Engel**
Sandra Marton, **Nur mit deiner Liebe**
Theresa Michaels, **Mit Feuer und Schwert**
Karen Marie Moning, **Das Herz eines Highlanders**
Karen Marie Moning, **Zauber der Begierde**
Constance O'Banyon, **Die Flammen der Liebe**
Delia Parr, **Am Abgrund der Liebe**
Delia Parr, **Die Elfenbeinprinzessin**
Delia Parr, **Gefangene des Herzens**
Delia Parr, **Ein Himmel voller Rosen**
Candice Proctor, **Septembermond**
Candice Proctor, **Sündige Erbschaft**
Candice Proctor, **Verbannt im Paradies der Liebe**
Jaclyn Reding, **Eine Liebe wie Magie**
Jaclyn Reding, **Die Schöne und der Lord**
Amanda Scott, **Gefährliche Leidenschaft**
Maura Seger, **Magische Verführung**
Alexa Smart, **Mitternachtsrosen**
Alexa Smart, **Tausend Küsse im Paradies**
Janelle Taylor, **Wildes Land, wilde Leidenschaft**
Susan Wiggs, **Und jeden Tag deine Liebe**
Susan Wiggs, **Im Rausch der Leidenschaft**
Susan Wiggs, **Venezianische Verführung**
Susan Wiggs, **Verbotene Schwüre der Liebe**
Susan Wiggs, **Wild wie deine Träume**

Patricia Cabot

Verbotenes Glück

Roman

Aus dem Amerikanischen
von Sonja Groneberg

Ullstein

Besuchen Sie uns im Internet:
www.ullstein-taschenbuch.de

Umwelthinweis:
Dieses Buch wurde auf chlor- und
säurefreiem Papier gedruckt.

Ullstein Verlag
Ullstein ist ein Verlag des Verlagshauses
Ullstein Heyne List GmbH & Co. KG.
Deutsche Erstausgabe
2. Auflage 2002

Titel der amerikanischen Originalausgabe: A Little Scandal
(St. Martin's Press, New York)
Dieses Werk wurde im Auftrag von St. Martin's Press, L. L. C durch die
Literarische Agentur Thomas Schlück GmbH, Garbsen, vermittelt.
Übersetzung: Sonja Groneberg
Redaktion: Heike Steffen
Umschlaggestaltung: Nele Schütz Design, München
Titelabbildung: John Eunis über Literarische Agentur
Thomas Schlück GmbH, Garbsen
Gesetzt aus der New Baskerville
Satz: hanseatenSatz-bremen, Bremen
Druck und Bindearbeiten: Elsnerdruck, Berlin
Printed in Germany
ISBN 3-548-25387-3

Für Benjamin

Erster Teil

1. Kapitel

London
April 1870

»Ich werde *nicht* gehen!« Sie wand sich in seinem Griff. »Ich hab es dir gesagt! Lass mich los!«

Er hatte es satt, ständig Auseinandersetzungen mit ihr zu führen. Manchmal kam es ihm vor, als habe er in den letzten siebzehn Jahren nichts anderes getan.

»Du gehst«, knurrte er, seine tiefe Stimme drohend leise. So drohend, dass der neben dem Vierspänner wartende Lakai eine steife Haltung annahm und den Blick verängstigt abwandte. »Werd ich nicht«, rief sie und versuchte abermals, ihr Handgelenk aus seinem Griff zu befreien. In letzter Zeit war sie wendig wie eine Katze geworden. Er konnte ihren schmalen, seidenumhüllten Arm kaum halten. »Ich sagte, *lass mich los!*«

Er seufzte schwer. Schon wieder dieses Theater. Nun gut, er hätte es wissen sollen; alles hatte darauf hingedeutet. Vor einer Stunde, als er seinen Krawattenknoten vor dem Spiegel neu band – Duncan war zwar ein wahrhaft vorbildlicher Kammerdiener, doch je älter er wurde, desto störrischer wurde er auch: kleinere Veränderungen der Herrenmode schienen ihn nur noch zu ärgern. Er knotete die Krawatte seines Brotgebers seit zwanzig Jahren in der gleichen Art und Weise, womit er Burke zwang, sich heimlich zurückzuziehen, das Werk seines Kammerdieners aufzulösen und neu zu binden – in diesem Moment jedenfalls war Miss Pitt in sein Ankleidezimmer gestürmt, ohne Anmeldung und noch dazu in einem Zustand höchster Erregung.

»Mylord«, rief die alte Frau schluchzend. Tränen schossen ihre fülligen Wangen herab. »Sie ist unmöglich! Unmöglich, hören Sie? Kein Mensch – *niemand* – muss sich eine solche Misshandlung gefallen lassen ...«

Sie presste eine zitternde Hand an die Lippen und floh aus dem Zimmer. Burke war nicht ganz sicher, aber es hatte den Anschein, dass Miss Pitt soeben gekündigt hatte. Seufzend löste er die Krawatte. Es machte nun keinen Sinn mehr, gut aussehen zu wollen. Er würde heute Abend nicht die Gesellschaft der unnachahmlichen Sara Woodhart genießen, wie ursprünglich geplant. Nein, jetzt hieß es, die Rolle der unglücklichen Miss Pitt zu übernehmen und Isabel zu Lady Peagroves Tanzgesellschaft zu begleiten.

Zum Teufel damit.

Mittlerweile krümmte sich das Biest und versuchte ihn zu beißen – tatsächlich, zu beißen! –, um seinen Griff zu lockern. Er hoffte inständig, dass die Nachbarn nicht zusahen. Es wurde immer peinlicher, diese öffentlichen Zurschaustellungen ihres Temperaments. Vor ein paar Jahren hatte er es als weniger schlimm empfunden, als sie jünger gewesen war, und kleiner – aber jetzt ...

Nun ja, jetzt sehnte er sich immer öfter nach einer Pfeife und dem gemütlichen Kaminfeuer in seiner Bibliothek.

Sogar mehr als nach der Gesellschaft der geschätzten Mrs Woodhart.

Guter Gott! Wie schrecklich! Konnte das wahr sein? Wurde er wirklich *alt?* Duncan jedenfalls hatte das bereits angedeutet, sogar mehr als einmal. Nicht mit Worten, natürlich. Ein guter Kammerdiener würde niemals etwas anderes sagen, als dass sein Herr in den besten Jahren sei. Aber erst gestern hatte der Kerl die Frechheit besessen, ihm eine Flanellweste herauszulegen. Flanell! Als ob Burke demnächst siebenundfünfzig würde, statt sich dem noch relativ jugendlichen Alter von siebenunddreißig Jahren zu nähern. Als sei er gebrechlich, und nicht in erstklassiger körperlicher Verfassung, wie er schließlich wusste. Eine Tatsache, derer ihn viele der attraktivsten Frauen Londons, inklusive der anspruchsvollen Mrs Woodhart, versichert hatten. Duncan hatte eine Lektion erteilt bekommen, so viel war sicher.

So wie jetzt Isabel eine bekommen würde. Er ließ nicht mit sich spaßen, besonders nicht, wenn es zu ihrem eigenen Besten war.

»Und ich«, er beugte sich herab und warf sie mit einer Leichtigkeit, die von Übung zeugte, wie einen Sack Getreide gekonnt über die Schulter, »sage, dass du gehst.«

Isabel gab ein Gekreische von sich, das durch den dichten gelben Nebel hallte, der sich wie ein Vorhang über die Park Lane gelegt hatte (wahrscheinlich über ganz London, wie er sein Glück einschätzte). Es würde Stunden dauern, bis sie sich durch den aufgrund des Nebels stockenden Verkehr zum Haus der Peagroves gekämpft haben würden. Das fehlte ihm gerade noch, dieser dicke, erstickende Nebel, zusätzlich zu Isabels Hysterie. Das Einzige, was er in diesem Moment noch besser brauchen könnte, war eine Kugel im Kopf. Oder eine Klinge im Herzen.

Einen Moment später schien es, als sollte sein zweiter Wunsch erfüllt werden. Nur dass der Eindringling, der aus dem Nebel wie aus dem Nichts auftauchte, statt einer Klinge die Spitze eines Regenschirms in Zielrichtung seines Herzens stieß.

Oder eben dahin, wo sein Herz sein sollte, falls er – was Isabel gerade aus vollsten Lungen lauthals bestritt – überhaupt eins besaß.

»Verzeihung, Madam«, sagte Burke ruhig zu der Besitzerin des Schirms – sehr ruhig sogar, bemerkte er stolz, zumal für jemanden mit dem Ruf, so heißblütig zu sein. »Aber würde es Ihnen etwas ausmachen, dieses Ding fortzunehmen? Es behindert mich auf dem Weg zu der Kutsche, die dort wartet.«

»Noch einen Schritt«, sagte die Schirmbesitzerin mit einer Stimme, die verblüffend hart klang für ein Wesen von solch ... na ja ... winzigem Ausmaß, »und ich werde Ihre Chancen auf einen Erben ernsthaft gefährden.« Burke warf seinem Lakaien einen Blick zu. War es Einbildung, oder wurde er gerade vor seiner eigenen Türschwelle, noch dazu auf der Park Lane, der exklusivsten Straße Londons, angepöbelt – und das von einer völlig Fremden? Was es noch schlimmer machte: von einer jungen Frau genau der Sorte, die er auf gesellschaftlichen Anlässen so gewissenhaft mied.

Wer konnte ihm das auch vorhalten? Er fand es immer recht beunruhigend, wenn mitten in der Unterhaltung mit einer dieser Kreaturen – die sich zugegebenermaßen meist sowieso nicht gerade brillant auf die Kunst der Konversation verstanden – deren schwer juwelenbehängte Mutter wie im Sturzflug aus dem Nichts herabstieß, um ihren kleinen Liebling höflich, aber bestimmt aus seiner Reichweite zu entfernen.

Hier jedoch war weit und breit keine juwelenbehängte Mama. Diese junge Frau war allein. Überraschend allein, zumal in einer solch düsteren Nacht, wie er sie lange nicht erlebt hatte. Wo war ihre Anstandsdame? Ohne Zweifel sollte eine so junge Frau eine haben, wenn auch nur um sie davon abzuhalten, einen Gentleman wie ihn mit dem spitzen Ende ihres Schirms zu bedrohen – wie es ihre Angewohnheit zu sein schien.

Was sollte er jetzt tun? Wäre sie ein Mann, hätte Burke ihn mit einem Schlag niedergestreckt, wäre über den reglosen Körper gestiegen und hätte seinen Weg fortgesetzt. Falls notwendig, hätte er ihn auch herausgefordert, um ihm mit großem Vergnügen – entsprechend seiner momentanen Stimmung – eine Kugel in den Kopf zu jagen. Aber sie war kein Mann. Sogar für eine Frau war sie ziemlich klein. Er hätte sie mit Leichtigkeit aus dem Weg heben können, aber eine Frau auf diese Art anzufassen – besonders eine in diesem jugendlichen Alter – konnte zu ungeahntem Ärger führen. Was also sollte er tun?

Perry, dem Burke dummerweise einen Hilfe suchenden Blick zugeworfen hatte, konnte nicht mit der kleinsten Unterstützung aufwarten. Er starrte auch bloß auf die junge Frau, wobei seine vorstehenden Augen fast herauszufallen drohten. Und das nicht einmal wegen der Schirmspitze, die sie vor seinem Herrn schwenkte, sondern beim Anblick ihrer sehr schlanken Fesseln, deutlich sichtbar unter dem durch die Fechterstellung leicht hochgerutschten Rocksaum.

Dämlicher Junge. Morgen würde sich Burke darum kümmern, dass er gefeuert wurde.

»Lassen Sie sie runter«, sagte die junge Frau. »Sofort.«

»Passen Sie mal auf«, hörte Burke sich sagen und klang wesentlich vernünftiger, als ihm zumute war. »Stoßen sie nicht dauernd mit diesem Ding nach mir. Ich werde Ihnen sagen, wer ich bin, zufälligerweise ...«

»Ich gebe keinen Pfifferling darauf, wer Sie zufälligerweise sind«, unterbrach die junge Dame ziemlich frech. »Sie setzen dieses Mädchen jetzt ab und dürfen sich glücklich schätzen, wenn ich nicht den Wachmann rufe. Wobei ich nicht sicher bin, ob ich das nicht tun sollte. So etwas Würdeloses habe ich im Leben noch nicht gesehen, ein Mann Ihres Alters, der ein nicht halb so altes Mädchen misshandelt!«

»Misshandeln!« Burke ließ seine Last vor Überraschung beinahe fallen. »Von allen denkbaren Unverschämtheiten! Glauben Sie ernsthaft ...«

Isabel, die sich seit dem Auftauchen der schirmbewehrten Furie verdächtig ruhig verhalten hatte, hob ihr verschleiertes Haupt, und eine klagende Stimme – ganz entgegen ihres sonst so selbstsicheren Tonfalls – und sagte: »Oh, bitte, helfen Sie mir, Miss. Er tut mir furchtbar weh!«

Das Schirmende bohrte sich in seinen Rockaufschlag, die Metallspitze pikste das Fleisch knapp oberhalb der Herzgegend. Die junge Frau machte sich nicht einmal mehr die Mühe, Burke selbst anzusprechen, sondern drehte den Kopf und sagte zu dem Lakaien: »Stehen Sie nicht einfach so da, Sie ignoranter Idiot, laufen Sie und holen Sie einen Wachmann!«

Perry fiel die Kinnlade herab. Burke musste verärgert mit ansehen, wie sich seines Lakaien Gesicht verzerrte, er mit sich kämpfte, hin- und hergerissen zwischen der Loyalität zu seinem Arbeitgeber und dem Drang, dem entschlossenen Kommandoton des Mädchens zu gehorchen.

»A-aber«, stammelte der idiotische Junge. »Er wird mich rauswerfen, Miss, wenn ich das tue ...«

»Rauswerfen?« Die ohnehin schon lächerlich großen, grauen Augen weiteten sich wütend. »Das würden Sie doch wohl vorziehen, nicht wahr, statt im Gefängnis zu landen wegen Komplizenschaft bei einer Entführung?«

Perry wand sich. »Nein, Miss, aber ...«

Länger konnte Isabel nicht an sich halten. Burke fühlte sie auf seiner Schulter zittern. Selbst das Walknochen-Korsett konnte die wilden Zuckungen ihres Bauchs nicht unterdrücken, als das Lachen aus ihr hervorplatzte.

Doch für das Mädchen mit dem spitzen Schirm klang das Lachen wie Schluchzer. Er sah, wie ihr blasses Gesicht, gerahmt von einem ehemals sicher teuren, nunmehr aus der Mode gekommenen Häubchen, sich verhärtete. Sie riss den Arm zurück, zweifellos, wie es schien, um ihm den Todesstoß zu versetzen.

Er griff nach dem letzten Strohhalm.

»Sehen Sie«, sagte er, schwang Isabel von der Schulter und stellte sie, nicht gerade sanft, neben sich auf die Füße. Dabei ließ er wohlweislich ihr Handgelenk nicht los – er war ja nicht dumm –, um sie von ihrem neuesten Trick abzuhalten, ins Dunkel der Nacht zu entwischen. »Zwar weiß ich nicht, warum ich hier so rüde verleumdet werde – und das noch ausgerechnet vor meiner eigenen Türschwelle –, aber ich bitte Sie, mir zu erlauben, Ihnen zu versichern, dass diese Situation in jeder Hinsicht ehrenhaft ist. Diese junge Frau ist zufällig meine Tochter.«

Der Schirm bewegte sich nicht. Nicht einen Zentimeter.

»Gute Geschichte«, sagte seine Besitzerin trocken.

Burke sah sich nach Wurfgegenständen um. Er befürchtete ernsthaft, gleich einen Schlaganfall zu erleiden. Womit hatte er das bloß verdient? Alles, was er wollte – alles, was er *jemals* gewollt hatte –, war, Isabel mit einem anständigen Kerl zu verheiraten, der sie nicht schlagen würde und nicht das Geld durchbrachte, was er ihr zugedacht hatte, so dass er – endlich – frei war, einen netten Abend mit einer angenehmen Frau wie Sara Woodhart zu verbringen. Oder mit einem Buch. Ja, einfach nur mit einem Buch vor einem schönen, prasselnden Kaminfeuer. War das wirklich zu viel verlangt?

Offensichtlich schon, solange schirmschwenkende Verrückte die Straßen von London unsicher machten.

Perry öffnete den Mund und sagte – vielleicht zum ersten Mal in seinem beschränkten Leben – etwas wirklich Nützliches. Und zwar: »Ehm, Miss? Sie – die junge Dame – *ist* seine Tochter.«

Isabel, die mit einem Kicheranfall kämpfte, seit Burke sie auf den Boden gestellt hatte, konnte sich nicht länger beherrschen. Ihr schallendes Gelächter war wahrscheinlich auf der ganzen Straße zu hören.

»Oh«, rief sie fröhlich, »es tut mir *wirklich* Leid! Aber das war *so* genial, wie Sie Papa mit dem Regenschirm bedroht haben. Ich konnte nicht anders.«

Der Schirm wich ein Stück. Nur ein bisschen, aber merklich.

»Wenn er Ihr Vater ist«, die schmalen Augenbrauen zogen sich unter den dunkelblonden Ponyfransen verständnislos zusammen, »warum, in Gottes Namen, haben Sie so geschrieen?«

»Nun ja!« Isabel verdrehte die Augen, als wäre die Antwort offensichtlich. »Weil er darauf besteht, dass ich zu Peagroves' Tanzgesellschaft gehe.«

Zu Burkes absoluter Fassungslosigkeit akzeptierte die junge Frau – diese völlig Fremde, diese Verrückte – die Aussage als vollkommen normal. Wie vom Donner gerührt sah er zu, wie die Schirmspitze sich von seiner Herzgegend aus senkte, bis sie auf dem Boden stand.

»Um Gottes willen«, sagte die Frau. »Da können Sie natürlich auf keinen Fall hingehen.«

Isabel streckte die Hand vor und zog an Burkes Ärmel, eher brutal als verspielt. »Siehst du, Papa? Ich hab's dir gesagt!«

Burke war sich jetzt ganz sicher, dass er einem Schlaganfall erliegen würde. Er verstand überhaupt nichts mehr. Vor ein paar Sekunden noch hatte die junge Frau, die vor ihm stand, die Polizei holen wollen. Jetzt diskutierte sie in aller Ruhe gesellschaftliche Aktivitäten mit seiner Tochter, als hätten sie sich zum gemeinsamen Klatsch im Hutgeschäft getroffen und stünden nicht mitten auf der Park Lane – abends um neun Uhr am nebeligsten Frühlingsabend, den er je erlebt hatte.

»Es ist ein einziges Gedränge«, versicherte die junge Frau seiner Tochter. »Lady Peagrove lädt doppelt so viele Leute ein, wie in ihr Haus passen. Es ist ein Alptraum, auch nur in die Nähe zu kommen. Und niemand, der wirklich bedeutend ist, geht hin. Nur Möchtegerne und Verwandte vom Land, mehr nicht.«

»Ich *wusste* es.« Isabel stampfte mit zierlichem Schuh, verursachte jedoch nicht das leiseste Geräusch auf dem weichen Teppich, den Perry ausgelegt hatte, damit ihre Schleppe beim Einstieg in die Kutsche nicht den Straßenschlamm mitnähme. »Ich hab's ihm gesagt. Aber er will ja nicht auf mich hören.«

Burke wurde bewusst, dass man über ihn sprach, als sei er gar nicht anwesend, und wurde immer wütender. »Er hört ja nur auf Miss Pitt«, fuhr Isabel fort. »Und Miss Pitt hat die völlig absurde Idee, dass man unbedingt zu Peagroves gehen muss.«

»Wer ist Miss Pitt?«, fragte die Fremde dreist.

Bevor Burke ein Wort sagen konnte, antwortete Isabel: »Och, sie war meine Anstandsdame. Bis sie vor einer Stunde gekündigt hat, jedenfalls.«

»Anstandsdame? Warum um Gottes willen müssen Sie denn eine Anstandsdame haben?«

»Wenn Sie es unbedingt wissen müssen«, antwortete Burke säuerlich, »weil ihre Mutter tot ist. Deshalb. Wenn Sie uns jetzt entschuldigen würden, Madam ...«

»Ha!«, unterbrach Isabel. »Das ist nicht alles, Papa.« Der Fremden vertraute sie an: »Mama ist tatsächlich tot, aber in Wahrheit stellt er Anstandsdamen für mich ein, weil *er* keine Lust hat, mit mir irgendwo hinzugehen. *Er* will ja all seine Zeit mit Mrs Woodhart verbringen ...«

Burkes Griff um Isabels Arm wurde fester. »Perry«, sagte er, »die Türe, bitte.«

Der Lakai, der der Unterhaltung staunend und mit größerer Aufmerksamkeit gefolgt war, als er sie jemals bei Burkes Anweisungen an den Tag legte, erschrak, so plötzlich angesprochen zu werden. »M-mylord?«, stammelte er.

Burke fragte sich, ob es wohl als brutal angesehen würde, wenn er Perrys Hosenboden einen schwungvollen Tritt versetzte. Würde es wohl, entschied er.

»Die Tür«, knurrte er. »Von der Kutsche. Öffne sie. *Jetzt.*«

Der arme Lakai beeilte sich, der Anordnung seines Herrn Folge zu leisten. In der Zwischenzeit plauderte Isabel eifrig weiter, was Burke fast zur Raserei brachte.

»Oh«, sagte sie gerade, »ich habe immer und immer wieder gesagt, zu Lady Ashfort's muss man gehen, aber hören sie etwa auf mich? Kein Stück. Es war ja wohl nicht verwunderlich, dass ich zu Miss Pitt unhöflich werden musste. Ich meine, wenn keiner auf einen hört ...«

»Oh, ist Lady Ashfort's Ball heute?« Die junge Dame stand so nonchalant auf den Griff ihres Schirms gelehnt, als sei er ein Croquet-Hammer und sie stünden auf einer Sommerwiese beim Freundschaftsspiel. »Tja, damit ist es dann wohl entschieden. Lady Ashfort's darf man einfach nicht verpassen.«

»Ja, aber das Ganze ist eine Verschwörung, verstehen Sie, um mich von dem Mann fern zu halten, den ich liebe ...«

»In die Kutsche«, unterbrach Burke eisern. Er war stolz auf sich. Er hatte sie noch nicht mit Fußtritten in die Kutsche befördert, was sein erster Impuls gewesen war. Er lernte langsam, sein Temperament zu beherrschen. Und bei Gott, es hatte arge Versuchungen gegeben in diesen letzten paar Wochen. Aber er hielt sich unter Kontrolle. Wenn sie es nur schaffen würden, dieser redseligen jungen Frau und ihrem Schirm ohne Blutvergießen zu entkommen, wäre er schon froh.

»Aber Papa.« Isabel sah ihn mit großen Augen an. »Ich dachte, du hättest die Dame gehört. Peagroves Tanzgesellschaft ist einfach nicht ...«

»Steig in die Kutsche!«, brüllte Burke.

Isabel stolperte einen Schritt zurück, aber er war schneller. Er fing sie ein und schubste sie – ganz sanft allerdings; selbst die Xanthippe mit dem Regenschirm würde zugeben müssen, dass es wirklich sanft war – in die Kutsche. Sobald das letzte Stück Schleppe verstaut war, drehte er sich um und sagte zu der höchst erstaunten jungen Lady, die auf der Straße stand: »Guten Abend.«

Damit verschwand er in der Kutsche und bellte dem Kutscher zu, er möge sich sputen, was dieser eiligst tat.

Isabel, die sich auf dem Sitz gegenüber erholte, sagte: »Also wirklich, Papa! Es gab keinen Grund, so unhöflich zu sein!«

»Unhöflich!« Er stieß ein tonloses Lachen aus. »Das gefällt mir! Wahrscheinlich war es reine Höflichkeit, dass eine völlig Fremde mich mit ihrem Regenschirm bedroht und die Polizei holen will, als ob ich irgendein entlaufener Sträfling wäre.«

»Sie war keine völlig Fremde«, sagte Isabel und ordnete die endlosen Meter weißer Seide, aus denen ihr Rock bestand. »Sie heißt Miss Mayhew. Ich habe sie schon öfter gesehen, hier und dort auf der Straße.«

»Um Gottes willen.« Burke starrte seine Tochter fassungslos an. »Diese Kreatur wohnt auf der Park Lane? Ich kenne keine Mayhews. Zu wem gehört sie?«

»Zu den Sledges. Sie ist die Gouvernante von diesen verrückten kleinen Jungen.«

»Oh«, meinte Burke etwas besänftigt. Kein Wunder, dass er sie nicht erkannt hatte. Na ja, wenigstens dafür konnte man dankbar sein. Die Frau war bloß eine Gouvernante, sie würde nicht überall in der Nachbarschaft herumerzählen, dass Burke Traherne, dritter Marquis von Wingate, mit seiner dickköpfigen Tochter nicht zurechtkam.

Jedenfalls würde niemand von Bedeutung ihr zuhören. Mit leicht beleidigtem Unterton wollte er jedoch wissen: »Wenn du sie schon öfter gesehen hast, warum, zum Teufel, wusste sie nicht, dass du meine Tochter bist? Warum dachte sie, ich wollte dich entführen?«

»Sie hat gerade erst angefangen, dort zu arbeiten«, sagte Isabel und zog sich die Handschuhe an. »Und außerdem, wann sollte sie dich schon sehen? Auf jeden Fall nicht in der Kirche, weil du nach einer Samstagnacht normalerweise erst im Morgengrauen ins Bett gehst.«

Im Licht der Öllampe, die in der Kutsche hing, warf er ihr einen wütenden Blick zu. Es schien ihm nicht angebracht, dass eine Tochter zu ihrem Vater in so vertrauensseligem Ton sprach. Das kam wohl davon, vermutete er, wenn man so jung heiratete. Sein Vater hatte ihn gewarnt. Und er hatte Recht behalten. Andere Männer, die – anders als er – mit dem Heiraten gewartet hatten, bis sie die Zwanzig längst überschritten hatten, hatten keine Töchter, die sich ihnen gegenüber einen so leichtfertigen Tonfall anmaßten. Das nahm Burke jedenfalls an. Wegen seiner nicht eben tadellosen Vergangenheit – und dem daher angekratzten Ruf – hatte er nicht allzu viele Bekannte.

Doch er ging davon aus, wenn er männliche Freunde hätte, und die hätten zufällig Töchter, dann wären diese Töchter anmutige, sanftmütige Geschöpfe, Töchter, wie er sie sich immer gewünscht hatte. Diese zügellose Kreatur hingegen hatte bis vor eineinhalb Monaten ein teures Seminar für feine Damen besucht und sprach seitdem beim Dinner in dieser unhöflichen Manier mit ihm.

»Isabel«, er sprach so gleichmütig wie möglich, »was hast du mit Miss Pitt gemacht?«

Isabel musterte interessiert die Decke der Kutsche. »Falls die Kutsche bei Peagrove's hält, bin ich weg. Ich warne dich im Voraus.«

»Isabel«, sagte er wieder, mit solcher Geduld, dass er sich selbst bewunderte. »Miss Pitt ist die fünfte Anstandsdame, die ich in der gleichen Anzahl von Wochen für dich angestellt habe. Würdest du mir bitte erklären, was du so inakzeptabel an ihr fandest? Sie hatte so gute Zeugnisse. Lady Chittenhouse meinte ...«

»Lady Chittenhouse.« Isabels Ekel war offensichtlich. »Was weiß denn die? Keine ihrer Töchter hätte jemals eine Anstandsdame *gebraucht*. Kein halbwegs vernünftiger Mann würde sich einer von denen auch nur nähern. Solche miserablen Teints habe ich mein ganzes Leben noch nicht gesehen. Man sollte meinen, sie hätten noch nie was von Seife gehört. Es ist ein Wunder, dass überhaupt eine von ihnen verheiratet ist.«

Burke ignorierte das. »Lady Chittenhouse«, fuhr er fort, »hat einen glühenden Empfehlungsbrief für Miss Pitt geschrieben ...«

»Ach, hat sie das? Hat sie zufällig auch erwähnt, dass Miss Pitt – abgesehen davon, dass sie tödlich langweilig ist mit ihrem ständigen Geschwätz von ihren wertvollen Nichten und Neffen – dazu neigt, beim Sprechen zu *spucken*, besonders wenn sie versucht, mir meine – wie sie es nennt – Wildheit auszutreiben? Hat sie das auch geschrieben?«

»Wenn du Miss Pitt derart ungeeignet fandest«, Burke sprach so sanft er konnte, wobei zu berücksichtigen ist, dass er sie am liebsten erwürgt hätte, »warum bist du dann nicht zu mir gekommen und hast mich gebeten, jemand anderen einzustellen?«

»Weil ich wusste, dass du bestimmt jemand noch Schlimmeres findest.« Sie sah aus dem Fenster in die Nebelschleier auf der Straße. »Wenn du wenigstens *mich* mit den Kandidatinnen sprechen lassen würdest ...«

Burke musste über ihren angestrengt beiläufigen Ton schmunzeln. »Und wen würdest du als geeignete Anstandsdame bezeichnen? Jemanden wie diese Miss Mayhew wahrscheinlich, das würde mich nicht wundern.«

»Was ist denn falsch an Miss Mayhew?«, fragte Isabel herausfordernd. »Wenigstens ist sie nicht so unangenehm anzusehen wie diese schreckliche alte Miss Pitt!«

»Du brauchst nicht eine, die angenehm aussieht«, knurrte Burke. »Du brauchst jemand Strenges, die dich davon abhält, hinter diesem erbärmlichen Saunders-Jungen herzurennen ...«

Sobald diese Worte seine Lippen verließen, wusste er, dass er einen Fehler gemacht hatte. Plötzlich brach auf dem gegenüberliegenden Sitz ein Sturm los.

»Geoffrey ist nicht erbärmlich!«, rief Isabel. »Was du auch merken würdest, Papa, wenn du dir nur einen Moment Zeit nähmest, ihn kennen zu lernen ...«

Burke verdrehte die Augen und wandte den Blick aus dem Fenster. Unglücklicherweise steckten sie schon im Verkehr fest, und die Kutsche war umlagert von Menschen, die Blumen und bunte Bänder verkauften, von Bettlern und Prostituierten ... das übliche Gesindel, welches man abends in den Londoner Straßen sah. Die Fenster waren geschlossen, so dass niemand hineinreichen konnte, aber Burke konnte ihre Hände deutlich sehen, leere Handflächen, ihnen entgegengestreckt, dreckig, gezeichnet von Arbeit und einem harten Leben. Er konnte ein Seufzen nicht unterdrücken. So hatte er sich seinen Abend wirklich nicht vorgestellt. Um diese Uhrzeit wollte er eigentlich in seiner Loge im Theater sitzen. Jetzt konnte er froh sein, wenn er dort war, bevor Sara durch den Bühnenausgang schlüpfte, mitten in die Menge, die jeden Abend dort wartete, ihr unerreichtes Talent zu verehren ...

Das dachte *sie* zumindest. Burke wusste genau, was

sie verehrten, und das hatte recht wenig mit ihrem Talent zu tun.

»Ich muss Mr Saunders nicht erst kennen lernen, Isabel«, sagte Burke, wiederum mit mehr Gelassenheit, als er empfand. »Siehst du, ich weiß schon alles, was es über ihn zu wissen gibt, und ich kann nur sagen: Der Tag, an dem dieser Laffe vor unserer Tür steht, ist der Tag, an dem er Blei zu schmecken bekommt.«

»Papa!« Isabel sog den Atem ein und schluchzte. »Wenn du nur *zuhören* würdest …«

»Ich habe mir dein endloses Geschwätz über Geoffrey Saunders lang genug angehört«, sagte Burke. »Ich will seinen Namen aus deinem Mund nicht mehr hören.« So. Das klang unerbittlich, nach strengem Verbot, so wie Väter sich eben anzuhören hatten. »Und jetzt gehen wir zu Peagrove's, weil ich zufällig weiß, dass Mr Saunders dort nicht eingeladen ist.«

Isabel schluchzte erneut, diesmal noch lauter, und sagte in einer Stimme, die ihre tragische Verletztheit offenbarte: »Du meinst, *du* gehst zu Peagrove's. Ich gehe zu Lady Ashforth's!«

Und bevor er es kommen sah, hatte Isabel sich gegen die Kutschentür geworfen, schwang sie auf und wand sich hinaus – in einer solch dramatischen Geste, dass selbst die unvergleichliche Sara Woodhart vor Neid erblasst wäre.

Burke, plötzlich so allein in der Kutsche, seufzte. Gott bewahre ihn vor jungen und verliebten Frauen. So hatte er den Abend *nicht* geplant. Er stülpte sich den Hut auf und hievte sich aus der offen stehenden Tür auf die vor Menschen wimmelnde Straße, seinem Kind zu folgen.

2. Kapitel

Der Hitzeschwall vom Feuer des großen Küchenofens war nicht das Einzige, was Kate Mayhew begrüßte, als sie durch die Tür schlüpfte; Posie, die Dienstmagd, stürzte ihr gleichermaßen entgegen, ein wahrer Wirbelsturm mit spitzenbesetztem Petticoat und rosigen Wangen.

»Oh, Miss«, rief Posie und eilte schnell an die Seite des älteren Mädchens, bevor diese auch nur die Tür schließen konnte. »Stell dir vor! Du rätst es nie!«

»Henry hat schon wieder eine Schlange in die Bademanteltasche seines Vaters getan«, sagte Kate, während sie sich die Handschuhe von den Fingern streifte.

»Nein ...«

Kate öffnete die Knöpfe ihres pelzbesetzten Umhangs. »Jonathan hat zu seiner Mutter wieder dieses Wort gesagt.«

»Welches Wort, Miss?«

»Du *weißt* welches. Das mit *f* anfängt.«

»Oh nein, Miss, nichts dergleichen. Es geht um jemanden, der im vorderen Salon sitzt und auf Sie wartet.«

»Wenn es Seine Lordschaft ist, so will ich das doch schwer hoffen.« Kate löste die Bänder ihres Häubchens und hängte es auf einen Holzhaken neben der Tür. »Er sollte mich bei der Matinee treffen und ich habe eine Stunde lang die gesamte Umgebung abgesucht.«

»Er sagt, er müsse wohl zur falschen Kirche gegangen sein.« Posie blieb in Kates Spur, als diese sich einen Weg durch die Küche bahnte.

»Der alte Nörgelbuff ist komplett aus dem Häuschen. Und der Master ist auch völlig daneben. Er rennt vor der Salontür auf und ab, als wolle er den Fußboden abtragen, und überlegt verzweifelt, was er sagen soll, wenn er reingeht.«

Kate blieb vor einem Spiegel am Fuß der Treppe stehen. Er hing dort, damit die Mägde ihre Kopfbedeckungen zurechtrücken konnten, bevor sie durch die gepolsterte Tür gingen und sich den Blicken im restlichen Haus preisgaben. Sie versuchte vergeblich, die Haarsträhnen zu bändigen, die ihr in die Stirn gefallen waren. Sie befand es für unnötig, sich in die Wangen zu kneifen, um sie rosig schimmern zu lassen. Das hatte schon die kühle Frühlingsbrise besorgt. Aber ihre Nase glänzte ein wenig. Eine Fingerspitze Mehl aus dem Sack in der Speisekammer, gut eingerieben, löste das Problem auf erstaunliche Weise.

»Armer Freddy«, sagte Kate. »Wie lange ist er schon hier?«

»Fast so lange, wie du weg warst.« Posie stand an Kates rechter Seite und sprach zu deren Spiegelbild.

»Oh je«, seufzte Kate. »Ist Mrs Sledge sauer?«

»Natürlich nicht! Sie wird sich morgen aufführen wie eine Maikönigin, wenn die Ladys vom missionarischen Nähzirkel fragen, wem die Kutsche vor der Tür gehörte, und sie antworten kann, es war der Earl of Palmer.«

»Der gekommen ist, um die Gouvernante ihrer Kinder zu besuchen?« Kate richtete die Brosche, die den Spitzenkragen der Bluse zusammenhielt. »Wohl kaum.«

»*Das* wird sie natürlich nicht sagen. Sie wird es klingen lassen, als wäre er wegen ihr hier gewesen ...«

Die gepolsterte Tür flog auf, und Phillips, der Butler, erschien am Kopf der Treppe.

Beide Mädchen erschraken. Posie war im Nu an dem großen Holztisch, auf dem ein Sortiment von Kupfertöpfen stand, und begann hastig zu polieren.

Kate hatte weniger Glück. Sie hatte in der Küche keinerlei Pflichten zu erledigen, und – nach Meinung des Butlers – dort auch überhaupt nichts zu suchen.

Angesichts dieser Unverschämtheit also sprach Phillips, die schmale Stiege herabkommend: »Miss Mayhew, ich glaube, ich habe schon mehrmals erwähnt, dass es sicherlich nicht den Erwartungen des Masters entspricht, wenn Sie den Dienstboteneingang benutzen. Als Gouvernante der Kinder ist es durchaus angemessen, dass Sie die Haustür nehmen.«

Kate öffnete den Mund und wollte dem Butler fröhlich mitteilen, dass sie den Dienstboteneingang dem Haupteingang vorzog, hauptsächlich weil – sie wäre jedoch nicht dumm genug, das laut zu sagen – sie dann meist vermeiden konnte, *ihm* über den Weg zu laufen. Dazu kam sie jedoch nicht; er sprach einfach weiter.

»Und wenn Sie in diesem Falle die angemessene Tür benutzt hätten«, fuhr er mit – wie Kate bemerkte – kaum unterdrücktem Zorn fort, »hätten Sie wohl wahrgenommen, dass Seine Lordschaft, der Earl of Palmer, seit fast zwei Stunden im vorderen Salon auf Sie wartet.«

»Oh, Mr Phillips«, entgegnete Kate, »es tut mir wirklich Leid, Lord Palmer wollte mich heute auf einer Matinee treffen, aber wir haben uns wohl verpasst. Ich kann gar nicht beschreiben, wie ...«

»In der Zukunft, Miss Mayhew«, Phillips' Stimme klang emotionslos wie die eines Automaten, »wenn Sie wieder Persönlichkeiten von Stand und Rang in dieses Haus einladen: Wären Sie wohl so gut, mich vorher zu informieren? Dann könnte ich nämlich den guten Brandy rechtzeitig dekantieren, um den entscheidenden feinen Unterschied zu erzielen.«

Kate erkannte, dass Phillips außer sich war. Zwar schrie er weder, noch warf er mit Sachen um sich – ein Mann mit seiner Erfahrung würde sich zu einem solchen Gefühlsausbruch niemals hinreißen lassen –, doch die Abwesenheit jeglicher Modulation in seiner Stimme zeigte Kate, wie wütend er war, fast rasend ... Und das nur, weil er gezwungen gewesen war, einem Earl einen unzulänglichen Brandy zu servieren. Einem Butler von Phillips Stand war es zuzutrauen, dass er eine solche Schmach nie verwinden würde.

Außerdem würde er Kate diesen Fauxpas niemals verzeihen. Nein, mit ihnen beiden war's das jetzt wohl. Die Tatsache, dass sie eine Katze mit ins Haus gebracht hatte, war für ihn schon eine unverzeihliche Zumutung gewesen. Katzen waren in Phillips Augen dreckige Kreaturen, höchstens für die Rattenjagd im Keller gut. Aber jetzt hatte sie ihn auch noch gedemütigt.

Eigentlich konnte sie sich direkt nach einer neuen Stellung umsehen.

»Ehrlich, Mr Phillips«, begann Kate im Wissen um die Zwecklosigkeit ihres Bemühens, aber dennoch entschlossen, es mit Zugeständnissen zu versuchen, »hätte ich irgendeine Ahnung gehabt, ich hätte ...«

»Bei mir müssen Sie sich nicht entschuldigen«, sagte der Butler steif. »Es ist der Master, der mit seinem Latein am Ende ist. Er hat sich bemüht, den Earl zu unterhalten, während Sie stundenlang weg waren.«

Kate verzog das Gesicht. Sie konnte schließlich nichts dafür, dass Freddy so hirnlos war, sich eine einfache Adresse nicht merken zu können. Und es war auch nicht ihr Fehler, dass er beschlossen hatte, sich in Sledges' Salon niederzulassen, um auf sie zu warten. Und wie konnte Phillips es wagen, mit seinem »während Sie stundenlang weg waren« anzudeuten, dass sie sich sinnlos herumgetrieben hatte; es war schließlich ihr freier Abend. Und an ihrem einzigen freien Abend sollte es ihr wohl gestattet sein ...

Aber es hatte keinen Sinn, darüber zu diskutieren. Nicht mit jemandem wie Mr Phillips.

Ihre Röcke anhebend, begann Kate, die Treppe zur gepolsterten Tür zu erklimmen. Sie musste in dem engen Treppenhaus an Phillips vorbeistreifen, aber er ignorierte sie steinern. Das war auch gut so, dachte sie, denn hätte er auch nur ein weiteres Wort gesagt ... Sie war in der Laune, etwas Unbesonnenes zu tun. Sie würde dem Ekel sagen, dass sie genau wusste, dass er den guten Claret mit einem minderwertigen Brandy vertauschte und seinem Arbeitgeber dennoch die Rechnung für den teuren präsentierte.

Oder, noch schlimmer, sie würde ihn in den krampfhaft eingezogenen Bauch piksen – eine Angewohnheit, die ihre jungen Schützlinge schon imitierten.

Wie Posie schon gesagt hatte, war Mr Sledge dabei, den orientalischen Läufer vor dem Salon abzutragen. Als er Kates Schritt erkannte, blickte er auf und trat rasch an ihre Seite.

»Oh, Miss Mayhew, ich bin so froh, dass Sie wieder da sind«, brach es aus ihm hervor. »Der Earl – der Earl of Palmer, wissen Sie. Er ist hier drinnen und wartet auf Sie. Ich habe ihm die Zeitung gebracht. Ich hatte sie noch nicht weggeworfen, wissen Sie. Ich dachte, das würde ihm gefallen.«

Kate lächelte zu ihrem Arbeitgeber empor. Cyrus Sledge war – trotz seines verunglückten Namens – kein schlechter Mann. Er war bloß eine etwas trübe Tasse; er hatte eine hässliche Cousine geheiratet, ohne auch nur zu ahnen, dass sie eines Tages ein Vermögen erben würde. Jenes Vermögen, dem nun nicht nur Kate ihren Lohn zu verdanken hatte, sondern auch ein Haufen Missionare und Hunderte Eingeborene in Papua-Neuguinea ihre Schuhe und ihre Bibelexemplare.

»Ich habe mir überlegt«, flüsterte Mr Sledge, »ich könnte doch Seiner Lordschaft eines von Reverend Billings' Traktaten geben, wissen Sie, über die Mission. Glauben Sie, er wäre daran interessiert, Miss Mayhew? Ich habe nämlich festgestellt, dass viele der feinsten jungen Männer des Landes nicht viel Interesse für diejenigen aufbringen, die mit weniger

Glück gesegnet sind. Sie haben nur die Jagd und das Theater im Kopf. Ich frage mich oft, ob es daran liegt, dass sie zu wenig *wissen*. Ihr *Bewusstsein* ist einfach nicht für die Tatsache erweckt worden, wie schlecht es den Papua-Neuguineern geht, so ganz ohne Jagd und Theater, ganz zu schweigen von einer angemessenen Würdigung Gottes ...«

Kate nickte. »Ich stimme Ihnen vollkommen zu, Mr Sledge. Das nächste Mal, wenn Seine Lordschaft vorbeischaut, müssen Sie unbedingt mit ihm darüber sprechen. Ich denke, er wird *sehr* fasziniert sein.«

Das gewöhnlich recht fahle Gesicht Mr Sledges wurde rot vor Freude. »Glauben Sie wirklich, Miss Mayhew? Bestimmt?«

»Ganz sicher.« Kate nahm seinen Arm und führte ihn von der Salontür weg. »Ich denke sogar, Sie und Mrs Sledge sollten einen Stapel der Traktate von Reverend Billings für Freddy – ich meine natürlich, für Seine Lordschaft – zusammenstellen, damit er sie noch heute Abend lesen kann. Und wenn er das nächste Mal kommt, können Sie beide ein kleines Quiz mit ihm darüber veranstalten.«

Mr Sledge schnappte nach Luft. »Großartige Idee! Ich werde sofort Mrs Sledge Bescheid sagen. Wir haben ein paar wunderbare neue Ausgaben, wussten Sie schon, Miss Mayhew? Alles über die abstoßenden Umstände, unter denen die durchschnittliche Einwohnerin von Papua-Neuguinea gebärt, und wie Reverend Billings sich fieberhaft für die Verbesserung der Bedingungen eingesetzt hat ...«

»Oh«, sagte Kate. »Das ist genau das Richtige für Seine Lordschaft.«

Mr Sledge eilte von dannen, eifrig die Hände reibend. Kate unterdrückte ihr Lachen, warf die Salontür auf und sagte: »Tja, Freddy, nun bist du dran. Mr Sledge sucht seine Traktate raus, auch die übers Gebären.«

Der große, blonde Mann, der vor dem Kaminfeuer stand, drehte sich schuldbewusst um. Kate entdeckte den Grund dafür schnell. Er hatte die Zeitungen ihres Arbeitgebers bestens zum Zeitvertreib genutzt, indem er sie Stück für Stück zu kleinen Kugeln knüllte, die er dann ins Feuer schnipste. Sie flammten auf, bevor der Sog sie den Kamin hinaufbeförderte. Auf diese Weise hatte er sich durch die Gesellschaftsseiten gearbeitet und begann gerade mit dem Wirtschaftsteil, als Kate eintrat.

»Also wirklich, Freddy«, sagte sie beim Anblick der traurigen Überreste der Zeitung, die Phillips erst am Morgen sorgfältig mit einem heißen Bügeleisen bearbeitet hatte, um die noch feuchte Druckerschwärze zu trocknen. »Du bist schlimmer als Jonathan Sledge und der ist fünf Jahre alt.«

Frederick Bishop, der neunte Earl of Palmer, streckte sein markantes Kinn vor und sagte: »Tja, Kate, es hat ja auch ewig gedauert, bis du hier warst. Ich musste mich doch irgendwie beschäftigen.«

»Es würde dir wohl nie einfallen, eine Zeitung vielleicht mal zu *lesen*«, sagte sie und beugte sich herab, um den Haufen zerknüllter Druckerzeugnisse zu glätten. »Zerfetzen, klar, aber nur nicht ansehen.«

»Was gibt's da schon zu lesen?«, wollte Freddy wissen. »Bloß langweiliges Zeug über den Ärger in Indien, was weiß ich. Viel wichtiger, Kate, was hat dich so lang aufgehalten? Stunde um Stunde warte ich hier schon. Ich war bei dieser Kirche und da gab es kein Konzert. Da war nur die Frau des Vikars, ein schreckliches, gemeines Wesen, die für irgendein Festival verdorrte Zweige an einer Mauer aufhängte. Sie war völlig unverschämt, als ich fragte, wann Mahler gespielt wird. Wenn ich so darüber nachdenke, sah sie selbst aus wie ein verdorrter Zweig.«

»Du bist schon wieder zur falschen Kirche gegangen. Und es war nicht Mahler, sondern Bach.« Kate ließ sich auf einen der harten, formell wirkenden Stühle der Sledges sinken. »Die Polonaise war wunderbar.«

»Zum Teufel mit der Polonaise«, sagte der Earl of Palmer wütend.

»Also wirklich, Freddy«, lachte Kate.

»Ist mir egal«, Freddy fläzte sich auf den Stuhl ihr gegenüber. »Ich habe das Konzert verpasst, und jetzt ist es zu spät, dich zum Abendessen auszuführen. Die dämlichen Sledges werden sich bald zur Ruhe begeben und dann musst du auch gehen. Und du hast erst nächste Woche wieder einen freien Abend. Also, zum Teufel mit der Polonaise!«

Kate lachte wieder. »Du bist selber schuld, weißt du? Wann wirst du endlich anfangen, dir Adressen zu notieren, um sie zu behalten?«

»Wenn du aufhörtest, so ein Dickkopf zu sein, und mich heiraten würdest, bräuchte ich mir keine Adressen aufzuschreiben – du wärst ja immer da, mich zu erinnern«, sagte Freddy in einem Anflug von Gerissenheit.

»Tja«, sagte sie fröhlich, »du fängst das ja sehr geschickt an. Ich kann mir nicht vorstellen, dass es in London ein Mädchen gibt, das einem Mann widerstehen kann, der sie als Dickkopf beschimpft.«

Freddy zupfte an einem Ende seines dicken, goldfarbenen Schnurrbartes. »Du weißt, was ich meine. Warum musst du so störrisch sein?«

»Ich bin nicht störrisch, Freddy«, meinte Kate. »Du weißt, dass ich dich gern habe. Aber nicht so, wie eine Ehefrau ihren Mann gern haben sollte. Ich meine – ich bin nicht *verliebt* in dich.«

»Woher willst du das wissen?«, fragte Freddy. »Du warst noch nie verliebt.«

»Nein«, gab Kate ehrlich zu. »Aber ich habe schon sehr viel in Büchern darüber gelesen, und ...«

Freddy machte ein unhöfliches Geräusch. »Du und deine Bücher!«

»Du solltest mal versuchen, eins zu lesen«, sagte Kate in mildem Tonfall. »Es könnte dir gefallen.«

»Das bezweifle ich. Und überhaupt, wozu ist es wichtig, dass du in mich verliebt bist? Ich bin in dich verliebt, das ist es, was zählt. Und du könntest schließlich immer noch lernen, mich zu lieben«, sprach er, langsam warm geworden, »Ehefrauen machen das ständig. Und du bist bestimmt besser darin als die meisten Frauen meiner Freunde. Du hast eine schnelle Auffassungsgabe. Zum Beispiel haben alle gesagt, dass du keine fünf Minuten als Gouvernante überstehst, und sieh mal, wie gut du es hingekriegt hast.«

»*Wer* hat gesagt, ich überstehe keine fünf Minuten?«, verlangte Kate zu wissen, aber der Earl winkte ihre beleidigte Frage mit einer Handbewegung ab.

»Ich kann sehr liebenswert sein, musst du wissen«, teilte er ihr mit. »Virginia Chittenhouse war verrückt nach mir im letzten Frühling. Ich versichere dir, sie hat jämmerlich geheult, als ich ihr erklärte, dass mein Herz auf immer dir gehört, obwohl du keinen Pfifferling mehr hast außer deinem Namen und obwohl du dir in deinem fortgeschrittenen Alter eine beißend scharfe Zunge zugelegt hast.«

»Du hättest Virginia Chittenhouse nicht abwimmeln sollen«, sagte Kate, immer noch indigniert. »Sie hat wohl kaum eine beißend scharfe Zunge, und soweit ich weiß, ist sie gerade zu fünfzigtausend Pfund gekommen.«

Der Earl of Palmer stand auf und machte eine dramatische Geste. »Ich brauche keine fünfzigtausend Pfund! Ich brauche dich, Kate Mayhew!«

Kate beschlich ein Verdacht. »Wie viele Gläser hast du von Mr Sledges Brandy konsumiert, während du auf mich gewartet hast, Freddy?«

»Du musst sofort diese Gouvernanten-Sklaverei aufgeben und mit mir nach Paris durchbrennen«, erklärte Freddy.

»Mein Gott, Freddy, wir würden uns an die Kehle gehen, noch bevor wir in Calais ankommen, und das weißt du. Ich hoffe ernsthaft, dass du betrunken bist. Es ist die einzige logische Erklärung für dieses extrem unpassende Verhalten.«

Der Earl sank resigniert auf seinen Stuhl zurück. »Ich bin nicht betrunken. Ich bin bloß vor Langeweile fast verrückt geworden, als ich auf dich gewartet habe. Dieser Dummkopf Sledge kam alle fünf Minuten rein, um zu fragen, ob ich etwas brauche. Er hat versucht, sich mit mir über irgendein poppendes neues Guinness zu unterhalten.«

»Papua Neu-Guineer«, korrigierte Kate ihn lächelnd.

Freddy machte eine wegwerfende Geste. »Was

auch immer. Wo bist du gewesen, Kate? Das Konzert sollte um neun Uhr zu Ende sein.«

»Ich bin so schnell zurückgekommen, wie es möglich war. Ich musste den Omnibus nehmen, weil mir ja der Luxus deiner Kutsche versagt geblieben ist. Schließlich bist du nicht aufgetaucht.« Sie warf ihm einen tadelnden Blick zu und wollte weiteren Heiratsanträgen aus dem Weg gehen, indem sie noch hinzufügte: »Oh, das habe ich fast vergessen, ich bin auf dem Heimweg in eine außergewöhnliche Szene hineingeplatzt. Direkt hier draußen – mitten auf der Park Lane – habe ich gesehen, wie ein Mann sich eine junge Frau über die Schulter warf und versuchte, sie in eine vierspännige Kutsche zu stecken.«

Der Earl of Palmer rutschte auf seinem Stuhl herum und sein trotziger Gesichtsausdruck verdunkelte sich. »Das hast du dir jetzt ausgedacht. Du willst mich nur vom Thema Heiraten abbringen. Nun, Kate, das wird dir nicht gelingen. Dieses Mal bin ich fest entschlossen. Ich habe es sogar meiner Mutter erzählt. Sie war nicht gerade begeistert, aber sie sagte, wenn ich unbedingt eine Dummheit begehen will, könne sie mich nicht davon abhalten.«

Kate beschloss, den letzten Satz zu ignorieren. »Ich schwöre dir, es ist die Wahrheit. Es war absolut unglaublich. Ich musste den Kerl mit der Spitze meines Regenschirms bedrohen, damit er sie absetzte.«

Freddy blinzelte. »War es ein Araber?«

»Ganz bestimmt nicht. Er war ein Gentleman – wenigstens schien er das vor. Er war jedenfalls so angezogen, in Abendgarderobe, und er hatte einen Haufen unterbelichtete Lakaien um sich. Er war ziemlich groß, mit sehr breiten Schultern und wilden dunklen Haaren und einem olivfarbenen Teint …«

»Ein Araber!«, rief Freddy aufgeregt.

»Oh, Freddy, er *war* kein Araber.«

»Woher willst du das wissen? Es könnte einer gewesen sein.«

»Erstens hat er in perfektem Queens-Englisch mit mir geredet, ohne eine Spur von Akzent. Und zweitens, einer seiner idiotischen Diener hat ihn ›Mylord‹ genannt. Und er hatte die außergewöhnlichsten grünen Augen, die ich je gesehen habe. Araber haben dunkle Augen. Seine waren hell, fast glühend, wie die einer Katze.«

Freddys Kiefermuskulatur spannte sich an. »Na, du hast ihn dir ja genauestens angesehen.«

»Natürlich habe ich das! Er stand bloß einen guten Meter entfernt von mir und so dicht war der Nebel auch wieder nicht. Außerdem kam Licht aus dem Haus.«

»Welches Haus?«

»Keine zwei Türen weiter.« Kate zeigte in Richtung der Wand links von ihnen.

Der Earl of Palmer entspannte sich sichtlich. »Oh«, sagte er und rollte die Augen, *»Traherne.«*

»Wie bitte?«

»Traherne. Er hat das Haus des alten Kellog für diese Saison gemietet. Es ist die erste für seine Tochter.«

»Ja, es hat sich herausgestellt, dass das Mädchen, das er so abscheulich behandelt hat, seine Tochter ist. Eine recht dickköpfige junge Person.«

»Isabel«, meinte Freddy und unterdrückte ein Gähnen. »Ja, ich habe sie schon öfter hier und dort gesehen. Offensichtlich ist sie genauso wild wie ihr Vater. Letztens hat sie eine öffentliche Szene veranstaltet, als sie sich in der Oper diesem mittellosen zweiten Sohn irgendeines Niemands an den Hals geworfen hat. Es war unerträglich peinlich, selbst für einen so abgestumpften Beobachter menschlichen Verhaltens wie mich. Kein Wunder, dass ihr Vater da manchmal etwas härter vorgeht.«

Kate runzelte die Brauen. »Traherne? Ich habe noch nie von einem Lord Traherne gehört. Ich habe mich länger nicht mehr in Gesellschaftskreisen bewegt, ich weiß, aber ...«

»Nicht Traherne. Wingate. Burke Traherne ist der zweite Marquis von Wingate. Oder der dritte, was auch immer. Wie man sich das alles merken soll, habe ich immer noch nicht ...«

»Wingate? Klingt vertraut.«

»Tja, das sollte es auch. Der Mann hat einen ziemlichen Skandal verursacht – obwohl du damals vermutlich noch zur Schule gingst. Ich war auf Eton. Ich kann mich erinnern, wie unser beider Eltern sich beim Dinner darüber unterhalten haben. Na ja, solche Sachen machen halt immer die Runde ...«

»Was für Sachen?« Kate konnte Klatsch nicht leiden; sie hatte seinerzeit mehr als genug für die Klatschsucht der Gesellschaft herhalten müssen. Dennoch, diese Augen waren nicht leicht zu vergessen.

»Die Wingate-Scheidung. Man hat damals monatelang über nichts anderes gesprochen. Die Zeitungen waren voll davon ...« Freddy verzog das Gesicht. »Nicht, dass ich sie lese, aber man kann schließlich nicht umhin, die Schlagzeilen zu sehen, wenn man sie zerreißt, nicht wahr.«

»Scheidung?« Kate schüttelte den Kopf. »Nein. Du musst etwas verwechselt haben. Die junge Dame – Isabel – sagte mir, ihre Mutter sei tot.«

»Ist sie auch. Starb ohne einen Penny auf dem Kontinent, nachdem Traherne damit fertig war, sie und ihren Liebhaber vor die Gerichte zu schleifen.«

»Liebhaber?« Kate riss die Augen auf. Sie konnte nicht anders. »Freddy!«

»Oh ja, es war ein ordentlicher Skandal«, sagte Freddy zufrieden. »War in einem absurd jugendlichen Alter, als er geheiratet hat, dieser Traherne, eine Liebesheirat, mit der einzigen Tochter des Duke of Wallace. Elisabeth hieß sie, glaube ich. Jedenfalls stellte sich heraus, dass es nur von seiner Scite eine Liebesheirat war. Noch nicht einmal ein Jahr nach Isabels Geburt erwischte Traherne sie – Elisabeth, natürlich – in voller Aktion mit irgendeinem irischen Dichter oder so, in seinem eigenen Haus – Trahernes Haus, natürlich – bei einem Ball, den sie gaben. Er warf den Kerl aus dem Fenster im zweiten Stock, soweit ich weiß, und ist am nächsten Tag direkt zum Anwalt gesaust.«

Kate schnappte nach Luft. »Oh Gott. Ist er gestorben?«

»Traherne? Natürlich nicht. Ich bin ziemlich sicher, dass er es ist, den du heute Abend gesehen hast. Er hat sich seit damals sehr zurückgezogen, verständlicherweise – eine Gastgeberin, die auf sich hält, würde ihn sowieso nicht einladen. Aber ich schätze, ihm ist klar geworden, dass er sich jetzt wieder in der Gesellschaft blicken lassen muss, wenn er diese kleine Höllenbraut jemals unter die Haube bringen will.«

Kate atmete tief durch, um nicht die Geduld zu verlieren. Ihre lange Bekanntschaft mit dem Earl of Palmer hatte sie besser für eine Laufbahn als Lehrerin qualifiziert, als das eine formale Ausbildung vermocht hätte.

»Ich *meinte*«, sagte sie ruhig, »ist der Liebhaber seiner Frau gestorben, als Lord Wingate ihn aus dem Fenster warf?«

»Ach so«, meinte Freddy. »Nö, gar nicht. Er hat sich erholt und die Frau geheiratet, nachdem die Scheidung durch war. Natürlich konnte keiner der beiden sich mehr in England blicken lassen. Niemand wollte noch mit ihnen zu tun haben, nicht einmal ihre eigenen Familien.«

»Und das Kind?«

»Das Kind? Du meinst Isabel? Na ja, Traherne hat sie aufgezogen, natürlich. Du kannst doch nicht glauben, dass er das seiner Frau überlassen hätte. Das heißt, seiner Exfrau. Ich glaube nicht, dass sie ihr Kind jemals wiedergesehen hat. Das wird er schon zu verhindern gewusst haben. Vor kurzem erst gab es noch einen kleinen Aufruhr, weil der alte Wallace – der Vater von Elisabeth – seine Enkeltochter sehen wollte und Traherne es verboten hat. Sehr hässlich, das Ganze, muss ich sagen.«

»Absolut.« Kate verzog angeekelt das Gesicht. »Eine wirklich schreckliche Geschichte.«

»Es wird noch schlimmer«, sagte Freddy freudig.

»Besten Dank, ich will's gar nicht hören.« Kate hob abwehrend die Hand.

»Aber es ist wirklich gut, ich bin sicher, es wird dir gefallen, Katie.«

Sie senkte die Hand und bedachte ihn mit einem

warnenden Blick. »Du weißt, ich hasse Klatsch, Freddy. Erst recht, wenn es um die so genannte feine Gesellschaft geht. Nichts langweilt mich mehr als die Zwiste und Zänkeleien derer, die über absurden Reichtum verfügen.«

Freddy grinste erfreut. »Oh, führen wir jetzt eine Diskussion? Ich liebe es, mit dir zu diskutieren, Katie. Es ist wie in alten Zeiten.«

Kate sah ihn zornig an. »Nein, das ist es nicht. Weil es nichts zu diskutieren gibt. Es gibt bei diesem Thema keine zwei möglichen Standpunkte. Mir wird schlecht, wenn ich höre, wie wohlhabende, gebildete Menschen unfähig sind, sich besser zu benehmen als ... als Straßenköter!«

»Das ist aber ein bisschen hart für den armen Traherne«, wies Freddy sie zurecht. »Wie ich gehört habe, hat er sich niemals vom Betrug seiner Frau erholt. Er ist zu einem kalten, verbitterten Schatten seines vormals lebhaften und lebensfrohen Wesens geworden.«

»Für mich sah er aber extrem lebhaft aus«, sagte Kate und dachte daran, mit welcher Leichtigkeit er sich seine Tochter über die Schulter geworfen hatte – die schließlich kein Fliegengewicht war, denn sie war einige Zoll größer als Kate und sicher um etliche Pfund schwerer.

»Oh, Mangel an weiblicher Gesellschaft hat er nicht«, versicherte Freddy. »Wie ich so mitbekommen habe, ist seine neueste Flamme Sara Woodhart. Ich hab dir doch von ihr erzählt, ich habe sie letzten Monat in *Macbeth* gesehen.«

Kate trennte sich von der Erinnerung an die kraftvolle Figur des Marquis und sagte: »Stimmt. Seine

Tochter hat etwas von einer Mrs Woodhart erwähnt, mit der ihr Vater jetzt lieber zusammen sei, statt von Ball zu Ball hinter ihr herzutrotten.«

»Deswegen hat er ja auch eine Kompanie von Anstandsdamen für sie angestellt, die auf sie aufpassen sollen. Was scheinbar nicht so gut klappt, wie ich beobachtet habe.«

Kate schüttelte den Kopf. »Er sollte wieder heiraten. Langfristig wäre das billiger für ihn. Und ich bin sicher, dass sich in der Horde der Gesellschaftsdämchen dieser Saison eine finden würde, die dumm oder gierig genug ist, seine Tändeleien mit geistlosen Schauspielerinnen zu tolerieren.«

»Nur dass er der Ehe auf immer abgeschworen hat. Das weiß auch jeder. Er sagt, die Ehe habe sein Leben ruiniert und das werde er bestimmt nicht noch einmal mitmachen, besten Dank.«

»Oh«, sprach Kate mit wissendem Blick. »Wie originell. Ein reicher, gut aussehender Adliger, der der Ehe abgeschworen hat. Da ist doch sicherlich jede in Frage kommende junge Dame in London ganz wild darauf, ihn davon wieder abzubringen.«

»Ha, siehst du?« Freddy grinste breit, lehnte sich vor und tätschelte ihre Hand. »Das war doch gar nicht so schlecht, oder? Du warst ganz gut. Ich bin ausgenommen stolz auf dich.«

Nachdem sie ihn zuerst verstört angeblinzelt hatte, verstand sie. Sie ballte die Hand, die er getätschelt hatte, zur Faust und sprang vom Stuhl auf.

»Das war nicht fair.« Sie drehte den Kopf von ihm weg und nahm eine steife Haltung ein.

»Doch, natürlich.« Freddy schien ihre Verärgerung nicht zu bemerken. Er gähnte und streckte sich vor dem Feuer. »Es war eine schöne Klatschrunde. Ich fühle mich wirklich wie in alten Zeiten.«

»Hör auf«, sagte Kate in Richtung Wand. Sie sprach so leise, dass er aufsah und erst jetzt merkte, dass sie aufgestanden war. Er sah sie verwundert an. »Es kann nie mehr so sein wie früher. Das weißt du doch.«

»Also Katie«, Freddy starrte, leicht alarmiert, auf ihren Rücken. »Jetzt fang nicht an, alles wieder auseinander zu nehmen ...«

»Freddy? Wie sollte ich das nicht tun?« Ihre Stimme war fest, ohne das kleinste Zittern.

»Katie«, sagte der Earl sanft. »Tu's nicht.«

»Ich kann nichts dagegen machen. Ich denke ständig daran. Vorgestern habe ich sogar ...«

»Hast du sogar was?«, fragte Freddy.

»Oh.« Sie schüttelte den Kopf. Als sie sich wieder zu ihm drehte, schienen ihre Augen unnatürlich hell. »Nichts.«

»Kate.« Seine Stimme klang ernst; der neckende Tonfall war verschwunden. »Sag's mir.«

Sie zuckte die Schultern und konnte ihn nicht ansehen: »Ich dachte, ich hätte ihn wiedergesehen.«

Er blinzelte. »Dachtest, du hättest wen gesehen?«

»Daniel Craven.« Die Worte, die von ihren Lippen kamen, klangen schwer; jede Silbe wie ein Ziegelstein, der zu Boden fällt. »Ich dachte, ich hätte Daniel Craven gesehen.«

Freddy war schon aufgesprungen, bevor sie zu Ende gesprochen hatte. Er kam zu ihr und nahm ihre Hand in seine. »Kate«, sagte er sanft. »Wir haben darüber schon so oft gesprochen.«

»Ich weiß«, sagte sie. Ihr Blick war auf den Teppich geheftet. »Ich weiß. Aber ich kann nichts dafür. Ich habe ihn *gesehen,* Freddy.«

»Du hast jemanden gesehen, der ihm ähnlich sieht. Das ist alles.«

»Nein.«

Kate entzog ihm ihre Hand, ging zum nächsten Fenster und teilte die Samtvorhänge. Blinden Auges sah sie auf die nebelverhangene Straße.

»Er war es«, sagte sie. »Ich weiß, dass er es war. Und obendrein, Freddy, ist er mir auch noch gefolgt.«

»Er ist dir gefolgt?« Freddy eilte an ihre Seite. »Wohin ist er dir gefolgt?«

»Genau hierhin, auf die Park Lane. Ich war mit den Jungen unterwegs ...«

»Daniel Craven«, meinte Freddy skeptisch. »Daniel Craven, den niemand seit sieben Jahren in London gesehen hat, ist dir ausgerechnet diese Straße entlang gefolgt?«

»Es ist mir bewusst, dass das absurd klingt.« Kate ließ den Vorhang vor das Fenster zurückfallen und drehte sich wieder dem Feuer zu. »Du denkst, dass ich verrückt bin. Vielleicht bin ich es ja auch ...«

Sichtlich besorgt betrachtete Freddy sie. »Nicht, dass ich dir nicht glaube, Kate. Es ist nur ...«

Sie stand inmitten des Feuerscheins und nestelte an der Lehne ihres Stuhls herum. »Es ist nur was?«, fragte sie, ohne ihn anzusehen.

»Na ja, und wenn es wirklich Daniel Craven war. Du kannst doch nicht immer noch glauben, dass er etwas mit dem Tod deiner Eltern zu tun hat, oder? Ich dachte, wir hätten das geklärt. Was stellst du dir denn vor?« Er schüttelte den Kopf. »Dass er nach sieben Jahren zurückgekommen ist, um dich auch noch zu erledigen?«

Kate schob das Kinn vor. »Ja. Genau das habe ich gedacht. Es tut mir Leid, falls du das albern findest.«

»Nun komm schon, Kate«, rief Freddy. »Sieh mich nicht so an. Du weißt doch, es gibt nichts auf der Welt, wirklich gar nichts, was ich nicht für dich tun würde. Aber diese Spinnerei über Daniel – du weißt, was die Leute damals darüber gesagt haben.«

Mit verdüsterter Miene ließ sich Kate wieder auf ihren Stuhl sinken. »Natürlich weiß ich das noch. Alle dachten, ich hätte es mir ausgedacht. Ich hatte vergessen, dass du einer von ihnen warst«, fügte sie voller Bitterkeit hinzu.

»Kate, also wirklich«, sagte er in sanft rügendem Tonfall. »Du hast schon immer sehr viel Phantasie gehabt. Das ist auch gar nicht schlimm, im Gegenteil. Ich bin sicher, bei deinen kleinen Schützlingen ist es sehr nützlich, aber ...«

»Schon gut.« Kate senkte müde die Lider. »Schon gut. Ich kann Daniel Craven gar nicht gesehen haben. Ich werde es nicht wieder erwähnen. Aber was dich betrifft ... du musst damit aufhören, mir Anträge zu machen. Ich kann es nicht mehr ertragen. Wirklich nicht. Ich meine, abgesehen davon, dass ich nicht in dich verliebt bin, ich will nichts mehr mit diesen Leuten zu tun haben ...«

»Diese Leute«, echote Freddy. »Die feine Gesellschaft, meinst du?«

»Ich habe nie irgendetwas Feines an ihnen entdeckt«, sagte Kate steif. »Oder etwas Freundliches und Zuvorkommendes. Mein Gott, Freddy, ich bin ziemlich sicher, dass mich Cyrus Sledges Papua-Neuguineer mit mehr Mitgefühl behandelt hätten, als deine Mutter – oder diese ganzen Leute, die vorgaben, meine Freunde zu sein – es *jemals* getan haben. Ich würde eine Gesellschaft, die nichts Besseres zu tun weiß, als über mich zu tuscheln, ja, mich für das verantwortlich zu machen, was mein Vater getan hat, wohl kaum als fein oder höflich bezeichnen ...«

»Zur Hölle!«

Diesmal war es der Earl, der durch den Raum streifte, die Fäuste in den Hosentaschen geballt.

»Ich bin gekommen, um dich auszuführen und dir einen schönen Abend zu machen, Kate«, erklärte er. Er stand hinter einem Tisch voller ausgestopfter Vögel unter halbrunden Glasbehältern. »Du solltest vergessen können, wenigstens für eine kurze Zeit. Wie kommt es nur, dass, je mehr ich versuche, dich abzulenken, wir es immer wieder schaffen, bei diesem Thema zu landen?«

Kate drehte sich auf dem harten Stuhl herum, um ihn anzusehen. Ein kleines Lächeln spielte um ihre Lippen. »Wie das kommt? Freddy, sieh dich doch um! Wir sitzen hier im Salon anderer Leute, weil ich keinen eigenen mehr habe und mich nicht in deinen wagen würde, aus Angst vor dem, was deine Mutter sagen könnte. Freddy, ich bin der lebende Beweis dafür, dass die Götter die Sünden der Väter auf die Kinder übertragen ...«

»Ich dachte«, unterbrach Freddy, »dass du die Bibel nicht leiden kannst. Du hast immer gesagt, es gäbe zu wenig weibliche Rollen, als dass sie interessant sein könnte ...«

»Das war kein Bibelzitat, Freddy, das war Euripides. Hast du denn *niemals* in der Schule aufgepasst?«

Freddy ignorierte die Frage. »Mir ist danach, irgendetwas zu zertrümmern«, erklärte er laut.

»Na dann«, sagte Kate, »gehst du wohl besser. Ich kann es mir nicht leisten, entlassen zu werden. Die Sledges sind zwar zum Gähnen langweilig, aber wenigstens sind sie freundlich, was ich lange nicht von allen meinen vergangenen Arbeitgebern sagen kann.«

»Zur Hölle«, sagte Freddy wieder und wandte sich gerade zum Gehen, als sich der Türknopf drehte und ein sehr nervös wirkender Cyrus Sledge den Kopf hereinsteckte.

»Oh, mein lieber Lord Palmer«, sagte er und wedelte mit einer Hand voll Pamphlete, »ich sehe, Sie wollen gehen. Bevor Sie das tun, bitte, nehmen Sie einige dieser Traktate. Wenn Sie möchten, meine ich. Sie erleuchten vorzüglich ein Thema, von dem ich sicher bin, dass es einen jungen Mann wie Sie faszinieren wird. Das unglückselige Schicksal der Papua-Neuguineer ...«

Der Gesichtsausdruck des Earls sagte Kate, dass ihr Brotgeber besser daran täte, die Traktate bis zum nächsten Mal aufzusparen. Sie beeilte sich, aufzustehen und ihm das zu Bewusstsein zu bringen.

»Oh, Mr Sledge«, sagte sie. »Lord Palmer geht es nicht so gut. Er hat ein wenig Kopfschmerzen. Vielleicht ein anderes Mal ...«

»Kopfschmerzen?« Cyrus Sledge maß die robuste Erscheinung des Earls mit einem schiefen Blick. »Wissen Sie, wie die Papua-Neuguineer Kopfschmerzen kurieren, Sir? Sie kauen eine bestimmte Baumrinde, spucken die vorverdauten Stücke in ein großes Lehmgefäß mit einem Deckel von mastoider

Form, dessen Inhalt einige Tage in der Hitze fermentiert ...«

»Kate«, sagte Freddy mit erstickter Stimme.

Kate legte beruhigend eine Hand auf seinen Arm. »Es ist alles in Ordnung, Freddy«, sagte sie sanft. »Wenn Sie mich entschuldigen, Mr Sledge, ich bringe Seine Lordschaft nur kurz zur Tür.«

»Er hat ›mastoid‹ gesagt, Kate«, zischte Freddy, während sie ihn zur Tür lotste, wo Phillips bereits mit Hut, Stock und Umhang des Earls wartete. »Er hat ›mastoid‹ gesagt!«

»Es ist nicht, was du denkst, Freddy. ›Mastoid‹ heißt ›warzenartig‹. Das ist alles.«

»Oh.« Erleichtert ließ Freddy den Butler den Umhang um seine Schultern drapieren. »Ich dachte ... ich dachte ...«

»Ich weiß, was du dachtest«, sagte Kate. »Denk nicht mehr dran.« Sie reichte ihm Stock und Handschuhe, während er seine Kopfbedeckung fest auf das kurze blonde Haar drückte. »Ich sehe dich nächste Woche. Hol mich um sieben Uhr ab.«

Freddy nickte. »Ja, das ist wohl besser. Es klappt ja doch nicht, wenn wir versuchen, uns irgendwo zu treffen.«

»Nein«, stimmte sie zu. »Nicht, wenn du nie daran denkst, eine Adresse zu notieren. Gute Nacht, Freddy.« Sie bemerkte Phillips' Blick. »Ich meinte, Lord Palmer.«

Kaum hatte Phillips die Haustür hinter dem Earl geschlossen, steckte Mrs Sledge den Kopf über die Balustrade im ersten Stock und fragte mit trällernder Stimme: »Hat er die Traktate mitgenommen, mein Liebster?«

Cyrus Sledge sah bedrückt auf die Pamphlete herab, die er in der Hand hielt. »Nein, mein Liebling«, rief er traurig zurück, »hat er nicht.«

Angesichts dieser Enttäuschung konnte Kate nicht anders, als zu behaupten: »Doch, hat er wohl. Als Sie nicht hingeschaut haben, habe ich ein paar von denen, die auf dem Tischchen beim Eingang lagen, in die Tasche Seiner Lordschaft gesteckt.«

Mrs Sledge sog hörbar den Atem ein. »Dann wird er sie wahrscheinlich noch heute Abend finden, wenn er sich auskleidet!«

Kate schaffte es auf bewundernswerte Weise, ein unbewegtes Gesicht zu machen. »Das ist höchst wahrscheinlich, Madam«, sagte sie.

»Und er wird sie noch lesen, bevor er schlafen geht.« Mr Sledge war glücklich. »Und wenn er eingeschlafen ist, wird Seine Lordschaft von den Papua-Neuguineern träumen! Meinen Sie nicht, Miss Mayhew?«

»Ich kann mir kaum vorstellen, dass er von etwas anderem träumen kann«, sagte Kate ehrlich, »wenn er die Traktate gelesen hat.«

Die Sledges zogen sich in ihr Gemach zurück, wobei sie sich gegenseitig beglückwünschten, einen neuen Anhänger des wundertätigen Reverend Billings geworben zu haben. Damit ließen sie Kate mit Butler Phillips allein zurück.

»Miss Mayhew«, sprach Mr Phillips, während er die Vordertür abschloss.

»Ja, Mr Phillips?«, antwortete Kate vorsichtig.

»Am früheren Abend, als wir unten ein paar Worte wechselten ...«

Sie konnte es kaum fassen, war er tatsächlich im

Begriff, sich für seine Unverschämtheiten zu entschuldigen? Misstrauisch fragte sie: »Ja, Mr Phillips?«

»... habe ich vergessen, etwas zu erwähnen.« Er drehte sich um und sah sie an. »Könnten Sie in Zukunft dafür sorgen, dass diese Kreatur, die Sie besitzen, auf Ihr eigenes Zimmer beschränkt bleibt? Heute Morgen habe ich einen Haarballen in einem meiner Schuhe entdeckt.«

Ohne ein weiteres Wort drehte er sich um und steuerte die gepolsterte Tür an.

Kate fühlte sich plötzlich sehr müde. Sie lehnte sich gegen die Wand. Gut, dachte sie bei sich. Ab jetzt würde sie sich an ihren freien Abenden nur noch in ihrem Zimmer einschließen, allein mit einem Buch.

3. Kapitel

Es war bereits weit nach Mitternacht, als Burke an die Tür von Sara Woodharts Appartement in der Dorchester Street klopfte. Trotzdem, *so* lange sollte sie eigentlich nicht brauchen, um zu öffnen. Schließlich verließ sie das Theater normalerweise nicht vor elf. Sie konnte unmöglich schon zu Bett gegangen sein, obwohl ... Burke zog während des Wartens die Taschenuhr aus seiner Westentasche und kniff die Augen in dem schwachen Flurlicht zusammen.

Na gut, es war doch schon drei Uhr vorbei. Dennoch ... Sara ging nie vor fünf schlafen. Er musste es wissen, er war es schließlich, der sie in den letzten Wochen wach gehalten hatte.

Doch als sich die Tür endlich öffnete, war es nicht das sorgfältig mit Puder und Rouge bedeckte Antlitz seiner Mätresse, das ihm entgegenblickte, sondern das bäuerliche, sauber geschrubbte Gesicht ihrer Zofe. Blinzelnd und sich die Augen reibend, sagte Lilly – mit unangemessenem Erstaunen in der Stimme, wie Burke fand: »Oh! Mylord! Sie sind es!«

»Ja, Lilly«, sagte Burke viel geduldiger, als ihm eigentlich zumute war. »Natürlich bin ich es. Wen hast du erwartet, wenn ich fragen darf? Den Weihnachtsmann?«

»Oh nein, Mylord«, sagte Lilly und warf einen Blick zurück über die Schulter in das dunkle Appartement. »Natürlich nicht, nein. Nicht den Weihnachtsmann, nein. Nur eben auch nicht Sie. Ich dachte nicht ... ich dachte nicht, dass wir Ihre Lordschaft zu sehen bekämen ... nicht heute Nacht.«

»Warum nicht, Lilly? Ist Mrs Woodhart plötzlich krank geworden oder etwas in der Richtung?«

»Oh nein, Sir. Nur, weil Ihre Lordschaft nicht im Theater aufgetaucht sind ...«

»Ja?«

»Na ja, wir dachten eben nur, dass wir Sie heute Nacht nicht zu sehen bekämen, das ist alles.«

»Tja«, sagte Burke, »da habt ihr euch geirrt. Hier bin ich. Also, lass mich jetzt rein, Lilly oder soll ich die ganze Nacht in diesem zugigen Flur stehen?«

Lilly drehte sich noch einmal um. »Hm, ja, natürlich können Sie reinkommen ... Nur, Mrs Woodhart schläft schon, wissen Sie.«

»So etwas habe ich mir schon gedacht. Aber ich denke nicht, dass es ihr etwas ausmacht, wenn ich sie wecke.«

Burke hatte nicht das Gefühl, sich bei dieser Annahme etwas vorzumachen. Das samtumhüllte Kästchen in der Tasche seines Umhangs war seine Gewährleistung, dass es Sara bestimmt nichts ausmachen würde, mitten in der Nacht geweckt zu werden – und schon gar nicht von Burke Traherne. Eigentlich hatte er vorgehabt, ihr das Armband erst im nächsten Monat zu schenken – an ihrem Geburtstag –, doch dann war er auf die Idee gekommen, seinen Juwelier bis dahin mit der Anfertigung einer passenden Kette und Ohrringen zu beauftragen. Diamanten, hatte er in den vergangenen Jahren gelernt, waren der sicherste Weg, das Herz einer Frau zu erobern.

Lilly stammelte herum. »Könnten Sie vielleicht warten, Sir, und *ich* versuche erst einmal, sie zu wecken? Sie hat sich etwas unpässlich gefühlt, als sie nach Hause kam ... Und Sie wissen doch, dass sie sich vorher gern für Sie herrichten würde ...«

»Natürlich werde ich warten, Lilly. Aber würde es dir wirklich so viel ausmachen, wenn ich das drinnen tue?«

Lilly nickte, ließ ihn aber nur zögerlich hinein und machte gerade mal eine einzige Lampe an, während sich Burke auf einer Couch niederließ – in der Art eines Mannes, der ein gutes Recht darauf hat. Was er natürlich auch besaß, schließlich war er es, der die Miete bezahlte. Auch die Couch hatte er bezahlt.

Er beschloss, mit Sara über Lilly zu sprechen. Der Herrgott war sein Zeuge, es war verdammt schwer, heutzutage gutes Personal zu finden – Miss Pitt war ein typisches Beispiel. Dennoch war dieses Mädchen hier eindeutig schwer von Begriff. Vielleicht konnte Lady Chittenhouse eine gute Zofe für eine Lady empfehlen. Er könnte ihr gegenüber ja so tun, als suche er eine für Isabel ...

Burke saß im Halbdunkel und grübelte vor sich hin. Der bloße Gedanke an Miss Pitt brachte ihn an den Rand eines Wutausbruchs. Diese alte Frau war an allem schuld. Wenn sie nicht in letzter Minute gekündigt hätte, hätte er nicht den Großteil des Abends damit verbringen müssen, mit Isabel zu streiten. Streiten? Wen wollte er hier eigentlich verschaukeln? Er hatte den Großteil des Abends damit verbracht, hinter ihr herzujagen. Seine neuen Kniebundhosen – ganz zu schweigen von den Schuhen –

waren vollkommen ruiniert, nachdem sie aus der Kutsche entwischt war und er bei seiner wilden Verfolgungsjagd durch den Straßenschlamm laufen musste. Sie hatten nach Hause zurückkehren müssen, um sich umzuziehen, bevor sie es wagen konnten, bei Lady Peagrove zu erscheinen. Zu seinem Ärger war es dort genauso, wie es diese nervtötende junge Frau auf der Straße beschrieben hatte: ein fürchterliches Gedränge von Mitläufern und Verwandtschaft vom Lande. Nicht ein einziger in Frage kommender Kandidat.

Allesamt eher fraglich, das war genau das Problem. Nicht ein einziger Kerl, dem er Isabel zum Tanz, geschweige denn für die Ehe anvertraut hätte. Jeder, der etwas darstellte – das hatte ihm ein anderer missgestimmter Vater versichert –, war bei Dame Ashfort's.

Um Himmels willen, woher hätte er das wissen sollen? Von einem Mann konnte man nicht erwarten, dass er solche Dinge wusste. Dafür hatte er ja eine Gesellschafterin angestellt. Konnte er etwas dafür, dass Gesellschafterinnen – oder Anstandsdamen – scheinbar alle verblödet waren? Außerdem kam er zu dem Schluss, dass er für Isabel keine Anstandsdame brauchte, sondern einen verdammten Langstreckenläufer. Sie hatte eine wirklich gute Jagd mit ihm veranstaltet, die ganze Piccadilly Street hinab. Er hatte sie schließlich am Trafalgar Square eingefangen, und das nur, weil sie angehalten hatte, um zu Atem zu kommen, und weil sie in ihrem weißen Kleid zwischen den ganzen Huren und Blumenverkäuferinnen aufgefallen war.

Und was hatte sie getan, als er sie eingeholt hatte?

Gelacht! Als ob das Ganze nichts sei als ein netter kleiner Witz.

Ein Witz! Und dann musste er sich den Rest des Abends Lady Peagroves Entschuldigungen anhören, weil keine Gleichaltrigen für Isabel anwesend waren – sie könne sich ja gar nicht vorstellen, wo die heute alle blieben –, aber hatte Lord Wingate denn schon ihre Cousine Ann kennen gelernt? War sie nicht liebreizend? Letztes Jahr verwitwet, übrigens, die Ärmste, und jetzt saß sie in Yorkshire fest mit diesen drei quirligen Jungs und einer zweihundertköpfigen Rinderherde, ganz ohne einen Mann, der alles regelt.

Oh ja. Burke hatte sich mit Mühe und Not zurückhalten müssen, um nicht sein Champagnerglas samt Inhalt in die Menge zu pfeffern.

Miss Pitt. Es war alles ihre Schuld. Hätte sie nicht das Handtuch geworfen ...

Und dieses Mädchen. Die mit dem Regenschirm. Sie war auch schuld. Sie und ihr teuflisches Mundwerk. Hätte sie bloß den Mund gehalten über Lady Peagroves Tanzgesellschaft ...

War es ein Naturgesetz, dass Gouvernanten und Anstandsdamen ihrem Plappermaul stets freien Lauf ließen? Vielleicht konnte er eine finden, deren Zunge bei einem tragischen Unfall abhanden gekommen war. Aber wie sollte eine stumme Gesellschafterin mit Isabel fertig werden? Er war ziemlich sicher, dass er mittlerweile alle Anstandsdamen sämtlicher Töchter von Lady Chittenhouse durchhatte; sie alle hatten Zungen gehabt und keine von ihnen hatte auch nur den geringsten Erfolg bei Isabel. Wo sollte er die nächste finden? Musste er eine Anzeige aufgeben? Wahrscheinlich. Es würde Tage dauern und überdies endlose Gespräche mit runzligen Witwen und alten Jungfern erforderlich machen. Dann mussten noch ihre Referenzen überprüft werden, was noch zeitaufwändiger war. Besonders, wenn sie gelogen hatten.

Und sie logen alle.

Das war nicht die Art Beschäftigung, mit der ein Mann in den besten Jahren – und genau das war Burke – seine Zeit verbringen sollte. Bei all den Vorstellungsgesprächen mit Anstandsdamen und dem gleichzeitigen Aufpassen auf Isabel, damit sie nicht aus dem Haus schlich, um diesen jämmerlichen Saunders zu treffen – Gott, wie gern hätte Burke diesem Nichtsnutz eine Kugel in den Schädel gejagt! –, würde er keine Zeit für sich selbst haben. Überhaupt keine.

Es war kein Wunder, dass Sara schon zu Bett war. War er wirklich ein Mann, für den es sich lohnte, wach zu bleiben?

Was dachte er da? Natürlich war er das!

Nur dass ... es ihm ein wenig komisch vorkam, diese verfrühte Bettruhe. Seine Erfahrung hatte gezeigt, dass Schauspielerinnen und Sängerinnen im Allgemeinen bis in die frühen Morgenstunden aufblieben, um dann bis nachmittags zu schlafen. Sara war da keine Ausnahme gewesen. Vermutlich war sie wütend auf ihn, weil es wieder so spät geworden war. Es war wirklich kein Wunder, dass sie schon im Bett lag. Sie war eine Frau – eine sehr leidenschaftliche Frau – und wie Frauen eben sind, hatte sie Anstoß genommen an seiner Verspätung. Er hätte eigentlich damit rechnen müssen.

In diesem Moment bemerkte er die Stiefel.

Sie hatten noch nicht einmal versucht, sie zu verstecken. Vielleicht hatte Lilly nicht gewusst, dass sie hier standen. Im Schatten der langen Vorhänge, die die französische Tür zu Saras Schlafzimmer verdeckten – die Tür, durch die Lilly gerade verschwunden war –, stand ein Paar große Lederstiefel. Burke musste nicht erst aufstehen und nachsehen, um sicher zu sein, dass es Männerstiefel waren, und nicht etwa ein Paar von Sara, die sie achtlos hatte herumliegen lassen. Sie war eine große Frau, zugegeben, aber nicht groß genug, als dass ihr Stiefel passen würden, die er selbst hätte tragen können.

Burke saß auf dem Sofa und seufzte.

Langsam wurde es ihm wirklich zu viel. Würde er es nicht besser wissen, könnte er glatt auf die Idee kommen, dass es an ihm lag. Es musste doch einen Grund geben, warum es allen Frauen so schwer fiel, ihm treu zu sein. War es wirklich so, wie er es sich seit damals versucht hatte weiszumachen? Seit jenem unglückseligen Abend, als er Elisabeth und diesen Spitzbuben O'Shawnessey auf der Brüstung entdeckt hatte, in leidenschaftlicher Umarmung? Er war zu dem Schluss gekommen, dass alle Frauen unstete, schwankende Kreaturen waren, völlig unfähig, eine Bindung einzugehen.

Oder stimmte etwas mit ihm nicht, etwas, das die Frauen von ihm forttrieb? Er war in der Vergangenheit des Öfteren bezichtigt worden, kalt zu sein, kein Herz zu haben. War es möglich, dass das stimmte?

Sehr wahrscheinlich sogar. Und das ging auf Elisabeths Konto. Wie auch immer sein Herz gewesen sein mochte, in dieser Winternacht vor sechzehn

Jahren hatte sie es ihm herausgerissen, die Treppe hinabgeworfen und zertreten.

Das war wahrscheinlich auch der Grund dafür, warum es ihn in diesem Moment überhaupt nicht schmerzte. Kein bisschen ... obwohl das sicher normal wäre, angesichts dieser Stiefel da.

Die französischen Türen wurden aufgeworfen, und die gefeierte Mrs Woodhart, prachtvoll anzusehen in einem durchscheinenden Negligee, das er als eines erkannte, das er für sie erworben hatte, stand im Lichtschein, ihr mitternachtschwarzes Haar fiel über ihre Schultern fast bis zur Taille hinab.

»Darling!«, rief sie in ihrer kehligen Stimme, die sie zum momentanen Liebling der Londoner Gesellschaft gemacht hatte. »Da bist du ja! Was, um Himmels willen, hat dich aufgehalten?«

Burke sah von der bezaubernden Erscheinung im Türrahmen hinab zu dem Paar Stiefel, die nur einen Fuß neben ihr standen, jedoch im Schatten verborgen und daher für Sara nicht sichtbar waren.

Er sagte einfach nur: »Isabel.«

»Oh nein!« Sara schüttelte den Kopf. »Nicht schon wieder. Was hat sie denn diesmal angestellt? Ich hoffe, es geht nicht schon wieder um diesen grässlichen Saunders. Weißt du, Burke, ich habe gehört, er hat Tausende Pfund Schulden in Oxford. Spielschulden! Es gibt nichts Schlimmeres als Spieler, außer vielleicht Spieler, die ihre Schulden nicht bezahlen können, und ich schätze, genau das trifft auf unseren Mr Saunders zu.«

Burke hatte bis jetzt vollkommen still dagesessen. Er hatte sich noch nicht einmal seines Umhangs entledigt, nur den Hut hatte er abgenommen. Jetzt kam er langsam auf die Beine.

»Du musst wegen diesem Kind etwas unternehmen«, sagte Sara. Sie war nicht groß genug, um Burke direkt in die Augen zu sehen, wenn er sich zu voller Größe aufrichtete, aber sie brauchte dazu nur leicht das Kinn zu heben. Es hatte eine Zeit gegeben, in der er Sara Woodharts angehobenes Kinn sehr reizvoll gefunden hatte. Heute jedoch stellte er bei diesem Anblick fest, dass ihr neben dem Mundwinkel aufgemalter schwarzer Schönheitsfleck verschmiert war. Außerdem bemerkte er ein rotes Mal an der Stelle, wo sich der Kragen des Negligees öffnete und den Blick auf ihren elfenbeinfarbenen Hals freigab.

»Wirklich, Burke«, sagte Sara gerade, »du erlaubst ihr, dass sie total verwildert. Du darfst nicht zulassen, dass sie die Zügel in der Hand hält. Du musst die Verantwortung für sie übernehmen, ihr zeigen, wer das Kommando hat.«

Burke begann, sich langsam die Handschuhe auszuziehen, indem er an jedem Finger einzeln zog.

»Das Problem mit diesen Anstandsdamen, die du ständig anstellst«, fuhr sie fort, ohne zänkisch oder giftig zu klingen – sie war niemals zänkisch oder giftig, darin bestand ein großer Teil ihres Charmes: »Das Problem ist, sie haben Angst, gefeuert zu werden, wenn sie nicht genau das tun, was Lady Isabel sagt. Du musst jemanden finden, der davor keine Angst hat und ihr in aller Deutlichkeit sagt, was aus ihr werden wird, wenn sie sich weiterhin benimmt wie ein kleiner Wildfang.«

Burke hatte sich die Handschuhe mittlerweile ausgezogen und sagte ruhig: »Geh zur Seite, Sara.«

Mrs Woodhart wurde sich wieder ihrer Lage gewärtig. Mit einem zittrigen kleinen Lachen sagte sie: »Oh, Burke. Hat dir Lilly nichts gesagt? Ich fürchte, ich habe ein Kratzen im Hals. Ich bin direkt ins Bett gegangen heute, nachdem ich eine Gallone Tee mit Honig getrunken hatte. Am besten kommst du mir nicht zu nahe, mein Liebster, sonst steckst du dich noch an. Dr. Peters meint, ich soll meinem Hals Ruhe gönnen oder ich bin in der morgigen Vorstellung zu nichts zu gebrauchen.«

Burke klatschte seine schwarzen Lederhandschuhe gegen die Handfläche. Er hatte es nicht eilig, er hatte alle Zeit der Welt.

»Geh zur Seite, Sara«, wiederholte er. »Es gibt da etwas, was ich tun muss, dann mache ich mich wieder auf den Weg und du kannst dich ausruhen.«

Sara schielte über die Schulter in das dunkle Schlafzimmer hinter ihr. »Wirklich, Burke«, sagte sie etwas zu laut, »ich kann mir nicht vorstellen, was du in dem Schlafzimmer willst, wo ich dir doch gerade gesagt habe, dass ich mich nicht gut fühle ...«

»Es gibt da etwas«, sagte Burke ohne Eile, »das ich vergessen habe, als ich das letzte Mal hier war.«

Sara drehte sich wieder zu ihm und hob die perfekt gewölbten Schultern. »Wie du willst«, sagte sie in ihrem speziellen Du-bekommst-was-du-verdienst-Tonfall, den sie normalerweise für jene jungen Männer reservierte, die mit Frostbeulen hinter dem Bühneneingang warteten, um wenigstens einen Blick auf sie zu erhaschen.

»Danke«, sagte Burke knapp. Als er an ihr vorbeistrich, nahm er einen Hauch ihres Parfums wahr – eine Kreation, die sie zusammen mit einem ansässigen Chemiker erfunden hatte und von der sie hoffte, sie als den persönlichen Duft der größten Londoner Aktrice vermarkten zu können. Es war geplant, das Gebräu ›Sara‹ zu taufen. Seltsamerweise erinnerte es Burke an Geißblatt, welches in seiner Kindheit vor den Pferdeställen gestanden hatte. Da dies keine unangenehme Erinnerung war, mochte er den Duft; doch manchmal fragte er sich, ob die Pferde-Note von Sara so beabsichtigt war.

Im Schlafzimmer war es dunkel bis auf den schwachen roten Schein des fast verendeten Kaminfeuers. Das große Himmelbett war leer, aber beide Kopfkissen hatten Mulden; vor wenigen Augenblicken hatten noch zwei Köpfe darauf gelegen ... Sara, die nie besonders ordentlich war, hatte ihre Kleider auf dem Boden verstreut liegen gelassen. Zwischen Strumpfhaltern, Unterröcken und Satinschuhen konnte Burke jedoch keine Männerkleidung ausmachen.

Dann bemerkte er einen Schatten jenseits der französischen Türen, die auf die Terrasse führten. Der Mond hatte ein Loch im Nebel gefunden und so konnte Burke deutlich einen Ellbogen auf der anderen Seite der Glasscheiben erkennen.

Er schritt Richtung Tür und legte beide Hände auf die Griffe. Hinter ihm schnappte Sara nach Luft und er konnte Lilly – ziemlich deutlich – sagen hören: »Oh Mamma Mia.«

Er riss die Türen auf. Dort, zitternd in der kalten Frühlingsluft, stand ein Mann – ein Bein schon in der Kniebundhose, das andere noch nicht. Er erstarrte, im wörtlichen Sinne, als er Burke sah. Seine Augen weiteten sich zur Größe von Hühnereiern. Während Burke dort stand und überlegte, dass er den Kerl nicht kannte, was aber im Grunde nicht weiter verwunderlich war, da es in London viele Leute gab, die er nicht kannte, wandte der Mann für einen Moment die Augen von Burke ab und sah – nur einmal – kurz über die Brüstung des Balkons auf die Straße, die sich mehrere Stockwerke tiefer befand. Er schluckte hörbar.

Burke gab ein tonloses Lachen von sich. »Machen Sie sich keine Sorgen«, sagte er. »Ich werde Sie nicht dort runterwerfen.«

Der Mann, der eigentlich noch ein Junge war – bestimmt keinen Tag älter als fünfundzwanzig –, stammelte mit blau gefrorenen Lippen: »N-nein, Mylord?«

»Sicher nicht«, meinte Burke. »Die Tage, in denen ich Leute aus Fenstern und über Brüstungen geworfen habe, sind lange vorbei.«

»W-w-wirklich, Mylord?«

»Lange schon. Rage erfordert Leidenschaft, wissen Sie, und ich habe schon lange keine Leidenschaft mehr empfunden – schon gar nicht für eine Frau. Das werden Sie auch noch erfahren, mein Sohn, wenn Sie erst älter sind.«

Der Junge sah enorm erleichtert aus. »Oh ... danke sehr, Mylord.«

»Aber nur, weil ich nicht in Rage bin«, fuhr Burke in leichtem Ton fort, »bedeutet das nicht, dass ich auf angemessene Genugtuung verzichten werde. Ich erwarte Sie morgen früh in der Dämmerung – obwohl, nein, das ist viel zu früh. Das sind ja nur noch wenige Stunden. Wie wär's mit der Abenddämmerung? Auf der anderen Seite des Parks. Sie haben die Wahl der Waffen. Pistole oder Klinge?«

Das Herz des jungen Mannes, das die ganze Zeit

sichtbar gegen seine nackte Brust gehämmert hatte, erlitt ein spastisches Zucken. »Oh Sir«, sagte er, »bitte, ich ...«

»Also Pistole«, sagte Burke, denn er bezweifelte, dass der Kerl anständig fechten konnte. Fechten war einst ein wichtiger Bestandteil der Ausbildung eines echten Gentleman gewesen, aber in den letzten Jahren war es zu einer vernachlässigten Kunst geworden. Burke fand das bedauernswert. »Bringen Sie eine zweite Pistole mit. Ich bringe den Arzt. Gute Nacht.«

Er drehte sich um und ging zurück ins Schlafzimmer. Dort hatte sich Sara quer übers Bett geworfen und heulte haltlos.

»Oh bitte, Burke!«, weinte sie und hob ihr schönes, tränenverschmiertes Gesicht von dem spitzenbesetzten Kissen. »Du verstehst nicht! Er hat mich gezwungen! Ich habe ihn bloß auf einen Drink eingeladen, und kaum waren wir hier, drängt er sich auf mich!«

Burke nickte und zog die Handschuhe wieder an. Er hatte vorgehabt, sie seinem Rivalen quer durchs Gesicht zu schlagen, aber als er den zitternden Jungen in Augenschein genommen hatte, konnte er es nicht über sich bringen. Er bereute jedoch, seine Reitgerte nicht parat zu haben. Die hätte er liebend gern für Mrs Woodharts großzügig ausgestatteten Hintern verwendet, denn es schien, dass sie eine Tracht Prügel dringend nötig hatte.

»Bitte, Sara«, sagte er. »Deine Theatralik bringt dir Applaus auf der Bühne ein, aber an mich ist sie verschwendet. Wenn hier heute Nacht irgendjemand auf jemanden Zwang ausgeübt hat, dann warst wohl eher du es. Hör auf zu heulen und hör mir gut zu.«

Aber Sara hatte sich so gut warmgespielt, dass sie nicht mehr aufhören konnte. »Burke!«, rief sie. »Weißt du nicht, dass ich nur dich lieben kann? Nur dich, Burke!«

Er seufzte. »Hör mir zu, Sara. Die Miete für das Appartement ist schon für den kompletten Monat bezahlt. Aber ich erwarte, dass du zum nächsten Ersten ausgezogen bist. Das verstehst du doch sicher.«

An diese Stelle platzierte Sara einen Schluchzer. Wenn sie nur halb so viel Energie auf ihre Rolle als Lady Macbeth verwendet hätte, überlegte Burke, hätte sie bei den Kritikern wesentlich besser abgeschnitten. Ihren Erfolg verdankte sie den Zuschauern, die sie für ihr außergewöhnlich gutes Aussehen liebten.

Nun, er war da nicht etwa anders.

»Du kannst die Juwelen und die Kutsche behalten«, sagte er und bemerkte, dass er an Biss verloren hatte. Noch vor einem Jahr hätte er die Kutsche zurückverlangt, aber jetzt war ihm das viel zu gleichgültig. »Und natürlich die Kleider und Hüte und was nicht noch alles.« War das alles? Er versuchte sich zu erinnern. Hatte er ihr noch etwas gegeben?

Nein, er war sich ziemlich sicher. Mehr hatte sie nicht von ihm. »Tja«, sagte er, während er zusah, wie die schätzenswerte Mrs Woodhart die Matratze mit den Fäusten bearbeitete, »Gute Nacht dann, Sara.«

Er verließ den Raum und erhielt seinen Hut von Lilly, die mit geweiteten Augen und ziemlich entschlossen – für so eine kleine Landpomeranze – sprach: »Wenn Sie bloß hier gewesen wären heute Abend, statt sich irgendwo herumzutreiben, Mylord! Dann wäre das alles nicht passiert. Mit den beiden, meine ich.«

Burke hob die Brauen ob dieser weisen Betrachtung. »Tja, Lilly. Es tut mir schrecklich Leid. Aber ich habe mich nicht herumgetrieben, wie du es so charmant auszudrücken beliebst. Ich musste auf meine Tochter aufpassen.«

Lilly schüttelte den Kopf, sichtlich unglücklich über den Verlust ihrer komfortablen Residenz. »Es gibt Leute, die man *anstellen* kann, um auf Töchter aufzupassen, Mylord«, sagte sie bitter, bevor sie ihm die Türe vor der Nase zuknallte.

Als er so auf diesem Hotelflur stand, vor einer Suite, für die er gezahlt hatte, ließ sich Burke die Worte des Dienstmädchens noch einmal durch den Kopf gehen. »Es gibt Leute, die man anstellen kann, um auf Töchter aufzupassen.« Wie viele hatte er angestellt? Er hatte aufgehört zu zählen, wie viele Frauen ihre Taschen in dem Raum ausgepackt hatten, der an das Zimmer seiner Tochter grenzte. In der Regel hatten sie sie bereits wenige Tage später wieder eingepackt, um – fast immer – in Tränen aufgelöst zu verschwinden. Gab es keine Frau in England, mit der es Isabel länger als eine Woche aushielt? Wen konnte er bloß anstellen, um die Göre zufrieden zu stellen?

Genau diese Frage hatte er Isabel nach der Rückkehr von Peagroves Tanzgesellschaft gestellt. »Jemanden wie Miss Mayhew!«, hatte sie geantwortet, bevor sie die Schlafzimmertür vor seiner Nase zuknallte, um ihren Worten Nachdruck zu verleihen.

Nun denn, entschied Burke dort auf dem Flur vor der Tür von Sara Woodhart. Wenn es Miss Mayhew war, die Isabel wollte, dann, bei Gott, sollte sie auch Miss Mayhew kriegen.

4. Kapitel

Kate setzte Lady Babbie auf ihren Schreibtisch und fragte: »Was soll ich bloß mit dir machen?«

Lady Babbie blinzelte sie aus kühlen grünen Augen an.

»Wegen dir werden wir hier noch vor die Tür gesetzt«, sagte Kate. »Du musst damit aufhören, geköpfte Mäuse auf sein Kopfkissen zu legen. Keine Jagd mehr auf seine Rockschöße. Und keine Haarballen mehr in seine Schuhe. Du musst damit aufhören. Er macht mir das Leben zur Hölle.«

Lady Babbie öffnete das Maul, um herzhaft zu gähnen. Dabei waren sämtliche ihrer spitzen weißen Zähne und die lange, pinkfarbene Zunge zu sehen.

»Wenn du bloß ein Wort verstehen würdest von dem, was ich sage«, murmelte Kate bedauernd.

Fußtritte erklangen vor der Tür des Schulraums. Da Kate Phillips hatte versprechen müssen, dass sie Lady Babbie nicht aus ihrem Zimmer lassen würde, schnappte sie die Kreatur hastig und schob sie unter den Schreibtisch. Dort hielt sie die keifende, sich windende Katze fest, während sie wartete, wer eintreten würde.

Aber es war nur Posie, völlig außer Atem; sie war vom Erdgeschoss in den dritten Stock gerannt, wo sich der Schulraum befand.

»Oh«, sagte Kate, sichtlich erleichtert. Sie hob die fauchende Katze wieder auf die Schreibtischfläche.

»Du bist's nur. Hast du mich erschreckt. Ich war sicher, es ist der Nörgelbuff.«

»Oh, Miss.« Posie lehnte sich an den Türrahmen, um besser Atem schöpfen zu können. »Sie glauben nicht ... Sie glauben nicht ...«

Lady Babbie ließ ein Knurren vernehmen, so dass Kate sie herunterlassen musste, um nicht gekratzt zu werden. »Da, du fieses Ding«, sagte sie liebevoll, während die Katze davonstolzierte, wobei sie ihren langen, gestreiften Schwanz ärgerlich hin und her fegte. »Geh schon. Und wenn es dir das nächste Mal in deinem erbsengroßen Hirn einfällt, Phillips einen Besuch in seinem Privatquartier abzustatten, dann mach mich nicht dafür verantwortlich, wenn er mit dem Wassereimer hinter dir her ist.«

Lady Babbie kehrte zu ihrem Kamin zurück und begann, sich eifrig zu putzen. Kate warf einen Blick auf die kleine Uhr, die an ihrer Bluse festgesteckt war. »Sind die Jungs schon von ihren Reitstunden zurück?«, fragte sie. »Ich dachte nämlich, sie brauchen mindestens noch eine halbe Stunde. Ich hatte noch keine Gelegenheit, mit dem Koch über ihren Nachmittagstee zu sprechen.«

»Nicht die Jungs«, sagte Posie, als sie endlich in der Lage war, ein paar Worte hervorzustoßen. Sie hatte eine Hand auf die Brust gepresst, als könne sie damit ihr noch immer hämmerndes Herz beruhigen. »Es ist ein Gentleman hier, um Sie zu sehen, Miss. Er wartet in der Bibliothek. Nörgelbuff musste ihn da unterbringen, weil die Madam mit der Gesellschaft zur Förderung der Poppenden Neuen Guinness im vorderen Salon ...«

»Ein Gentleman?« Instinktiv fuhr sich Kate durch

die Haare, um sie zu glätten. »Was um Himmels willen macht Freddy hier und das mitten am Tag? Er weiß, dass ich dienstags nicht freihabe. Was ist wohl mit ihm los?«

Posie schüttelte den Kopf: »Nein, nein, Miss«, sagte sie, ihre Augen glänzten vor fieberhafter Aufregung. »Es ist nicht Lord Palmer, absolut nicht! Es ist ein großer, breiter, dunkler Mann. Groß wie ein Hüne, mit Augen wie die von Lady Babbie da drüben. Ich dachte, es könnte der Mann sein, den Sie letztens auf der Straße gesehen haben, der seine Tochter misshandelte ...«

»Was?« Kate stellte fest, dass sie unwillkürlich aufgesprungen war. »Lord Wingate, meinst du?«

»Genau.« Posie schnippte mit den Fingern. »Das war sein Name, genau. Nörgelbuff hat's mir gesagt, aber ich hatte es vergessen. Wingate, stimmt.«

Kate starrte sie fassungslos an. »Lord Wingate? Hier? Um mich zu sehen?«

»Ja, Miss. Das hat er gesagt. Er gab Phillips seine Karte und fragte, ob Sie anwesend seien, so als wären Sie die Dame des Hauses!« Posies Wangen waren gerötet. »Sie hätten das Gesicht vom alten Nörgelbuff sehen sollen! Der wäre fast umgefallen! Ist direkt zu Mr Sledge gelaufen, um es ihm zu sagen, und der sagt nur: ›Ja, dann stehen Sie nicht herum, Phillips, gehen Sie und holen Sie sie!‹ Das hat er gesagt, zum Nörgelbuff! Sie hätten sein Gesicht sehen sollen!«

»Guter Gott.« Kate beeilte sich, die Katzenhaare von ihrem Rock zu streifen. »Was kann er bloß wollen?«

»Vielleicht haben Sie ein Loch in seinen Mantel

gebohrt mit Ihrem Regenschirm«, bot Posie fröhlich an. »Und jetzt sollen Sie für einen Ersatz zahlen.«

»Oh nein.« Kate erstarrte, den Fuß schon an der Treppe. »Lieber Himmel, Posie, ich kann es mir nicht leisten, diesem Mann einen neuen Mantel zu kaufen! Seine Krawatten kosten wahrscheinlich mehr als mein Jahresgehalt.«

Posie legte ihr beruhigend die Hand auf den Arm. »Machen Sie sich mal keine Sorgen. Fragen Sie ihn nach dem Mantel und wir lassen Mrs Jennings das Loch einfach nähen. Sie erinnern sich doch daran, welches Wunder sie mit den Mänteln der Jungs vollbracht hat – nachdem die sich in den Kopf gesetzt hatten, sich mit heißen Kastanien zu piksen. Es wird wie neu aussehen, er wird keinen Unterschied sehen.«

Ein wenig erleichtert begann Kate einen sehr zögerlichen Abstieg in die erste Etage, wo Seine Lordschaft wartete. Es konnte nur einen Grund geben, warum der Marquis of Wingate sich dazu herabließ, das Haus von Cyrus Sledge aufzusuchen: Er war unzweifelhaft noch immer erbost über Kates Anschuldigungen an jenem Abend vor fast einer Woche. Er war sicher gekommen, um ihre Kündigung und ihr Verschwinden von der Park Lane zu verlangen. Wenn sie gleich die Bibliothek betrat, würde Mr Sledge sie auf der Stelle entlassen ... im Austausch gegen eine kleine Spende für die Sache des edlen Reverend Billings natürlich.

Doch als sich Kate der Bibliothekstüre näherte, stellte sie fest, dass Mr Sledge sich draußen herumdrückte, und auch Mrs Sledge und Mr Phillips waren in der Nähe. Alle drei sahen ihr erwartungsvoll entgegen, und Mrs Sledge flüsterte – offensichtlich, damit Seine Lordschaft sie nicht durch die Tür hören konnte – noch dazu in recht nettem Ton: »Also Miss Mayhew! Wir hatten ja keine Ahnung, dass Sie Bekanntschaft mit Lord Wingate pflegen!«

Kate riss die Augen auf. »Ich ...«, begann sie, aber Mr Sledge unterbrach. »Lord Wingate ist ein enorm wohlhabender Mann, Miss Mayhew.« Kate sah, dass ihr Arbeitgeber um distanzierte Würde bemüht war, doch seine Aufregung war deutlich stärker. »Er hat zwar nicht den Ruf, den sich Reverend Billings von einem Spender wünschen würde – er hat eine etwas unrühmliche Vergangenheit, aber das muss ich Ihnen sicher nicht erzählen. Aber er ist so reich, dass das, was er als minimale Spende ansehen würde, die Papua-Neuguineer über Jahre hinweg mit Gebetbüchern versorgen könnte. Er würde vielleicht sogar den Lohn für einen Lehrer finanzieren können, der den armen Seelen das Lesen beibringt!«

Kate sagte: »Nun ja, ich denke allerdings, wenn Lord Wingate gekommen ist, um zu spenden, dann hätte er nach Ihnen gefragt und nicht nach mir. Vielleicht liegt hier ein Fehler vor ...«

»Hier liegt kein Fehler vor«, ließ Phillips majestätisch von seinem Platz neben der Tür verlauten. »Er hat nach Ihnen mit Namen gefragt, Miss Mayhew.«

Oh Gott, dachte Kate, *ich bin erledigt.*

»Aus welchem Grund auch immer er gekommen ist«, sagte Mrs Sledge, während sie Kate etwas in die Hand schob und ihr einen kleinen Schubs Richtung Tür gab, »schauen Sie auf jeden Fall, ob Sie ihm diese Traktate geben können. Soweit ich unterrichtet bin, ist Lord Wingate recht intellektuell. Er hat

Recht studiert, aus bloßem Interesse, und er liest Philosophiebücher und dergleichen, sagen die Leute. Also werden ihn diese Traktate sicherlich interessieren.«

Bevor Kate noch etwas sagen konnte, hatte Phillips die Tür zur Bibliothek aufgerissen und angekündigt: »Miss Mayhew, Mylord«, und Kate wurde von einer Hand in ihrem Rücken buchstäblich in den Raum katapultiert.

Natürlich stolperte sie über den Rand des orientalischen Teppichs und ließ dabei die Traktate fallen. Als sie das Gleichgewicht wiedererlangt hatte und den Kopf hob, sah sie, wie der Mann, den sie ein paar Tage zuvor auf der Straße angepöbelt hatte, sich von dem Feuer wegdrehte, in das er gestarrt hatte.

Jetzt, ganz ohne Nebel, der seine harten Gesichtszüge weich zeichnete, musste sie feststellen, dass er drinnen wesentlich einschüchternder wirkte als draußen. Er war mehr als einen Fuß größer als sie und seine Schultern waren fast so breit, wie die Schulteraufsätze des Mantels suggerierten. Von dort aus verjüngte sich seine Figur auf sehr schöne Art und Weise zu einer schlanken Taille und schmalen Hüften; unter der seidenen Weste war keinerlei Polster verborgen. Er war jedoch viel zu groß, als dass Kate es hätte angenehm finden können – zu groß und zu direkt in der Art, wie er sie mit einem durchdringenden Blick von alarmierender Intensität ansah.

So direkt und mit einer solchen Intensität, dass Kate schnell den Blick senkte und hoffte, er möge es nicht bemerken.

»Suchen Sie nach einem Schirm, mit dem Sie mich aufspießen können, Miss Mayhew?«

Er hatte es bemerkt. Sie zuckte zusammen, obwohl sie seine Stimme ja bereits kannte. Ein tiefes, drohendes Knurren war es gewesen, das durch den Nebel hallte und sie mit Unbehagen erfüllt hatte. Diesmal enthielt die Stimme mehr Amüsiertheit als Ärger ... trotzdem klang sie einschüchternd.

»Ich versichere Ihnen«, sagte Kate und sah auf, »dass ich mit Feuerhaken genauso vertraut bin wie mit Schirmen.«

Wenn Lord Wingate von ihrer Kühnheit überrascht war, so war es ihm nicht anzusehen. Trocken antwortete er: »Danke für die Warnung. Aber ich hatte gehofft, dieses Gespräch zu überleben, ohne durchlöchert zu werden. Wissen Sie, wer ich bin?«

Kate legte die Hände hinter dem Rücken zusammen und machte ein Gesicht, von dem sie annahm, dass es den angemessen unterwürfigen Ausdruck zeigte – an diesem Ausdruck hatte sie lange vor dem Spiegel arbeiten müssen. Nach dem Tod ihrer Eltern war ihr klar geworden, dass ihre einzige Überlebenschance ihre Klugheit war. Sie war stolz, dass es ihr genau gelang.

»In der Tat, Mylord«, sagte sie. »Sie sind Burke Traherne, der Marquis of Wingate.«

»Der bin ich«, polterte er. »Ich gehe davon aus, dass Sie sich an einige extrem verunglimpfende Anschuldigungen erinnern können, mit denen Sie mich vor wenigen Tagen bedacht haben. Wissen Sie die noch?«

Kate nickte. »In der Tat, mein Herr, ich erinnere mich.«

Eine seiner dunklen Brauen hob sich. »Also keine Entschuldigung, wie ich sehe.«

Kate sagte: »Ich entschuldige mich, mein Herr, wenn die Tatsache, dass ich Sie für einen üblen Vergewaltiger unschuldiger Frauen hielt, sie verletzt hat. Aber ich entschuldige mich nicht dafür, so gedacht zu haben. Sie haben verdächtig ausgesehen. Es war eine natürliche Annahme.«

»Eine natürliche Annahme? Dass ein – wie haben Sie mich genannt? – ein übler Vergewaltiger unschuldiger Frauen frei auf der Park Lane herumläuft? Sehen Sie so etwas öfter auf Ihren Streifzügen durch die Nachbarschaft, Miss Mayhew?«

Kate zuckte leicht mit den Schultern. »*Ich* war nicht diejenige mit der schreienden Frau über der Schulter, Sir.«

»Ich habe Ihnen erklärt«, sagte Lord Wingate, »dass sie meine Tochter ist.«

»Ja, aber wieso hätte ich Ihnen glauben sollen? Wenn Sie wirklich ein übler Vergewaltiger unschuldiger Frauen gewesen wären, hätten Sie alles gesagt, um nicht geschnappt zu werden.«

Lord Wingate räusperte sich. »Ja, ich verstehe. Wie auch immer, könnten Sie ihre Verdächtigungen über die wahre Natur meines Charakters eine kurze Zeit vernachlässigen, um sich ein Angebot anzuhören?«

»Ein Angebot?« Kate war erleichtert. Er war also doch nicht hier, um sie zu sehen. Halleluja! »Ach so, Sie wollen also doch mit Mr Sledge sprechen. Er ist nämlich derjenige, der die Spenden zur Unterstützung des Reverend Billings sammelt, welcher die vom Schicksal geknechteten Menschen in Papua Neu-Guinea erretten will. Soll ich ihn holen gehen?«

»Auf gar keinen Fall.« Lord Wingate musterte sie mit einem neugierigen Blick – ziemlich neugierig, wie sie fand, und auch ein wenig zu lang. Sie war entschlossen, seinem Blick standzuhalten, aber es fiel ihr schwer. Wenn sie ihn so ansah, konnte sie an nichts anderes denken, als dass er sicherlich stark genug war, weitere Männer aus dem Fenster zu werfen. Sie konnte seinen kräftigen Bizeps deutlich erkennen, der sich unter dem edel geschneiderten Stoff seines Ärmels abzeichnete.

Außerdem bemerkte sie die tiefen Furchen, die von den Nasenflügeln zu den Winkeln seines auffällig sensibel wirkenden Mundes liefen und vermutlich auf sein Unglück wegen seiner Frau zurückzuführen waren. Für einen Moment tat er ihr fast Leid, trotz seines Reichtums und der Tatsache, dass er seine Frau so widerwärtig behandelt hatte. Sie musste sich zusammenreißen. Es gab keine Veranlassung, für Menschen vom Schlag eines Lord Wingate Mitleid zu empfinden.

»Die Papua-Neuguineer sind mir vollkommen gleichgültig«, erklärte Lord Wingate und riss sie damit aus ihren Grübeleien. »Sind Sie eine große Unterstützerin des Reverend Billings, Miss Mayhew?«

Kate konnte ein Lachen nicht unterdrücken. »Wohl kaum!«, sagte sie. »Er war einmal hier zum Dinner und er ...«

Sie brach ab, weil ihr bewusst wurde, dass sie diesem großen, einschüchternden Mann keinesfalls erzählen konnte, was Reverend Billings getan hatte. Er hatte nämlich zuerst beim Dinner eine ganze Flasche Claret getrunken, um dann ihr – Kate – in der Speisekammer aufzulauern, um sie über die Paarungsrituale der Papua-Neuguineer aufzuklären. Für diese Bemühungen hatte Kate ihn mit einer Pastete gekrönt. Daraufhin war er überstürzt aufgebrochen, ohne Erklärung bei seinen Sponsoren und Gastgebern, die wiederum dieses seltsame Benehmen mit seinem großartigen Genie begründeten.

Falls Lord Wingate überhaupt bemerkte, dass sie den Satz unvollendet ließ, ging er nicht weiter darauf ein. Stattdessen sagte er mit merklicher Erleichterung: »Das ist sehr gut. Weshalb ich gekommen bin, Miss Mayhew – und bitte entschuldigen Sie, dass ich nicht zuerst geschrieben habe, aber in diesem Fall dachte ich, aufgrund unserer etwas ... *unkonventionellen* Begegnung letzte Woche wäre eine persönliche Aufwartung passender ...«

An dieser Stelle durchbohrte er sie mit einem derart stechenden Blick, dass sie fast zurückgetaumelt wäre; sie fand jedoch rechtzeitig die Ecke eines hölzernen Pultes – auf dem der Familienatlas ruhte –, um sich daran festzuhalten.

»Ich fragte mich nämlich«, fuhr seine Lordschaft fort, »ob Sie wohl gewillt wären, Ihre Stellung hier bei den Sledges aufzugeben und für mich zu arbeiten, als Anstandsdame und Gesellschafterin für meine Tochter Isabel, die sie ja schon – wie ich glaube – etwas kennen.«

Kate blinzelte. Und klammerte sich an dem Holzpult fest.

»Ich bin sicher«, sprach Lord Wingate weiter, »dass ich Ihnen eine Unterbringung bieten kann, die mindestens so komfortabel ist wie diese ...« Er sah sich abschätzig in der Bibliothek um. Die Einrichtung war teuer und der Buchbestand wies alle Klassiker auf; dennoch waren die Sitzmöbel eher ungemütlich und der Raum ziemlich klein – er war auch der am wenigsten genutzte im Haus. »Außerdem das doppelte Gehalt.«

Kate spürte, wie ihre Kinnlade herunterklappte. Es war absolut unziemlich, mit offenem Mund herumzustehen – eine Regel, die sie den jüngeren Sledges erfolglos predigte –, aber sie konnte nichts daran ändern.

Der Marquis of Wingate hatte ihr gerade angeboten, für ihn zu arbeiten. Das war in höchstem Maße erstaunlich. Mehr als erstaunlich. Es war unfassbar.

Sie konnte es kaum erwarten, das Freddy zu erzählen!

»Oh!«, sagte Kate, nachdem sie es endlich geschafft hatte, ihren Unterkiefer wieder zu heben. »Ich danke Ihnen sehr, Sir. Aber das kann ich unmöglich tun.«

Jetzt war Lord Wingate dran, ungläubig zu starren und er tat das auf beindruckende Weise. Kate war sicher, dass er ihr das Gefühl geben wollte, klein und unbedeutend zu sein wie eine Brotkrume auf seinem Tisch. Aber sie würde sich nicht erlauben, sich einschüchtern zu lassen. Sie hielt stand und reckte das Kinn.

Sein viel zu leuchtender Blick bohrte sich in sie mit der Intensität eines Hochofens.

»Warum«, sagte er langsam mit einer Geduld, die in absolutem Gegensatz zu seinem Gesichtsausdruck stand, »nicht?«

Kate konnte nicht anders, als die freie Hand zu heben und auf ihr Herz zu pressen, was ihr im gleichen Moment völlig übertrieben vorkam – schließlich konnte er ihr nicht durch seinen bloßen Blick ein Loch in die Brust brennen, wie sie sich albernerweise vorstellte –, aber gerade noch rechtzeitig hatte sie die Idee, einfach mit ihrem Kettenanhänger zu spielen.

Sie konnte es ihm natürlich nicht sagen. Nicht die Wahrheit. Das war nicht notwendig. Es gab genug andere Gründe, warum sie nicht für ihn arbeiten konnte. Abgesehen von der Tatsache, dass er den schlimmsten Ruf der Welt hatte – erst gestern hatte sie gehört, dass er bei einem Duell im Hyde Park wegen irgendeiner Sache mit Sara Woodhart auf einen Mann geschossen und ihn beinahe getötet hätte –, also davon abgesehen, war er der körperlich beängstigendste Mann, den sie je gesehen hatte.

Nicht, dass er nicht gut aussehend gewesen wäre. Er war ausreichend attraktiv, wie sie fand – obwohl nicht gerade gefällig. Freddy hatte eine viel angenehmere, hübschere Erscheinung, mit seinem blonden Haar und den Grübchen – ein echter Engländer eben, sowohl was das Aussehen als auch seine Hohlköpfigkeit betraf. Burke Traherne dagegen hatte etwas Zigeunerhaftes an sich. Er hatte ebenmäßige Züge, aber sie waren nicht dazu angetan, zu gefallen. Sein Gesicht war faszinierend, auf eine zwingende, fast grausame Weise – aber kein Grund, in Ohnmacht zu fallen.

Obwohl, diese Schultern ...

»Ich kann«, Kate musste schlucken, »einfach nicht.«

»Dann muss ich noch einmal fragen: warum?«

Also, das war wirklich vertrackt. Warum konnte der Mann nicht einfach ein Nein als Antwort akzeptieren und gehen? Aber ein Blick auf Lord Wingate überzeugte sie davon, dass er kein Mann war, der das Wort nein allzu oft zu hören bekam. Die Pest sollte ihn holen! Was sollte sie jetzt machen?

Sie nahm einen tiefen Atemzug, aber bevor sie etwas sagen konnte, verlangte der Marquis zu wissen: »Wie hoch ist Ihr derzeitiges jährliches Gehalt?«

Plötzlich sah Kate einen Hoffnungsschimmer. Das war's! Sie würde einfach zu teuer für ihn sein.

»Hundert Pfund im Jahr«, sagte Kate sofort, wobei sie sich der absurd höchsten Summe bediente, die ihr gerade einfiel.

»Schön«, sagte Lord Wingate ruhig. »Ich verdoppele es.«

5. Kapitel

Einen Moment lang dachte Burke, das Mädchen würde ohnmächtig werden. Sie klammerte sich an die Seite des Atlasständers aus Mahagoni, und er sah, wie ihre Knöchel weiß wurden – so weiß, wie ihr Gesicht gewesen war, als sie den Raum betrat. Während des Gesprächs war etwas Farbe in ihre Wangen zurückgekehrt, aber jetzt war sie wieder vollkommen blass; ihre Lippen bewegten sich und sie flüsterte, scheinbar völlig benommen: »Zweihundert Pfund? *Zweihundert Pfund?*«

»Ja«, sagte Burke fest. »Das scheint mir eine angemessene Summe.«

Das war natürlich nicht so. Er hatte Miss Pitt und allen ihren vorhergegangenen Verkörperungen dreißig pro Jahr geboten. Das Mädchen hatte natürlich gelogen. Es war völlig unvorstellbar, dass sich dieser greinende Maulwurf Sledge hundert Pfund im Jahr für sie leisten konnte. Das heißt, leisten konnte er sich das sicher durchaus, aber er gehörte nicht zu den Leuten, die solche Summen für so etwas Wichtiges wie die Erziehung ihrer Kinder ausgeben würden. Nein, Cyrus Sledge würde zwar bedenkenlos diesem verkommenen Missionar hundert Pfund in den Rachen werfen, aber sie dafür auszugeben, dass aus seinen Söhne klar denkende, wohlerzogene Mitglieder der Gesellschaft würden? Vergiss es.

Jedenfalls, aus welchem Grund auch immer – Burke hatte schon lange den Versuch aufgegeben, Frauen verstehen zu wollen, also fragte er sich jetzt nicht lange nach dem Grund –, war es offensichtlich, dass Miss Mayhew nicht für ihn arbeiten wollte. Wenn er ihr also zweihundert Pfund im Jahr zahlen musste, dann sollte es um Gottes willen so sein.

Außerdem würde es gut angelegtes Geld sein, soviel war ihm schon klar. Er hatte den Großteil der letzten Tage damit verbracht, die – zumindest in seinem Hause – viel diskutierte Miss Mayhew zu beobachten, und er war zu dem Schluss gekommen, dass sie die ideale Lösung für sein Problem war. Sie war nicht so schrecklich jung, wie er zuerst gedacht hatte. Er schätzte sie nicht älter als Anfang zwanzig, aber ihr Verhalten drückte eine Sicherheit aus, die ihr Lebensalter Lügen zu strafen schien. In der Kirche – er hatte sich tatsächlich die Mühe gemacht, am Sonntagmorgen mit Isabel zur Messe zu gehen – schaffte sie es tatsächlich, die vier kleinen Sledges, von denen der älteste höchstens sieben war, ruhig zu halten. Eine Leistung, die er nur bewundern konnte, hatte er doch Isabel in dem Alter erlebt. Auf der Straße wurde sie von jedermann freundlich begrüßt und war gleichermaßen freundlich zu allen, zu dem Eismann ebenso wie zu einer Herzogin. Sie war schlicht, aber doch attraktiv gekleidet; ihre Garderobe war stets tadellos. Außerdem hatte sie schon bewiesen, dass sie als Begleiterin und Aufpasserin geeignet war; sie hatte sowohl Mut als auch Einfallsreichtum an den Tag gelegt, als sie ihn mit dem Regenschirm bedroht hatte, weil sie Isabel in Gefahr glaubte.

Nach allen Kriterien schien Katherine Mayhew trotz ihres zarten Alters die ideale Besetzung zu sein. Es war nur ihr Aussehen, das ihn innehalten ließ.

Als sie ihn auf der Straße anpöbelte, hatte er bemerkt, dass sie fast schon winzig war – zumal in Anbetracht der Tatsache, dass sie entschlossen war, ihn mit einem Regenschirm niederzustrecken. Doch was ihm nicht aufgefallen war, bevor sie eben Cyrus Sledges Bibliothek betreten hatte, war, dass sie unwahrscheinlich hübsch war.

Nicht wirklich schön, zwar. Sie war viel zu klein, um die allgemeinen Schönheitskriterien zu erfüllen. Aber Isabel hatte nicht daneben gelegen mit ihrer Aussage, Miss Mayhew sei angenehm anzuschauen. Tatsächlich fand Burke es ziemlich schwer, seinen Blick von ihr abzuwenden. Sie war absolut nicht der Typ, den er sonst favorisierte. Er bevorzugte dunkelhaarige Frauen vor blonden und eine kräftigere Figur vor so einer, wie Miss Mayhew sie besaß. Aber ihr honigfarbenes Haar passte zu ihr und ihre Stirnfransen betonten die großen grauen Augen, deren Wimpern viel dunkler waren als die Haare. Ihr einfacher, unkomplizierter Aufzug – Bluse und Rock – war absolut passend für eine Gouvernante und betonte außerdem ihre sehr schlanke Taille. Und auch wenn sie nicht viel hatte, um die Vorderseite der Bluse zu füllen, so befand sich das Vorhandene doch in perfekter Proportion zum Rest von ihr.

Ihr Mund war jedoch das, was Burke am meisten faszinierte. Er war, wie alles an ihr, ausgenommen klein, kleiner als jeder Mund, den er bis dahin gesehen hatte – außer bei einem Kind. Und trotzdem war es ein ungemein ansprechender Mund, die Lippen wunderbar geschwungen und überraschend flexibel, ihre Mimik verlangte ihnen ein großes Repertoire an Ausdruck ab. Im Moment hing ihr Mund geöffnet, weil sie ihn ungläubig anstarrte. Er sah einen Schimmer ihrer geraden weißen Zähne, eine spitze kleine Zunge, und fand diesen Anblick äußerst charmant ...

Dann fragte er sich, ob er vielleicht übermüdet war, denn normalerweise fand er Innenansichten von Mündern nicht gerade bezaubernd, um es vorsichtig auszudrücken.

»Miss Mayhew«, sagte Burke, denn es schien ihm, dass die hübsche Miss Mayhew über sein Angebot so erstaunt war, dass sie die Sprache so schnell nicht wiedererlangen würde. »Geht es Ihnen gut?«

Das Mädchen nickte stumm.

»Kann ich Ihnen etwas bringen? Wasser vielleicht? Oder ein Glas Wein? Vielleicht sollten Sie sich setzen. Sie sehen ziemlich erledigt aus.«

Das Mädchen schüttelte den Kopf. Burke, perplex, aber entschlossen, fuhr fort: »In Ordnung, ich denke, dann sollten wir jetzt arrangieren, dass Ihre Sachen transportiert werden. Ich werde meine Lakaien schicken, Bates und Perry. Wie schnell, glauben Sie, können Sie alles gepackt haben? Wäre heute Abend zu früh? Isabel will unbedingt zu einer bestimmten Tanzveranstaltung und warum sollten Sie eigentlich nicht sofort anfangen? Ich denke, ich könnte Ihnen auch meine Haushälterin schicken, damit sie für Sie packt ...«

Der kleine rosafarbene Mund klappte zu, als sei das Mädchen eine Marionette und der Marionettenspieler habe einen unsichtbaren Faden gezogen.

»Ich kann auf keinen Fall!«, verkündete das Mädchen in einem Tonfall, aus dem Burke schieres Entsetzen heraushörte. Aber wovor hatte sie solche Angst? Wahrscheinlich war es eine abstruse Einbildung seinerseits. Vielleicht war ihre Tendenz zur Phantasterei ansteckend.

»Nun ja«, sagte er. »Sicherlich wollen Sie den Sledges Zeit geben, einen Ersatz für Sie zu finden. Das kann ich verstehen. Was haben Sie denn vereinbart? Eine Woche Kündigungsfrist? Hoffentlich nicht zwei?«

»Ich ...« Sie schüttelte den Kopf, wobei ihr einige dunkelblonde Haarsträhnen, die sich aus dem Knoten auf ihrem Kopf gelöst hatten, vor dem Gesicht schwangen. Sie hatte ganz glatte Haare, keine einzige Locke und so schwangen die Strähnen ähnlich wie Seegras im Wasser.

»Es tut mir schrecklich Leid, Mylord«, sagte sie. Burke dachte, dass ihre Stimme ebenso angenehm war wie der Rest von ihr: ruhig und gedämpft, überhaupt nicht kreischig, wie bei vielen jungen Frauen. Einen Moment später fand er ihre Stimme nicht mehr so nett, als sie fortfuhr: »Aber ich kann auf keinen Fall für Sie arbeiten. Es tut mir sehr Leid.«

Burke bewegte sich nicht. Er war sicher, dass er nicht einmal mit einem Finger gezuckt hatte, doch plötzlich schoss Miss Mayhew hinter den Atlasständer, als wolle sie einen Schutzwall zwischen ihn und sich bringen. Sie klammerte sich an dem Holzgebilde fest, das ihr bis zur Brust reichte, und fügte hinzu: »Bitte. Seien Sie nicht wütend.«

Burke starrte sie an. Er war nicht wütend. Verzweifelt vielleicht, aber kein bisschen wütend. Wut hatte er sich vor langer Zeit abgewöhnt. Er hatte sein Temperament noch nie besonders gut unter Kontrolle gehabt, deshalb hatte er Wut und Zorn irgendwann einfach weggelassen. Das Einzige, was ihn noch aus der Fassung brachte, waren Isabel und ihr Auserwählter. Der Name Geoffrey Saunders konnte ihn noch immer in wilde Rage versetzen.

»Aber ich bin nicht wütend.« Burke strengte sich an, ruhig zu sprechen. »Überhaupt nicht.«

Das Mädchen hinter dem Pult sagte: »Ich glaube Ihnen nicht. Sie sehen sehr wütend aus.«

»Bin ich aber nicht.« Burke holte tief Atem. »Miss Mayhew, haben Sie etwa den Eindruck, ich könnte so weit gehen, Sie zu *schlagen*?«

»Sie haben einen gewissen Ruf, gewalttätig zu sein, Mylord«, sagte sie offen.

Burke fühlte sich tatsächlich danach, etwas zu zertrümmern, am besten dieses Pult, an das sie sich so klammerte. Er fühlte sich sehr danach, es ihr aus den Händen zu reißen und es durch dieses lächerliche Fenster aus gefärbtem Glas am anderen Ende des Raums zu wuchten. Aber dann erinnerte er sich, dass er diese Dinge aufgegeben hatte, und unterdrückte den Impuls.

»Ich fürchte, da muss ich Sie berichtigen, Miss Mayhew«, sagte er stattdessen. »Ich habe zwar nie meine Neigungen zur Gewaltanwendung zurückgehalten, wenn es sich um Männer handelte, aber ich habe noch nie im Leben eine Frau geschlagen.«

Er sah, wie sich ihre schlanken Finger an den Seiten des Atlasständers entspannten. »Es tut mir Leid, Mylord«, sagte sie. »Aber der Ausdruck auf Ihrem

Gesicht, als ich sagte, dass ich nicht für Sie arbeiten kann, der war ziemlich ... erschreckend.«

»Haben Sie Angst vor mir?«, fragte Burke gereizt. »Ist das der Grund, warum Sie die Stelle nicht akzeptieren? Jedenfalls hatten Sie letztens keine Angst vor mir, als Sie versuchten, mich mit Ihrem Schirm zu erdolchen. Warum sollten Sie jetzt Angst vor mir haben? Es sei denn ...« Er fühlte eine erneute Welle der Gereiztheit. Es war nicht Wut. Er weigerte sich, es als Wut zu bezeichnen. »Es sei denn, jemand hat Ihnen Gerüchte über mich erzählt. Über meine Vergangenheit.«

»Überhaupt nicht«, antwortete Miss Mayhew viel zu schnell.

»Oh doch.« Burke funkelte sie an. »Wie sollten Sie sonst von meinem gewalttätigen Ruf erfahren haben? Na ja, Sie hielten mich ja ohnehin schon für einen üblen Vergewaltiger unschuldiger Frauen. Es muss ein tolles Gefühl sein, zu erfahren, dass Sie Recht hatten.«

»Wie Sie mit Ihren persönlichen Angelegenheiten umgehen«, sagte Miss Mayhew steif, »geht mich ja wohl nichts an, Mylord.«

»Das sollte es jedenfalls nicht«, antwortete er knurrend. »Ich stelle dennoch fest, dass Sie sich bereits eine Meinung gebildet haben. Finden Sie es ungehörig, dass ich mich von meiner Frau habe scheiden lassen, Miss Mayhew?«

Sie senkte den Blick.

»Ich würde eine Antwort sehr begrüßen, Miss Mayhew. In Angelegenheiten wie dieser – Geschäftsbeziehungen, meine ich – bin ich der Ansicht, dass Ehrlichkeit zwischen allen Beteiligten immer die beste Lösung ist. Deshalb wiederhole ich meine Frage. Stört Sie die Tatsache, dass ich mich von meiner Frau scheiden ließ?«

»Es gibt nicht vieles im Leben von Männern wie Ihnen, Lord Wingate«, sagte sie in Richtung Atlas, »dem ich zustimmen könnte.«

Burke war fassungslos. »Also«, sagte er nach einem Moment. »Das war jedenfalls ehrlich. Offensichtlich hat derjenige – wer auch immer Ihnen von mir erzählt hat – ganze Arbeit geleistet.«

»Lord Wingate«, sagte sie, und hätte er es nicht besser gewusst, hätte er denken können, sie sei verärgert, »ich habe Ihnen schon gesagt, Ihr Privatleben geht mich wirklich nichts an.«

»Oh, natürlich. Und deshalb sind Sie letzte Woche auf der Straße mit dem Schirm auf mich losgestürzt? Um sich um Ihre eigenen Angelegenheiten zu kümmern?«

Miss Mayhew streckte ihr ziemlich spitzes, kleines Kinn vor. »Ich *dachte,* eine junge Frau wäre in Gefahr«, sagte sie und ein gefährliches Leuchten zeigte sich in ihren grauen Augen.

»Oh, natürlich, natürlich«, sagte er. »Und Sie waren der Meinung, dass Sie und Ihr Regenschirm einen Mann stoppen können, der dreimal so groß und so schwer ist wie Sie.«

»Ich musste es wenigstens versuchen«, sagte sie. »Sonst hätte ich mir das im Leben nicht verzeihen können.«

Bei dieser Antwort lief Burke ein Schauer über den Rücken. Er sagte sich, dass diese absurde physische Reaktion auf ihre Worte aus Erleichterung herrührte, weil sie genau so war, wie er sich die Frau wünschte, die auf Isabel aufpassen sollte. Es hatte gewiss nur damit zu tun, nichts anderes. Sicher nicht, weil er glaubte, das seltenste Wunder Londons gefunden zu haben – und das ausgerechnet auf seiner eigenen Straße: einen wirklich guten, ehrlichen Menschen. Und es lag sicher nicht daran, dass all diese Güte und Ehrlichkeit auch noch derart unwiderstehlich liebreizend verpackt waren.

Wie auch immer, ihre Worte hatten ihn so überrascht, dass er sich für einen Moment vergaß und ein Lachen aus ihm hervorbrach. »Miss Mayhew, was wäre, wenn ich Ihnen dreihundert Pfund das Jahr zahle? Würden Sie dann für mich arbeiten?«

Sie blickte abgestoßen drein: »Nein!«

»Warum um Himmels willen nicht?« Dann kam ihm ein schrecklicher Gedanke. Er hätte eher darauf kommen sollen. »Sind Sie verlobt, Miss Mayhew?«

»Wie bitte?«

»Verlobt.« Er starrte sie an. »Das ist doch keine seltsame Frage. Sie sind eine attraktive junge Frau, wenn auch eher eigenwillig. Ich schätze, Sie haben Verehrer. Haben Sie Pläne, einen davon zu heiraten?«

Als sei diese Idee völlig absurd, sagte sie: »Ganz bestimmt nicht.«

»Also, warum zögern Sie dann? Sind Sie in Cyrus Sledge verliebt? Können Sie den Gedanken nicht ertragen, ihn zu verlassen?«

Darauf bekam sie einen Lachanfall. Der Klang von Katherine Mayhews Lachen hatte eine seltsame Wirkung auf Burke. Es gab ihm das Gefühl, dass sechsunddreißig vielleicht doch kein so hohes Alter war und dass die Zukunft vielleicht mehr für ihn bereithielt als Flanellwesten, Bücher und Kaminfeuer.

Anscheinend hatte der Wahnsinn von ihm Besitz ergriffen. Es gab wirklich keine andere Erklärung. Sein Kammerdiener hatte eindeutig Recht; mit Burke ging es abwärts Richtung Senilität. In diesem Moment jedoch schien es ihm die natürlichste Sache der Welt, den Raum zu durchqueren, Miss Mayhew um die Taille zu greifen und einen herzhaften Kuss auf ihre lachenden Lippen zu drücken.

Das war es jedenfalls, was er vorhatte. Und er hatte weitgehend Erfolg: Sie war völlig unvorbereitet und so war es leicht, sie an sich zu ziehen. Doch als er sich herabbeugte, sie zu küssen, riss sie den Atlas empor, um ihn ziemlich hart gegen seine Stirn zu knallen. Obwohl es nicht wirklich wehtat, war er doch derartig überrascht, dass sein Griff sich lockerte ...

Und sie schoss davon, warf die Tür auf und ließ ihn allein in Cyrus Sledges Bibliothek zurück.

Es war wirklich kein Wunder, dass er den Atlas aufhob und mit aller Kraft gegen das bunte Glasfenster donnerte.

6. Kapitel

Kate rannte, bis sie die relative Sicherheit des Schulraums erreicht hatte. Dort schnappte sie Lady Babbie von ihrem Platz vor dem Kamin und begann, hin und her zu laufen, das Gesicht im Katzenfell vergraben.

Oh Gott, betete sie. *Bitte, lass sie mich nicht rausschmeißen. Ich flehe dich an, bitte, bitte, bitte lass sie mich nicht rausschmeißen. Ich kann nirgendwo – absolut nirgendwo – anders hingehen.*

Das Gebet war dem nicht unähnlich, das sie gemurmelt hatte, nachdem Reverend Billings sie in der Speisekammer belästigt hatte. Der einzige Unterschied war nur, dass sie Reverend Billings mit einer Pastete gekrönt hatte, weil sie ihn abstoßend fand, und dem Marquis hatte sie den Atlas über den Schädel gezogen, weil ... na ja, aus anderen Gründen.

Posie steckte den Kopf durch die Tür, als Kate gerade ein stilles Amen murmelte.

»Und?«, fragte sie aufgeregt. »Was hat er denn jetzt gewollt?«

Kate ließ die Katze los, die schon eine Weile in ihren Armen gestrampelt hatte. »Oh Posie«, sagte sie mit einem Seufzer. »Ich bin völlig am Ende.«

Posie schüttelte den Kopf. »Einen neuen Mantel will er also? Das Schwein. Diese betitelten Kerle sind alle gleich. Tun, als wären sie edle, vornehme Gentlemen, aber unter der Oberfläche sind sie nichts als Halsabschneider. Tja, aber ich habe ein bisschen gespart, wenn Sie ein Darlehen brauchen, Miss. Ich nehme auch keine Zinsen, wie wär's?«

Kate sank vor dem Kamin nieder. »Es war nicht der Mantel, Posie. Er war gar nicht wegen dem Mantel hier. Er will mich anstellen, Posie, als Anstandsdame für seine Tochter, die gerade ihre erste Saison mitmacht. Für zwei-, nein dreihundert Pfund im Jahr.« Kate nahm einen Atemzug. »Und ich habe nein gesagt.«

Posie war in drei Schritten durch den Raum. Sie nahm Kates Handgelenk und sagte: »Ich habe Sie angelogen. Ich dachte mir schon, dass er nicht wegen dem Mantel hier ist. Ich sah Sie die Treppe hinaufstürmen und dann hörte ich einen grässlichen Krach aus der Bibliothek. Wahrscheinlich hat er etwas zerbrochen, Nörgelbuff und beide Sledges sind hineingerannt. Er ist bestimmt noch hier, kriegt eine Standpauke von Mister und Misses. Wir können ihn aufhalten, bevor er zur Tür geht, und Sie können ihm sagen, dass Sie Ihre Meinung geändert haben. Kommen Sie endlich. Reißen Sie sich zusammen, sonst verpassen Sie ihn!«

Kate riss ihre Hand aus dem Griff der Jüngeren. »Posie, ich kann nicht.«

Posie starrte sie an wie vom Donner gerührt. Sie ging dazu über, Kate zu duzen. »Du kannst was nicht? Du kannst nicht wie eine Königin leben von dreihundert Pfund im Jahr? Hast du überhaupt eine Ahnung, wie viel Geld das ist? Das ist mehr, als eine von uns zu Lebzeiten zu sehen bekommt, so viel ist das!«

Kate verzog das Gesicht, als sich Posies Stimme zu einem Kreischen hob. »Posie«, sagte sie schwach. »Du verstehst nicht.«

»Da hast du ganz Recht, ich versteh nicht! Ich sag dir was, Miss. Ich mag dich viel mehr als all die hochnäsigen Zicken, die vor dir auf die Jungs aufgepasst haben. Aber wenn du nicht für Seine Lordschaft arbeiten gehst, dann schwöre ich, ich spreche kein Wort mehr mit dir!«

»Posie.« Kate ließ den Kopf auf die Knie sinken. Als sie wieder sprach, war ihre Stimme erstickt von dem Stoff ihres Rocks. »Ich kann nicht als Gesellschafterin arbeiten. Nicht hier in London.«

Posie starrte sie zornig an. »Und warum nicht?«

Sie konnte es Posie natürlich nicht sagen. Sie hatte niemandem im Hause der Sledges von ihrer Vergangenheit erzählt. Sie war nicht sicher, was sie wegen Freddy dachten – ob sie sich wunderten, wie sie sich getroffen hatten oder wieso sie beide so gute Freunde werden konnten. Keiner hatte sich die Mühe gemacht zu fragen. Es gab ausnehmend wenig Neugierde in diesem Haushalt.

Tatsache war, dass sich Kate ihre Arbeitgeber mit Bedacht gesucht hatte. Die Sledges waren – wie die Familien, für die sie vorher gearbeitet hatte – zwar reich, aber keine Mitglieder der *beau monde*. Sie wurden nicht regelmäßig zu den wichtigen Bällen der Saison eingeladen, sie gingen nicht einmal ins Theater oder zum Pferderennen. Sie hatten niemanden in ihrem Bekanntenkreis, der sich an den Namen Mayhew erinnern könnte, oder der die Gelegenheit gehabt hätte, eine Diamantenmine zu besitzen.

Und das war ganz in Kates Sinne. Umso ruhiger

der Lebensstil ihrer Arbeitgeber, umso besser standen die Chancen, dass sie die angenehme Anonymität aufrechterhalten konnte, die aufzubauen sie sieben lange Jahre gebraucht hatte. Als Gouvernante war sie nicht in großer Gefahr, entdeckt zu werden. Gelegentlich musste sie zwar ihre kleinen Schützlinge zu Geburtstagspartys und Ähnlichem begleiten, doch selbst da war die Chance, erkannt zu werden, relativ gering, weil sie sich strikt nur mit anderen Gouvernanten unterhielt.

Aber als Anstandsdame – auch noch für die Tochter eines wohlhabenden Marquis – würde Kate in genau den Kreisen landen, in denen sie vor einer Ewigkeit schon einmal verkehrt hatte. Sie würde in Häusern verkehren, in denen sie einst als Gast geladen war, Personen treffen, mit denen sie einst eng befreundet war, nach ihrer langen Abwesenheit alte Bekannte wiedersehen ... nicht zu vergessen alte Feinde.

Und sie wäre gezwungen, wieder die Naserümpfer zu ertragen, die spitzen Bemerkungen, die misstrauischen Blicke. Sie würde alles noch einmal über sich ergehen lassen müssen, nachdem sie der Situation nun endlich entkommen war.

Nein. Sie hatte das einmal mitgemacht. Wie sie es geschafft hatte, wusste sie nicht mehr, aber sie hatte es überlebt. Sie würde es nicht noch einmal aushalten. Sie *konnte* nicht.

Weil sie sie verachtete. Sie empfand absolute, tiefe Verachtung für die *beau monde,* für ihre Heuchelei, ihre Versnobtheit und ihre selbstgefälligen Intrigen. Es waren Männer wie der Marquis, die dachten, wegen ihres Geldes Menschen behandeln zu können, wie es ihnen gerade gefiel. Männer wie der Marquis, die dafür gesorgt hatten, dass ihr Vater ruiniert wurde. Menschen wie der Marquis, die ihr kaltherzig den Rücken gedreht hatten, als sie sie brauchte.

Alle außer Freddy. Der liebe, einfache Freddy, der zu ihr gehalten hatte, auch in ihren schlimmsten Stunden.

Er war unerschütterlich in seiner Freundschaft zu ihr. Er war der Einzige. Der Einzige von so vielen, der sie nicht im Stich gelassen hatte, als es wirklich drauf ankam.

Und er war der Einzige, den sie noch ertragen konnte.

Sie konnte nicht zurück. Sie würde es nicht tun. Nicht für alles Geld der Welt.

»Ich kann nicht.« Kate hob den Kopf aus ihren Händen. »Verstehst du nicht? Ich würde zu Dinnerpartys gehen müssen und zu Bällen und solchen Dingen.«

Posie schnaubte.

»Ei, ei«, meinte sie sarkastisch. »Ein Schicksal, schlimmer als der Tod. Vielleicht müsstest du sogar Champagner trinken und jeden Abend Kaviar essen. Und das für nur dreihundert Pfund im Jahr! Es ist schockierend, was heutzutage von einem Mädchen erwartet wird.«

»Du verstehst nicht«, sagte Kate mit einem Kopfschütteln. »Es ist nicht so, wie es von außen aussieht, Posie. Diese Leute – der Marquis und seine Freunde – sind nicht wie du und ich. Sie sind noch nicht einmal wie die Sledges. Sie sind grässlich, wirklich grässlich. Alle. Sie kennen keine Loyalität, keinen menschlichen Anstand. Alles, woran sie denken, sind sie selbst und ihr teures Geld. Sie können jemandes Leben durch eine einzige, geschickt fallen gelassene Bemerkung ruinieren. Es ist ihnen egal, ob das, was sie sagen, wahr ist oder nicht. Allein die Tatsache, dass sie es waren, die irgendetwas gesagt haben, wird als Beweis gewertet.«

Posie schielte schelmisch zu Kate herüber. »Wenn mir ein Kerl dreihundert Pfund gäbe, könnten die Leute über mich sagen, was immer sie wollen. Für dreihundert Pfund wär mir das doch egal!«

»Doch, es würde dir etwas ausmachen, Posie.« Kate stand abrupt auf und ging im Schulraum auf und ab. »Es würde dir etwas ausmachen, weil es *wehtut.* Besonders, wenn es nicht wahr ist.«

»Es tut nur weh«, bemerkte Posie, »wenn man es zulässt.«

Kate blieb stehen und starrte die Jüngere an. Ihr schien es offensichtlich leicht, an solche Binsenweisheiten zu glauben. Posie war noch nicht verletzt worden, nicht ein Mal in ihrem kurzen Leben. Na ja, hin und wieder unglücklich verliebt ... aber nichts, was irreparabel wäre. Sie war die älteste einer quirligen Zwölferbande und beide Eltern lebten noch. Es war leicht für Posie, mutig zu sein, sagte sich Kate. Sie hatte noch nie etwas verloren, das ihr wichtig war. Schon gar nicht hatte sie alles verloren, was ihr wichtig war, so wie Kate.

Plötzlich musste Kate lächeln; sie konnte nicht anders. Sie war nie willens gewesen, sich über längere Zeit deprimieren zu lassen, egal wovon. Dies war keine Ausnahme.

»Was soll's?«, fragte sie und breitete die Arme aus. »Sogar wenn ich glauben würden, mit der Meute leben zu können – der Marquis will mich bestimmt nicht mehr haben. Ich habe ihn geschlagen, Posie.«

»Du hast *was*?«

»Ihn geschlagen. Auf den Kopf.« Kate imitierte die Bewegung. »Mit einem Atlas. Er hat versucht, mich zu küssen, genau wie Reverend Billings, der eingebildete Tölpel.«

Posies Mund formte vor Erstaunen ein perfektes O. Eine Sekunde später sprang sie auf, griff Kate am Handgelenk und versuchte mit aller Kraft, sie zur Tür zu zerren.

»Es ist noch nicht zu spät«, sagte sie. »Er könnte noch unten sein. Geh und entschuldige dich.«

»Entschuldigen? *Ich?* Posie, spinnst du? Hast du nicht zugehört? Er hat versucht ...«

»Ich habe zwei Worte für dich, Miss Kate«, sagte Posie. »*Dreihundert Pfund.* Verstanden? Jetzt geh da runter und entschuldige dich. Auf Knien, wenn es sein muss. Aber mach.«

»Posie«, sagte Kate störrisch. »Lord Wingate ist kaum der Typ, der einem Mädchen verzeiht, wenn sie ihm eine auf den Kopf verpasst hat.« Ihr Lächeln wurde breiter. »Wenn du nur sein Gesicht gesehen hättest, als ich das getan habe ... obwohl es wahrscheinlich wirklich nicht lustig ist, dreihundert Pfund in den Wind zu schlagen.«

»Ich kann nicht drüber lachen«, stimmte Posie zu. »Besonders wenn man überlegt, wie lange man von dreihundert Pfund überleben kann, ohne arbeiten zu gehen.«

Posies Stimme hob sich zu einem Quietschen, als Kate sie plötzlich am Arm fasste und hart zudrückte.

»Oh«, sagte Kate durch Lippen, die alle Farbe verloren hatten. Ihre Stimme klang plötzlich ernst. »Oh Gott, Posie!«

Ziemlich ruhig in Anbetracht des Drucks auf ihrem Arm sagte Posie: »Hast wohl deine Meinung geändert über die gefühlskalten Reichen, was? Dachte mir, dass du das tun würdest.«

»Ich habe nicht an ...«, flüsterte Kate. »Ich habe gar nicht ... ich habe sie total vergessen. Aber dreihundert Pfund. Von dreihundert Pfund könnte sie ihre Miete noch lange bezahlen ...«

Posie hatte keinen Schimmer, wovon die Ältere sprach. Sie wusste nur, dass Kate nun endlich zu Verstand gekommen war.

»Und«, sagte Posie, »er hat bestimmt einen Haufen dicker Bücher, so reich wie der ist. Du kannst jedes Mal eins nach ihm schmeißen, wenn er frech wird. Wahrscheinlich kapiert er's irgendwann.«

Kate hatte das Gefühl, als ob sich etwas Kaltes um ihr Herz legte. »Glaubst du, er ist schon weg?«, fragte sie. Ihre Lippen fühlten sich taub an.

»Es gibt nur eine Möglichkeit, das herauszufinden«, sagte Posie.

Die Mädchen hasteten so geräuschvoll aus dem Raum, dass Lady Babbie ihren Schwanz zum dreifachen Umfang aufplusterte und furchterregend knurrte, bevor sie sich auf dem Stapel Unterlagen niederließ, den Kate liegen gelassen hatte.

Der Marquis of Wingate war in der Tat noch da. Er stand im Foyer und schrieb einen Scheck für Reverend Billings – das war Mr Sledges Schadenersatzforderung für den Verlust des farbigen Glasfensters. Es schlug Burke auf den Magen, diesen Scheck ausstellen zu müssen, denn die Summe war doppelt so hoch wie der Wert des Fensterglases – aber was blieb ihm übrig? Er hatte etwas Unverzeihliches getan; er hatte versucht, seinem Nachbarn eine Dienstbotin abzuwerben. Er wagte es nicht, diesem Schaden obendrein eine Beleidigung hinzuzufügen, indem er sich weigerte zu ersetzen, was er in voller Absicht zerstört hatte.

Schlimmer wurde die Sache dadurch, dass die Sledges keinen Schimmer hatten, wie er das Fenster zerbrochen hatte oder warum er überhaupt gekommen war. Sie dachten kein Stück mehr über Miss Mayhew nach als über irgendjemanden sonst, der sich nicht auf Papua-Neuguinea befand. Sogar ihre eigenen Kinder, die gerade hereingetrottet kamen, als er den Scheck unterschrieb, ernteten nicht mehr als ein knappes »Füße abputzen, bevor ihr reinkommt«. Nicht einmal ein flüchtiger Kuss auf die Wange oder ein kurzes: »Hör auf, deinen Bruder mit der Reitgerte zu schlagen«.

Es war Burke selbst, der einem der Jungen die Reitgerte abnahm, bevor dieser größeren Schaden damit anrichten konnte. Seine scharfe Zurechtweisung: »Du könntest deinem Bruder das Auge ausstechen!«, wurde mit einem höhnischen Grinsen erwidert, was ihn davon überzeugte, dass Katherine Mayhew ein Engel sein musste. Wie sonst wurde sie so reibungslos mit den kleinen Biestern fertig?

Ein Engel – oder eine Hexe. Er fing an, Letzteres zu vermuten, denn Erstere hätte ihn nicht mit diesem pochenden Kopfschmerz zurückgelassen, den er immer noch spürte.

Und dann – als ob der bloße Gedanke an Miss Mayhew sie herbeigerufen hätte – erschien sie plötzlich auf der Treppe. Niemand anders schien sie zu bemerken. Mr Sledge erging sich in langatmigen Ausführungen über die barbarische Behandlung von Hunden durch die Einwohner dieses elenden Landes, dessen Name Burke in Raserei versetzen würde, würde er ihn noch einmal erwähnt hören. Mrs Sledge erklärte derweil den Frauen im nahe gelegenen Salon, dass sie sich nicht extra erheben müssten; es sei bloß der Marquis of Wingate, der regelmäßig vorbeischaue, um ihren Mann zu besuchen. Der Butler, der ein Kehrblech mit bunten Glassplittern vorbeitrug, machte ein mürrisches Gesicht und die Kinder traten einander mit ihren schlammigen Reitstiefeln.

Seltsamerweise konnte Burke durch all dies hindurch Miss Mayhews Stimme vernehmen, die von der Treppe aus – näher hätte sie aufgrund des Gedränges in der Eingangshalle gar nicht kommen können – rief: »Lord Wingate, ich komme gern zu Ihnen, wenn Sie mich noch wollen.«

Zu Recht war Burke Traherne schon der verschiedensten Dinge bezichtigt worden, aber Begriffsstutzigkeit gehörte nicht dazu. Er hatte nicht die leiseste Ahnung, wieso das Mädchen seine Meinung geändert hatte, vermutete allerdings, dass die Rothaarige in der Dienstmagdkleidung, die hinter ihr stand, etwas damit zu tun hatte. Umso mehr, als es schien, dass sie Miss Mayhew recht kräftig in den Rücken piekste.

Aber er hatte nicht vor, herumzustehen und ihre Entscheidung in Frage zu stellen.

Er war ganz und gar nicht erfreut darüber, wie sie seine Avancen zurückgewiesen hatte. Er war beleidigt und ein wenig verärgert. Aber sie war ja offensichtlich nur eine Dienende und wusste es nicht besser. Sein Vater hatte ihn immer gewarnt, nicht mit dem Personal anzubändeln, ein Rat, den Burke nun als weise erkannte.

Das Mädchen war eindeutig eine Männerhasserin. Das war die einzig mögliche Erklärung. Burke war in seinem Leben noch von keiner Frau abgewiesen worden und so empfand er die Erfahrung als ausgesprochen demoralisierend ... und einzigartig.

Aber eine Männerhasserin, obwohl an sich eigentlich ärgerlich, würde eine umso bessere Anstandsdame für Isabel abgeben. Und so machte er eine tiefe Verbeugung und sagte, wobei seine tiefe Stimme mit Leichtigkeit den Tumult übertönte: »Miss Mayhew, ich fühle mich geehrt. Darf ich dann heute Abend meine Lakaien schicken?«

Sie nickte stumm. Tatsächlich hätte es keinen Sinn gehabt, es mit Sprechen zu versuchen, denn der Lärm in der Eingangshalle war derart angestiegen, dass niemand – nicht einmal Burke – sie hätte hören können.

Er warf ihr einen letzten, bewundernden Blick zu – sie war in der Tat ungewöhnlich angenehm anzusehen. Es war wirklich schade, dass sie Männer hasste. Dann nahm er sich selbst seinen Mantel und Hut, da der Butler beschäftigt schien und ein Lakai nicht in Sicht war. Er verließ das Haus und war zufrieden mit dem, was er erreicht hatte; den eigenen Seelenfrieden wiedergewonnen und eine strahlende Zukunft für seine Tochter sichergestellt. Und das alles für den Schleuderpreis von dreihundert Pfund.

Da war natürlich noch die Sache mit der beträchtlichen Beule auf der Stirn, aber er hatte das unbestimmte Gefühl, dass er das am besten ignorierte. Er hatte sich wenig nobel verhalten und Miss Mayhew hatte ihn das zu Recht wissen lassen. Es würde nicht wieder vorkommen.

Oder falls doch, würde er sichergehen, dass keine schweren Bücher in der Nähe waren.

7. Kapitel

Kate raste die Steintreppe hoch, ihr Herz hämmerte laut in ihren Ohren und ihr Hals war vor Angst wie zugeschnürt, so dass sie kaum Luft bekam. *Bitte,* betete sie, *lass sie nicht verschlossen sein, bitte, nicht verschlossen. Bitte ...*

Doch die Haustür schwang auf, bevor sie noch die Hand auf die Klinke legen konnte. Vincennes, Lord Wingates Butler, sah erstaunt auf sie hinab. »Miss Mayhew«, sagte er freundlich. »Wie geht es Ihnen? Haben Sie ...«

Doch Kate hatte keine Zeit für Höflichkeiten. Sie drängte an ihm vorbei, griff nach der Tür und schloss sie hinter sich.

Vincennes musste zugute gehalten werden, dass er so tat, als sei dieses außergewöhnliche Benehmen völlig normal. Er sagte lediglich: »Ich hoffe doch sehr, dass Sie die Post noch erreicht haben, bevor sie geschlossen hat, Miss.«

Kate hörte ihn kaum. Sie raste weiter durch das Foyer in den anliegenden Salon, in dem das abendliche Kaminfeuer noch nicht brannte, zu dem großen Flügelfenster und schob die Vorhänge zur Seite.

»Mr Vincennes«, keuchte sie, während sie auf die Straße blickte, »sehen Sie den Mann da draußen? An der Ecke, im Licht der Gaslaterne?«

Der Butler sah gehorsam über ihre Schulter. »In der Tat, den sehe ich, Miss«, sagte er.

Na also! Es war keine Einbildung. Diesmal nicht.

Sie standen gemeinsam in dem dunklen Raum und starrten auf die regennasse Straße. »Entschuldigen Sie, Miss«, sagte der Butler. »Aber haben Sie Gründe, Mr Jenkins nicht zu mögen?«

Kates Atem vernebelte die Glasscheibe, durch die sie blickte. Sie hob die Hand und polierte die Stelle. »Mr Jenkins? Wer ist Mr Jenkins?«

»Der Gentleman, den wir dort sehen.«

Kate schaute erstaunt zu dem Butler empor. »Sie *kennen* ihn?«

»Natürlich, Miss. Er ist Arzt. Er macht viele Hausbesuche in dieser Gegend ...«

Kate, die fühlte, wie ihre Wangen heiß wurden, ließ die Vorhänge zurückfallen. »Ich bin ja so ein Dummkopf«, gab sie kleinlaut zu. »Ich dachte ... ich dachte, es wäre jemand anderes.«

»Das ist absolut verständlich«, sagte Vincennes freundlich, »bei diesem Nebel.«

Aber Kate konnte ihren Fehler nicht so leicht abtun. Freddy, dachte sie niedergeschlagen, während sie die weite, geschwungene Treppe zu ihrem Zimmer emporstieg, Freddy hatte wohl Recht gehabt. Sie hatte zu viel Phantasie. Was in aller Welt sollte Daniel Craven an einer Straßenecke in London zu tun haben, noch dazu im Regen, wo doch seit sieben Jahren niemand mehr etwas von ihm gesehen oder gehört hatte? Sie benahm sich lächerlich, schlimmer noch – hysterisch.

Aber als sie sich der Tür zu ihrem Raum näherte und sah, dass diese nur angelehnt war – obwohl sie genau wusste, dass sie sie geschlossen hatte, wurde sie misstrauisch. Vincennes hätte ihr doch gesagt, wenn jemand für sie da gewesen wäre. Außerdem hätte er sicherlich keinen Besucher in ihr Zimmer gelassen! Nein, es konnte nur eines der Dienstmädchen sein oder ...

Kate öffnete schwungvoll die Tür und war mehr als überrascht, Lady Isabel Traherne zu sehen – sie lag flach auf dem Bauch auf Kates Bett, die Füße in der Luft, und streichelte Lady Babbie.

»Ich wusste ja nicht, dass Sie eine Katze haben, Miss Mayhew!«, rief sie, als sie Kate auf der Türschwelle bemerkte.

So viel zu dem Versuch, Lady Babbies Anwesenheit geheim zu halten, dachte Kate bei sich. Die ganze Anstrengung, die beleidigte Katze in einem Korb ins Haus zu schmuggeln, war im wahrsten Sinne des Wortes für die Katz gewesen.

Und gut zu wissen, dass sie in Zukunft besser ihre Tür abschloss, wenn sie keine ungebetenen Besucher haben wollte.

Laut sagte sie jedoch: »Seien Sie vorsichtig, sie beißt, wenn ihr danach zumute ist.«

Wahrscheinlich bloß, um Kates Worte Lügen zu strafen, erlaubte Lady Babbie Isabel ohne den leisesten Protest, sie an den Ohren zu kraulen.

»Hören Sie nur, wie sie schnurrt!«, seufzte Isabel. »Ich wollte immer eine Katze haben. Aber Papa hat immer gesagt, ich sei zu verantwortungslos, um auf eine Pflanze aufzupassen, geschweige denn ein Tier, und so hat er mir nie eine geschenkt. Wie heißt sie, Miss Mayhew?«

Kate räusperte sich, während sie die Bänder ihrer Haube löste. »Lady Babbie«, sagte sie unbehaglich.

»Wie war das? Ich habe Sie nicht gehört.«

»Lady Babbie«, sagte Kate etwas lauter.

Isabel sah sie neugierig an. »Was für ein seltsamer Name. Haben Sie sie nach jemandem benannt, den Sie kennen?«

»Nicht wirklich«, murmelte Kate, während sie ihre Haube abnahm und zum Spiegel hinüberging, um ihre Frisur zu richten. Dann, als sie Isabels unzufriedenen Gesichtsausdruck sah, erklärte sie zögerlich: »Ich habe sie, seit ich zehn war. Im Alter von zehn Jahren, fürchte ich, fand ich den Namen Lady Babbie unvorstellbar elegant. Das ist alles, was ich zu meiner Verteidigung vorbringen kann.«

»Seit Sie zehn waren«, sagte Isabel und kraulte die Katze bewundernd unterm Kinn. »Sie muss ja steinalt sein.«

»Erst dreizehn«, sagte Kate nicht ohne beleidigten Unterton.

»Also sind Sie dreiundzwanzig?« Isabel verlor das Interesse an der Katze, rollte sich auf den Rücken und starrte zu dem hauchdünnen Baldachin empor, der hier und dort mit rosafarbenen und grünen Blüten verziert war. »Das ist ziemlich alt. Ich dachte, Sie sind viel jünger.«

Kate machte sich wieder an die Arbeit, ihre Bücher in ein Regal beim Kamin zu sortieren – eine Tätigkeit, die sie eine Stunde zuvor unterbrochen hatte, um zur Post zu gehen und einen Brief abzuschicken. »Dreiundzwanzig«, sagte sie, sich verteidigend, »ist noch nicht uralt.«

»Nicht, wenn man schon verheiratet ist.« Isabel rollte sich wieder herum, stützte die Ellbogen auf und ließ das Kinn in die Hände sinken. Wie sie so in ihrer Unterwäsche und einem seidenen Bademantel dalag, die Haare mit einem Band zusammengebunden, erinnerte sie Kate an Posie, die abends oft in einem ähnlichen Aufzug bei ihr erschienen war.

»Warum haben Sie noch nicht geheiratet, Miss Mayhew? Sie sind eine so hübsche kleine Person. Ich kann mir nicht vorstellen, warum Sie niemand geschnappt und sich in die Tasche gesteckt hat, um Sie zu behalten. Hat Sie niemand gefragt?«

Kate, die den Rücken eines Buches betrachtete, entgegnete, »Gefragt, ob er mich in die Tasche stecken kann? Sicher nicht.«

»Ihn zu heiraten, dann eben.«

»Keiner, in den ich verliebt gewesen wäre.«

»Wirklich nicht? Hat er dann eine andere geheiratet?«

Kate stellte das Buch an seinen Platz im Regal. »Hat wer jemand anders geheiratet?«

»Der Mann, den Sie geliebt haben, natürlich.«

Kate lachte. »Wohl kaum. Ich war noch nie in jemanden verliebt.«

Isabel setzte sich auf; sie war schockiert. »*Was? Niemals?* Miss Mayhew! Ich bin erst siebzehn und ich war schon fünf Mal verliebt! Zweimal allein im letzten Jahr.«

»Du meine Güte.« Kate langte in die Kiste, die Phillips eigenhändig von den Sledges hierher getragen hatte – so erleichtert war er, sie fort zu wissen – und holte ein weiteres Buch heraus. »Dann war ich wohl zu wählerisch mit meiner Zuneigung.«

»Das kann man wohl sagen«, erklärte Isabel. »Hat Papa Ihnen erzählt, in wen ich seit neuestem verliebt bin?«

Kate stellte das Buch in ein Regal, sah, dass es

nicht ganz passte, und brachte es in einem anderen unter. Da sie den Marquis seit dem Nachmittag in der Eingangshalle der Sledges nicht ein einziges Mal gesehen hatte, konnte sie die Frage nicht mit ja beantworten und behaupten, sie hätte eine längere Unterhaltung mit ihm über das Gefühlsleben seiner Tochter gehabt. Es war in der Tat über eine Woche her, seit sie den Marquis gesehen hatte. Mr Sledge hatte einen ziemlichen Koller gekriegt, als er erfuhr, dass sie die Familie verlassen wollte, und Mrs Sledge hatte sich zwei Tage ins Bett gelegt. Kate hatte das Gefühl gehabt, dass es richtig wäre zu bleiben, bis sie einen Ersatz gefunden hatten, und übersandte dem Marquis eine Notiz. Die Antwort, die sie erhielt, kam nicht vom Marquis selbst, sondern von seiner Haushälterin Mrs Cleary. Sie ließ sie wissen, sie solle sich die Zeit nehmen, die sie brauchte.

Obwohl es erfreulich war, zu erfahren, dass die Sledges ihre Arbeit geschätzt hatten – besonders Mrs Sledge hatte sich zu den wüstesten Beschimpfungen über den Marquis hinreißen lassen, der sie von ihnen stahl –, so war es doch außerordentlich wunderbar gewesen, sich von diesem verkrampften, voll gestopften Haus auf Nimmerwiedersehen zu verabschieden. Posie war die einzige Person, von der Kate wusste, dass sie sie vermissen würde. Posie, und erstaunlicherweise die vier kleinsten Sledges, die bitterlich weinten, als sie ihnen die Neuigkeit beibrachte. Sie waren so enttäuscht, dass sie sich weigerten zu versprechen, die neue Gouvernante nicht mit Dornen in den Bettlaken oder Schnecken im Tee zu quälen. Obwohl Kate sich alle Mühe gegeben hatte.

Kate hätte sich mit ihrer Entscheidung vollkommen wohl gefühlt, wäre da nicht Freddy gewesen. Er war von der bloßen Vorstellung so erschüttert, dass er mehrere Minuten wie vor den Kopf geschlagen war, als sie ihm bei ihrem nächsten Treffen von ihrem neuen Arbeitgeber erzählt hatte. In einem solchen Zustand hatte Kate, soweit sie sich erinnerte, ihn in all den Jahren nicht gesehen.

»Lord Wingate?«, fragte Freddy schließlich, als er die Sprache wiedergefunden hatte. In der Zwischenzeit hatten sie in seinem neuen Phaeton zwei Runden um den Park gedreht. Er hatte darauf bestanden, mit Kate darin auszufahren, obwohl sie lieber in einer netten Teestube gesessen hätte, als in dieser Kutsche herumzuschaukeln.

»Lord Wingate?«, hatte Freddy wiederholt. »Burke Traherne, meinst du? Den, den du mit deinem Regenschirm gestochen hast?«

»Ja«, sagte Kate. »Genau der. Pass doch auf, wo du hinfährst, Freddy, du hast fast den Hund da überfahren ...«

»Du wirst in Trahernes *Haus* leben und auf seine *Tochter* aufpassen?«

»Ja, Freddy. Das habe ich doch gesagt. Für dreihundert Pfund im Jahr. Obwohl ich mir nicht vorstellen kann, dass ich ein Jahr dort sein werde, denn wenn Lady Isabel nur ansatzweise so liebreizend wie reich ist, wird sie wahrscheinlich am Ende der Saison schon verheiratet sein. Freddy, *müssen* wir so schnell fahren?«

»Aber ich habe dir doch von ihm erzählt, Kate! Ich hab dir doch alles gesagt, oder? Wie er seine Frau abgeschoben hat und den Liebhaber aus dem ...«

»Fenster geworfen hat, ja. Lord Wingate scheint

die Neigung zu haben, Sachen aus dem Fenster zu werfen. Stell dir vor, er hat einen Atlas aus dem Fenster geworfen, als ich ihm sagte, ich würde nicht für ihn arbeiten.«

»Was, zum Teufel, hat er getan?«

Kate fing an zu bereuen, dass sie überhaupt mit dem Thema angefangen hatte. Obwohl sie es ihm sowieso sagen musste – er hätte es ohnehin herausgefunden. Sie musste es ihm sagen. Sie wünschte sich nur, er wäre ein bisschen verständnisvoller.

»Mir gefällt das nicht«, sagte Freddy tonlos. »Abgesehen davon, dass du mit *ihm* leben wirst«, seine düstere Miene verriet nur zu genau, wer damit gemeint war, »bringst du dich selbst in eine unmögliche Position. Du wirst mit diesem Mädchen in Häuser gehen, wo du vor wenigen Jahren selbst Gast warst. Und jetzt bist du jemandes Anstandsdame ...«

»Vor wenigen Jahren.« Kate verzog den Mund. »Versuch's mal mit sieben Jahren, Freddy. Keiner wird sich erinnern.«

»Aber natürlich werden sie das! Kate, du warst das Hauptthema für ...«

»Vor *sieben* Jahren, Freddy. Ich bin jetzt eine alte Dame. Vor ein paar Tagen habe ich sogar ein graues Haar entdeckt.«

Freddy machte ein missmutiges Gesicht. »Du denkst vielleicht, du hast dich verändert, Katie, aber glaube mir, das hast du nicht. Sie werden dich erkennen ...«

»Keiner achtet auf eine Anstandsdame«, hoffte Kate.

»... und dann werden sie diese unbequemen Fragen stellen, die du so hasst, und wahrscheinlich wird es mitleidige Blicke geben. All die alten Tratschtanten, die du so verabscheut hast, werden von nichts anderem reden. ›Sie können sich nicht vorstellen, wer gestern bei mir auftauchte, Lavinia. Das Mayhew-Mädchen. Nur dass sie *gearbeitet* hat, als *Anstandsdame,* das arme kleine Ding.‹«

»Mir ist nie aufgefallen, dass du ein sehr guter Imitator bist. Das war Lady Hildengard, stimmt's?«

»Der Punkt ist«, sagte Freddy nachdrücklich, »dass es schrecklich sein wird. Du weißt doch, dass du diese Weiber nicht ausstehen kannst ...«

»Freddy, du redest an der Sache vorbei. Dreihundert Pfund sind viel Geld. Du weißt, dass Papa mir nichts als Schulden hinterlassen hat ...«

»*Du* bist nicht für die Schulden verantwortlich, die dein Vater hinterlassen hat«, erinnerte sie Freddy.

»Nein, aber ich fühle mich trotzdem verantwortlich für die *Menschen,* die er zurückgelassen hat. Du weißt, dass Nanny keinen Cent hat.«

»Nanny!«, platzte Freddy heraus. »Darum geht es also? Dein altes Kindermädchen?«

»Ja«, sagte Kate ruhig. »Dreihundert Pfund würden die Miete für Nannys Häuschen auf Jahre sicherstellen. Es ist mir nicht möglich, das auszuschlagen, Freddy.«

»Du kannst es unmöglich annehmen«, verlangte Freddy und parierte das Pferd abrupt zum Stand. »Kate, du wirst nicht für Burke Traherne arbeiten. Ich kann das nicht dulden!«

»Oh«, sagte sie scharf. »Und dann bezahlst du die Miete für Nannys Haus?«

»Ich habe gesagt, dass ich das tue, wenn du mich nur lassen würdest!«

»Werde ich nicht.« Sie schüttelte den Kopf. »Ich muss mich selber um sie kümmern.«

»Ich werde ihre Adresse herausfinden«, drohte Freddy, »und ihr schreiben, was du vorhast. Dann wird es dir Leid tun.«

Kate musste lachen. »Und was willst du ihr sagen, Freddy? Dass ich eine Stelle angenommen habe, wo ich neun Mal so viel verdiene wie vorher, und das für weniger Arbeit? Ich werde die Anstandsdame von Lord Wingates Tochter sein, Freddy. Das ist eine vollkommen respektable Stellung. Sogar Nanny würde dem zustimmen. Es ist ja nicht so, als ob ich eingewilligt hätte, seine Konkubine zu werden«, fügte sie hinzu.

»Verdammt, Kate!« Freddy reichte herüber, nahm eine ihrer Hände in seine und presste ihre Finger recht hart zusammen.

»Der Mann hat ein Naturell schlimmer als der Teufel. Erst letzte Woche schoss er auf einen armen Kerl wegen dieser Woodhart. Zudem ist er ein lasterhafter Lustmolch. Wahrscheinlich hat er dich nur angestellt, um sich den Spaß zu machen, dich zu verderben, und er schmeißt dich raus, wenn er genug von dir hat. Er hat kein Herz, weißt du.«

Kate blickte ihn einen Moment lang erstaunt an, dann brach sie in schallendes Gelächter aus. Freddy konnte ihr Amüsement nicht teilen und betrachtete sie grimmig. Aber Kate konnte kaum an sich halten und schnappte nach Luft, als sie sich genügend beruhigt hatte, um zu fragen: »Oh Freddy, glaubst du wirklich? Ich wollte schon immer von einem lasterhaften Lustmolch verdorben werden! Und er bezahlt mich noch für die Ehre! Was habe ich nur für ein Glück!«

Freddy verzog das Gesicht. »Das ist nicht lustig, Kate. Ich warne dich, Traherne ...«

»Ja, ja, ja.« Kate entzog ihm ihre Hand und tätschelte ihn. »Er ist ein schlimmer, schrecklicher Mann, ich weiß das alles und ich werde auf der Hut sein.«

»Auf der Hut? Kate, es geht nicht darum, auf der Hut zu sein. Was, wenn ...«

»Außerdem, Freddy, ist es nicht so, dass Lord Wingate auch nur das geringste derartige Interesse an mir zu haben scheint.« Sie hatte natürlich nicht gewagt, ihm zu erzählen, dass das Gegenteil zutraf. »Er hat Mrs Woodhart, um ihn zu unterhalten. Was könnte er schon in mir sehen, wenn er sie hat?«

Freddy sagte etwas, aber so undeutlich, dass sie ihn nicht verstand.

»Und obwohl Lord Wingate durchaus ein lasterhafter Lustmolch sein mag«, fuhr Kate fort, um Freddy ebenso wie sich selbst zu überzeugen, »musst du doch zugeben, dass er sich sehr um das Glück seiner Tochter sorgt. Und wie schlimm kann ein Mann sein, der seine Tochter liebt?«

»Kate ...«

»Und was das Verderben betrifft, Frederick Bishop, der Marquis hat mich schließlich in erster Linie angeheuert, damit er abends Zeit hat, auszugehen und verderbte Sachen zu tun, ohne dass seine Tochter davon mitbekommt. Nun, was hast du dazu zu sagen?«

Resigniert sackte Freddy in seinem Phaetonsitz zusammen.

»Kate, willst du mich nicht einfach heiraten? Das würde alles so viel leichter machen.«

Kate blinzelte ihn an. Sie war so gern mit ihm zusammen, dass sie manchmal völlig vergaß, dass er mehr in ihr sah als nur eine Freundin. Ihr Schuldgefühl versetzte ihr einen Stich und sie dachte, dass sie seine Einladungen zum Tee oder zu Kutschfahrten womöglich nicht annehmen sollte. Es war nicht fair von ihr, sich weiter mit ihm zu treffen und falsche Hoffnungen zu wecken.

Aber er war ihr bester – und einziger – Freund, der ihr aus ihrem alten Leben geblieben war. Sie konnte sich nicht vorstellen, ohne ihn zu sein.

Unglücklicherweise konnte sie sich auch nicht vorstellen, mit ihm zu sein – nicht auf die Art, die er wollte.

Sie seufzte tief. »Oh Freddy«, sagte sie. »Es würde die Dinge nicht einfacher machen. Absolut nicht.«

Sie hatte ohnehin keinen Platz mehr in Freddys Welt, der Welt, in der sie einst mit Anmut und Leichtigkeit wandeln konnte. Wie könnte sie jemals dahin zurückkehren, mit dem Wissen, das sie jetzt hatte – was die Leute dort über ihren Vater gesagt hatten und zweifellos immer noch sagten. Ignorante Heuchler, die törichte Gerüchte verbreiteten. Um Gottes willen, nein. Sie würde lieber sterben, als zurückzugehen; aber sie hatte nicht das Gefühl, dass sie Freddy in diesem Moment daran zu erinnern brauchte.

Und selbst wenn sie sich dazu überwinden könnte, wieder in den Kreisen zu leben, aus denen sie vor all den Jahren geflohen war – besser gesagt, aus denen sie ausgestoßen wurde –, so könnte sie niemals guten Gewissens Freddy heiraten. Sie wusste genau, dass sie ihn nicht liebte. Angenommen – nur angenommen –, sie würde Freddy heiraten und dann, genau wie Isabels Mutter, ihre Liebe zu jemand anderem entdecken. Wie schrecklich! Sie könnte Freddy niemals antun, was Elisabeth Traherne dem Marquis angetan hatte. Der katastrophale Ausgang für alle Beteiligten sprach eine deutliche Sprache.

Nicht für alle, korrigierte sie sich, als sie den Blick durch den Raum schweifen ließ, in dem sie stand. Dies war das hübscheste Schlafzimmer, das sie gehabt hatte, seit der Zeit vor dem Tod ihrer Eltern. Auf jeden Fall das schönste, seit sie begonnen hatte, sich als Gouvernante zu verdingen. Die Wände waren passend zum Baldachin über ihrem Bett tapeziert, weiß mit rosafarbenen und grünen Blüten. Dazu passend ein Paar mit dunkelgrünem Samt bezogene Sessel vor dem Kamin, ein weißer Schminktisch mit vergoldeten Knöpfen und ein massiver vergoldeter Spiegel darüber. Der Raum hatte keinerlei Ähnlichkeit mit der Kammer, in der sie sich bei den Sledges halb tot gefroren hatte – weil Phillips so geizig mit den Kohlen war.

Was den Rest des Hauses betraf, konnte Kate sich nicht erinnern, jemals in einem eleganteren und doch komfortablen Zuhause gewesen zu sein. Von den Bildern an den Wänden bis zu den Kerzen in ihren Kandelabern, alles war von bester Qualität und ansprechendem Design. Und sie bekam dreihundert Pfund im Jahr, um in diesem Luxus zu leben!

»Ich kann nicht sagen«, sagte Kate zu dem Mädchen, das sich auf dem Bett räkelte wie Lady Babbie, »dass Ihr Vater Ihren noblen Freund mir gegenüber erwähnt hat.«

»Nobler Freund«, echote Isabel mit verzogener

Miene. »Geoffrey würde lachen, wenn er das gehört hätte. Mein Gott, Miss Mayhew, haben Sie alle diese Bücher auch noch gelesen?«

Kate sah auf die Kiste zu ihren Füßen. »Ja«, antwortete sie. »Natürlich.«

»Warum bewahren Sie sie dann auf?«, wollte Isabel wissen. »Ich meine, wenn Sie sie schon gelesen haben.«

»Darum.« Kate hob eine viel gelesene Ausgabe von Jane Austens *Stolz und Vorurteil* aus der Kiste. »Manche Bücher sind so gut, dass man sie einfach immer wieder lesen will. Man hängt an ihnen. Sie werden ... sie werden zu Familienmitgliedern.«

»Familie?«, echote Isabel.

»Ja. Wenn man sie so oft gelesen hast, kann man gar nicht anders, als eine Beziehung zu ihnen entwickeln – verlässliche, liebevolle Beziehungen, die einen niemals enttäuschen. Sie wieder aufzuschlagen, ist wie ein Besuch bei der Lieblingstante oder ... sich auf den Schoß des geliebten Großvaters zu setzen.«

Als sie sah, dass Isabels Gesichtsausdruck skeptisch wurde, fügte sie mit einem kleinen Lachen hinzu: »Na ja, ich schätze, für Sie, Lady Isabel, klingt das nicht sehr beeindruckend. Aber Sie haben ja auch einen Vater, der Sie liebt, und vermutlich Großeltern, die Sie vergöttern. Meine Bücher sind alles an Familie, was mir geblieben ist.« Sie wollte nicht melodramatisch klingen, erkannte jedoch, dass ihre Worte so ausgelegt werden konnten, also fügte sie scherzhaft hinzu: »Ein weiterer Vorteil, Beziehungen zu Büchern zu haben statt zu echten Menschen, ist, dass sie sich nie Geld leihen wollen oder unangekündigt hereinplatzen. Die einzige wirkliche Gefahr besteht darin, sie aus Versehen im Omnibus zu vergessen. Zu meiner Schande muss ich gestehen, dass mir das in der Vergangenheit ein-, zweimal passiert ist.«

Isabel rümpfte die Nase. »Miss Mayhew«, sagte sie. »Es ist eine gute Sache, dass Sie so hübsch sind. Es gleicht dem Umstand etwas aus, dass Sie *ziemlich* seltsam sind.« Sie sah zur Decke empor. »Abgesehen davon, habe ich nie so ein Buch gelesen. Ein Buch, dass ich mehr als einmal lesen wollte, meine ich.«

»Haben Sie nicht?« Kate hielt *Stolz und Vorurteil* hoch. »Haben Sie das hier gelesen?«

Isabel verzog das Gesicht, als sie den Umschlag betrachtete. »Oh«, sagte sie angeekelt. »Papa will immer, dass ich das lese.«

»Das sollten Sie auch«, meinte Kate. »Es wird Ihnen gefallen. Es geht um Mädchen in Ihrem Alter, die sich verlieben.«

Isabel hob den Kopf von der Faust, auf den sie ihn gestützt hatte. »Wirklich? Ich dachte, es sei über einen Krieg.«

»Ein Krieg? Wie um alles in der Welt bist du auf die Idee gekommen, dass es von einem Krieg handelt?«

»Na ja, es heißt ja schließlich *Stolz und Vorurteil,* nicht wahr?«, sagte Isabel vage, stand jedoch auf und ging zu Kate hinüber, nahm ihr das Buch aus der Hand und blätterte darin. Immerhin ein Anfang, dachte Kate. »Außerdem liest Papa ständig Bücher, die meistens von Krieg, Gesetzen oder etwas noch Langweiligerem handeln.«

Kate griff wieder in ihre Kiste. »Oh?«, fragte sie beiläufig. »Ihr Vater liest also gern?«

Isabel knurrte: »Es ist fast das Einzige, was er tut.

Ich meine, abgesehen davon, Frauen wie diese grässliche Mrs Woodhart zu unterhalten.«

Kate hüstelte, doch unglücklicherweise verstand Isabel diese Andeutung nicht.

»Ich schwöre, Miss Mayhew«, fuhr sie seufzend fort, »manchmal denke ich, wenn es nicht wegen solcher Frauen wäre, würde Papa überhaupt nicht aus dem Haus gehen! Zu Hause in Wingate Abbey hebt er die Nase überhaupt nicht aus dem Buch, außer um ab und an reiten zu gehen. Es ist peinlich.«

Kate richtete sich auf. »Peinlich?«

»Nun, kein anderer Vater ist so. Die Väter von den Mädchen aus der Schule, die ich besucht habe, sind jeden Tag jagen und fischen gegangen oder so was. Nur nicht *mein* Vater. *Mein* Vater ist ständig zu Hause und *liest*. Ich sage ihm immer, dass das nicht normal ist und er mehr rausgehen sollte. Ich meine, schließlich wird er nicht jünger, Miss Mayhew. Er ist gerade sechsunddreißig geworden. So trifft er nie die Richtige und kommt zur Ruhe.«

»Aber ich dachte, er hätte jemanden getroffen«, sagte Kate mit Unschuldsmiene. »Sie erwähnten eine Mrs Woodhart.«

»Aber er kann doch Sara Woodhart nicht heiraten!«, rief Isabel. »Sie ist eine Schauspielerin. Papa kann keine Schauspielerin heiraten. Das geht nicht. Außerdem ist sie schon verheiratet.«

Kate hob die Brauen. »Oh.«

»Der Punkt ist einfach, Miss Mayhew, es bleibt nicht mehr viel Zeit. Bald werden Geoffrey und ich heiraten und Papa bleibt ganz allein zurück.«

»Wirklich?« Kate hob die Brauen noch höher. »Sie und Geoffrey?«

»Ja. Ich muss für Papa eine nette Frau finden, Miss Mayhew, so dass er nicht einsam ist, wenn ich weg bin. Nicht so eine wie diese Mrs Woodhart. Eine *nette* Frau ...« Isabels Blick glitt verstohlen zu ihr herüber. »Wie Sie, Miss Mayhew.«

Kate erstickte fast vor Lachen. Die Vorstellung, ein Mann wie der Marquis of Wingate würde sich herablassen, die Anstandsdame seiner Tochter zu ehelichen, war so grotesk, dass sie sich wünschte, sie könne sie mit jemandem teilen. Zu schade, dass Freddy die ganze Sache so schwer nahm.

Sie musste an Freddys Bemerkung denken, der Marquis habe geschworen, nach der Katastrophe, die er beim ersten Mal erlebt hatte, nie wieder zu heiraten. Sie beschloss, das Thema zu wechseln, bevor Isabel sich noch mehr dafür erwärmte.

»Hat, ähem, Mr Saunders Sie schon gebeten, ihn zu heiraten, Lady Isabel?«

Die bloße Erwähnung von Geoffreys Namen war offensichtlich geeignet, Isabel von jedem anderen Thema abzulenken.

»Noch nicht«, sagte sie etwas hitzig. »Aber er hat auch noch gar keine richtige Gelegenheit dazu gehabt, so wie Papa mir im Nacken hängt, wenn wir irgendwo hingehen.« Sie schenkte Kate noch einen dieser verstohlenen Seitenblicke. »Aber vielleicht jetzt, wo Sie da sind, Miss Mayhew ...«

Kate hatte schon Luft geholt, um Isabel dezent darauf hinzuweisen, dass eher die Hölle gefrieren würde, als dass sie sich den Wünschen des Mannes entgegenstelle, der sie so großzügig dafür bezahlte, auf sein einziges Kind aufzupassen, als dieser Mann plötzlich auftauchte und an die offen stehende Tür klopfte.

»Ah, Miss Mayhew«, sagte Lord Wingate. Kate sah, dass er tatsächlich eines der von seiner Tochter so verhassten Bücher in der Hand hielt, wobei er den Zeigefinger als Lesezeichen benutzte. »Entschuldigen Sie, dass ich unterbreche. Sie und Isabel gehen heute Abend zu einem Empfang, nicht wahr?«

Kate nickte und wandte hastig den Blick ab, um nicht in diese viel zu strahlenden grünen Augen sehen zu müssen. Burke Traherne hatte seine jadefarbenen Augen an seine Tochter vererbt, aber wegen ihres helleren Teints wirkten sie an ihr längst nicht so beunruhigend.

Aber vielleicht waren es auch gar nicht die Augen des Marquis, die Kate so nervös machten, sondern die Tatsache, dass sie ihm bei ihrem letzten Treffen einen Atlas auf den Kopf gewuchtet hatte. Und davor hatte sie die Spitze ihres Regenschirms auf seine Brust gesetzt. Sie hatten es wirklich nicht leicht, einander kennen zu lernen.

»Ja, Mylord«, brachte Kate brüsk über die Lippen. »Zu Lady Allens Dinner und dann ist da der Ball bei Baroness Hiversham ...«

»Dann Frühstück bei Lord und Lady Blake«, unterbrach Isabel, die die Einladungen durchblätterte, um sie in gelangweiltem Ton zu rezitieren, »und ein Bummel mit ihren abscheulichen Töchtern. Dann Lunch mit den Baileys, danach ein Einkaufsbummel. Oder vielleicht ein paar Kurzbesuche, um herauszufinden, wer sich schon verlobt hat und wer noch nicht. Danach nach Hause und umziehen, zum Dinner bei Lord und Lady Crowley, dann in die Oper, dann ein Spiele-Abend bei Eloise Bancroft, ein bisschen Schlaf, und weiter geht's zum morgendlichen

Reiten, die Lady-Meile mit diesen unsäglichen Chittenhouses, wieder mal Frühstück. Ich schwöre, ich weiß nicht mehr, wo ...«

»Isabel«, sagte Lord Wingate mild, »vielleicht möchtest du lieber wieder zur Abbey.«

Isabel brach ab und starrte ihn an. »Zurück zur Abbey? Wingate Abbey, meinst du? Ganz sicher nicht. Was soll ich denn *da*, wenn Geoffrey *hier* ist?«

»Nun ja, deinem Tonfall nach zu urteilen, findest du London offensichtlich recht langweilig.«

Isabel ließ die Hände an ihre Seiten sinken. Kate stand nahe genug, um zu sehen, wie sich ihre schmalen Hände zu Fäusten ballten. »Oh, das würde dir gefallen, was?« Lady Isabel warf den Kopf in den Nacken, so dass ihre Korkenzieherlocken hüpften. »Alles, nur damit ich Geoffrey nicht sehe?«

Kate glaubte nicht sich einzubilden, dass Lord Wingate amüsiert aussah. »Im Gegenteil«, sagte er. »Ich dachte, vielleicht ist es dir nach einer Ruhepause auf dem Land, damit du dich erholst und deine charakteristische Überschwänglichkeit wiedergewinnst.«

Isabel gab ein zorniges »Ha!« von sich und schritt wutschnaubend zur Tür, die sie – zur Steigerung der Dramatik – hinter sich zuknallte.

Und damit Kate mit ihrem Arbeitgeber allein im Schlafzimmer zurückließ.

8. Kapitel

Kate starrte entsetzt auf die geschlossene Tür, als ob sie sich davon wieder öffnen und somit der Situation eine gewisse Züchtigkeit zurückgeben könnte.

Lord Wingate hingegen schien kein solches Unbehagen zu empfinden. *Tja,* dachte Kate abgestoßen, *das kann er wahrscheinlich gar nicht.*

Er ließ sich in einen der grünen Samtsessel an der Feuerstelle fallen und sah verdrossen in die tanzenden Flammen.

»Sie verstehen nun«, sagte Lord Wingate mit seiner tiefen Stimme, wobei er den Blick nicht von den Flammen wandte, »womit ich es hier zu tun habe. Junge Liebe. Ein ernst zu nehmender Gegner, Miss Mayhew.«

Kate schwenkte den Kopf von der Tür zu Lord Wingate und wieder zurück. *Ist das nicht idyllisch,* dachte sie. *Angenommen, Mrs Cleary, die Haushälterin, läuft vorbei und hört die Stimme Seiner Lordschaft aus dem Schlafzimmer der neuen Anstandsdame?* Oder, noch schlimmer, Mr Vincennes, der Butler. Bis jetzt schien Mr Vincennes nichts gegen Kate zu haben, trotz ihres seltsamen Verhaltens, welches er zweifellos als solches gewertet hatte. Aber Vincennes wusste nichts von Lady Babbie – noch nicht. Und er wusste ganz bestimmt nicht, dass Seine Lordschaft sich selbst zu einem kleinen Teatime-Tête-à-Tête in Kates Zimmer eingeladen hatte.

»Isabel«, fuhr Lord Wingate so beiläufig fort, als redeten sie über das Wetter in Bath, »hat sich in den Kopf gesetzt, in diesen jungen Mann, Geoffrey Saunders, verliebt zu sein. Es ist eine unmögliche Verbindung. Mr Saunders ist der zweite Sohn und besitzt keinen Penny – außer das, was sein älterer Bruder ihm zuteilt. Er sollte Gelehrter werden, aber aus Oxford wurde er rausgeworfen, weil er sich von zahlreichen Personen Geld geliehen hat, um es beim Kartenspielen zu verlieren. Ich habe keinen Schimmer, wovon er jetzt lebt, aber es ist zu vermuten, dass er ein Heiratsschwindler ist.« Endlich drehte er den Kopf vom Feuer weg und fixierte Kate mit seinem stählernen Blick. »Isabel muss auf jeden Fall von ihm fern gehalten werden.«

Von seinen Smaragdaugen festgenagelt, wo sie gerade stand, musste Kate schlucken. Sie hatte die beiden Sessel vor ihrem Kamin als recht groß empfunden – wenn sie darin saß, blieb noch jede Menge Platz übrig. Aber Lord Wingates enorme Körpergröße ließ die Möbel zwergenhaft erscheinen und erinnerte Kate schmerzhaft an eine Tatsache, die sie gehofft hatte, ignorieren zu können – dass Burke Traherne, der dritte Marquis of Wingate, ein wahrhaft bemerkenswertes Mannsbild war.

Unerklärlicherweise erinnerte sie sich daran, dass Mrs Cleary ihr just an diesem Nachmittag einen Scheck über fünfzig Pfund gegeben hatte. »Ein Vorschuss«, hatte die mollige alte Dame ihr erklärt, »für Kosten, die durch den Arbeitsplatzwechsel entstanden sein mögen.«

Obwohl sie nicht um einen Vorschuss gebeten hatte, hatte sie ihn doch dankbar angenommen und war zur Bank und zur Post geeilt, um die gesamte Summe an ihre Nanny in Lynn Regis zu schicken. Zu dem Zeitpunkt hatte sie sich nicht darüber gewundert, warum Seine Lordschaft ihr zwei Monatsgehälter im Voraus zahlte. Sie hatte angenommen, dass es für den Erwerb von Garderobe gedacht sei, damit sie nicht zur Schande ihres Arbeitgebers in ihren abgewetzten Kleidern zu den obligatorischen gesellschaftlichen Anlässen gehen müsse. Doch sie passte immer noch sehr gut in die Gewänder ihrer eigenen ersten Saison. Sie hatten sich als sehr nützlich erwiesen, nachdem sie erst gut gelüftet worden waren; sie hatten nur von der äußerst geschickten Mrs Jennings leicht geändert werden müssen. Die Röcke waren nun nicht mehr ganz so weit, entsprechend der neuen Mode, und die Ausschnitte nicht mehr ganz so gewagt – gewagte Ausschnitte waren für eine Anstandsdame alles andere als angebracht. Sie hatten auch gefärbt werden müssen, denn die Mehrzahl ihrer Kleider war weiß gewesen. Mit dreiundzwanzig Jahren jedoch war sie viel zu alt, um Weiß zu tragen.

Jetzt kam ihr allerdings ein anderer, etwas beunruhigender Gedanke, wofür der Vorschuss gedacht gewesen war. Es sollte sie davon abhalten zu kündigen, denn dann würde sie dem Marquis of Wingate eine beträchtliche Summe schulden, eine Summe, von der sie nicht hoffen konnte, sie jemals zurückzahlen zu können. Er hatte offensichtlich aus den Erfahrungen mit den letzten Anstandsdamen gelernt und war entschlossen, dass diese ihm nicht so leicht entwischen sollte.

Flucht war nämlich der erste Gedanke in Kates

Kopf, als Lord Wingates seegrüner Blick auf sie fiel. Tatsächlich ging sie Richtung Tür, Isabel folgend.

Erst als sie die Hand auf die Klinke legte, brachte sie des Marquis' tief vibrierendes »Miss Mayhew?« zurück in die Realität.

Guter Gott, was ging in ihr vor? Kate Mayhew floh vor gar nichts – na gut, außer vor düsteren Gestalten auf der Straße, die sie für Daniel Craven hielt. Aber bestimmt nicht vor autoritären Marquis, egal, wie stechend sie gucken mochten oder wie vollständig sie einen Sessel ausfüllten.

Statt zu fliehen, nahm sie also einen tiefen, beruhigenden Atemzug und machte die Tür weit auf, so dass jeder vom Korridor aus sehen konnte, dass der Hausherr lediglich seiner neuesten Angestellten einen Anstandsbesuch abstattete.

»Das verstehe ich gut«, sagte Kate mit ruhiger Stimme und drehte sich, ihn anzusehen. Sie schaffte es, seinen Blick zu erwidern, ohne rot zu werden. »Sie beanstanden diesen jungen Mann. Das ist normal. Sie lieben Ihre Tochter und wollen ihr Bestes. Ich frage mich nur, Mylord, ob das Verbot, Mr Saunders zu sehen, in dieser Situation die beste Lösung ist.«

Lord Wingate musste sich im Sessel umdrehen, um sie anzusehen. Es sah ziemlich unbequem aus, und Kate, die plötzlich Mitleid empfand, ging zu dem anderen Sessel hinüber, setzte sich jedoch nicht hin.

»Ich bitte um Verzeihung«, sagte der Marquis mit einem ungläubigen Unterton, »aber ich denke, ich weiß, wie ich mit meiner eigenen Tochter umzugehen habe.«

»Und ich bin ziemlich sicher, das dachten die Eltern von Julia auch, als sie ihr verboten, Romeo zu sehen.«

Lord Wingate hob eine Augenbraue; der Ausdruck auf seinem Gesicht war unergründlich. »Es ist einige Zeit her, dass mir jemand in einer Unterhaltung ein Zitat des großen Barden vorgehalten hat.«

»Dann sollte es Ihnen nichts ausmachen«, sagte Kate, »wenn ich Sie an die Tragödie von Abelard und Heloise erinnere. Ich bin ziemlich sicher, dass ihr Onkel Fulbert dieselbe Meinung über ihre Beziehung zu Abelard hatte wie Sie über Mr Saunders.«

Mit einem Lachen sagte der Marquis: »Wissen Sie, ich habe großes Verständnis für Fulbert. Ich hätte nichts dagegen, wenn Mr Saunders das gleiche Schicksal erleiden müsste wie dieser Strolch Abelard ...«

»Was ich meine«, unterbrach Kate knapp, »ist, dass Romeo, Julia, Abelard und Heloise allesamt tragische Schicksale erleiden mussten wegen des elterlichen Eingreifens in ihre Romanzen ...«

Der Marquis machte ein finsteres Gesicht. »Verdammt, Miss Mayhew. Isabel wird sich schon nicht umbringen und auch nicht in ein Kloster fliehen. Obwohl ich Letzteres, ehrlich gesagt, wünschenswerter finde als eine Ehe mit diesem Herumtreiber.«

»Lord Wingate«, sagte Kate. »Sowohl die Geschichte als auch die Literatur zeigen uns, dass Verbote eine Sache für ein Kind faszinierend mysteriös erscheinen lassen, was ohne Verbot nicht der Fall wäre. Dass Sie Mr Saunders so ablehnen, macht ihn für Isabel gerade anziehend.«

»Was schlagen Sie dann vor, was ich tun soll, Miss Mayhew?«, schnappte Lord Wingate. »Ihr erlauben, dass sie sich diesem Affen an den Hals wirft?«

Kate breitete die Arme aus. »Was können ein paar

Tänze mit ihm schon schaden? Umso mehr Zeit sie mit ihm verbringt, umso eher wird sie seine Fehler entdecken.«

»Und wenn das nicht geschieht?«, wollte Lord Wingate wissen. »Wenn sie sich noch mehr in ihn verguckt und ich im Handumdrehen Großvater bin?«

Kate wurde rot. Sie war froh, dass sie nah genug am Feuer stand, so dass ihre intensivere Gesichtsfarbe leicht von der Hitze der stark lodernden Flammen herrühren konnte.

»Ich bezweifle stark, dass es dazu kommen würde, Mylord«, sagte sie. »Isabel scheint mir ein Mädchen mit außergewöhnlich scharfem Verstand und starkem Charakter zu sein. Sie würde sich nicht kompromittieren lassen.«

Lord Wingate schnaubte und versank tiefer in seinem Sessel. »Sie wissen nicht viel über junge Mädchen, nicht wahr, Miss Mayhew?«

»Außer dass ich selbst eins war«, sagte Kate trockener, als sie beabsichtigt hatte.

Lord Wingate fesselte sie erneut mit diesem Smaragdblick. »Ich kann mir vorstellen, dass Sie, Miss Mayhew, eine ganz andere Sorte Mädchen waren als Isabel.«

Kate sah ihn finster an. »Ihre Tochter mag im Besitz von mehr Wohlstand und Status sein, aber ich versichere Ihnen, ich war ganz genauso ...«

Sie brach verwirrt ab, als sie Lord Wingate lachen sah. Sie hatte ihn noch nie wirklich lachen sehen; seit dem Abend, als sie ihn das erste Mal gesehen hatte, schien er immer in einer besonders miesen Stimmung zu sein. Aber jetzt drang Lachen aus ihm hervor und er wirkt viel jünger als seine sechsunddreißig Lenze. Es verursachte Kate weitere Beklemmung, als sie sah, dass seine Krawatte gelockert war. Wenn er seinen Kopf zurückwarf und lachte, öffnete sich der Hemdkragen und gab den Blick auf seine Kehle frei, an deren unterem Ansatz sie eine Menge kräftiger, schwarzer Haare erspähte. Kates Blick wurde von diesen seidenen Locken angezogen und sie konnte nichts dagegen tun. Was, fragte sie sich gedankenverloren, war bloß mit ihr los?

Als Lord Wingate lange genug mit dem Lachen aufgehört hatte, um sie anzusehen, hoffte sie ernsthaft, dass er ihre unerklärliche Faszination für seinen offenen Hemdkragen nicht bemerkt hatte. Sie hoffte außerdem, dass sich ihr Erröten nicht zu einem flammenden Leuchten ihres ganzen Gesichts und Halses gesteigert hatte.

»Ich meinte nicht Ihren Mangel an Reichtum und Status, Miss Mayhew«, sagte er, immer noch grinsend. »Ich habe davon geredet, dass Sie offensichtlich viel attraktiver sind, als es meine Tochter je sein wird, und das waren Sie wahrscheinlich schon in Isabels Alter. Attraktivität gleicht Wohlstand mehr als aus. Anders als bei Isabel konnten die Männer bei Ihnen keinesfalls nur hinter dem Geld her sein.«

Plötzlich wünschte sich Kate, sie hätte die Tür geschlossen gelassen, und das nicht wegen Lord Wingates Annahmen über ihre angeblich verarmte Kindheit. Sie eilte durchs Zimmer und zog die Tür zu, während sie über die Schulter zu ihm sprach: »Psssst! Was, wenn sie Sie hört?«

»Selbst wenn? Isabel weiß, dass sie nicht hübsch ist. Unglücklicherweise hat sie mein Aussehen geerbt.«

Er zog eine Taschenuhr aus der Westentasche und begann, sie aufzuziehen. »Und«, murmelte er, »den Verstand ihrer Mutter.«

»Es ist absolut abscheulich von Ihnen, Ihr eigenes Kind auf diese Weise schlecht zu machen«, sagte Kate und durchquerte den Raum zügig, bis sie neben seinem Sessel stand. »Lady Isabel ist sehr liebenswürdig ...«

»Sie hat etwas sehr Kindliches«, korrigierte Lord Wingate sie. »Das ist etwas anderes als äußerliche Attraktivität. Die Menschen fühlen sich zu ihr hingezogen, weil sie lebhaft ist. Obwohl ich sie zu den besten Schulen geschickt habe, hat sie nicht viel davon mitgenommen, außer ein paar Tanzschritten. Wogegen Sie, Miss Mayhew, mit gutem Aussehen *und* Intelligenz gesegnet sind, wesentlich mehr, als man von meiner Tochter sagen kann. Jetzt verstehen Sie sicher«, sagte er, wobei er die Uhr wieder einsteckte, »warum ich einen Vergleich zwischen Ihrer und Isabels Mädchenzeit in Bezug auf unser Problem nicht unbedingt angemessen finde.«

Dann bemerkte er scheinbar zum ersten Mal, dass sie stand und er saß, erhob sich mit unglücklicher Miene und deutete auf den Sessel ihm gegenüber: »Ich habe meine Manieren vergessen. Bitte, setzen Sie sich doch.«

Kate schielte zur Tür. »Ich glaube nicht ...«

»Hinsetzen!«

Sie zuckte bei diesem abrupten Befehlston zusammen und setzte sich rasch hin. Sie faltete die Hände im Schoß und maß misstrauisch den kurzen Abstand zwischen ihnen.

»So ist's besser«, sagte Lord Wingate und ließ sich

zufrieden wieder sinken. »Sie sind zwar sehr klein, Miss Mayhew, aber ich habe trotzdem einen steifen Nacken bekommen, dauernd zu Ihnen hochzuschauen.«

Da sie dazu absolut nichts zu sagen wusste, beschloss Kate, wieder auf das alte Thema zurückzukommen. »Ich denke wirklich, Mylord, dass es Lady Isabel erlaubt sein sollte, diesen Mr Saunders zu sehen, zumindest wenn ich dabei bin. Was sollten sie schon anstellen, wenn ich mich im selben Raum aufhalte?«

»Miss Mayhew«, sagte Lord Wingate mit Grabesstimme, »wie kann es sein, dass Sie in der Nacht, in der wir uns zum ersten Mal begegneten, misstrauisch genug waren, mich ob meines absolut unschuldigen Verhaltens der Polizei überstellen zu wollen, und jetzt naiv genug sind zu glauben, dass ein beaufsichtigtes Pärchen nicht in der Lage ist ...« Er brach ab, nachdem er sie mit einem seiner bohrenden Blicke bedacht hatte, und schob sich unwohl auf seinem Platz hin und her. »Na ja. Vergessen Sie's. Es sollte genügen zu sagen, dass ich selbst kaum älter war als Isabel, als ich anfing, ihre Mutter zu umwerben. Erlauben Sie mir, Ihnen zu versichern, dass es jede Menge Unfug gibt, den ein beaufsichtigtes Pärchen anstellen ...«

Kate unterbrach ihn ruhig. »Vielleicht ist das das Problem.«

Lord Wingate warf ihr einen verärgerten Blick zu. »Was ist das Problem, Miss Mayhew?«

»Vielleicht haben Sie Angst, dass ihre Tochter den gleichen Fehler begeht wie Sie.«

»Nun, *natürlich* ist es das, was ich fürchte, Miss Mayhew.« Er sah sie schräg an. »Und ich muss sagen, ich finde es ... mindestens eigenartig, mit der Frau hier zu sitzen, die ich als Anstandsdame für meine Tochter angestellt habe, und meine Ehe zu diskutieren.«

»Und doch übersehen Sie einen wichtigen Punkt, Lord Wingate.«

»Welchen Punkt?«

»Wie schlecht Sie Ihre Ehe mit Isabels Mutter auch bewerten, es ist etwas daraus hervorgegangen, das Ihnen sehr viel bedeutet. Sie können Ihre Tochter kaum dafür verantwortlich machen, wenn sie Ihre Warnungen in den Wind schlägt; ihr ist es doch vollkommen bewusst, dass, hätten Sie auf Ihren eigenen Vater gehört, sie selbst niemals geboren wäre.«

Er lehnte sich so abrupt zurück, dass der Sessel ächzte. Sein Ausdruck war nicht länger undurchdringlich, er sah vollkommen überrascht aus. Kate, der plötzlich klar wurde, dass sie vielleicht zu weit gegangen war, starrte die Tapete an. Dreihundert Pfund, dachte sie bei sich, *dreihundert Pfund.*

»Mylord ...«, sagte sie, eine Entschuldigung schon auf den Lippen, doch Lord Wingate ließ sie nicht zu Wort kommen.

»Miss Mayhew«, sagte er und Kate wappnete sich. Würde er sie jetzt aus dem Fenster werfen? Sie hatte drei davon in ihrem Zimmer, mit Ausblick auf einen hübschen Garten zwei Stockwerke tiefer. Sie überlegte, dass der Boden jetzt dank des Frühlings aufgetaut und immerhin so weich sein müsste, dass sie sich nur ein paar Knochen bräche und nicht direkt tot wäre.

»Ihre Argumente«, fuhr der Marquis mit seiner tiefen Stimme fort, »besitzen eine umwerfende Klarheit, ob Sie nun einen Regenschirm zur Hilfe nehmen, einen Atlas oder einfach *le mot juste.*«

Kate spürte, wie das Blut, das aus ihrem Gesicht gewichen war, mit Gewalt zurückschoss. »Lord Wingate ...«

»Nein, Miss Mayhew«, sagte er und stand auf. »Sie haben absolut Recht. Isabel zu verbieten, Mr Saunders zu sehen, hat ihre Leidenschaft für ihn nicht um einen Jota abkühlen lassen.«

Kate stand aus ihrem Sessel auf. »Lord Wingate ...«, begann sie, aber ihre Stimme verlor sich, als sie merkte, dass sie zu den Silberknöpfen seiner Weste sprach. Burke Traherne war so viel größer als sie, dass sie gezwungen war, den Kopf weit in den Nacken zu legen, um zu ihm aufzuschauen.

Im gleichen Moment, als sie das tat, bereute sie es auch schon. Obwohl seit dem peinlichen Vorkommnis in Cyrus Sledges Bibliothek fast eine Woche vergangen war, kehrten die Gefühle, die sie dort gehabt hatte, auf einen Schlag zurück: der Schock angesichts der Härte seiner Brust, die unglaubliche Kraft in diesen muskulösen Armen, sein aufregender Geruch – ein Geruch, an dem eigentlich nichts aufregend sein sollte, eine Mischung verschiedene Seifen und ein Hauch von Tabak. Der Anblick seiner sensiblen Lippen, fast deplaziert in dem sonst so männlichen Gesicht.

Doch vor allem war es die intensive Wärme, die von ihm ausging, die in Kate das seltsame Verlangen weckte, sich dieser Wärme hinzugeben, sich an ihn zu pressen und alles um sie herum zu vergessen, sich in dieser berauschenden Männlichkeit zu verlieren ...

Und dann war da natürlich das Entsetzen, das sie empfand, weil sie überhaupt solche Gedanken denken konnte, und dann noch über jemanden wie ihn; und die Empörung, dass er sie dazu *gebracht* hatte, diese Sachen zu denken, was wiederum der Grund war, dass sie nach dem Atlas gegriffen hatte ...

Hier stand sie nun und war sich seiner körperlichen Nähe so bewusst wie Tage zuvor, als er sie in die Armen geschlossen hatte. Dabei berührten sie sich überhaupt gar nicht ...

Abrupt setzte Kate sich wieder hin, ihre Knie hatten plötzlich nachgegeben.

Der Marquis seinerseits bewegte sich kein Stück. Kate war sich nicht sicher, weil sie es für absolut unmöglich befand, ihn anzusehen, aber sie spürte, dass er auf sie herabsah.

Und dann – als habe er über dasselbe nachgedacht wie sie – sagte er düster: »Ich glaube, ich muss mich noch bei Ihnen entschuldigen für diesen unglückseligen Vorfall in der Bibliothek der Sledges.«

Weil Kate sicher war, bis zum Haaransatz dunkelrot zu sein, drehte sie das Gesicht resolut dem Feuer zu.

»Wir müssen uns beide entschuldigen«, sagte sie steif. »Lassen Sie uns davon ausgehen, dass wir das hiermit getan haben, und die Sache ist erledigt.«

Damit war Lord Wingate scheinbar nicht zufrieden. »Ich glaube, da irren Sie sich, Miss Mayhew. Ich war derjenige, der sich abscheulich unhöflich verhalten hat, und Sie hatten jedes Recht, mich zurückzuweisen.«

»Aber«, sagte Kate zu ihrem Schoß, »ich hätte Sie auf sanftere Art zurückweisen sollen. Und dafür entschuldige ich mich.«

Lord Wingate räusperte sich. »Wie dem auch sei«, sagte er, »als Ihr Arbeitgeber fühle ich mich verpflichtet, Ihnen zu versichern, dass es nicht noch einmal vorkommen wird.«

Sie riskierte einen Blick auf ihn, denn seine Worte überraschten sie ebenso wie sein Tonfall. Er klang tatsächlich aufrichtig! Aber das war natürlich unmöglich. Aufrichtigkeit war keine Tugend, die in irgendeiner Weise in der *haut monde* zu finden war. Er ahmte bloß papageienhaft das nach, von dem er glaubte, dass ein echter Gentleman es unter diesen Umständen sagen sollte.

Oder?

Er sah wirklich so aus, als meinte er es ernst. War es möglich, dass es einen Adeligen – ein Mitglied der ›feinen‹ Gesellschaft – gab, der kein hinterhältiger Parasit war?

Nein. Und falls doch, so war es sicher nicht dieser hier. Sie würde nicht so schnell vergessen, wie er sie an dem Nachmittag in der Bibliothek behandelt hatte: als ob sie lediglich zu dem Zweck auf der Welt wäre, ihm ein wenig laszives Vergnügen zu bereiten.

Trotzdem stand sie auf, denn sie wollte nicht, dass er dachte, sie könne das Geschehene nicht ruhen lassen. Sie streckte ihm die rechte Hand entgegen, sah ihm direkt in die Augen und sagte, während seine große, warme Hand sich um ihre viel kleinere und kältere schloss: »Und ich werde alles in meiner Macht Stehende tun, um zu vermeiden, dass Sie Großvater werden, bevor Sie das wollen, Lord Wingate.«

Ein seltsamer Ausdruck zeigte sich auf dem Gesicht des Marquis. Weil er genauso aussah wie an jenem Tag, kurz bevor er versucht hatte, sie zu küssen, machte sie einen vorsichtigen Schritt zurück.

Aber er schüttelte bloß ihre Hand und wandte sich zum Gehen, wobei er murmelte, sie solle sich besser beeilen und fertig machen, die Kutsche würde bald vorfahren.

Bevor er jedoch das Zimmer verließ, ließ ihn der plötzliche Anblick von Lady Babbie innehalten. Die Katze reckte sich genüsslich auf Kates Kissen und hatte alle Krallen ausgefahren.

»Allmächtiger«, sagte er.

Kate spürte, wie ihre soeben beinah regenerierte Selbstsicherheit wieder zerbröckelte. Bevor sie jedoch anheben konnte, die Anwesenheit des Tieres zu entschuldigen, fragte Lord Wingate: »Diese Katze ist nicht weiblich, oder?«

Kate hob die Brauen. »Doch, ist sie. Warum fragen Sie?«

»Na ja, das erklärt, warum ich Vincennes Kater vorhin hier oben habe herumschnüffeln sehen. Sie halten besser die Tür geschlossen, Miss Mayhew, es sei denn, Sie wollen Großmutter werden.«

Damit verließ der Marquis den Raum ohne ein weiteres Wort.

9. Kapitel

Es war kaum zu glauben, aber nach sechs unermesslich langen Wochen hatte Burke Traherne endlich einen Abend für sich allein und konnte damit anfangen, was immer er wollte. Er konnte sein Glück kaum fassen.

Seit Isabel die Schule beendet hatte, hatte Burke ständige Vorhaltungen und Beschimpfungen über sich ergehen lassen müssen. Er hatte es mit gutem Zureden versucht, er hatte gedroht und schließlich bestraft, alles ohne Erfolg. Stürmische Heulkrämpfe waren zu alltäglichen Ereignissen geworden. Stündlich wurden ihm lautstarke Proteste entgegengeschleudert. Burke hörte sich selbst Ausdrücke verwenden, die er seit seiner eigenen Schulzeit nicht mehr in den Mund genommen hatte, und damals hatte die Rute des Lehrers bei jedem Fluch für umgehende Bestrafung gesorgt und ihn schließlich davon kuriert. Doch alles, was nötig war, um diese unschickliche Angewohnheit wieder aufleben zu lassen, war die erste Ausgehsaison eines siebzehnjährigen Mädchens.

Und nun, ganz plötzlich, Ruhe. Perfekte, ungestörte Ruhe.

Es war ein ausgesprochen merkwürdiger Zustand. Burke war immer noch etwas ungläubig. Unter Miss Mayhews sanfter, aber bestimmter Führung hatte seine Tochter Isabel tatsächlich das Haus ohne eine

Spur von Tränen und Protest verlassen. Sie hatte ihm sogar einen Abschiedskuss gegeben! Sie küsste ihn auf die Wange, lachte und sagte: »Gute Nacht, du dummer alter Kerl. Und danke, dass du mir erlaubst, Geoffrey zu sehen. Viel Spaß mit deinem dummen alten Buch.«

Sie war wie ausgewechselt, dabei war Miss Mayhew noch keine vierundzwanzig Stunden im Haus. War es möglich, dass – wenn er nachgegeben und Isabel schon vorher erlaubt hätte, diesen jämmerlichen Saunders zu treffen – dass er diese Ruhe schon vor Wochen hätte haben können?

Nein. Unmöglich. Denn mit den anderen Gesellschafterinnen war jede Entscheidung zu einem Kampf geworden, von der Frage, was Isabel anziehen sollte, bis zu ihrer Haartracht. Aber heute – nichts davon. Ohne Verbitterung war der Prozess der Kleiderwahl erledigt worden und Isabels Haar hatte nie weniger schlampig ausgesehen – eindeutig der Verdienst von Miss Mayhew.

Ja, es gab keinen Zweifel, es war Miss Mayhew zu verdanken. Es musste so sein, eine andere Erklärung gab es nicht.

Und jetzt war er frei. Frei, um sein ›dummes altes Buch‹ endlich genießen zu können.

Burke hatte es sich bequem gemacht, um genau das zu tun, sein dummes altes Buch zu lesen – was es wohl tatsächlich war, ein Werk von Mr Fenimore Cooper, das er schon als Junge gelesen haben sollte; jetzt erst kam er dazu. Er saß in einem tiefen, gepolsterten, urgemütlichen Sessel vor dem Feuer, das ab und zu zischte, weil es draußen beständig regnete. Ein Glas mit seinem Lieblingswhisky stand auf dem kleinen Tisch in Reichweite, und er hatte Vincennes gesagt, dass er nicht gestört werden wolle. Und zwar weder von Berichten über seine umfangreichen Besitztümer in Übersee – er besaß Gesellschaften sowohl in Afrika als auch in Amerika – noch wegen kleiner Haushaltsprobleme, und schon gar nicht von Mrs Woodhart.

Denn Sara Woodhart zeigte anhaltende Bemühungen, seine Gunst zurückzugewinnen. Kürzlich war sie dazu übergegangen, zu allen Tages- und Nachtzeiten Schreiben zu übersenden, die mit dem Vermerk *Wichtig* gekennzeichnet waren. Die Boten waren von ihr instruiert, auf eine Antwort zu warten, und bereiteten damit dem gesamten Haushalt Unannehmlichkeiten, bis Burke entweder den Brief ungeöffnet zurücksandte oder ein paar lakonische Zeilen schrieb. Die Schreiben waren in keinster Weise wichtig, enthielten sie doch bloß langatmige, tränenreiche Appelle an Burkes Gutherzigkeit und flehende Bitten um Verzeihung. Bei einigen war die Tinte verschmiert, wie von echten Tränen.

Doch nach Burkes Ansicht gab es überhaupt nichts zu verzeihen. Manchmal hatte er das Gefühl, Sara für ihre Treulosigkeit dankbar sein zu müssen, aufgrund derer er diese verzweifelte Tat begangen und damit letztendlich diesen wunderbaren Frieden sichergestellt hatte. Er bereute keine Minute, dass er dafür dreihundert Pfund zahlen musste. Für manche Menschen war diese Summe immens, aber für jemanden, der noch einige hunderttausend mehr davon hatte, war es nichts.

Und doch hatte er dafür etwas erworben, was er nicht für käuflich gehalten hatte: Ruhe.

Den Luxus des Alleinseins genießend, vertiefte sich Burke in den Roman. Er begann, wo es sich gehörte: bei der Einleitung, obwohl er die sonst immer übersprang. Schließlich hatte er es nicht eilig. Er hatte die ganze Nacht Zeit. Er hatte, um genau zu sein, endlos viele Nächte Zeit, da er noch keinen Ersatz für die geschätzte Mrs Woodhart gefunden hatte. Er hatte es nicht eilig, eine neue Mätresse zu finden. Mätressen waren eine feine Sache, sicher – ebenso fein wie der Whisky, der ihm so sanft auf der Zunge schmeichelte, wenn er einen Schluck nahm –, aber schließlich galt für beides, dass es nicht zu viel des Guten sein musste.

Vielleicht, überlegte er, blickte von seinem Buch auf und starrte ins Feuer, würde er sich überhaupt keine neue Mätresse nehmen, sondern es zur Abwechslung mal mit Enthaltsamkeit versuchen. Das war ein völlig neuer Gedanke, aber er passte in diese neue Phase der erholsamen Ruhe. Schließlich hatte er es noch nie mit Enthaltsamkeit versucht. Sogar während dieser schrecklichen Monate, nachdem er Elisabeth mit ihrem elenden Iren erwischt hatte und – nahezu ständig betrunken – auf dem Kontinent umhergereist war, hatte er sein Bedürfnis stillen müssen, und das hatte er auch ohne Zögern getan, mit zahllosen Ballerinas und ab und an einer Sopranistin.

Doch im Grunde war er die Mätressen leid. Oh, sie waren recht angenehm, auf ihre Art. Und seine Begeisterung für eine anmutige Fessel oder eine elfenbeinfarbene Schulter hatte sich keinesfalls gelegt. Aber abgesehen davon, dass sie ganz brauchbar waren, um aufgestaute ... hm ... Spannungen abzubauen, ließ sich nicht bestreiten, dass sie äußerst nervtötend sein konnten.

Vielleicht war das die logische Folge davon, dass ihre Zuneigungen von materiell erworbener Natur waren. Während Schauspielerinnen wie Sara Woodhart recht geschickt darin waren, ein echtes Interesse am Käufer vorzutäuschen, machten sich Tänzerinnen und Sängerinnen meist gar nicht erst die Mühe. Sie waren viel zu sehr daran gewöhnt, vergöttert zu werden, als dass sie noch wussten, wie man jemand anderen vergöttert. Und Burke war der Ansicht, wenn er schon gutes Geld für eine Frau ausgab, dann sollte sie zumindest so *tun,* als ob sie ihn mochte.

Dann war da natürlich noch die unbequeme Tatsache, dass er vom Temperament her nicht gerade der ausgeglichenste Mann war. Unweigerlich kam es bei jeder Mätresse zu einer Situation – vielleicht lag das in der Natur ihrer Rolle im Leben eines Mannes –, in der er gewalttätig werden musste. Entweder musste er einen Rivalen loswerden, um ihre Zuneigung zu gewinnen – worin auch immer die bestand –, oder er musste sich gegen wütende Familienmitglieder der Frau zur Wehr setzen, die außer sich waren, weil er nicht die Absicht hatte, ihre Schwester oder Tochter oder Nichte oder – in einem erinnerungswürdigen Fall – Mutter zu heiraten. Burkes Ruf, ein unberechenbares Temperament zu haben, war schlecht genug. Er musste dem nicht noch dauernd neue Nahrung geben.

Es waren Gründe wie diese, welche Burkes Entschluss zementierten, Mätressen bis auf weiteres zu meiden.

Er nahm einen weiteren Schluck Whisky, stellte das Glas wieder ab und schlug brav Seite zwei der Einleitung zu *Der letzte Mohikaner* auf. Er beschloss, seinen neu gefundenen Frieden und die Ruhe zu genießen.

Ruhe und Frieden, endlich, endlich.

Nur jetzt, wo er das alles hatte, konnte er nicht umhin zu denken, dass es vielleicht etwas *zu* still war.

Nicht, dass er Isabels Wutanfälle vermisste. Noch weniger vermisste er die Anstandsdamen, die zehn Minuten vor einer Veranstaltung hereinplatzten und kündigten. Guter Gott, diese Dinge vermisste er ganz und gar nicht.

Aber er stellte fest, dass er sich sehr an sie ... *gewöhnt* hatte. Daran, wenigstens *etwas* Lärm im Haus zu haben. Isabel hatte schon als Säugling viel Krach geschlagen und war zu einem unkontrollierbaren, wilden Kind herangewachsen. Nach der Scheidung war sein Leben reich an beträchtlichen Wirren und Veränderungen gewesen, doch eines war immer konstant geblieben: Isabel und ihre unglaubliche Fähigkeit, ein Haus, wie groß es auch sein mochte, mit ihrer Gegenwart auszufüllen. Wie oft hatte er geschimpft, sie solle ruhig sein. Wie viele Kindermädchen hatte er entlassen, weil sie es nicht schafften, sie zur Ruhe zu bringen?

Und jetzt, wo sein Wunsch endlich in Erfüllung gegangen war – ein ruhiges Haus –, stellte er fest, dass ihm die Schreie und das Kreischen, das Kichern und die gelegentlichen Wutausbrüche fehlten.

Auf einmal war es so still, dass er die Uhr über dem Kamin ticken hören konnte. Sie tickte sogar recht laut. Vielleicht stimmte etwas nicht damit. Eine Uhr sollte nicht *so* laut ticken.

Und der Regen. Er machte ziemlich viel Lärm auf den Fensterläden. Anscheinend herrschte ein Unwetter, wenn der Regen dermaßen stark gegen das Haus prasselte.

Isabels Abwesenheit brachte ihn dazu, über sie nachzudenken. Sie war so froh und erleichtert gewesen über seine plötzliche Kehrtwende in der Geoffrey-Saunders-Frage, dass sie fast – aber nur fast – hübsch ausgesehen hatte. Sie war in einem von ihren zahllosen weißen Ballkleidern in sein Zimmer geflattert und hatte ihm gedankt, während Miss Mayhew an der Tür wartete und den Umhang ihres jungen Schützlings hielt. Burke hatte sofort bemerkt, dass diese Miss Mayhew ganz anders aussah als jene, mit der er noch vor einer Stunde diese sehr ... anregende Unterhaltung geführt hatte. Jene Miss Mayhew war sehr einnehmend gewesen, aber nicht mehr, in einer einfachen weißen Bluse und einem Tartanrock. Diese Miss Mayhew hingegen war strahlend in Seide gehüllt; graue Seide zwar, aber das Kleid war außerordentlich gut geschnitten und ganz offensichtlich darauf ausgelegt, die Vorzüge der Trägerin zur Geltung zu bringen. Im Fall von Miss Mayhew waren das vor allem eine äußerst schmale Taille und ein kleiner, aber fester Busen.

Dabei war das Gewand nicht im Mindesten undezent geschnitten – es gab nicht einmal die Andeutung einer Dekolletage –, und trotzdem, erkannte Burke, war es im Grunde egal, womit eine Frau wie Miss Mayhew ihren Körper umhüllte; die Männer würden sie sich ohnehin immer nur nackt vorstellen. Na ja, Männer wie er jedenfalls.

Nicht, dass er die leiseste Absicht hatte, seiner Anziehung zu ihr noch einmal freien Lauf zu lassen. Er hatte einfach den Kopf verloren an diesem Nachmittag bei den Sledges. Es würde nicht wieder vorkommen. Er konnte sich nicht leisten, dass es noch einmal geschah; nicht, wenn er seinen neu gewonnenen Frieden behalten wollte.

Trotzdem musste er sich eingestehen, dass ihm der Gedanke zu schaffen machte – Miss Mayhew da draußen in einem Seidenkleid, wenn auch in einem grauen. Wenn Burke sie darin attraktiv fand, so war es nur normal, dass andere Männer das auch taten.

Burke schüttelte sich. Was tat er hier? Sinnierte über die Figur der Anstandsdame seiner Tochter, statt seinen ruhigen Abend allein zu genießen!

Duncan hatte schon Recht: Er wurde etwas seltsam auf seine alten Tage. Resolut schlug Burke die dritte Seite der Einleitung seines Buches auf. Sie war wirklich interessant, diese Einleitung. Von jetzt an würde er daran denken, die Einleitungen zu lesen. Sie wurden offensichtlich einzig und allein deshalb in die Bücher gedruckt, um gelesen zu werden. Warum übersprang er sie eigentlich immer?

Warum war diese verdammte Uhr so laut? Er hatte Isabels Gezeter immer für laut gehalten, aber nun ja, jetzt wusste er, was laut war. Er würde Mrs Cleary anweisen, die Uhr morgen zum Reinigen zu schicken. Sicher war sie defekt.

Anstandsdamen, das wusste Burke nur zu gut, tanzten nicht auf Bällen. Sie saßen hinter den Müttern und den Witwen und alten Jungfern, die keiner wollte, und beobachteten die ihnen Anvertrauten, passten auf, dass ihnen keine unschicklichen Annäherungen widerfuhren und gaben Acht, dass sie sich nicht mit ihren Partnern in einen Garten oder ein abgelegenes Schlafzimmer absetzten. Burke hatte noch nie davon gehört, dass eine Anstandsdame auf einem gesellschaftlichen Anlass, zu dem sie einen Schützling eskortierte, getanzt hätte.

Aber ihm fiel ein, dass es genau genommen keine Anstandsregel gab, die besagte, dass ein Gentleman nicht eine Anstandsdame um einen Tanz bitten durfte. Miss Mayhew war außerdem jung genug, gar nicht für eine solche gehalten zu werden. Angenommen – nur angenommen –, irgendjemand auf diesem Ball, zu dem sie und Isabel gefahren waren, bemerkte die blonde junge Frau in dem grauen Seidengewand?

Und wenn dieser Jemand es sich in den elenden Kopf setzte, sie um einen Tanz zu bitten? Es wäre unhöflich von Miss Mayhew, nein zu sagen, wenn es offensichtlich war, dass sie nicht anderweitig vergeben war. Und selbst wenn, Burke selbst hatte sich nicht von Katherine Mayhews Ruppigkeit abstoßen lassen – und zu ihm war sie wirklich sehr ruppig gewesen. Warum sollte ein anderer Mann anders handeln? Ihre Ruppigkeit schien in der Tat das zu sein, was sie so anziehend machte.

Das und, musste er sich eingestehen, ihr absurd kleiner, rosafarbener Mund.

Natürlich konnte sie dem Kerl sagen, dass sie auf keinen Fall mit ihm tanzen könne, weil der Marquis of Wingate sie eingestellt habe, um als Anstandsdame auf seine Tochter aufzupassen. Das war schließlich genau der Grund, aus dem sie dort war, und nicht um mit bleichgesichtigen jungen Männern zu tanzen, die sie von der Tanzfläche her ausspioniert hatten. Genau das sollte sie dem Kerl aus gutem Anstand sagen, entschied Burke.

Und Miss Mayhew war sehr anständig. Sie hatte dafür gesorgt, dass die Tür ihres Schlafzimmer fast die ganze Zeit offen gestanden hatte, als Burke bei ihr gewesen war, oder etwa nicht? Es gab nicht viele Frauen, wusste Burke, die sich so sehr um Anstand bemüht hätten. Schon gar nicht bei einem reichen, adligen Mann wie ihm. Manch eine Frau, und das wusste er aus Erfahrung, hätte sich ihm unter diesen Umständen an den Hals geworfen.

Aber nicht Miss Mayhew. Absolut nicht. Eigentlich ...

Eigentlich – wenn er es nicht besser wüsste – könnte er fast meinen, sie könne ihn nicht leiden.

Aber das war undenkbar. Sie hatte ihm seinen schwachen Moment in Cyrus Sledges Bibliothek durchaus verziehen. Sie hatte ihm die Hand darauf gegeben. Miss Mayhews Händedruck war sehr warm und großzügig gewesen. Sie hatte nichts gegen ihn. Kein bisschen.

Außer ...

Angenommen, der Kerl war gar nicht bleichgesichtig? Der, der sie zum Tanz aufforderte. Womöglich war es ein italienischer Fürst, flott und charmant ... und Miss Mayhew, die sich ja in diesen Kreisen nicht auskannte – sie hatte Burke bei ihrer ersten Begegnung für einen dahergelaufenen Grabscher gehalten –, verfiel ihm. Für einen wohlhabenden Gentleman mit Akzent und einem schönen Gesicht würde es recht leicht sein, die Zuneigung eines Mädchens wie Miss Mayhew zu gewinnen, wenn er nur behutsam genug vorging. Sicherlich suchte sie sowieso nach einem Ausweg aus ihrer sklavischen Existenz als entlohnte Gesellschafterin verwöhnter reicher Gören. Gerade in dieser Sekunde versuchte womöglich irgendein ruchloser Nichtsnutz, Miss Mayhews Gunst zu gewinnen, indem er ihr Mondlicht und Grappa in Aussicht stellte ...

Burke warf sein Buch fort, marschierte in die Eingangshalle und wies Duncan an, ihm die Abendgarderobe bereitzulegen.

Es war lächerlich, das war ihm klar. Isabels Bezeichnung für ihn war treffend gewesen – dummer alter Kerl. Miss Mayhew war gewiss nicht im Begriff, mit irgendeinem Fürsten durchzubrennen, ob italienisch oder nicht.

Aber Burke kannte seine Geschlechtsgenossen gut genug, um zu wissen, dass sie es nicht unversucht lassen würden. Wenn Miss Mayhew diese oder andere Gesellschaften überstand, ohne einem dieser verkommenen Subjekte zum Opfer zu fallen, so lag das nur an ihrem im Vergleich zu anderen Frauen überdurchschnittlichen Verstand. Sie war zwar bis jetzt auch ohne seine Hilfe durchs Leben gekommen, aber sie war zweifellos fremd in den Gesellschaftsschichten, die sie gerade im Begriff war zu betreten. Sie konnte nicht wissen, wie skrupellos die Gentlemen der *beau monde* sein konnten, wenn es um ein frisches neues Gesicht ging. Und weil schließlich er derjenige war, der sie dazu brachte, in diese exaltierten Sphären zu einzutreten, war es seine Pflicht, sie zu beschützen. Ein Aufpasser für die Aufpasserin sozusagen.

Er würde nur mal kurz reinschauen, um zu sehen,

wie sie sich hielt, dachte er sich, während er auf den Phaeton wartete. Wenn sie sich gut machte, würde er zu seinem Club fahren. Er hatte den *Letzten Mohikaner* sicherheitshalber eingesteckt.

Und wenn es so aussah, als ob sie ihn bräuchte, nun, dann war er eben da.

Noch dazu würde er Gelegenheit haben zu sehen, ob ihre Theorie über Isabel und den jungen Saunders korrekt war. Insgesamt, entschied er, während sein Phaeton um die Ecke kam, ließ sich der Abend höchst viel versprechend an.

10. Kapitel

Kate wusste, dass der Gentleman in ihre Richtung starrte. Sie hatte seinen bohrenden Blick gespürt, seit sie den Ballsaal betreten hatte.

Aber sie weigerte sich strikt zu glauben, es sei Daniel Craven. Nein. Einmal an einem Abend war genug. Sie würde sich nicht ein zweites Mal zum Narren machen. Es war schlimm genug, dass er sie in ihren Träumen so lange verfolgt hatte, bis sie sich schon beim bloßen Gedanken an ihn in ein zitterndes Häufchen Elend zu verwandeln schien. Es konnte einfach nicht sein, dass sie jetzt auch schon im wachen Zustand glaubte, ihn zu sehen. Nicht, wenn sie nicht als Verrückte abgestempelt werden wollte.

Sie vermutete, dass der Mann, der sie anstarrte, sie wahrscheinlich zu kennen glaubte. Nun, sie hatte gewusst, dass das passieren würde. Obwohl sie sich Mühe gab, sich so weit wie möglich von der Tanzfläche entfernt zu halten, hatte sie schon mindestens ein Dutzend bekannter Gesichter entdeckt. Sie schaffte es, ihnen aus dem Weg zu gehen, indem sie sich hinter Säulen und Topfpalmen versteckte. Aber es war nur eine Frage der Zeit, bis jemand die Palmwedel auseinander schob und rief: »Nein, so etwas! Kate Mayhew! Was machen Sie denn hier? War nicht Ihr Vater derjenige, der ...?«

Kate schob ihren Stuhl ein wenig näher an die

grauhaarige Witwe vor ihr. Nicht weil sie dachte, die alte Frau würde gern Konversation mit ihr treiben – mit einer kleinen Anstandsdame? Wohl kaum! –, sondern weil sie hoffte, die Turmfrisur der Frau könne ihr mehr Deckung geben.

Durch das Gewirr der Menschen vor ihr erhaschte sie ein paar Blicke auf Isabel und war nicht glücklich zu sehen, dass diese sich denkbar würdelos benahm. Sie hatte sich schon beim Dinner alptraumhaft aufgeführt und die beiden Gentleman rechts und links von ihr, die recht gut aussahen, weitgehend ignoriert. Später hatte sie Kate erklärt, ihr Herz sei einfach zu voll gewesen vor Aufregung, Mr Saunders treffen zu dürfen. Kate hatte ihr geantwortet, es sei ja gut und schön, sich auf das Treffen mit Mr Saunders zu freuen, aber wenn man einen Herzog zur Linken und einen Baron zur Rechten sitzen habe, so möge man sich doch wenigstens dazu herablassen zu fragen, wie ihnen der Fasan munde.

Und als sie bei der Baroness angekommen waren, hatte Isabel im wahrsten Sinne des Wortes Kate ihren Umhang zugeworfen und war wild Richtung Ballsaal gerast, wo sie sich sofort an einen großen, blonden Gentleman geklammert hatte, dessen Seite sie seitdem den ganzen Abend lang nicht mehr – nicht für eine Sekunde – verlassen hatte. Dieser Gentleman musste wohl Geoffrey Saunders sein, vermutete Kate.

Er war nicht unattraktiv für einen jungen Mann. Offensichtlich war er charmant, sonst wäre Isabel nicht an ihm interessiert. Kate hatte den Eindruck, ihn noch von ihrer eigenen ersten Saison her zu kennen, aber womöglich verwechselte sie ihn mit seinem älteren Bruder. Der, so hörte sie die Witwe auf dem Sitz vor ihr flüstern, wurde den Gerüchten zufolge auf zwanzigtausend Pfund pro Jahr geschätzt.

Der jüngere Mr Saunders musste etwa in Kates Alter sein und gab sich sehr schick und schneidig – von der verwegenen blonden Lockenmähne bis zum glänzenden Schwert, das er an der Hüfte trug, eindeutig ein affektiertes Accessoire, denn er war nicht im Militär, zumindest trug er keine Uniform. Sie konnte durchaus nachvollziehen, dass ein junges, unerfahrenes Mädchen wie Isabel sich in einen Geoffrey Saunders vergucken konnte. Zumal sich kein anderer Gentleman für Isabel zu interessieren schien, soweit Kate sehen konnte. Es war natürlich möglich, dass ihre deutlich zur Schau gestellte Vorliebe jeden anderen Kandidaten fern hielt.

Darüber würde sie mit Lady Isabel sprechen, beschloss Kate, sobald sie einen Moment allein waren.

So konnte es einfach nicht weitergehen. Sie machte sich vor allen Leuten zum Narren. Kein Wunder, dass ihr Vater ihr den Umgang mit dem jungen Mann verboten hatte, wenn sie sich in seiner Nähe immer so benahm. Im Moment zum Beispiel zupfte sie gerade spielerisch an diesem lächerlichen Schwert. Und das sollte die Tochter eines Marquis sein!

Wobei nicht zu vergessen war, dass es sich um den berüchtigtsten Marquis Londons handelte. Vielleicht war das der Grund, warum niemand, auch nicht die Witwe neben ihr, auch nur eine Braue ob dieses skandalösen Benehmens hob. Man schien nichts anderes zu erwarten von einem Mädchen, dessen Eltern einen solch spektakulären Skandal aus ihren Scheidungsangelegenheiten gemacht hatten.

»Nun«, erklang eine dunkle Stimme neben ihrer Schulter, »du hast wohl vor, mich die ganze Nacht zu ignorieren, wie?«

Sie drehte sich hastig um. »Freddy!«

Er machte eine galante Verbeugung. »Genau der. Ich habe seit zehn Minuten versucht, deine Aufmerksamkeit zu erlangen. Warum hast du immer weggeschaut? Ich weiß, du hast mich gesehen.«

Kate wurde rot. Sie konnte ihm natürlich nicht den wahren Grund nennen – dass sie ihn für Daniel Craven gehalten hatte. Er würde sie nur wieder aufziehen. Als sie bemerkte, dass die alte Witwe und ihre Freundinnen auf den weiteren Verlauf der Konversation zu warten schienen, stand sie auf, nahm die Hand des Earl und ließ sich von ihm durch das Meer von silber- und mauvefarbenen Kleidern führen.

»Ich habe dich gesehen«, gab Kate zu, während sie den Bereich verließen, den sie damals – in Isabels Alter – abfällig als ›Alte-Jungfern-Ecke‹ bezeichnet hatte. Sie hätte sich nicht träumen lassen, dass sie selbst eines Tages in den Rängen der Silberhaarigen enden würde!

»Das heißt«, fuhr sie fort, »ich wusste, dass irgendjemand mich ansieht, aber ich wäre nicht darauf gekommen, dass du es bist. Was machst du hier, Freddy? Ich dachte, du könntest solche Veranstaltungen nicht ausstehen.«

»Da hast du schon Recht«, sagte er und zupfte ärgerlich an seinen weißen Handschuhen. »Mutter hat mich gezwungen.«

Kate sah sich nervös um. »Sie ist hier? Oh Freddy, sollten wir dann zusammen gesehen werden? Du weißt, was sie von mir hält.«

»Schnickschnack.« Freddy zuckte mit den Schultern. »Ich habe keine Angst vor ihr.«

»Das solltest du aber«, sagte Kate trocken. »Nicht, dass sie dir den Geldhahn zudreht.«

»Das kann sie nur, bis ich dreißig bin«, sagte Freddy. »Dann kann ich mit Großvaters Geld machen, was ich will.«

»Im Grunde muss ich mir ohnehin keine Sorgen machen«, sagte Kate mit einem Achselzucken. »Sie wird mich sowieso nicht erkennen. Ich schwöre dir, Freddy, es ist genau, wie ich gesagt habe. Ich bin an mindestens einem halben Dutzend Mädchen vorbeigelaufen, die ich von früher kenne, und sie haben mich nicht erkannt.«

Freddy sah skeptisch drein. »Entschuldigung, Kate, aber ich glaube, sie haben dich sehr wohl erkannt. Sie haben dich erkannt und es vorgezogen, die Bekanntschaft nicht wieder aufleben zu lassen. Du hast dich überhaupt nicht verändert, weißt du. Du bist immer noch die hübscheste Frau im Saal.«

»Oh Freddy.« Kate versetzte ihm einen freundschaftlichen Schubs. »Komm schon.« Dann stieß sie vor Überraschung einen kleinen Schrei aus. »Ist das wirklich die Person, die ich glaube? Emmaline St. Peters? Hat sie immer noch keinen Mann gefunden?«

Freddy folgte ihrer Blickrichtung. »Old Emmy? Natürlich nicht. Angeblich keiner gut genug für sie, was sonst. Die wievielte Saison ist das jetzt wohl? Ihre achte?«

»Die zehnte«, sagte Kate nachdrücklich. »Sie war zwei Klassen über mir in der Schule. Ach, Freddy, wir sollten nicht über sie klatschen. Das ist gemein. Aber wie kann sie nur *Weiß* tragen?«

»Apropos«, sagte Freddy. »Habe ich dieses Kleid, das du trägst, nicht schon einmal gesehen, nur in einer anderen Version?«

Kate wandte ihre Aufmerksamkeit von der alternden Debütantin ab und sah an sich hinab. »Was meinst du?«

Freddy nahm sie bei den Händen und hielt sie auf Armlänge entfernt. »Dame Ashfort's«, sagte er und maß sie kritisch von oben bis unten. »Siebenundzwanzigster Juni 1863. Du hast nur einmal mit mir getanzt und dann hast du Amy Heterling gesagt, ich wäre dir auf die Füße getreten. Ich war am Boden zerstört, als ich das hörte.«

Kates Unterkiefer klappte herunter.

»Ja«, sagte Freddy und ließ ihre Hände los. »Siehst du, ich bin verrückt vor Liebe nach dir. Ich mochte es lieber, als es noch weiß war. Und was ist mit der Vorderseite passiert? All das Interessante ist weg.«

Kate hatte sich gefangen. »›All das Interessante‹, wie du es bezeichnest, ist mit einem Stoffeinsatz verdeckt worden. Es geht nun mal nicht an, dass eine Anstandsdame mehr Ausschnitt zeigt als ihr Schützling.«

Freddy seufzte. »Es ist eine brennende Schande, eine Kreation von Worth so zu verunstalten.«

»Apropos brennen«, sagte Kate leichthin, »ich würde wohl meinen, dass Mr Worth erfreut sein würde, wenn er wüsste, dass es seinem Kleid noch so gut geht, nach allem, was es erlebt hat. Man kann den Rauch kaum noch riechen.«

Ein geschockter Ausdruck erschien auf Freddys hübschem Gesicht. »Kate«, rief er. »Es tut mir ... es tut mir so Leid! Ich wollte nicht ...«

Kate gab ihm mit dem Fächer einen spielerischen

Klaps auf die Schulter. »Freddy! Was ist mit dir los? Ich habe doch nur einen Scherz gemacht.«

»Ich weiß«, sagte er und sah elend aus, »nur, es war kein richtiger Scherz. Ich meine, ich bin sicher, all deine Sachen haben schrecklich gerochen nach dem ... nach ...«

Sie ließ den Fächer aufspringen und legte ihn über seinen Mund, was ihn zum Schweigen brachte.

»Nichts mehr davon«, sagte sie mit gespielter Autorität. »Du weißt doch, dass man von solchen Dingen nicht auf einer Tanzfläche spricht. Es beleidigt Bacchus.«

Als sie den Fächer wieder senkte, blickte Freddy kleinlaut drein. »Dann erlaube mir, dem Gott der ausgelassenen Lustbarkeit meine Achtung zu erweisen, indem ich dich um diesen Tanz bitte.«

Kate blickte ihn entsetzt an. »Bist du verrückt? Willst du mich gleich in meiner ersten Nacht als Anstandsdame in Schwierigkeiten bringen? Ich muss ein Auge auf Lady Isabel haben und darf nicht mit meinem früheren Flirt herumtollen.«

»Was meinst du mit *früheren*?«

»Du weißt, was ich meine.« In diesem Moment hörte Kate ein Kreischen und erkannte Isabels Stimme. Sie drehte sich schnell wieder zur Tanzfläche um. Geoffrey Saunders hatte Isabel sein Schwert weggeschnappt und tat nun so, als wolle er sie damit erstechen. Kate hatte durchaus Verständnis für seine Gefühle, aber dennoch konnte sie dieses Benehmen nicht länger tolerieren.

»Entschuldige mich, Freddy«, sagte sie mit zusammengezogenen Brauen. »Ich fürchte, ich muss jetzt einen Mord begehen.«

Freddy hielt sie am Arm fest, bevor sie einen Schritt tun konnte. »Ho, ho. So geht's aber nicht.«

Kate zischte: »Was meinst du damit? Freddy, ich kann sie nicht so weitermachen lassen. Sie macht eine Szene.«

»Aber es wird nur schlimmer, wenn ihre Anstandsdame auftaucht und sie am Ohr zieht.« Er nickte zur Tanzfläche hinüber. »Ich weiß was Besseres. Komm mit. Du kommst von links und ich sorge für Ablenkung auf der rechten Seite.«

Kate hatte zwar keine Ahnung, wovon er redete, aber sie ging in die Richtung, die er gezeigt hatte. Isabel stand inmitten einer großen Gruppe junger Leute, und obwohl sie nicht das hübscheste Mädchen war, war sie doch auf jeden Fall das lebendigste, und Kate wusste, dass Temperament das langweiligste Gesicht ausgleichen konnte.

Kate erwartete fast, dass Isabel weglaufen würde, sobald sie sie sah, denn ihre Missbilligung musste Kate deutlich ins Gesicht geschrieben sein. Doch statt zu flüchten und sich zu verstecken, schoss Isabel vor, schnappte Kate bei der Hand und zog sie, ungeachtet ihrer Proteste, in die Mitte der Gruppe.

»Geoffrey«, rief Isabel und zerrte Kate vor ihren Angebeteten wie einen preisgekrönten Lachs, den sie gefangen hatte. »Das ist sie, Geoffrey! Die liebreizende Miss Mayhew, die es mir möglich gemacht hat, dich wiederzusehen! Ist sie nicht der reinste Engel? So klein und kostbar! Ich verehre sie sehr, Geoffrey, und das musst du auch!«

Worauf Mr Saunders entgegnete: »Wie immer, Isabel, ist dein Wunsch mir Befehl.«

Zu Kates Entsetzen verbeugte er sich, nahm ihre Hand und drückte ihr einen Kuss auf die Knöchel.

Kate war froh, dass das Abendbrot schon Stunden zurücklag, ansonsten wäre es jetzt sicher wieder hochgekommen.

»Ist sie nicht süß, Geoffrey?«, fragte Isabel. »Oh Miss Mayhew, ich bin so schrecklich froh, dass Sie jetzt bei mir wohnen. Ich bin wirklich das glücklichste Mädchen auf der Welt!«

Mr Saunders hatte Kates Hand noch immer nicht losgelassen. Er blickte ihr unumwunden ins Gesicht, und sie konnte nicht umhin zu bemerken, dass seine Augen außerordentlich blau waren – was zweifellos dazu beitrug, dass Isabel ihn so unwiderstechlich fand.

Kate wusste, was er fragen würde, bevor er es aussprach. Sie hätte die Worte mitsprechen können, so vertraut waren sie ihr.

»Kenne ich Sie nicht von irgendwo, Miss Mayhew?«, fragte er.

»Ich wüsste nicht, wie das möglich sein sollte, Mr Saunders«, sagte Kate und brachte ein gequältes Lächeln zustande. Sie zog ihre Hand weg und Mr Saunders ließ sie sofort los. Sich zu Isabel drehend, flüsterte Kate: »Lady Isabel, ich muss ein paar Worte mit Ihnen sprechen, wenn es recht ist.«

Isabel flüsterte zurück – gut hörbar für jedermann auf ihrer Seite der Gruppe: »Nicht *jetzt,* Miss Mayhew.«

Kate legte eine Hand auf Isabels Ellbogen. »Doch. *Jetzt,* Mylady.«

Isabel schnappte nach Luft. Kate presste beständig auf ihren Musikantenknochen. Das tat nicht wirklich weh, aber es war auch alles andere als angenehm.

In diesem Moment kam Freddy lässig angeschlendert und schlug Geoffrey Saunders deftig auf den Rücken.

»Saunders, alter Knochen«, rief er laut. »Schön, dich zu sehn. Ganz schön lang her, was?«

Geoffrey wurde deutlich blasser um die Nase. »Lord Palmer«, sagte er und verlor einen guten Teil der Großspurigkeit, die er vor Kate noch herausgekehrt hatte. »Wie schön, Sie wiederzusehen.«

»Hör mal zu, Saunders«, sagte Freddy und legte dem Jüngeren einen Arm um die Schulter. »Ich bin nicht sicher, ob du dich an unser letztes Treffen erinnerst. Auf dem Landsitz des alten Claymore. Es hat das ganze Wochenende geregnet und wir mussten drinnen bleiben und Bagatelle spielen. Erinnerst du dich? Wenn ich mich nicht irre, hast du mir eine ordentliche Summe geschuldet am Montagmorgen ...«

Ihre Stimmen verloren sich, als der Earl den jüngeren Mann mit sich davonzog. Isabel sah ihnen niedergeschlagen nach und protestierte nicht länger, als Kate sie in eine ruhige Ecke des Raums dirigierte.

»Lady Isabel«, sagte Kate mit strenger Stimme, hob die Hand und richtete ein paar Locken des Mädchens. »Sie sind entschieden zu freigiebig mit Ihrer Zuneigung, was diesen jungen Mann betrifft. Sie müssen lernen, zurückhaltender zu sein.«

Isabel, deren Blick unverändert am Rücken des Geliebten hing, murmelte gedankenverloren: »Stimmt nicht.«

»Doch, es stimmt, Lady Isabel.« Kate zerrte an dem Mieder ihrer Schutzbefohlenen, das weiter heruntergerutscht war, als es sollte. »Es ist nicht gut, wenn ein junger Mann sich Ihrer Zuneigung zu sicher ist. Wenn Sie ihn für sich gewinnen wollen, ist es am besten, ihn im Unklaren zu lassen, ob Sie wollen oder nicht.«

Isabels hellgrüne Augen hefteten sich – ganz wie die ihres Vaters es so oft taten – auf Kates Gesicht. »Aber wenn er nicht weiß, dass ich ihn mag, wird er nicht mehr kommen«, sagte sie klagend.

»Im Gegenteil«, sagte Kate. »Er wird sich viel öfter zeigen.«

Isabel schob verdrossen die Unterlippe vor. »Das ist Blödsinn«, stellte sie fest. »Wenn man jemanden mag, sollte man ihm das auch zeigen.«

»Sicher sollten Sie das ... *nachdem* er seine ernsthaften Absichten erklärt hat.«

»Aber wie soll er wissen, ob er das tun soll, wenn ich ihm keine Ermutigung gebe?«

»Sie können ihn ja ermutigen«, erklärte Kate sanft. »Sie sollen nur alle Ihre Verehrer gleichermaßen ermutigen. Es ist viel zu früh in der Saison, um sich auf einen festzulegen.«

»Aber Geoffrey ist der Einzige, der mir überhaupt irgendwelche Aufmerksamkeit schenkt, Miss Mayhew!«

»Ja, weil Sie ganz offen zeigen, dass Mr Saunders Ihr Favorit ist und Sie sich absolut nicht für einen anderen interessieren. Aber Sie können mir doch nicht erzählen, er wäre der Einzige, der Sie heute um einen Tanz gebeten hat.«

»Na ja«, sagte Isabel und senkte den Kopf. »Nein. Aber er hat mich sofort, als er mich gesehen hat, um alle Tänze des Abends gebeten, und dann, als Sir William ankam ...«

»Hatten Sie keine Tänze mehr übrig«, nickte Kate. »In der Zukunft sollten Sie den ersten und den letzten Tanz für Mr Saunders reservieren und den Rest offen lassen für die anderen jungen Männer, die Sie auffordern werden.«

»Aber Miss Mayhew ...«

»Wollen Sie, dass Mr Saunders Sie bittet, seine Frau zu werden?«

»Oh ja!«

»Dann müssen Sie sich anders benehmen. Sie dürfen es ihm nicht so leicht machen. Wenn er glaubt, Sie schon in der Tasche zu haben, wird ihn das langweilen. Und dann sucht er sich eine andere, die ihm mehr Herausforderung bietet.«

»Langweilen?«, rief Isabel und wurde merklich blass. »Wie grausam!« Sie schickte einen entsetzten Blick in die Richtung, aus der Mr Saunders und der Earl gerade zurückkamen. »Ich würde es nicht *ertragen,* wenn Geoffrey sich mit mir *langweilt* ...«

Kate bemerkte, dass Freddy immer noch liebenswürdig plauderte, während Mr Saunders äußerst düster dreinblickte. Freddy schlenderte an Kates Seite und grinste sie gespielt anzüglich an, während er dem jüngeren Mann einen Klaps auf den Rücken versetzte und fröhlich sagte: »Nun, ich bin froh, dass wir das bereinigt haben. Nur ein kleines Missverständnis unter Freunden. Passiert ständig, nicht wahr, Kate?«

Kate schenkte ihm einen säuerlichen Blick. »Ich bin sicher, *Lord Palmer*«, sagte sie, wobei sie absichtlich seinen Vornamen vermied und wünschte, er möge das Gleiche tun, »dass ich nicht weiß, wovon Sie sprechen.«

»Bah!« Freddy drehte sich zu Isabel, deren Blick auf Geoffrey Saunders ruhte und ihrem runden Gesicht einen Ausdruck verlieh, der nur als hingebungsvoll bezeichnet werden konnte. »Hallo, kleine Lady«, polterte Freddy derart laut, dass Isabel leicht zusammenzuckte. »Wie wär's, Sie und ich drehen eine Runde auf dem Parkett? Mich juckt das Tanzbein.«

Isabels grüne Augen wurden ganz groß, während sie von Freddy zu Geoffrey, dann zu Kate und wieder zurück blickte. »Oh, aber ...«, stammelte sie. »Oh, aber ich habe versprochen ...« Ihr Blick wanderte zu Kate, deren Lippen sich deutlich verschmälerten.

»Oh«, sagte Isabel und senkte wieder den Kopf. »Oh ja, danke, Lord Palmer. Es ist mir eine Freude.«

Mit Genugtuung sah Kate, wie Geoffrey Saunders mit offenem Mund dastand, als der Earl mit Isabel auf die Tanzfläche wirbelte. Er sah weniger verletzt aus als vielmehr perplex. Zufrieden mit sich, öffnete Kate ihren Fächer und machte schwungvoll Gebrauch davon.

»Unglaublich heiß in diesem Saal«, kommentierte sie. »Meinen Sie nicht auch, Mr Saunders?«

Geoffrey Saunders war ein hübscher Junge – es war nicht abzustreiten, dass er angenehm anzusehen war –, aber Kate sollte bald merken, dass das Engelhafte eine Täuschung war. Als er sich so weit gefasst hatte, dass er wieder sprechen konnte, waren seine ersten Worte: »Passen Sie mal auf, Miss Mayhew«, und das in recht unwirschem Tonfall.

Kate tat überrascht und hob die Brauen. »Ja, Mr Saunders?«

»Nun ja.« Als sie ihren Blick hob und ihn ansah,

stellte sie fest, dass seine blauen Augen von goldenen Wimpern umringt waren, die außergewöhnlich lang waren für einen Mann. Sie bemerkte auch, dass er sie einzusetzen wusste. Er klimperte recht unschuldig damit. »Ich habe mich gewundert. Sie sind ganz anders als Lady Isabels andere Gesellschafterinnen. Ich meine, abgesehen davon, dass sie jünger sind und wesentlich besser aussehen –«

Letzteres unterstrich er mit einem raschen, anerkennenden Blick seiner blauen Augen, der sie wohl dazu veranlassen sollte, vor Verzückung rot zu werden. Doch stattdessen führte es dazu, dass sie den Fächer bloß heftiger vor ihren heißen Wangen wedelte und zornig dachte: *Was für eine Frechheit! Eine unverschämte Frechheit!*

»... scheinen Sie auch nicht ganz auf den Kopf gefallen zu sein. Nun, zufällig habe auch ich Hirn im Kopf.« Geoffrey machte eine Pause, offensichtlich um ihr Zeit zu geben, etwas wie »Aber natürlich, Mr Saunders. Das merkt man doch« zu sagen. Kate hingegen hatte das Bedürfnis, ihm keinerlei Erfolgserlebnis zu gewähren, und blieb stumm.

»Worauf ich hinauswill«, fuhr Geoffrey fort, »ist ... nun ja, hier ist gutes Geld zu holen, Miss Mayhew. Eine ordentliche Stange Geld. Und wenn wir beide an einem Strang ziehen, Miss Mayhew, bin ich sicher, dass wir einen Plan finden, der uns beide sehr ... zufrieden stellt.«

»Tatsächlich?«, sagte Kate unverbindlich.

»Tatsächlich.« Ein Lakai kam vorbei und Mr Saunders nahm zwei Gläser Champagner vom Tablett. Kate lehnte das Glas ab, das er ihr anbot, und mit einem Achselzucken kippte er beide hinunter. »Darf ich mich nach Ihrem Gehalt erkundigen, Kate? Darf ich Sie Kate nennen?«

»Ganz bestimmt nicht«, sagte Kate scharf. »Auch sehe ich keinen Grund, warum ich *Ihnen* die Höhe meines Gehaltes offen legen sollte.«

Unbeeindruckt von ihrer Abweisung, fuhr Mr Saunders fort: »Nun, ich kann es mir ohnehin denken. Fünfundzwanzig Pfund im Jahr. Habe ich Recht?«

Kate beobachtete, wie Freddy Isabel gekonnt durch den Raum wirbelte. Isabel schien tatsächlich Spaß daran zu haben. Die Farbe war in ihre Wangen zurückgekehrt und ab und zu kicherte sie über etwas, das der Earl sagte.

»Fünfundzwanzig Pfund im Jahr«, wiederholte Mr Saunders und ignorierte Kates demonstratives Schweigen. »Haben Sie überhaupt eine Ahnung, wie viel der Marquis of Wingate wert ist? Auch nur den Hauch einer Idee?«

Kate sagte: »Habe ich nicht, aber ich bin sicher, Sie werden es mir sagen.«

»Da haben Sie verdammt Recht. Fast eine halbe Million Pfund.« Mr Saunders stellte die leeren Gläser auf das Tablett eines vorbeihuschenden Lakaien. »Er hat Besitztümer auf den westindischen Inseln, Afrika und Südamerika, Gesellschaften, die nach letzten Schätzungen eine halbe Million Pfund eingenommen haben, Miss Mayhew. Und davon verdienen Sie gerade mal kümmerliche fünfundzwanzig Pfund im Jahr. Macht Sie das nicht wütend, Miss Mayhew?«

Kate beobachtete, wie der Tanz endete und der Earl sich tief vor Lady Isabel verneigte, die mit einem zierlichen Knicks antwortete.

»Was mich wütend macht, Mr Saunders«, sagte Kate ruhig, »ist Ihre Unverschämtheit.«

Statt sich von ihrer Antwort abschrecken zu lassen, gab sich Mr Saunders erfreut. »Das muss ich sagen, Miss Mayhew«, sagte er bewundernd. »Sie haben Biss. Ich mag Frauen mit Biss. Sie und ich sollten Partner werden.«

Es lag Kate auf der Zunge zu sagen, dass sie niemals irgendetwas gemeinsam tun würden – weder geschäftlich noch sonst wie –, weil sie nicht das geringste Interesse habe, eine Bekanntschaft mit ihm zu pflegen. Sie kam jedoch nicht dazu, diese Worte von sich zu geben, da auf einmal zwei Ereignisse gleichzeitig passierten und auf der Stelle alle anderen Gedanken aus ihrem Kopf vertrieben.

Das erste war, dass Freddy, der mit Isabel von der Tanzfläche gerauscht kam, sie um die Taille fasste und herumwirbelte, wobei er lauthals verkündete: »Tanzen liegt mir im Blut, ich schwöre es! Du *musst* mir einfach diesen nächsten Walzer schenken, Katie!«

Sie wollte ihn gerade auffordern, keinen Unsinn zu reden, als sie aus dem Augenwinkel einen großen, dunklen Mann gezielt auf sich zusteuern sah. Im Glauben, dass nun letztendlich ein alter Bekannter sie wiedererkannt hatte – trotz des züchtigen Kleids –, entzog sie sich Freddys Griff und wandte sich dem Ankömmling zu.

Die Worte blieben ihr im Halse stecken. Denn obwohl jemand vor ihr stand, den sie *kannte,* war ihre Bekanntschaft noch nicht ganz so alt. Es war, natürlich, der Marquis of Wingate.

11. Kapitel

»Lord Wingate.«

Sie sprach so leise, dass sie glaubte, Freddy könne sie auf keinen Fall gehört haben – schon gar nicht durch die Klänge des Orchesters hindurch, das die Baroness engagiert hatte.

Aber Freddy musste es wohl gehört haben, denn er ließ sie so abrupt los, dass sie stolperte. Obwohl sie sich sofort wieder aufrichtete, musste sie sich erst die Haare aus den Augen streichen. So dachte sie etwas verpasst zu haben, als sie wieder sehen konnte, denn Freddy starrte Isabels Vater finster an ... und Isabels Vater starrte genauso finster zurück.

»Bishop«, sagte Lord Wingate kühl.

»Traherne«, antwortete Freddy im gleichen Ton.

Kate war sich nicht sicher, was sie dazu veranlasste, zwischen den beiden Männern vermitteln zu wollen. Aber genau das versuchte sie, und als sie mit wild klopfendem Herzen zu sprechen begann, klang ihre Stimme doch vollkommen gelassen.

»Na so was, Lord Wingate! Was für eine Überraschung. Sie haben wir heute Abend nicht erwartet.«

»Das«, sagte der Marquis und starrte geradewegs über ihren Kopf hinweg, offensichtlich zu Freddy, »ist offensichtlich.«

Kate war sich bewusst, dass sie plapperte, fuhr aber dennoch fort, nicht in der Lage, sich zu bremsen: »Ich glaube, Sie kennen Mr Saunders. Aber mir war nicht bewusst, dass Sie schon mit Lord Palmer bekannt sind.«

»In der Tat«, sagte der Marquis. »Lord Palmer und ich haben schon viele gemeinsame ...«, er machte eine Pause, als ob er sich bezüglich seiner Wortwahl eines Besseren besonnen hätte, »*Abenteuer* erlebt.«

Zu Kates Erstaunen lachte Freddy. »Abenteuer«, sagte er kichernd. »Nun ja, so kann man es auch nennen.« Dann streckte er an Kate vorbei die rechte Hand aus. »Es ist schön, Sie wiederzusehen, Traherne.«

»Die Freude«, sagte Lord Wingate, wobei seine behandschuhte Rechte Freddys in einem Griff umschloss, der für Kate eher schmerzhaft als freundlich wirkte, »ist ganz auf meiner Seite.«

Ein unangenehmes Schweigen entstand, nachdem die beiden Männer den Händedruck gelöst hatten. Kate merkte, dass Lord Wingates Blick auf ihr ruhte, fühlte sich aber nicht in der Lage, ihn zu erwidern. Sie öffnete ihre Handtasche und begann darin zu wühlen, während ihre Gedanken wütend umherkreisten. *Oh Gott, ich werde Freddy umbringen, wirklich, umbringen! Ich hab's ihm* gesagt, *Anstandsdamen tanzen nicht. Und jetzt wird Lord Wingate mich rausschmeißen und ich muss den Gehaltsvorschuss zurückzahlen! Egal, ich weiß schon, wo die fünfzig Pfund herkommen werden, und wenn Freddy ein Wort davon sagt, dass sich seine verdammte Mutter über seine Ausgaben beschwert, werde ich ihn schon daran erinnern, dass er mir einen verdammt guten Job versaut hat mit seinen dämlichen Albernheiten ...*

Es war Isabel, die das Schweigen brach, indem sie lebhaft sagte: »Papa, hast du gewusst, dass Lord Palmer dieses Jahr *zwei* Pferde in Ascot laufen hat?«

Wie Kate sehen konnte, ertrug Lord Wingate diese Nachricht mit bewundernswerter Ruhe. »Hat er das?«, fragte er höflich.

»Das hat er in der Tat«, sagte Isabel. »Beides amerikanische Züchtungen.«

»Dann muss ich wohl davon ausgehen«, sagte ihr Vater und ließ Kate nicht aus den Augen, obwohl diese lediglich eine Armbanduhr aus ihrer Tasche zog und sie eingehend studierte, »dass Lord Palmer etwas gegen englisches Pferdefleisch hat.«

»Absolut nicht«, rief Freddy. »Es hat sich nur so ergeben, dass ich einen besonders guten Züchter aus Kentucky kenne, der Freunden von mir einige echte High-Stepper verkauft hat, und so dachte ich mir ...«

»Oh«, unterbrach Isabel und wandte ihren jadegrünen Blick zu Mr Saunders, »haben Sie mir nicht erzählt, dass Sie kürzlich einen High-Stepper erworben haben, Mr Saunders? Stammt er auch aus Kentucky?«

»Eigentlich«, schnarrte Geoffrey Saunders mit wesentlich mehr Selbstbewusstsein, als Kate in Anbetracht dessen, mit wem er sprach, für klug hielt, »bevorzuge ich arabische Rennpferde.«

»Araber?«, rief Freddy. »Du machst wohl Witze.«

Saunders streckte sein perfekt geformtes Kinn vor. »Ich bitte um Verzeihung, Mylord, aber ich scherze nicht.«

Darauf entwickelte sich eine lebhafte Diskussion, wer die besten Pferde züchtete – Engländer, Amerikaner oder Araber. Kate war Mr Saunders dafür dankbar und war sich zugleich dessen bewusst, was für eine sensationelle Wende es darstellte, dass sie einem Menschen wie Geoffrey Saunders dankbar war. Sie nutzte die Ablenkung, um sich davonzustehlen und nach einem Glas Champagner Ausschau zu halten, um sich für den Heimweg zu wappnen, der mit Sicherheit äußerst unangenehm werden würde.

Wie es schien, hatte Lord Wingate nicht die leiseste Absicht, bis zur Heimfahrt zu warten. Nein, offensichtlich wollte er ihr gleich hier, im Ballsaal, vor aller Augen eine Abfuhr erteilen.

Sie fühlte, wie sich seine harten Finger um ihren Arm schlossen, und musste sich nicht umdrehen, um zu wissen, wem sie gehörten. Sie seufzte nur und verlangsamte ihren Schritt. *Ehrlich,* dachte sie, *ich werde Freddy umbringen.*

»Lord Wingate«, sagte sie und drehte sich, um ihn anzusehen. »Ich kann das erklären. Es war nur ein Moment alberner ...«

Aber Lord Wingate sah sie nicht einmal an. Er starrte in Freddys Richtung. »Miss Mayhew«, sagte er. »Hat dieser Gentleman Sie belästigt?«

Sie folgte seinem Blick. Ja, es war offensichtlich Freddy, den er mit Blicken zu erdolchen versuchte. Sie bemühte sich zu ignorieren, dass seine Finger noch immer den Blutkreislauf in ihrem Arm abklemmten, und sagte: »Nein, nicht wirklich. Sehen Sie ...«

»Ja, ich *sehe*«, sagte der Marquis. »Und ich hatte sehr befürchtet, dass genau so etwas passieren würde.«

Und dann ließ er plötzlich ihren Arm los und begann methodisch, sich die Handschuhe auszuziehen.

»Lord Wingate«, sagte Kate alarmiert. »Ich glaube, Sie missverstehen mich ...«

»Oh, ich verstehe«, sagte der Marquis und befreite seine Finger aus der Baumwolle, »und ich kann nur hoffen, Sie nehmen meine Entschuldigung an für das beleidigende Benehmen, dass Sie sich von diesem Gentleman gefallen lassen mussten. Ich würde eigentlich erwarten, dass sein Ruf das schöne Geschlecht betreffend jede Londoner Gastgeberin davon abhalten würde, ihn in ihr Haus zu lassen. Aber es ist offensichtlich, dass die Baroness nicht von hier ist und wahrscheinlich nichts von seinen neuesten skandalösen Verwicklungen gehört hat ...«

Kate bekam große Augen. Einerseits ob der Vorstellung, dass Freddy irgendwelche amourösen Verwicklungen haben sollte, skandalös oder nicht, andererseits wegen der Tatsache, dass der Marquis of Wingate – von dem sie nichts als schockierende Gerüchte hörte – das Benehmen eines anderen für verwerflich hielt.

»Wirklich?«, sagte sie. »Mit jemandem hier in London?«

Der Marquis machte eine ungeduldige, abwertende Geste, als sei die Konversation gerade unerträglich langweilig geworden. »Eine Wiener Sopranistin.«

Kate warf einen fassungslosen Blick in Freddys Richtung. Wiener Sopranistin? Wo er doch unablässig seine Liebe zu ihr beschwörte? Und jetzt erfuhr sie, dass er die ganze Zeit eine Affäre mit einer Wiener Sopranistin hatte?

Nein. Das war unglaublich.

»Oh, wirklich«, sagte sie und schüttelte verwundert den Kopf. »Sie müssen ihn mit jemand anderem verwechseln, Mylord. Sie können unmöglich Freddy meinen.«

»Freddy?«, echote er.

Zu spät bemerkte Kate ihren Fehler. »Oh.« Ihre Lippen waren plötzlich trocken geworden. »Ich meinte natürlich Lord Palmer.«

Der Marquis starrte sie an. Es gab Schlimmeres, dachte Kate, als von dem Marquis of Wingate angestarrt zu werden. Ihr fiel zwar gerade nichts Entsprechendes ein, aber sie war sicher, es gab Schlimmeres. Irgendetwas musste es doch geben.

Aber wenn sich diese Augen, die wie zwei Kohlen in den Resten der Glut – aber welche Kohlen brannten grün? Kate hatte keine Ahnung – jedenfalls, wenn sich diese Augen in einen bohrten, dann war das plötzlich die unbequemste Erfahrung der Welt.

»Sie haben *Freddy* gesagt.« Der Marquis schien ihr Unwohlsein nicht zu bemerken, oder falls doch, so genoss er es, denn er sah weder weg noch blinzelte er. »Ich habe Sie deutlich gehört. Es stimmt zwar, dass es unerträglich laut in diesem höllenheißen Saal ist, und«, das Folgende klang recht trocken, »es stimmt auch, dass ich in die Jahre gekommen bin, aber ich höre immer noch sehr gut. Und ich würde gern darauf hinweisen, Miss Mayhew, dass Sie mir damals in der Bibliothek der Sledges angedeutet haben, Sie seien ungebunden.«

Kate blinzelte ihn an, völlig perplex und ratlos, in welche Richtung das Gespräch ging. »Nun ja, natürlich habe ich das getan, Lord Wingate. Weil ich ungebunden *bin*.«

Lord Wingate sandte einen Blick in Freddys Richtung. Und plötzlich war ihr klar – nicht ohne eine gewisse Verzweiflung –, wohin das Gespräch führte.

»Oh«, sagte sie schnell und hoffte, wenn sie nur beiläufig genug tat, würde er das Thema vielleicht fallen lassen. »Sie müssen sich keine Gedanken wegen Freddy machen, Mylord. Er hat nur herumgealbert. Ich hielt es für sinnvoll, Isabel zu zeigen, dass Geoffrey Saunders nicht der einzige junge Mann auf der Welt ist. Das war natürlich, bevor ich etwas über diesen – ehm – Ruf wusste, den Sie erwähnten ...«

»Da war es schon wieder«, unterbrach Lord Wingate wie jemand, der ein leises Summen um seinen Kopf vernimmt, aber nicht weiß, woher es kommt.

Kate drehte sich tatsächlich um und suchte nach einer Fliege, aber als sie keine sah, fragte sie: »Da war was schon wieder, Mylord?«

»Dieser Name.« Seine Stimme wurde zu einem Knurren. »Sie haben ihn *Freddy* genannt, Miss Mayhew. Ich habe es jetzt zweimal deutlich gehört. Und trotzdem behaupten Sie, Sie seien ungebunden.«

»Das *bin* ich«, beharrte Kate. »Ich ...«

»Also da gibt es keinerlei Absichten welcher Art auch immer zwischen Ihnen und Lord Palmer?«

»Nicht von *meiner* Seite aus, Lord Wingate«, platzte sie heraus und bereute es sofort, als der Marquis in einer Art und Weise »Aha«, sagte, die andeutete, dass sich ihm ein lang gehegter Verdacht bestätigt habe.

»Es besteht also die Möglichkeit, dass der Earl romantische Gefühle für Sie hegt?«

Wütend auf sich selbst, weil sie überhaupt etwas gesagt hatte – und noch viel wütender auf ihn, der sie dazu gebracht hatte –, erklärte Kate: »Ich würde mir niemals anmaßen, die intimsten Gedanken und Wünsche eines anderen zu beurteilen, Mylord. Ich kann nur mit Sicherheit von meinen eigenen sprechen. Und, wie ich bereits gesagt habe, bestehen meine aus nichts als der Zuneigung, die man natürlicherweise für jemanden empfindet, den man sehr lange kennt. Ich kenne den Earl seit meiner Kindheit. Meine Eltern waren sehr gut mit seinen befreundet. Als Sie hereinkamen, hat Freddy nur mit mir gescherzt, wie wir es seit unseren Schulferien getan haben, die ich oft in Palmer Park verbrachte ...«

Ihre Stimme versagte. Sie sah am Gesichtsausdruck des Marquis, dass er nicht ein Wort von dem glaubte, was sie sagte. Sie war tief getroffen, und das weniger, weil er dachte, sie würde lügen. Es war ihr bewusst, dass ein Mann, der so betrogen worden war wie Lord Wingate, von einer Frau womöglich nur noch Lügen erwartete. Es traf sie mehr, dass er sie gegen ihren Willen dazu gebracht hatte, überhaupt etwas zu erzählen. Was tat sie da bloß, erzählte diesem Mann die intimen Einzelheiten ihres Lebens? Sie hatte nicht gewollt, dass er davon wusste, und sie war erleichtert gewesen, dass er bis jetzt nicht nach ihrer Familie, ihrer Vergangenheit gefragt hatte. Es war eine so traurige Geschichte ... und zugleich so eine *dumme*. Wenn es ein Roman wäre, hätte sie ihn nicht zu Ende gelesen, weil er zu depressiv war, die Charaktere zu theatralisch. Sie hatte absolut nicht vor, ihm davon zu erzählen – nicht, wenn sie es vermeiden konnte. Doch seinem Ausdruck nach zu urteilen, war eine Kurzversion wohl unumgänglich.

Doch bevor sie ein weiteres Wort sagen konnte,

kam Isabel herbeigeeilt, und ihre Schärpe, die sich gelöst hatte, flatterte hinter ihr her.

»Oh, Miss Mayhew«, rief sie atemlos. »Können Sie dieses schreckliche Ding wieder festmachen? Es geht immer wieder auf und die Leute trampeln drauf herum.« Sie drehte Kate den Rücken zu, die den Arm ausstreckte und die Schärpe mit automatischen Bewegungen wieder an der richtigen Stelle festmachte.

»Ist das nicht ein toller Ball, Papa?«, fragte Isabel ihren Vater, während Kate hinter ihrem Rücken beschäftigt war. »Ich habe so viel Spaß hier. Und du?«

Kate fixierte die Schleife, die sie band, und konnte so Lord Wingates Gesicht nicht sehen, der absolut trocken antwortete: »Umwerfend.«

»Nur sieht es für mich nicht sehr höflich aus«, fuhr Isabel fort, »dass du hier stehst, als hättest du einen Stock verschluckt, wo doch Miss Mayhew gerade keinen Partner hat. Du solltest sie zum Tanz bitten.«

Kate gab der Schärpe einen scharfen Ruck. »Das ist schon in Ordnung, Lady Isabel«, sagte sie und versuchte, einen freundlichen Tonfall zu wahren. »Ich bin schließlich nicht zum Tanzen hier. Ich bin hier, um auf Sie Acht zu geben.«

Isabel ignorierte sie. »Du fragst sie besser schnell, Papa«, informierte sie ihren Vater. »Sonst sind all ihre Tänze vergeben.«

Kate gab der Schärpe einen weiteren Ruck und sagte: »Ehrlich, ich weiß nicht, woher Sie diesen Unsinn haben.«

»Na ja, zuerst wollte Lord Palmer«, sagte Isabel sachlich. »Und jetzt dieser gut aussehende Gentleman da vorn.« Isabel nickte in Richtung eines Mannes, der wenige Meter entfernt stand und ziemlich unverhohlen in ihre Richtung starrte. »Ich schwöre, die letzten fünf Minuten hat er Sie unentwegt angesehen. Er muss Sie schrecklich verehren, Miss Mayhew.«

Kate sah in die Richtung, die Isabel angedeutet hatte ...

... und erstarrte.

Sie stellte fest, dass sie sich nicht bewegen konnte. Keinen Zentimeter. Das einzige Körperteil, das noch mobil war, war ihr Herz, das in dem engen Mieder ihres Kleides viel schneller schlug, als es erträglich war. Es schlug so stark, dass sie es in den Ohren hörte und es die Klänge des Orchesters übertönte.

Sie fragte sich schwach, ob sie wohl ohnmächtig würde. Sie war erst einmal im Leben ohnmächtig geworden, und seltsamerweise war das Gesicht, in das sie jetzt sah, damals ihre letzte Wahrnehmung gewesen, bevor sie das Bewusstsein verloren hatte. Wenigstens hatte sie das immer geglaubt. Nachdem sie ihr Bewusstsein wiedererlangt hatte, hatten alle anderen darauf bestanden, dass sie Unrecht hatte. Daniel Craven, hatten sie gesagt, sei gar nicht in der Nähe gewesen, er habe nichts mit dem Feuer zu tun gehabt, das Kates Eltern tötete.

Das hatten sie immer gesagt. Und auch jetzt, sieben Jahre später, hatte sie keinen Grund, ihnen nicht zu glauben.

Außer dem, natürlich, dass sie ihn mit eigenen Augen gesehen hatte.

Doch Rauch, genau wie Nebel, sagte man ihr, konnte die Wahrnehmung täuschen. Die schattenhafte Figur, die sie schwören konnte, gesehen zu haben, als sie die Tür ihres Schlafzimmers aufriss – und den Flur, der zum Zimmer ihrer Eltern führte, in

Flammen stehen sah –, wäre gar nicht da gewesen. Oder falls doch, so sei es eben ein verzweifelter Versuch ihrer Phantasie gewesen, mit der Katastrophe fertig zu werden, die sie sah.

Rauch, Rauch und Flammen. Das habe sie gesehen. Dicken, undurchdringlichen Rauch, der sie erstickte, als sie nach ihren Eltern schrie, verzweifelt in der Hitze und dem Rauch. Und glühend heiße Flammen, die höher und höher wuchsen und eine undurchdringliche Feuerwand zwischen ihr und der Schlafzimmertür ihrer Eltern bildeten.

Sie hatte es nicht geschafft, zu ihnen durchzudringen. Stattdessen war sie krampfhaft hustend zu Boden gestürzt. Sogar dann war sie noch weitergekrochen, bis etwas sie stoppte, kurz vor der Mauer aus Flammen und Rauch. Etwas ... oder jemand. Jemand, der ihren Namen wusste und ihn aussprach, der sie umdrehte und hochhob, weg von der Hitze. Daniel Craven. Sie war sicher, es war Daniel Craven.

Aber später sagte man ihr, Daniel Craven sei zu dem Zeitpunkt gar nicht in England gewesen – sein Name stand auf der Passagierliste eines Schiffes, das in der Woche zuvor nach Südafrika in See gestochen war. Er hätte sie überhaupt nicht retten können in jener Nacht.

Niemand konnte jedoch erklären, wie sie von dem rauch- und flammenerfüllten Flur zur Dienstbotentreppe gekommen war, wo sie von dem fliehenden Hauspersonal entdeckt worden war.

Sie würde es niemals wissen. Sie hatte sich vor langer Zeit schon damit abgefunden, dass sie es niemals erfahren würde, und schließlich war es besser, nicht mehr zu grübeln.

Außer ...

Außer dass es da schreckliche Dinge gab, von denen die Leute Gerüchte flüsterten, über diese Nacht. Dinge, die Kate niemals glauben würde, von denen sie in der Seele wusste, dass sie nicht stimmten.

Das Einzige, was niemand außer Kate flüsterte, war der Name Daniel Craven.

Und hier stand er vor ihr und starrte sie an, als sei sie, dem mythologischen Phoenix gleich, aus der Asche auferstanden ...

»Oh, seht«, sagte Isabel. »Er kommt her. Er sieht ausgesprochen gut aus, Miss Mayhew. Wer ist er? Einer Ihrer alten Verehrer?«

»Nicht ganz«, sagte Kate schwach.

12. Kapitel

»Na, wenn das nicht Kate Mayhew ist.«

Diese *Stimme.* Ein Schauer des Ekels durchlief sie. Wie *konnte* er nur? Wie konnte er so einfach zu ihr hinschlendern – Daniel Craven schlenderte immer. Er war viel zu faul, ein anderes Tempo anzuschlagen. Er sagte ihren Namen, als sei nichts – rein gar nichts – vorgefallen, seit sie sich das letzte Mal gesehen hatten ...

Wo war das gewesen? Bei einem Dinner, überlegte sie. Eine Dinnerparty in ihrem eigenen Haus, wenige Tage vor dem Brand ...

»Man sagte mir, du seiest weggezogen«, sagte er mit dieser Stimme, die ihr den Magen umdrehte. »Aber hier stehst du vor mir, und ich muss sagen, siehst reizend aus wie eh und je.«

Er beugte sich herab und küsste sie auf die Wange; seine Lippen waren kalt.

Sie sagte nichts, aber in ihrem Kopf herrschte Tumult. Er *war* es. Er musste es gewesen sein, all diese Male, die sie geglaubt hatte, ihn zu sehen. Er war ihr gefolgt! Er hatte es wirklich getan!

Kate, die ihren Blick gesenkt hielt, konnte Lord Wingates Gesichtsausdruck nicht sehen, aber sie vermutete, dass er verblüfft aussah, denn Daniel sagte zu ihm in seiner sehr lässigen Art: »Oh, machen Sie sich darüber keine Sorgen, Kate und ich sind uralte Freunde. Nicht wahr, Kate? Komm, stell mich diesen netten Leuten vor, sei ein braves Mädchen.«

Jetzt blickte Kate doch hoch. Sie sah direkt in seine blassblauen Augen und sagte – mit einer Stimme, die so kalt klang, dass sie selbst überrascht war: »Ich wusste nicht, dass Sie wieder in England sind, Mr Craven.«

»Oh«, sagte Daniel mit einem Achselzucken. Er war ein großer Mann, der fast so englisch aussah wie Freddy. Sein Haar war von einem etwas dunkleren Blond und er trug keinen Schnurrbart. Jedoch hatte er die gleiche Schlaksigkeit, war genauso schlank und knochig, was ihn auf der Tanzfläche deplatziert wirken ließ. Sein Platz war auf dem Pferderücken, bei der Fuchsjagd oder vielleicht in der Wildnis Afrikas bei der Jagd auf Nashörner. Sein sportliches Aussehen täuschte über die Tatsache hinweg, dass er ein ausgekochter Geschäftsmann war ... und ein noch besserer Beobachter menschlichen Verhaltens.

»Tja, nun«, sagte er mit dem gleichen leichten Lächeln, das vor sieben Jahren so viele Mädchenherzen hatte höher schlagen lassen – auch Kates, für eine kurze Zeit. »Ich bin gerade erst zurückgekommen. Aus Botswana, genau gesagt. Schrecklich heiße Gegend, dieses Afrika. Wirklich ekelhaft.«

Geoffrey Saunders, der hinter Isabel her von der Tanzfläche zurückgekehrt war, hatte Daniels Worte nicht ganz mitbekommen und fragte: »Südafrika, meinen Sie? Was haben Sie da gemacht?«

Das Grinsen nahm – jedenfalls für Kate – etwas eindeutig Reptilienhaftes an. Trotzdem war der Blick, mit dem Daniel sie ansah, nicht ohne Wärme. Kate wusste, das war das Gefährlichste an Daniel Craven.

Einem durchschnittlichen Beobachter kam er durchaus menschlich vor, als sei er in der Lage, Gefühle wie Mitleid und Reue zu empfinden.

Kate, zumindest, wusste es besser.

»Diamanten«, sagte er. »Genauer gesagt, eine Diamantmine.« Er sah Kate entschuldigend an. »Da war wirklich eine, Kate«, sagte er. »Trotz allem. Nicht da, wo ich zuerst dachte, aber nicht weit davon entfernt – gar nicht weit.«

Sie nickte. Natürlich. Natürlich existierte die Mine. Ganz in der Nähe von der angeblichen Mine, in die Daniel Craven ihren Vater und alle seine Freunde überzeugt hatte, zu investieren. Aber dennoch weit genug entfernt, dass sie ihnen rein rechtlich gesehen nicht mehr gehörte.

»Aber was machst *du* hier, Kate?«, fragte Daniel, streckte die Arme aus und ergriff ihre Hände. »Du bist noch Katie, oder nicht? Ich muss nicht Mylady zu dir sagen, oder? Ich weiß noch, wie hartnäckig dieser junge Kerl war – wie hieß er doch noch? –, dieser junge Earl, der so völlig in dich vernarrt war. Sicher seid ihr zwei mittlerweile verheiratet ...« Er brach ab und sah fragend auf sie herab. »Mensch, Katie, was ist denn los? Du bist weiß wie ein Laken. Und zitterst du etwa?

Zu Kates großer Überraschung streckte Lord Wingate die Hand aus und zog ihre Finger sanft, aber bestimmt aus Daniels Händen. »Miss Mayhew ist unpässlich, wie Sie deutlich sehen können. Bitte entschuldigen Sie uns.«

Daniel sah verwundert aus. Er hatte Lord Wingates Gegenwart zwar wahrgenommen, hatte dem aber offensichtlich keine weitere Bedeutung zugemessen.

Wobei Kate nicht verstehen konnte, wie man eine so beeindruckende Erscheinung wie Lord Wingate als unwichtig abtun konnte. Daniel war wie vor den Kopf gestoßen.

»Nur einen Moment ...« Er blinzelte einige Male. »Ich meine, Kate und ich waren gerade ...«

Den Rest seines Satzes konnte Kate nicht mehr hören, weil Lord Wingate sie aus dem Ballsaal führte. Er tat das sehr zügig, mit der Leichtigkeit eines Mannes, der darin geübt ist, rasch aus überfüllten Räumen zu verschwinden.

Es war gut, dachte Kate, dass er sie mit einer Hand am Ellbogen hielt, sonst wäre sie bei dem Tempo sicher gestolpert.

Er warf eine Tür auf und sie spürte einen Schwall kühler Luft auf ihrem Gesicht. Als sie den Kopf hob, sah sie, dass sie sich auf einer Steinterrasse befanden, die einen Ausblick auf den nächtlichen Garten bot. Heuschrecken zirpten im Dunkeln, so leise, dass man sie wegen der Orchesterklänge aus dem Ballsaal kaum hörte.

Heuschrecken, dachte Kate in einem abgelegenen Winkel ihres Hirns, mitten in London. Wie lustig. Heuschrecken!

Ihre Knie waren plötzlich zu schwach, um sie zu tragen, und sie sank auf eine raue Steinbank. Sie saß mit gesenktem Kopf und sog die duftende Luft ein; sie hoffte, dass es nicht nach Hecheln, oder schlimmer, nach Schluchzen klang.

Rosen. Sie konnte Rosen riechen. Da musste ein ganzes Rosengitter sein an der Steinmauer. Es regnete zwar nicht mehr, aber die Bank, auf der sie saß, war klammfeucht.

»Hier.« Lord Wingate hielt ihr ein Glas mit irgendeiner Flüssigkeit unter die Nase. »Trinken Sie das.«

»Nein, wirklich«, sagte Kate, »mir geht es schon viel ...«

»Trinken Sie.«

Sie wagte nicht, dieser Stimme nicht zu gehorchen. Sie nahm das Glas und brachte es an ihre Lippen. Claret, voll und warm. Sie trank es aus.

»Schon besser.« Er nahm ihr das Glas ab und stellte es zur Seite. Bevor sie sah, was er vorhatte, hatte er seinen Mantel ausgezogen und um ihre Schultern gelegt.

»Oh«, sagte sie, verwirrt ob des plötzlichen Gewichts, ganz zu schweigen von der plötzlichen Wärme. »Nein, das kann ich nicht ...«

»Unsinn.« Er setzte sich neben sie auf die Bank. Sie merkte, dass er Acht gab, einen Fuß Abstand zwischen sich und ihrer Krinoline zu halten. »Sie zittern.«

Das stimmte natürlich, aber sie hatte gehofft, er würde es nicht bemerken. Dennoch, obwohl sie es nicht zugeben wollte, war die Wärme seines Mantels sehr angenehm – und das, obwohl er nach ihm roch, vermischte Gerüche, das frisch gewaschene Hemd und, etwas schwächer, Tabak. An diese Gerüche erinnerte sich Kate nur zu gut, von dem peinlichen Augenblick in der Bibliothek, als er sie umarmte ...

Nicht, dass sie glaubte, dass sich das wiederholen würde. Nach dieser Sache hier würde er sie sowieso rauswerfen. Es reichte wohl nicht, dass Daniel Craven ihr Leben schon einmal ruiniert hatte. Nein, er musste damit immer weitermachen, wieder und wieder.

Sie saß da und fühlte sich erbärmlich und miserabel, während sie die Heuschrecken hörte und ab und zu das Gelächter und Kreischen von drinnen. Isabel Stimme war deutlich herauszuhören, selbst über diese Entfernung. Als sie das hörte, spannte sie sich an, um aufzustehen und wenigstens zu versuchen, die Aufgabe zu erfüllen, für die Lord Wingate sie angestellt hatte ...

Aber er legte die Hand auf ihren Arm, um sie davon abzuhalten, und sagte: »Isabel kann ruhig ein paar Momente allein mit Mr Saunders bleiben. So lange wir sie hören können, wissen wir schließlich, dass sie nichts allzu Schlimmes anstellen kann. Und ehrlich gesagt, glaube ich, wir müssen uns über wichtigere Dinge sorgen, Sie und ich.«

Aus Kate sprudelte hervor: »Ich kann die fünfzig Pfund nicht zurückzahlen, die Sie mir als Vorschuss gegeben habe, Lord Wingate. Ich habe sie schon ausgegeben!«

Sie konnte sein Gesicht sehr deutlich sehen in dem Licht, das durch die Glasscheiben der Terrassentüren nach außen drang. Sein Blick war unergründlich. »Ich erinnere mich nicht, Ihren Vorschuss zurückverlangt zu haben.«

»Aber wenn Sie mich doch entlassen ...«

»Ich erinnere mich auch nicht, gesagt zu haben, dass ich Sie entlassen will.«

Sie blinzelte zu ihm empor. Aus dem Ballsaal war von Isabel ein schrilles »Oh, das würde ich niemals tun!« zu hören.

Kate stammelte: »Ich dachte nur ... ich bin davon ausgegangen, nach ...«

Lord Wingate sagte: »Ich gebe zu, es würde mich

natürlich interessieren, wie es kommt, dass eine junge Frau wie Sie, von der ich angenommen hatte, dass sie ein recht behütetes Leben geführt hat, bei der ersten derartigen Veranstaltung mit so vielen Gentlemen bekannt ist ...«

»Nicht so viele«, unterbrach Kate. »Zwei. Zwei Gentlemen. Und ich habe Ihnen erklärt, dass der eine – Lord Palmer – ein alter Freund der Familie war ...«

»Ach ja.« Der Marquis nickte. »Das haben Sie gesagt. Und der andere?«

Kate, die nicht erwartet hatte, dass er so unumwunden fragen würde, hörte sich murmeln: »Er ... er war ein Geschäftspartner. Von meinem Vater.«

»Ein Geschäftspartner«, wiederholte Lord Wingate vorsichtig. »Von Ihrem Vater.« Auf Kates heftiges Nicken fügte er hinzu: »Ein Geschäftspartner Ihres Vaters, den Sie anstarrten, als sei er ein Geist.«

Kate schluckte. »Es ... es ist eine ganze Zeit her, seit er und ich ... ich hätte kaum erwartet, ihn hier zu sehen. Er war lange nicht in England ...«

»Das habe ich mitbekommen. Südafrika hat er gesagt, glaube ich. Bei einer Diamantmine.« Lord Wingates Ton war genauso trocken, wie er gewesen war, als er seiner Tochter erklärt hatte, wie ihm der Ball gefiel. »Ihr Vater muss ja spektakuläre Beziehungen haben, Miss Mayhew, wenn er Bekanntschaft pflegt mit Earls und Diamantminenbesitzern.«

Wie von der Tarantel gestochen, sprang Kate auf die Füße, obwohl ihre Knie noch zittrig waren. Wie dumm sie gewesen war. Wie hatte sie auch nur für einen Moment glauben können, er wäre anders als der Rest? Sie hatte sich betören lassen von seiner

Freundlichkeit, einem Glas Claret und weil er ihr seinen Mantel geliehen hatte. Nun, diesen Fehler würde sie nicht wiederholen.

»Ich wäre Ihnen dankbar, Lord Wingate«, sagte sie mit aller Würde, die sie aufzubringen vermochte, »wenn Sie davon Abstand nähmen, in diesem sarkastischen Tonfall mit mir zu reden. Ich bin keine Lügnerin, wie sie offenbar denken. Wenn Sie das jedoch weiterhin glauben wollen, dann ist das Ihre ...«

»Setzen Sie sich, Miss Mayhew«, sagte der Marquis in gelangweiltem Ton.

»Das werde ich nicht«, sagte Kate. Sie war den Tränen so nahe, dass sie sie schon in den Augen spürte; aber sie fuhr fort, so hochmütig, wie sie nur konnte: »Ich lehne die Gesellschaft von Leuten ab, die meine Ehrlichkeit anzweifeln ...«

»Ich zweifele Ihre Worte nicht an, Miss Mayhew«, sagte der Marquis. »Im Gegenteil, ich halte es durchaus für möglich, dass die Eltern einer Anstandsdame – die schließlich eine Gouvernante war, als ich sie traf – die Freunde eines Earls sein können.«

Sie musste ziemlich ungläubig geschaut haben, denn er fügte hinzu: »Nun, ich gehe davon aus, dass Ihr Vater mit Lehren und Erziehen zu tun hat, genau wie Sie, Miss Mayhew. Und in dieser Eigenschaft wird er natürlich die Eltern vieler seiner Schüler kennen lernen. Aber«, fügte er hinzu, »wenn ich mir Ihren Gesichtsausdruck ansehe, gehe ich wohl falsch in dieser Annahme.«

Kate schämte sich ein wenig und war außerdem überrascht, dass es ihr nach allem, was sie in den letzten Jahren mitgemacht hatte, immer noch wichtig war, was andere von ihr denken mochten. In gemildertem Tonfall sagte sie: »Nein, Sie liegen nicht so falsch. Zumindest nicht so sehr, dass es der Erwähnung wert wäre.«

»Das ist schön zu wissen.« Lord Wingate erhob sich. »Was jedoch noch immer nicht den Ausdruck absoluten Entsetzens auf Ihrem Gesicht erklärt, als dieser Gentleman sie eben angesprochen hat.«

Kate fühlte, wie ihre Wangen heiß wurden. Jetzt, da sie vor Daniel Craven in Sicherheit war, schalt sie sich, dass sie sich ihm gegenüber so albern benommen hatte. Die Vorstellung war absolut lächerlich, dass er ihr folgen würde, dass er in ihrem Haus gewesen war in der Nacht, als ihre Eltern starben, dass er für ihren Tod verantwortlich war. Jetzt, wo sein blassblauer Blick nicht mehr auf sie gerichtet war, erkannte sie, wie dumm es von ihr gewesen war, so etwas auch nur zu denken. Daniel Craven war ein Schwindler, sicher. Er war ein Schwerenöter und Schürzenjäger. Aber er war kein Mörder. Er war wohl schlichtweg zu faul, um etwas so Kompliziertes wie Mord in Angriff zu nehmen.

»Es ...« Kate suchte krampfhaft nach einer Erklärung, irgendeiner Erklärung, Hauptsache, sie klang plausibel. Denn alles außer der Wahrheit – dass sie ihn für einen kaltblütigen Mörder hielt – konnte doch nicht so schwierig sein. »Es ist nur, dass ich ihn – Mr Craven – nicht mehr gesehen habe seit kurz vor dem Tod meiner Eltern. Mit ihm gesprochen habe, meine ich. Er und mein Vater waren sich sehr nahe, aber er ... Mr Craven hat sich nicht einmal die Mühe gemacht, zur Beerdigung zu kommen. Deswegen fand ich es so beleidigend, wie er mit mir gesprochen hat ... so vertraulich. Und dann auch noch vor Ihnen ... Ich war sicher, Sie würden mich auf der Stelle entlassen, schon nach der Szene mit Freddy und das hat mich ... das hat mich eben nervös gemacht.«

Der Marquis verzog das Gesicht. »Nervös«, echote er. »Ich hatte bis jetzt nicht den Eindruck, dass Sie zu Nervosität neigen, Miss Mayhew.« Aber die Art, wie er sie ansah, mit diesen viel zu grünen Augen, machte sie durchaus nervös. »Ich bin jedenfalls nicht der Unmensch, für den Sie mich offenbar halten. Es tut mir Leid, Miss Mayhew, von dem Verlust Ihrer Eltern zu hören. Wann sind sie gestorben?«

»Vor sieben Jahren«, sagte sie leise.

»Und darf ich fragen, wie?«

»Es gab ein Feuer.«

Es gab ein Feuer. Vier ziemlich einfache Worte, fast alle nur aus einer Silbe bestehend. Dennoch waren es für Kate die vier schlimmsten Worte überhaupt, Worte, die ihr immer einen Schauer über den Rücken jagten. Auch jetzt griff sie die Rockaufschläge seines Umhangs und zog ihn enger um sich, als wolle sie sich gegen eine plötzliche Kältewelle schützen.

Auf einmal – zu ihrer völligen Verwirrung – fühlte sie die nackten Finger des Marquis ihren Kiefer entlangstreichen, dann hielten sie ihr Kinn fest und hoben ihr Gesicht, so dass er sie ansehen konnte.

»Das«, sagte er, so ruhig, als ob er zu sich selbst spräche, »habe ich noch nie gesehen.«

Kate hatte nicht die leiseste Ahnung, wovon er sprach, war jedoch wie gelähmt von der Berührung und fragte: »Ich bitte um Verzeihung?«

»Sie haben ein außergewöhnlich ausdrucksstarkes Gesicht, Miss Mayhew«, sagte er. Seine Stimme war kaum mehr als ein Flüstern. »Und ich habe bemerkt, dass Sie absolut nicht in der Lage sind, Ihre Gefühle zu verstecken. Sie scheinen ein recht fröhliches Naturell zu haben, und deshalb ... als Sie von dem Feuer sprachen ... na ja, ich war überrascht über den Ausdruck, den ich in Ihren Augen sah.«

Kate, unfähig, den Blick von ihm abzuwenden, fragte leise: »Und was haben Sie in meinen Augen gesehen, Lord Wingate?«

Sie wollte nicht provokant sein. Sie fragte aus echtem Interesse. Hatte sie verängstigt ausgesehen? Sie hoffte nicht. Sie konnte Ängstlichkeit nicht ausstehen, obwohl ihr klar war, dass sie nicht gerade mutig gewesen war, als Daniel Craven so plötzlich auftauchte.

Oder hatte sie einfach nur traurig ausgesehen? Manchmal fühlte sie sich so unendlich einsam ohne ihre Eltern – oder besser gesagt, ohne irgendjemanden außer Freddy, mit dem sie eine gemeinsame Vergangenheit hatte, mit dem sie über ihr Leben vor dem Feuer reden konnte, das alles so unumkehrbar verändert hatte –, manchmal schien es ihr unerträglich. Wie hatte sie also ausgesehen? Was hatte er in ihren Augen entdeckt?

Aber sie sollte es nie erfahren. Lord Wingate öffnete gerade die Lippen, um zu antworten; seine Finger waren sehr warm auf ihrem Gesicht. Diese Wärme, ebenso wie die, die der Mantel ihr schenkte, sollte eigentlich beruhigend sein, aber Kates Herz schlug in einem Rhythmus, der alles andere alles gleichmäßig war. In diesem Moment flogen die Terrassentüren auf und Isabel, das Gesicht gerötet, rief: »*Da seid* ihr! Ich habe schon überall gesucht! Es ist Zeit für den Sir Roger. Kommt ihr?«

Der Marquis hatte seine Hand sinken lassen, sobald Isabel erschienen war, und Kate hatte sich rasch zur Seite gedreht, wobei sie den Mantel von den Schultern gleiten ließ. Während Isabel erwartungsvoll dastand, gab Kate das Kleidungsstück seinem Eigentümer zurück und sagte: »Danke für den Mantel, Lord Wingate. Ich fühle mich schon viel besser.«

Lord Wingate nahm den Mantel wortlos entgegen, Isabel jedoch war nicht so taktvoll.

»Oh, Sie müssen sich keine Sorgen machen, Miss Mayhew«, sagte sie. »Der Mann, wegen dem Sie so bleich geworden sind, ist sofort gegangen, nachdem Papa Sie fortgebracht hat. Wer war er denn nun eigentlich? Jemand, der in Sie verliebt war? Er war sehr gut aussehend, ich weiß wirklich nicht, warum Sie ihn nicht geheiratet haben.«

»Er war niemand«, sagte Lord Wingate, bevor Kate antworten konnte. Er zog den Mantel wieder an, nahm seine Tochter am Arm und fuhr fort: »Ein alter Geschäftsfreund ihres Vaters, den sie lange Zeit nicht gesehen hatte. Nun, was ist das jetzt mit dem Sir Roger?«

»Es fängt gleich an«, sagte Isabel. »In fünf Minuten. Alle müssen mitmachen, sonst macht es keinen Spaß. Du und Miss Mayhew auch. Machst du das, Papa? Miss Mayhew? Bitte, bitte!«

Kate, deren Lebensgeister von dem Claret – und noch von der Hitze, die Lord Wingates Berührung in ihr ausgelöst hatte – zurückgekehrt waren, sagte in einem Tonfall, der keinen Widerspruch duldete: »Sie wissen sehr gut, Lady Isabel, dass ich mich Ihnen nicht anschließen kann. Aber ich setze mich gern hin und sehe zu, wie Sie mit Ihrem Vater tanzen.«

Isabel zog ein Gesicht, als sie in den Ballsaal zurückkehrten. »Ich? Und Papa? Tanzen? Nein danke. Geoffrey hat mich schon gefragt. Papa, wenn Miss Mayhew nicht mit dir tanzen will, musst du dir eben eine andere Partnerin suchen.«

Kate sah ein rätselhaftes Lächeln auf Lord Wingates Gesicht. »Ich werde sehen, was sich machen lässt«, sagte er.

Dann wurden sie von der drängelnden Menschenmenge im Ballsaal auseinander gerissen. Isabel, die Mr Saunders schnell entdeckt hatte, eilte von dannen, und Lord Wingate wurde sofort von einer großen, juwelenbehängten Frau mit Beschlag belegt, die sich umgedreht hatte, als er sie im Vorbeigehen versehentlich gestreift hatte.

»Wingate«, bellte sie. »Ich wusste nicht, dass Sie hier sind! Ich habe die liebreizende Lady Isabel gesehen, aber Sie nicht. Wann sind Sie angekommen? Wie konnten Sie es wagen, nicht nach mir zu suchen?«

Kate wartete nicht ab, wie der Marquis mit der Begrüßung dieser überdimensionalen Frau fertig wurde. Die Unterhaltung auf der Terrasse, eigentlich der ganze Abend, hatten sie ziemlich aufgewühlt, und das war fast schon untertrieben. So war sie erleichtert, sich absetzen zu können, und hoffte, dass der Marquis von seiner Bewunderin zu abgelenkt sein würde, um zu bemerken, dass sie gegangen war.

Aber als sie sich einige Minuten später zurück zu ihrem Platz in der Alte-Jungfern-Ecke geschlichen hatte, erblickte sie ihn wieder. Sie stellte fest, dass des Marquis' durchdringender Blick ihr gefolgt war, trotz des Gewimmels von eleganten Frauen, die sich um ihn geschart hatten. Er sah sie über die Köpfe seiner Bewunderinnenschar hinweg an – Bewunderinnen, die sich offenbar nicht im Geringsten um den Ruf des Marquis of Wingate scherten, ob gewalttätig oder nicht – und hob eine Hand.

Kate starrte diese Hand an und spürte eine plötzliche und seltsame Gefühlsregung. Dann wurde sie rot ob ihrer absurden Reaktion. Es war ja bloß eine Hand, die er einfach nur gehoben hatte, um sie wissen zu lassen, dass sie nicht unbemerkt gegangen war. Dass er sich ihres Verschwindens bewusst gewesen war und sich die Mühe gemacht hatte, zu erspähen, wo genau sie hingegangen war.

Aber für Kate war es mehr als das. Es zeigte, dass sie – zum ersten Mal nach langer Zeit – nicht allein war. Nun ja, sie war ja niemals *ganz* allein gewesen ... schließlich hatte sie immer Freddy gehabt. Aber obwohl Freddy ihr immer ein guter Freund gewesen war, war er nicht sehr verlässlich – und jetzt, wo sie von seiner Sopranistin wusste, verstand sie das besser. Er war jedenfalls nie der Typ Mann gewesen, der – umringt von Bewunderinnen – daran denken würde, in einem überfüllten Raum nach Kate Ausschau zu halten und ihr zu winken.

Dann begann sie sich zu wundern, wieso Lord Wingate überhaupt zu dem Ball gekommen war. Sie hatte den Eindruck gehabt, er könne solche Veranstaltungen nicht ausstehen. Warum also war er zu *diesem* Ball gekommen? Auf keinen Fall wegen Isabel, es war schließlich *ihre* Aufgabe, auf Isabel aufzupassen. Hatte Lord Wingate Zweifel gehabt, ob sie mit seiner

Tochter fertig werden könne? War er zum Ball gekommen, um zu sehen, wie sie zurechtkam?

Oder gab es einen anderen Grund, weshalb er den weiten Weg im strömenden Regen hergekommen war?

Ich hatte sehr befürchtet, dass genau so etwas passieren würde.

Guter Gott. Kate saß plötzlich kerzengerade, so als habe eine Nadel in der Lehne des Stuhls gesteckt. *Das war es.* Das *musste* es sein.

Lord Wingate sorgte sich um sie.

Genau jetzt, in dieser Sekunde, vor ihren Augen. Er hielt zwar die Hand nicht mehr in der Luft, aber sein Blick suchte sie immer wieder aufs neue, sogar während er beiläufig Bekannten die Hand gab und an einem Glas Champagner nippte. Er behielt sie immer im Auge. Auch seine Tochter behielt er im Auge, aber ... auch deren Anstandsdame.

Es war natürlich lächerlich. Fast schon haarsträubend. Hier stand ein Mann mit dem denkbar miserabelsten Ruf; er hatte sich von seiner Frau scheiden lassen, versucht ihren Liebhaber umzubringen, und dann das Produkt dieser Ehe von der Mutter fern gehalten, um sie dafür zu bestrafen, einen anderen geliebt zu haben; er hatte sich mit Gott weiß wie vielen Männern duelliert, hatte Affären mit Frauen in ganz Europa gehabt und selbst Kate kurz nach ihrer ersten Begegnung zu verführen versucht.

Dennoch saß Kate da und empfand Wärme und Dankbarkeit und – sie konnte es ruhig zugeben – Zuneigung für ihren Arbeitgeber.

Wie war das möglich? Wie konnte sie einen solchen Mann gern haben? Sie, Kate Mayhew, die schließlich einen außergewöhnlich klaren Verstand besaß, wie konnte sie jemanden wie Burke Traherne gern haben, der in keiner Hinsicht über Moral verfügte? Was war los mit ihr? Was dachte sie sich nur?

Aber im Grunde wusste sie genau, was es war. Und was sie dachte – fast gegen ihren Willen –, war, dass es schrecklich lang her war, dass sich jemand auch nur ein kleines bisschen um sie gesorgt hatte. Natürlich hatte Freddy das getan, wenn er gerade daran dachte, was in der Regel dann geschah, wenn seine Mutter die Stadt verließ. Aber der Marquis war von selbst hergekommen, einzig und allein aus dem Grund, zu sehen, wie es Kate erging. Er hatte sich sogar für etwas entschuldigt, was er als Beleidigung von einem Angehörigen seines Standes gegen Kate empfunden hatte.

Und es war lange – verdammt lange – her, dass sich irgendjemand bei Kate für irgendetwas entschuldigt hatte. Die Tatsache, dass der Marquis das getan hatte, gab ihr das Gefühl ... nun ja, das Gefühl, dass sie einen Platz gefunden hatte, wo sie hingehörte.

Es war eine kleine, eine lächerliche Sache, aber immerhin. Sie fühlte sich zugehörig ... nicht unbedingt zu einer Person, aber ... zu einer Familie. Und zwar nicht einer von der gebundenen Sorte aus Papier – von der sie noch vor ein paar Stunden Isabel gegenüber behauptet hatte, es sei die einzige Familie, die sie noch habe. Dies war eine wirkliche Familie aus Fleisch und Blut.

Sie hatte dieses Gefühl noch bei keiner der Familien gehabt, bei denen sie seit dem Tod ihrer Eltern gelebt hatte. Nicht bei den Piedmonts, den Heathwells und ganz bestimmt nicht bei den Sledges. Für jemanden ihres Berufsstands war es auch nicht ratsam, zu viele Gefühle für ihre Schützlinge zu entwickeln. Kinder wurden groß und dann wurde keine Gouvernante oder Anstandsdame mehr gebraucht. Kate hatte das schon einige Male erlebt, und das in ihrer relativ kurzen Laufbahn. Man durfte einfach nicht den Mut verlieren und musste sich zur nächsten Aufgabe begeben. Was blieb ihr übrig?

Oh, sie könnte natürlich Freddy heiraten. Als letzten Ausweg könnte sie Freddy heiraten ... vorausgesetzt allerdings, sie nahm seine Mutter in Kauf.

Und natürlich die Sopranistin.

Aber Kate war noch nicht bereit aufzugeben, und wenn sie Freddy heiratete, würde sie genau das tun. Irgendwo da draußen, davon war sie überzeugt, gab es den Mann für sie, und obwohl sie mit dreiundzwanzig ein sehr fortgeschrittenes Alter für den Heiratsmarkt hatte, wollte sie doch nicht kampflos aufgeben. Schließlich hatte sie schon von Frauen im Alter von achtundzwanzig, dreißig oder sogar älter gehört, die noch Liebe und Ehe fanden. Warum sollte das ihr nicht passieren?

Es war also keine Frage, sie würde weitermachen, ihren Lebensunterhalt erarbeiten und jeden Tag als Chance betrachten, die Liebe zu finden, von der sie sicher war, dass sie auf sie wartete. Denn alles, was sie je gelesen hatte, hatte sie davon überzeugt, dass die Liebe zu denen kam, die geduldig waren und gutherzig. Und sie war sicher, dass sie beides war. Die Liebe wartete um die Ecke auf Kate Mayhew. Sie musste eben nur die richtige Ecke finden.

Aber inzwischen hatte sie eine Familie gefunden.

Keine komplette zwar, aber sie hatte das Gefühl, dort hinzugehören.

Und dieses Gefühl der Zugehörigkeit war es, weshalb sie diese Wärme spürte. Es war ein Gefühl, dass sie sehr lange nicht mehr erfahren hatte, und sie mochte es sehr.

Es war auch ein Gefühl, das ihr Angst machte – Angst, sich zu sehr daran zu gewöhnen.

13. Kapitel

»Nein«, sagte Lady Isabel Traherne bockig. »Das ist nicht das, was ich haben wollte. Ich wollte gezuckerte *Orangen*scheiben, nicht Pfirsich.« Sie ließ sich in den Kissenberg am Kopfende fallen, hob ein Spitzentaschentuch an ihre rote, laufende Nase und stöhnte: »Nehmen Sie es einfach weg. Nehmen Sie es weg.«

Brigitte, Lady Isabels persönliche Zofe, saß ein wenig entfernt und warf Kate einen kummervollen Blick zu. Brigitte nahm die Krankheit ihrer Lady sehr ernst. Sie hatte sich große Mühe gegeben und unablässig nach Möglichkeiten gesucht, die Kranke zu unterhalten und aufzuheitern.

Kate hingegen fand es äußerst schwer, sich nicht über Lady Isabels theatralische Art lustig zu machen. Sie schaffte es nur, ein unbewegtes Gesicht zu machen, weil sie mittlerweile seit einer Woche Übung darin hatte. In dieser Woche hatte sich Isabels Erkältung – und der Arzt hatte versichert, dass es nichts Schlimmeres sei als eine Frühjahrserkältung – dramatisch verschlechtert.

Kates Überzeugung, endlich einen Platz gefunden zu haben, wo sie hingehörte, hatte nicht nachgelassen, selbst als ihr Schützling durch die Erkältung immer reizbarer und weniger liebenswürdig wurde. Nun, wo sie nicht ständig in der Oper, auf einem Ball oder beim Kartenspiel waren, keine Pferderennen und keine gesellschaftlichen Mittagessen besuchten und nicht auf der Suche nach dem perfekten Häubchen von Hutladen zu Hutladen jagten, hatte Kate die Gelegenheit gehabt, den ganzen Haushalt recht gut kennen zu lernen, und hatte mittlerweile fast alle Bewohner der Park Lane 21 ins Herz geschlossen.

Die Haushälterin, Mrs Cleary, war eine kluge und einfühlsame Frau, die Kate wegen deren Fähigkeit, die dickköpfige Isabel zu disziplinieren, schätzte. Kate hatte erfahren, dass Isabel sich wohl recht wild aufgeführt hatte, bevor sie eingezogen war. Der Butler Vincennes war das genaue Gegenteil von Mr Phillips und außerdem ein geschickter Schachspieler. Er kreiste ständig um sie herum und fragte, ob sie Zeit für ein Spielchen habe. Sogar Brigitte, die französischen Zofe, die nicht viel mehr im Kopf hatte als Kichern und Tratschen, war eine sehr angenehme Person, obwohl Kate vermutete, dass sie die Anstandsdame von Lady Isabel nur deshalb mochte, weil Kate etwas Französisch sprach und Brigitte so die Gelegenheit hatte, ab und zu in ihrer Muttersprache zu plaudern.

Die einzige Person in der Park Lane 21, an der Kate etwas auszusetzen hatte, war ihr Arbeitgeber selbst ... und der Grund dafür war, dass sie ihn so selten sah. Für einen Mann, der nach Auskunft seiner Tochter angeblich nichts lieber mochte als ein gutes Buch, war er doch äußerst selten zu Hause, um eines zu lesen. Während Isabels Krankheit musste Kate oft in seiner Bibliothek nach Lesestoff suchen, um sie zu unterhalten, und nie hatte sie ihn dort angetroffen. Sie hatte ihn vor Isabels Krankheit viel öfter gesehen, wenn sie in der Alte-Jungfern-Ecke saß und ihn in der Menge entdeckte, ein Auge auf seine Tochter, das andere unweigerlich auf sie gerichtet.

Was ihr nichts ausgemacht hatte. Kein bisschen. Um ehrlich zu sein, hatte das Zusammentreffen mit Daniel Craven in dieser ersten Nacht sie sehr verunsichert. Sie konnte nicht genau sagen, warum. Ihr Verstand sagte ihr, dass er auf keinen Fall eine Rolle bei dem tragischen Tod ihrer Eltern gespielt haben konnte. Aber ein anderer, tiefer liegende Teil ihres Selbst sagte ihr, dass es doch so war. Es war ein Gedanke, den sie routiniert unterdrückte, aber er hatte die Tendenz, ab und zu wieder an die Oberfläche zu kommen ... besonders in ihren Träumen, die sich seit dem Wiedersehen immer öfter um das Feuer drehten.

Sie hatte geglaubt, sie habe die Alpträume hinter sich. In dem ersten Jahr nach dem Tod ihrer Eltern hatten sie sie fast jede Nacht verfolgt. Aber dann, nach sieben Jahren, waren sie fast völlig verschwunden gewesen. Bis sie geglaubt hatte, Daniel Craven auf der Park Lane gesehen zu haben ... um ihn dann tatsächlich in dem Ballsaal zu treffen.

Jetzt waren sie wieder da, die Alpträume – nicht mit Regelmäßigkeit, aber immer öfter. In diesen Träume versuchte sie erneut mit aller Kraft und in völliger Verzweiflung, ihre Eltern zu erreichen, den brennenden Flur zu durchqueren und schon wieder zog sie etwas – jemand – zurück. In ihren Träumen sah sie nie, wer es war.

Im Wachzustand hingegen wusste sie es nur zu gut. Daniel Craven, Daniel Craven, Daniel Craven, echote es jeden Morgen durch ihren Kopf wie Kirchenglocken, die die Stunde schlugen.

Zum Glück hatte sie ihn seit dieser ersten Nacht nicht mehr gesehen. Sie hielt nach ihm Ausschau – das tat sie immer, seit sie wusste, dass er wieder in England war. Aber glücklicherweise war er nicht zu denselben Feiern eingeladen wie die Tochter des Marquis of Wingate. Was Kate nur recht war. Obwohl sie ihr erstes Gespräch nicht gerade meisterlich absolviert hatte, hatte sie kein Bedürfnis, sich bei einem erneuten Treffen etwas zu beweisen. Je weniger sie von Daniel Craven sah, umso besser fühlte sie sich.

Ganz anders waren ihre Gefühle darüber, dass ein bestimmter anderer Gentleman sie zu meiden schien. Sie wusste, sie hätte den Mund halten sollen bezüglich Freddys Sopranistin, aber irgendwie war es ihr eines Abends herausgerutscht. Sie hatten an der Tanzfläche gestanden und zugesehen, wie Isabel am Arm eines jungen Mannes durch den Ballsaal wirbelte, der nicht Geoffrey Saunders war. Diese Tatsache veranlasste Mr Saunders, der in der Nähe stand, sich zu beschweren: »Ich versteh das nicht. Sie hat mir alle ihre Tänze versprochen, sofort als sie ankam heute Abend, und jedes Mal, wenn ich hinsehe, ist sie im Arm eines neuen Kerls.«

Kate hatte sich über das Unbehagen des jungen Mannes gefreut und ein Glas Champagner von dem Tablett eines vorbeikommenden Lakaien genommen. »Eine Frau ist immer ein launenhaftes, unbeständiges Wesen.« Freddy hatte ihr einen amüsierten Blick zugeworfen. »Das war bestimmt nicht aus der Bibel, oder?«

»Um Gottes willen, nein.« Sie nippte an ihrem Glas. »Das war Virgil.«

»Sieh mal, Kate«, sagte Freddy und trat näher, »da ist Traherne, da vorne bei der Topfpalme, und guckt zu dir rüber. Was macht er eigentlich hier, frage ich mich? Ich hätte nicht gedacht, dass das hier nach seinem Geschmack ist. Ist er hier, um dich auszuspionieren, was denkst du?«

Kate sagte achselzuckend: »Ich würde eher meinen, dass du es bist, dem er diese Dolchblicke zuwirft. Schließlich bist du derjenige, der seine Tochter ständig auf die Tanzfläche zieht, nicht wahr?«

»Aber nur, weil du nicht willst«, sagte Freddy gekränkt. Dann, als sei ihm das erst in diesem Moment eingefallen: »Übrigens, Kate. Hat er irgendetwas über mich gesagt in der Nacht, als er uns beide beim Tanzen erwischt hat?«

»Du meinst die Nacht, als du mich durch die Gegend gewirbelt hast?«

»Ja, das tut mir Leid. Ich weiß nicht, was über mich gekommen ist. Ich habe mich wohl einfach vergessen.«

»Nein«, sagte Kate. »Seine Lordschaft hat nichts über diese Szene gesagt.«

Das war nicht das Einzige, was Kate ihm verschwieg. Sie hatte ihm auch nicht erzählt, dass Daniel Craven wieder in der Stadt war. Freddy hatte ihn an jenem Abend nicht bemerkt, weil er sich mit dem jungen Saunders in eine neue, hitzige Diskussion über Pferde verstrickt hatte. Im Grunde war das ganz gut so, denn Freddy gehörte zu den Leuten, die glaubten, ihr Beharren, Daniel Craven gesehen zu haben, sei eine Folge der Rauchvergiftung gewesen, eine Art Halluzination. Dass sie sieben Jahre später bei seinem Anblick fast in Ohnmacht gefallen war, hätte Freddy bloß in dem Glauben bestärkt, dass ihre Ablehnung gegenüber Daniel Craven unbegründet war. Schließlich hatte er nichts anderes getan, als sie vollkommen normal zu begrüßen. Und sie war fast umgekippt.

Stattdessen hatte sie schelmisch gesagt: »Allerdings hat sich Lord Wingate allerdings gewundert, dass du überhaupt da warst, und hat vermutet, sie sei an dem Abend wohl beschäftigt gewesen.«

Freddy hatte sie verständnislos angestarrt: »Wer war an dem Abend beschäftigt? Meine Mutter, meinst du?«

»Natürlich nicht.« Sie nahm einen Schluck Champagner. »Deine Wiener Sopranistin, natürlich.«

Freddys Kinn war heruntergeklappt. Er hatte einen Dolchblick in die Richtung des Marquis geschickt, der diesen sicherlich beunruhigt hätte, hätte er ihn bemerkt.

»Dieser Teufel«, brummte Freddy wütend und mit gepresster Stimme. Zu Kate hatte er gesagt: »Hör mal, Katie. Sie bedeutet mir nichts, das schwöre ich. Sie gibt mir die Möglichkeit ... nun ja, es sah nicht so aus, als ob du mich irgendwie ermutigen wolltest, und ...« Freddy hatte dem Marquis einen mordlustigen Blick zugeworfen. »Ich bring ihn um«, hörte sie ihn murmeln, »ich schwör's.« Daraufhin hatte sie ihn mit dem Fächer leicht am Arm gestreift.

»Oh, Freddy, nun hör schon auf. Ich bin doch froh zu erfahren, dass du dich nicht jeden Moment, in dem wir uns nicht sehen, nach meiner Gesellschaft verzehrst. Es versetzt meinem Selbstbewusstsein einen Schlag, das muss ich zugeben, und ich bin auch etwas enttäuscht, dass du mir nie von ihr erzählt hast, weil ich dachte, wir teilen alles miteinander ...«, *nun ja, nicht wirklich alles,* musste sie sich selbst schuldbewusst eingestehen, »aber ich denke, ich werde es überleben.«

Freddy war viel zu erschüttert gewesen, um noch etwas entgegnen zu können. Und seine Entrüstung über etwas, das sie lediglich als leichte Neckerei gemeint hatte, musste enorm gewesen sein, denn sie hörte danach kaum noch etwas von ihm. Er schien alle gesellschaftlichen Veranstaltungen zu meiden, wenn er glaubte, sie könne dort sein, und er kam nicht mehr an Sonntagen – ihren einzigen freien Tagen – zu Besuch.

Kate war überrascht und vermutete, dass die Sopranistin ihm wohl doch mehr bedeutete, als er zugegeben hatte.

Seltsamerweise machte auch Lord Wingate sich in seinem eigenen Haus recht rar, obwohl schließlich seine Tochter krank war – es war zwar nichts Ernstes, nahm sie aber dennoch sehr in Anspruch. Er steckte nach dem Frühstück kurz den Kopf in ihr Zimmer, um zu hören, wie es ihr in der Nacht ergangen war, und ab und zu sah er auch abends nach dem Ausgehen noch kurz nach ihr, aber mehr nicht. Kate nahm an, er habe einen Ersatz für Mrs Woodhart gefunden. Sie hatte von Isabel, die mehr über das Liebesleben ihres Vaters wusste, als gut für sie war, erfahren, dass er mit ihr Schluss gemacht hatte. Aber die Vorstellung, er habe einen Ersatz für Mrs Woodhart gefunden, lehnte Isabel entsetzt ab. Und wenn er auch nur ansatzweise wusste, was gut für ihn war, würde er auch keinen suchen. Nach Isabels Meinung wurde es Zeit, dass er heiratete – je früher, desto besser –, denn sie erwartete den Antrag von Geoffrey Saunders in Kürze.

Doch die Wahrscheinlichkeit, dass der Marquis heiratete – wie sehr seine Tochter sich das auch wünschte –, wurde vom restlichen Haushalt als eher gering eingeschätzt. Man war schon öfter Zeuge geworden, wie er das Konzept der Ehe an sich abkanzelte, und wann immer ein Angestellter die Absicht verkündete, eine solche Verbindung einzugehen, versuchte er, es ihm umgehend wieder auszureden. Wenn die arme Person sich weigerte, seine beziehungsweise ihre Absichten bezüglich des Altars aufzugeben, seufzte der Marquis für gewöhnlich traurig und überreichte eine kleine Narrenkappe mit seinen besten Wünschen, besagte Person möge ihr Glück finden – und das in einem Tonfall, der ausdrückte, dass ein solches Glück wahrhaft selten war.

Schließlich erfuhr Kate vom Kammerdiener Seiner Lordschaft, dass der Marquis die letzte Zeit nicht auf der Suche nach einer neuen Mätresse verbracht hatte, sondern in seinem Club. Jedenfalls wurde Duncan regelmäßig dorthin bestellt, um frische Hemden zu liefern.

Nicht, dass Kate sich allzu sehr auf Küchentratsch verlegt hatte. Es war nur so, dass sie immer, wenn der Name Seiner Lordschaft fiel, unwillkürlich aufhorchte. Mrs Cleary erzählte zum Beispiel eine Geschichte von einem Heiligen Abend in Wingate Abbey, als es so stark geschneit hatte, dass die Haushälterin – eine Katholikin – sich nicht traute, in die Messe zu gehen, weil sie Angst hatte, auszurutschen. Man stelle sich ihre Überraschung vor, als sie am Weihnachtsmorgen von einem kratzenden Geräusch aufwachte und aus dem Fenster sah und der Herr des Hauses persönlich dastand und Schnee schippte – er hatte den Angestellten freigegeben –, um ihr einen Weg durch den weißen Tiefschnee freizuschaufeln.

»Und wollte kein Dankeschön akzeptieren«, informierte Mrs Cleary Kate eines Abends beim Tee, nachdem die schniefende Isabel in einen unruhigen Schlaf gefallen war. »Wollte nichts davon hören. Und das, wo er selbst noch nicht einmal zur Kirche geht! Aber so ist er immer gewesen, seit er ganz klein war, unser Master Burke. Immer macht er Sachen für andere, aber immer heimlich, so dass es keiner erfährt – außer, man erwischt ihn dabei. Ich habe gehört, es gibt einige Leute, die nicht viel von Seiner Lordschaft halten und behaupten, er habe ein gewalttätiges Temperament.« An dieser Stelle senkte sich die Stimme der alten Frau zu einem vertraulichen Tonfall. »Ich lüge Sie nicht an. Er hat das Temperament des Teufels. Aber nur, wenn er wirklich verärgert ist. Nur dann. Sonst ist er der Beste aller Männer. Der Beste.«

Kate hätte wahrscheinlich gedacht, dass Mrs Cleary ein wenig übertrieb, so wie ältere Damen das gern tun – besonders Haushälterinnen, wenn sie von ihren Arbeitgebern sprechen –, nur dass sie von allen anderen Angestellten ähnliche Geschichten zu hören bekam. Isabels Vater war offensichtlich großzügig bis zur Unvernunft, von unerreichter Freundlichkeit, und wurde im Allgemeinen genau so wahrgenommen, wie Mrs Cleary es bezeichnet hatte: ein guter Mann durch und durch.

Abgesehen natürlich von seinem Temperament,

hier waren sich alle über seine extreme Sprunghaftigkeit einig. Kate wurde nahe gelegt, einen weiten Bogen um Themen zu schlagen, die dazu angetan waren, den Zorn des Marquis zu erregen. Man bot ihr sogar eine Liste dieser Themen an – sie beinhaltete unter anderem die Institution der Ehe und Flanell. Obwohl Kate die Liste auswendig lernte, hielt sie es doch für höchst unwahrscheinlich, je die Gelegenheit zu bekommen, eines dieser streitbaren Themen anzuschneiden. Er war ja nie da. Sie hatte in der Tat schon fast einen Monat unter seinem Dach gelebt, bevor sie einmal mit ihm zum Essen am Tisch gesessen hatte. Und das war eine ziemlich ungemütliche Angelegenheit gewesen, weil der Marquis offensichtlich vorgehabt hatte, sein Frühstück allein mit der Zeitung zu genießen, dann aber versuchte, ein gemeinsames Gesprächsthema zu finden, was nicht recht glücken wollte. Schließlich hatte er den Tisch mit einer hastig gemurmelten Entschuldigung verlassen.

Kate wäre wohl keine Frau gewesen, wenn sie das nicht geärgert hätte. Es war offensichtlich, dass Lord Wingate sie mied, genau wie zuvor offensichtlich gewesen war, dass er ihr überallhin folgte. Seltsamerweise missfiel ihr dieses Vermeiden sehr viel mehr, als sie seine vorherige ständige Anwesenheit irritiert hatte. Sie hatte sich zwar trotz des Vorfalls in der Bibliothek der Sledges nie eingebildet, dass Lord Wingate in sie verliebt wäre, aber sie hatte gedacht, dass er sie zumindest *mochte* – wenigstens ein bisschen.

Aber das war offensichtlich ein falscher Eindruck gewesen, Seine Lordschaft schien seine Zeit doch lieber anderswo zu verbringen.

Andere Männer hingegen waren nicht so wankelmütig in ihrer Zuneigung. Geoffrey Saunders hatte sich zu einem hartnäckigen Verehrer Isabels entwickelt. Brigitte lieferte gerade einen Beweis dafür, als sie die unwillkommenen Pfirsiche durch einen Brief auf einem Silbertablett ersetzte.

»Vielleicht«, sagte Brigitte mit starkem französischen Akzent, »vielleicht freut sich die Lady dann hierüber. Es kam gerade mit der Post. Wieder ein Liebesbrief, denke ich.«

Isabel stöhnte mit geschlossenen Augen. »Oh, wie mein Kopf hämmert! Legen Sie ihn auf den Tisch zu den anderen, Miss Mayhew, ja?«

Kate legte das Buch beiseite, aus dem sie vorgelesen hatte – es war *Unser gemeinsamer Freund* von Charles Dickens, nachdem sie *Stolz und Vorurteil* am Tag zuvor endlich beendet hatten. Sie stand auf und nahm den Brief von dem Silbertablett, das die Zofe ihr hinhielt. Da sie die Handschrift auf dem Umschlag sofort erkannte, sagte sie abschätzig: »Oh, siehe da, schon wieder einer von Mr Saunders.«

Isabel setzte sich so energisch auf, als habe man ihr gesagt, ihr Bettlaken stehe in Flammen.

»Von Geoffrey?«, rief sie. »Wirklich? Oh, geben Sie ihn her, Miss Mayhew! Bitte, geben Sie ihn mir!«

Kate übergab den Brief und Isabel fiel mit wildem Eifer darüber her.

»Oh«, rief sie wieder, während sie voller Freude las. »Oh, er vermisst mich, Miss Mayhew! Er sagt, er *verzehrt* sich nach mir.«

Kate sagte: »Das sollte er auch.«

»Aber was, wenn er sich etwas antut, weil er mich so vermisst? Er schreibt, das könnte passieren. Er sagt, er kann nicht versprechen, dass er es nicht tun wird. Oh, sollte ich diesen Brief nicht doch beantworten, Miss Mayhew?« Isabel sah bittend zu ihr auf. »*Bitte*, darf ich *diesen* hier beantworten?«

»Ich weiß nicht.« Kate runzelte die Brauen und tat, als dächte sie nach. »Wie viele waren es in dieser Woche?«

»Vier, Miss Mayhew! Nach vier Briefen kann ich ihm doch antworten, wo er mich die ganze Zeit anfleht, ihm zu schreiben, und wo er doch jetzt droht, sich etwas anzutun, wenn ich es nicht tue!«

Kate seufzte. »Ich denke«, sagte sie, »dass du ihm eine kurze Nachricht schicken kannst, in der du erklärst, dass du krank bist und ...« Doch als sie sah, wie Isabel aus dem Bett krabbelte und auf den Schreibtisch zustürzte, rief sie: »Wo wollen Sie hin, Mylady? Sofort wieder unter die Bettdecke. Du hast gehört, was der Doktor gesagt hat.«

»Wie kann ich mich darum kümmern, was der Doktor sagt«, jammerte Isabel und kämpfte gegen Kates unerbittlichen Griff, »wenn mein Schatz Geoffrey schreibt, er *verzehrt* sich nach mir!«

»Es wird Sie sehr wohl kümmern, was er sagt, wenn Sie etwas Schlimmeres als eine Erkältung bekommen und Geoffrey noch länger nicht sehen können. Stellen Sie sich vor, was er sich *dann* antun könnte.«

Isabel hörte auf, gegen sie anzukämpfen. »Oh«, sagte sie und sank wieder in die Kissen. »Sie haben Recht, Miss Mayhew. Oh, liebste Miss Mayhew, was würde ich ohne Sie nur anfangen? Sie haben einfach immer Recht.«

Kate richtete ihre Ärmel, die Isabel bei ihrem verzweifelten Kampf, aus dem Bett zu kommen, zerknittert hatte. »Ich habe tatsächlich *immer* Recht. Es wäre hilfreich, wenn Sie sich das merken könnten, junge Lady. Also bleiben Sie, wo Sie sind, und ich hole Briefpapier. Auf die Gefahr hin, dass Sie wieder Tinte auf die Bettlaken schütten.«

Aber sie hatte keine zwei Schritte auf Isabels Schreibtisch zu getan, als Brigittes aufgeregte Stimme sie zurückhielt.

»Oh, Miss!«, schrie sie, als ein grau-weißer Wirbelwind an ihrem Rock vorbeistreifte und durch die Tür, die sie gerade geöffnet hatte, auf den Flur entwischte. *»La chatte! La chatte!«*

Kate war schon im Laufschritt, bevor die Zofe geendet hatte. Isabel hatte Lady Babbie praktisch adoptiert und behandelte sie, als gehörte sie ihr, und die Katze ihrerseits konnte dem ständigen Angebot von Sahnehering und Milch nicht widerstehen und schlief mittlerweile auf Isabels Bett statt auf Kates. Kate machte das nichts aus, denn sie wusste, Isabel würde Lady Babbie schnell vergessen haben, sobald sie wieder gesund war, und die Katze würde zu ihr zurückkehren.

Doch in der Zwischenzeit war es eine Herausforderung, das Tier nicht aus dem Krankenzimmer entwischen zu lassen, da die Tür häufig geöffnet wurde, so dass Lady Babbie leicht entkommen und in Teile des Hauses gelangen konnte, in denen sie nicht unbedingt willkommen war. Dieses Mal, stellte Kate bei ihrer Verfolgungsjagd fest, schlug sie die Richtung zu Lord Wingates privaten Räumlichkeiten ein, ein Bereich, zu dem ihr der Zutritt ausdrücklich verwehrt war. Kates Puls schoss in die Höhe, während sie Hals über Kopf hinter dem fliehenden Tier herstürzte, das ihr ganz knapp am Eingang zu den Räumen entwischte.

Kate zögerte nicht. Die Tür stand ein Stück weit offen, wahrscheinlich war Duncan drinnen, der an jenem Morgen eine Inventur Seiner Lordschafts Westen durchgeführt und festgestellt hatte, dass mit großer Sicherheit eine fehlte. Da sie aus Flanell war, lag die Vermutung nahe, dass Lord Wingate selbst sie hatte verschwinden lassen; aber Duncan hatte beschlossen, nichts dem Zufall zu überlassen und die Schränke seines Masters gründlich zu durchsuchen.

Kate öffnete die Tür ganz, spähte durch den Raum und hoffte, Lady Babbie schnell zu entdecken und wegzulocken, bevor Duncan ihre Gegenwart bemerkte.

Der Kammerdiener jedoch war nicht in Sicht, und da Kate diesen Raum zum ersten Mal sah, war sie für einen Moment von der Atmosphäre derart beeindruckt, dass sie nur dastehen, keuchen und blinzeln konnte. Lady Babbie war vergessen.

Das Zimmer war dreimal so groß wie ihres, es verfügte über einen riesigen Kamin, vor dem ein gemütlich wirkendes Arrangement aus Ledersofa und -sesseln stand. Über dem Kamin hing ein Paar gekreuzter, gefährlich aussehender Schwerter. Am gegenüberliegenden Ende stand ein ebenfalls sehr riesiges Bett. Dunkelblaue Vorhänge fielen von den hohen Pfosten herab und über das Podest, auf dem es stand. Passende dunkelblaue Vorhänge hingen vor den mindestens vier Meter hohen Fenstern mit Blick über den Park und der Teppich unter ihren Füßen war ebenfalls dunkelblau.

Es war ein grandioser Raum, wahrhaft grandios –

und doch wurde Kate, als sie so dastand und schaute, von einem Gefühl des Mitleids für ihn ergriffen. Denn es war ein schrecklich großer Raum für einen allein, und es kam ihr der Gedanke, dass der Marquis sich darin sehr einsam fühlen musste – zweifellos verbrachte er deshalb so viel Zeit auswärts, weg von seinem Zimmer.

Während sie also dastand und diese völlig albernen Gedanken dachte, kam ihr langsam das Geräusch von spritzendem Wasser zu Bewusstsein. Sie drehte sich um und sah eine halboffene Tür, hinter der ein großer Spiegel stand.

»Duncan?«

Kate gefror das Blut in den Adern. Es war Lord Wingates Stimme.

»Duncan, wo haben Sie die Handtücher hingetan?«

Und dann, zu ihrem absoluten Entsetzen, sah sie etwas so Beunruhigendes, dass sie ohne nachzudenken aus dem Zimmer stürzte. Sie hörte nicht auf zu rennen, bis sie ihr eigenes Gemach erreichte, in das sie sich rettete und die Tür hinter sich zuknallte. Sie hätte sie so bald nicht wieder geöffnet, wenn sie nicht kurze Zeit später durch wütender Rufen und Klopfen dazu gezwungen worden wäre. »Miss Mayhew? Miss Mayhew, sind Sie da drin?«

Sie riss sich so gut wie möglich zusammen, ging zur Tür, schloss auf und öffnete sie wenige Millimeter. Der Kammerdiener Seiner Lordschaft stand im Flur und hielt eine sehr verärgerte und ziemlich feuchte Lady Babbie in den Armen.

»Miss Mayhew«, sagte Duncan mit verletzter Würde, während er ihr die Katze entgegenhielt. »Darf ich darum bitten, dass Sie diese Kreatur in Zukunft zurückhalten? Ich habe sie vor einem Moment dabei erwischt, wie sie Wasser aus dem Bad Seiner Lordschaft schlürfte.«

Kate nahm die Katze stumm entgegen und wollte die Tür gerade schließen, als der Kammerdiener sie stoppte, um besorgt zu fragen: »Miss Mayhew? Geht es Ihnen gut? Soll ich Mrs Cleary für Sie holen? Wenn Sie mir die Bemerkung gestatten, Sie sehen aus, als hätten Sie gerade einen Geist gesehen.«

Aber es war kein Geist gewesen, den Kate gesehen hatte. Es war vielmehr das genaue Gegenteil eines Geistes gewesen, nämlich sehr lebendig. So lebendig, dass sich der Anblick in ihr Gedächtnis gebrannt hatte, und Kate war sicher, dass sie ihn nie wieder vergessen würde.

So konnte sie jetzt nur den Kammerdiener schief anlächeln und sagen: »Oh nein. Mir geht es gut«, die Türe schließen und sich von innen dagegen lehnen. Sie nahm nicht wahr, dass Lady Babbie wild in ihren Armen zappelte, um freizukommen. Denn was sie gesehen hatte, war Lord Wingate, splitternackt ...

14. Kapitel

Sie waren wieder in der Bibliothek der Sledges. Sie trugen ungefähr die gleichen Kleidungsstücke wie an dem Tag, als Lord Wingate sein außergewöhnliches Angebot gemacht hatte. Die Sonne schien schwach durch die gefärbten Glasfenster. Und genau wie an jenem Tag griff Lord Wingate sie plötzlich und unerwartet um die Taille und zog sie an sich.

Nur diesmal hielt Kate ihn nicht auf. Sie machte keine Anstalten, den vor ihr liegenden Atlas zu ergreifen, sie nahm ihn gar nicht wahr. Stattdessen legte sie Lord Wingate die Arme um den Hals und warf den Kopf auf skandalös aufreizende Weise in den Nacken ...

Und es machte ihr nichts aus. Es war ihr völlig recht, egal was da kommen sollte. Was dann kam, war, dass Lord Wingate seinen Mund auf den ihren senkte, und, nun, er war ihr recht. Nein, viel mehr als das: es war genau das, was sie seit Wochen herbeigesehnt hatte.

Und als er seine starken Arme fester um sie schloss, so dass sie jede Kontur seines schlanken, muskulösen Körpers spürte und seine Hitze durch die Fasern ihres Kleides drang, fühlte sie, dass es richtig war. So richtig, dass sie unwillkürlich mit den Händen seine harten Muskeln nachspürte, zuerst die unter den Ärmeln seines Umhangs, dann die unter seinem Hemd, an der harten, haarigen Brust entlang zu den glatten, festen Bauchmuskeln. Schließlich fühlte sie das feste Fleisch seiner Schenkel unter den Kniehosen ...

Doch praktischerweise waren gar keine Kniehosen mehr da. Lord Wingate war völlig nackt und sie auch. Eine Sekunde später sanken sie auf Cyrus Sledges rissige Ledercouch hinab, ihre Gliedmaßen und Zungen ineinander verschlungen ...

An dieser Stelle wachte Kate auf, keuchend und mit der Hand zwischen den Schenkeln.

Doch das war noch nicht alles. Nicht nur war ihre Hand dort und presste die Stelle, die so heftig pochte – ihre Hand war feucht.

Während sie dasaß und nach Luft rang, merkte sie, dass sie am ganzen Körper feucht war, nicht nur zwischen den Beinen. Sie war schweißnass; ein Rinnsal lief ihr zwischen den Brüsten hinab.

Sie schaute sich in ihrem dunklen Zimmer um. Alles sah genauso aus wie vor wenigen Stunden, als sie zu Bett gegangen war. Aber irgendetwas war verändert, irgendetwas stimmte nicht ganz.

Dann erinnerte sie sich. Ja, natürlich. Die Veränderung war in ihr selbst. Es war alles andere als gut. Sie konnte versuchen, was sie wollte, sie würde dieses Bild von Lord Wingate in seinem Badezimmer nicht aus dem Kopf kriegen. Wie sollte sie auch? Sie hatte noch nie im Leben einen nackten Mann gesehen, außer auf Bildern und hier und da eine Statue. Und nun, da sie aufgeklärter war, wusste sie, dass Bilder und Statuen als Vorbereitung auf die Wirklichkeit völlig unzureichend waren. Zum Beispiel hatten Statuen keine Haare und Bilder ... Kate vermutete, dass

Maler, die ja meistens Männer waren, bei einem Model, das wie Lord Wingate aussah, schon aus purem Neid unterschlagen würden, was so ... immens an ihm war, wenn ihre eigene ... Ausstattung ... dem Vergleich nicht standhalten konnte.

Vermutete sie jedenfalls. Es gab keine andere rationale Erklärung. Sein *Ding* war riesig gewesen. Lord Wingate war ein großer Mann – es war ihr nicht neu, dass er sehr groß war. Aber sie hatte viele Bilder und Skulpturen großer Männer gesehen und deren Geschlechtsteile waren nie so groß gewesen wie Lord Wingates.

Und das war nicht alles. Es hätte ihr zwar schon gereicht, aber es war noch nicht alles. Denn Kate hatte den ganzen Mann gesehen – alles außer seinem Kopf, denn in Höhe des Halses hatte der Spiegel aufgehört. Aber wie der aussah, wusste sie schließlich. Was sie unterhalb des Halses gesehen hatte, kreiste in ihrem Kopf herum; sie konnte nicht aufhören, daran zu denken. Er hatte den Rücken zu ihr gedreht, aber der Spiegel hatte ihr gezeigt, was sie sonst wohl verpasst hätte. Nichts war der Phantasie überlassen geblieben: die ausgedehnte Breite seiner Brust, dicht bedeckt mit festen, dunklen Haaren; die flachen, kupferfarbenen Brustwarzen, die durch die Haare schimmerten; die deutlichen Konturen der harten Muskeln auf dem flachen Bauch; die Mulden auf beiden Seiten der festen, weißen Gesäßmuskeln. Auch der dichte Haarschopf zwischen seinen Beinen war nicht verborgen geblieben, aus dessen Mitte herabhing, was Kate davon überzeugt hatte, dass Künstler aller Zeitalter zumindest mickrige Modelle gehabt haben mussten.

Es war der Anblick des *ganzen* Mannes, der Kate, allen Anstrengungen, die Erinnerung auszulöschen zum Trotz, nicht aus dem Kopf ging. Und das nicht nur in ihren Träumen. Ein paar ruhige Vorlesestunden für die kranke Isabel hatten diesen Zustand nicht verbessert. Selbst als sie die Worte vorlas, die aus Mr Dickens Feder stammten, dachte sie unablässig: *Mein Gott, seine Schultern waren mindestens so breit, wie ich mir sie vorgestellt hatte. Wahrscheinlich sollte ich mich auch nicht über die starken Beine wundern, schließlich reitet er jeden Tag. Ich frage mich, ob er auch fechtet. Er sieht auf jeden Fall danach aus.*

Mehrere Male musste Isabel Kate unterbrechen und darauf hinweisen, dass sie wohl eine Seite übersprungen habe. Sie war so abgelenkt, dass sie es nicht bemerkte.

»Geht es Ihnen gut, Miss Mayhew?«, wunderte sich Isabel.

»Natürlich«, antwortete Kate viel zu schnell. »Warum fragen Sie?«

»Sie scheinen nicht Sie selbst zu sein. Und Ihre Wangen sind so gerötet.«

Kate legte die Hände an die Wangen und ihre Finger waren tatsächlich angenehm kühl auf der Haut.

»Oh«, sagte sie, »das ist gar nichts. Es ist recht warm heute Abend und die Fenster sind geschlossen, damit Sie sich nicht noch mehr erkälten.«

»Vielleicht werden Sie auch krank«, sagte Isabel und klang erfreut ob dieser Aussicht. »Dann habe ich die Möglichkeit, Sie zu pflegen, Miss Mayhew. Wäre das nicht ein großer Spaß?«

Kate fand die Vorstellung, von Lady Isabel Traherne gepflegt zu werden, äußerst erheiternd. Sie schaffte es, ihr Lachen zu unterdrücken, und sagte nur: »Wie ausgesprochen mildtätig von Ihnen, Mylady.«

Später jedoch, bevor sie ins Bett kletterte, betrachtete sie ihr Spiegelbild und dachte, dass Isabel Recht gehabt hatte. Ihre Wangen waren rot, ihre Augen glänzten unnatürlich. *Erleuchtet von neuen Erkenntnissen,* dachte sie trocken bei sich. Sie fragte sich, wie sie Lord Wingate jemals wieder in die Augen sehen sollte – jetzt, wo sie wusste, wie seine Brusthaare sich gleich einem weiten pelzigen Bogen über die breiteste Stelle der Brust zogen, um dann nach unten hin immer dünner zu werden, bis sie unterhalb des Nabels nur noch einen dünnen Strich bildeten, bevor sie sich zu dem dichten Nest zwischen seinen Schenkeln ausdehnten? Wie sollte sie ihm jemals wieder an diesem riesigen Esstisch gegenübersitzen und auf seine höflichen Konversationsversuche antworten, während sie ihn sich nackt vorstellen musste? Wie sollte sie nicht an die samtige, gebräunte Haut denken, die sich so fest über die Wölbung seines Bizeps spannte, oder an die offensichtliche Stärke seines breiten Rückens?

Unmögliche Situation!

Es waren seither nur wenige Stunden vergangen, die ihr wie Minuten vorkamen, und trotz dieser unruhigen Gedanken war sie eingeschlafen, sobald ihr Kopf auf dem Kissen ruhte. Jetzt, nach dem Aufwachen, fühlte sie sich so heiß, als sei sie gerannt, und ebenso außer Atem. Die Laken waren um ihren verschwitzten Körper gewunden und irgendwann in der Nacht musste sie sich von dem Nachthemd befreit haben.

All das machte ihr weniger zu schaffen als der Traum selbst und der Umstand, dass sie bei der Inventur ihrer Körperteile diese Hand zwischen ihren Beinen gefunden hatte.

Noch schlimmer war die Tatsache, dass das Pochen zwischen ihren Beinen nicht nachließ, nachdem sie die Hand weggezogen hatte. Es wurde sogar schmerzhafter mit jeder Sekunde, in der die Hand nicht zurückkehrte.

Sie setzte sich auf, die Haare fielen ihr in wirren Strähnen auf die Schultern herab. Sie schüttelte den Kopf, um klarer zu werden.

Dann knallte etwas an ihr Fenster und sie schrie fast auf vor Schreck.

Das Glas brach nicht, aber als ein zweites Geschoss dagegen prallte, wurde ihr klar, dass sie von diesem Geräusch wach geworden war. Ihr erster Gedanke, aufgrund der Jahres- und der Uhrzeit, war *Fledermäuse.* Der zweite war rationaler: *Jemand wirft Steine an mein Fenster!*

Sofort erhob sie sich, um nachzusehen, wer es war. In letzter Sekunde erinnerte sie sich, dass ihr Nachthemd zusammengeknüllt zwischen den Kissen lag. Sie zog es sich über den Kopf und trat an ein anderes Fenster, das sie wegen des warmen Wetters offen gelassen hatte.

Alle drei Fenster befanden sich an der Rückseite des Hauses, mit Blick auf einen kleinen Garten, der nicht nur schöne, sorgsam gepflegte Blumenbeete enthielt, sondern auch eine Gartenlaube und einen kleinen Fischteich mit Springbrunnen. Es war ein friedlicher Platz zum Frühstücken oder gemütlichen Teetrinken und Kate hielt sich mittlerweile oft und gern dort auf, wenn ihr Schützling sie nicht brauchte.

Es war keine völlige Überraschung, als sie sich hinauslehnte und einen blonden Mann neben dem kleinen Birnbaum an der Gartenlaube stehen sah. Es war keine Überraschung, aber es war beängstigend, um es verhalten auszudrücken. Als Kate ihn erspähte, zog sie sich sofort vom Fenster zurück, ihr Herz hämmerte unregelmäßig.

Denn obwohl sie ihn nicht genau erkennen konnte, hatte sie keinen Zweifel, es konnte sich nur um Daniel Craven handeln.

Wer sollte es sonst sein? All ihre anderen Bekannten – nun ja, ihr *einziger* anderer Bekannter, Freddy – hätte auf herkömmliche Weise Kontakt zu ihr gesucht. Wer außer Daniel Craven sollte einen Grund haben, Steine an ihr Fenster zu werfen? Er konnte sich ja nicht sicher sein, wie man ihn hier empfangen würde, nachdem sie bei ihrer Begegnung vor einigen Wochen so heftig auf ihn reagiert hatte. Woher Daniel allerdings wusste, welche Fenster die ihren waren, oder wie er den Weg in Lord Wingates Londoner Garten gefunden hatte, darüber dachte sie gar nicht nach. Das Einzige, was sie denken konnte, während sie dastand und sich die Hand auf die Kehle presste, war, dass er sie gefunden hatte. Ihr Herz raste, ihr Mund war wie ausgetrocknet. Er hatte sie gefunden.

Jetzt, da er wusste, wo sie war, verstand es sich von selbst, dass er einen Weg finden würde, sie zu ruinieren.

Sie konnte nicht sagen, wieso sie sich dessen so sicher war. Schließlich waren all ihre persönlichen

Kontakte mit ihm angenehmer Natur gewesen – bis zu dem Tag natürlich, als er mit dem Geld durchgebrannt war.

Und der Nacht des Feuers.

Was wollte er? Was wollte er bloß von ihr? Es hatte eine Zeit gegeben – nur sehr kurz, vor sieben Jahren –, als sie und ihre Schulfreundinnen eine gewisse Bewunderung für den Geschäftspartner ihres Vaters gehegt hatten, und sie hatten nervös gekichert und getuschelt wegen ihm. Damals hatte Kate es gemocht, wenn Daniel – geschmeichelt von ihrer Schulmädchenverliebtheit – mit ihr flirtete.

Hatte er deshalb nach ihr gesucht? Dachte er, er könne jetzt, sieben Jahre später, weiter mit ihr flirten, als sei nichts gewesen?

Wenn das so war, musste er sich auf eine Enttäuschung gefasst machen. Kate hatte nicht nur aufgehört, ihn zu bewundern, sie hielt ihn – in ihren dunklen Momenten – für den Mörder ihrer Eltern ...

Aber das konnte es nicht sein, was er vorhatte. Daniel Craven war jemand, der Menschen manipulierte, mit ihnen spielte; was könnte er von ihr wollen? Sie hatte kein Geld, anders als vor sieben Jahren. War es möglich, dass er Lord Wingate in betrügerischer Weise ausnutzen wollte, wie er es damals mit ihrem Vater gemacht hatte, und sie, Kate, als Mittel zum Zweck sah?

Nun, wenn er das erwartete, sollte er sich noch wundern ...

Ein weiterer Stein flog gegen die Glasscheibe, diesmal lauter als zuvor. Kate fuhr zusammen und befürchtete, dass die anderen Hausbewohner aufwachen könnten ... Isabel schlief gleich nebenan. Was sollte sie tun? Wenn Lord Wingate davon erführe, würde er sie wohl oder übel entlassen müssen. Es ging nicht an, dass die Anstandsdame der Tochter um Mitternacht Besuch von einem Gentleman bekam ...

Wieder flog ein Stein gegen das Fenster, diesmal mit so viel Kraft, dass das Glas beinahe brach.

Das war's. Sie hatte keine Wahl mehr. Wenn sie nicht nach unten ging und herausfand, was er wollte, würde er das ganze Haus aufwecken. Sie schluckte und drehte sich um, um ihren Umhang und die Pantoffeln zu suchen. Sie zog beides hastig an, öffnete die Tür und blickte den Flur auf und ab. Natürlich war niemand zu sehen. Es musste schon nach drei Uhr morgens sein. Mit ein wenig Glück würde sie ihn schnell loswerden und wieder im Bett sein, bevor irgendjemand aufwachte ...

Es gab zwei Wege, die in den Garten hinausführten. Der erste ging durch die Bibliothek Seiner Lordschaft, der zweite führte durch den Frühstücksraum. Kate benutzte die Tür der Bibliothek, denn das war die erste, die sie erreichte. Obwohl das ganze Haus im Dunkeln lag, brauchte sie keine Kerze, denn es schien genügend Mondlicht durch die Fenster. Sie ging an dem düsteren Schatten vorbei, der der Schreibtisch Seiner Lordschaft war, und öffnete die Terrassentüren, die zur Treppe in den Garten führten. Sie konnte den blonden Mann nun durch die Glasscheiben recht gut erkennen, und was sie sah, ließ sie innehalten.

Denn es war nicht Daniel Craven, der dort stand, sondern ...

»Mr Saunders!«

Kate stand im Mondlicht, die Hände in die Hüften

gestemmt und funkelte den jungen Mann wütend an. Er hatte sie noch nicht bemerkt und wollte gerade wieder einen Stein gegen ihr Fenster schleudern. Beim Klang ihrer Stimme erschrak er, ließ den Stein fallen und starrte sie an.

»Miss ... Mayhew?«, flüsterte er. »Sind Sie das?«

»Natürlich bin ich das.«

Ihre Erleichterung war wie erfrischend kaltes Wasser an einem heißen Sommertag. *Es ist nicht Daniel Craven,* war ihr einziger Gedanke. *Danke, lieber Gott, es ist ja gar nicht Daniel Craven.* Ihr Herzschlag beruhigte sich allmählich, und sie schalt sich, überhaupt geglaubt zu haben, es könne Daniel Craven sein. Er hatte überhaupt keinen Grund, nach ihr zu suchen, absolut nicht, und das würde er auch nicht tun. Niemals wieder.

Andererseits, welchen Grund hatte Geoffrey Saunders für diesen Mitternachtsbesuch?

Kate stieg die Gartentreppe herab, wobei ihr durchsichtiger Umhang wie ein spitzenbesetztes Segel hinter ihr herflatterte.

»Mr Saunders, was um Himmels willen glauben Sie, was Sie da tun?«

Er starrte sie mit offenem Mund an. Er war ein gut aussehender Mann, aber mit offenem Mund sah er recht dämlich aus.

»Ich ...«, stammelte er. »Ich ...«

»Wenn Sie Lady Isabel sehen wollten«, sagte Kate mit leiser Stimme, »dann muss ich sagen, dass Ihre Zielgenauigkeit sehr zu wünschen übrig lässt.«

Er sah zu ihrem Fenster empor. »Oh«, sagte er und erholte sich ein wenig von seinem Schreck. »Dann habe ich die falschen Fenster getroffen?«

»Ganz genau so ist es.« Kate hätte nicht ganz so unfreundlich geklungen, wenn sie ihn nicht zunächst für Daniel Craven gehalten hätte und wenn er sie nicht mit seinen dummen Steinwürfen aus diesem ganz bestimmten Traum gerissen hätte.

Wie auch immer, sie war in ausgesprochen ungeduldiger Stimmung und hatte keinen Sinn dafür, sich mit netten jungen Tunichtguts abzugeben.

»Mr Saunders«, sagte sie herrisch, »ich muss gestehen, ich schäme mich für Sie. Wie können Sie es wagen, sich auf Lord Wingates Grundstück zu schleichen, und das mitten in der Nacht, wie ein Dieb?«

Er lächelte sie an, etwas linkisch, aber dennoch charmant. Ein wirklich charmanter junger Mann.

»Was soll ich da sagen?« Er zuckte mit den breiten Schultern. »Ich bin ein verliebter Mann, Miss Mayhew. Ich bin auf Ihre Gnade angewiesen, Miss Mayhew. Es ist fast eine Woche her, dass ich von ihr gehört habe. Bin ich schon vergessen, Miss Mayhew? Werde ich weggeworfen wie ein alter Handschuh?«

Kate schnaubte. »Es wäre zweckdienlicher gewesen, Sie hätten behauptet, betrunken zu sein, Mr Saunders. Ersparen Sie mir das dramatische Gejammer. Lady Isabel hat seit fünf Tagen eine schwere Erkältung.«

Sein Gesicht erhellte sich. »Eine Erkältung? Gott sei Dank, Miss Mayhew. Sehr nett von Ihnen, dass Sie mir das sagen, statt mich hängen zu lassen, wie es andere Frauen getan hätten.« Sein Grinsen wurde verschlagen. »Ich sagte ja bereits, Sie und ich würden ein ausgezeichnetes Team abgeben, Miss Mayhew.« Seine blauen Augen glitten über ihre Spitzenrobe. »Und darf ich hinzufügen, dass ich Ihre momentane

Garderobe schlichtweg umwerfend finde. Zu schade, dass Sie das nicht bei der Baroness getragen haben. Sie hätten die Männer mit einem Stock abwehren müssen.«

Kate überlegte, ihm eine Ohrfeige zu verpassen. Stattdessen verschränkte sie die Arme über der Brust, da ihr Dekolleté das offensichtliche Ziel seines Blickes war. Sie hatte Einsätze in sämtliche Ausschnitte ihrer Ballkleider nähen lassen, aber nie hatte sie daran gedacht, dass jemand sie in ihren Nachtgewändern sehen würde, oder dass diese für eine Anstandsdame nicht angemessen sein könnten.

»Mr Saunders«, sagte sie. »Verlassen Sie auf der Stelle dieses Grundstück. Wenn ich Sie noch einmal erwische, wie Sie versuchen, Lady Isabel auf diese Weise zu erreichen, werde ich sofort Lord Wingate informieren.«

»Hoffentlich nicht«, sagte Mr Saunders, »in diesem Aufzug. Sonst wird Lord Wingate genauso unfähig sein, auf Ihre Worte zu hören, wie ich es bin.«

»Vielleicht«, sagte Kate mit feuerroten Wangen und ließ die Arme sinken, »wirkt dann *das hier* besser.«

Bei diesem Wort trat sie so hart sie konnte auf den Fuß des jungen Mannes, und da sie Pantoletten mit einem kleinen, spitzen Absatz trug, bekam sie die Genugtuung zu sehen, wie Mr Saunders nach Luft schnappte und seine schmerzenden Zehen presste.

»Sehen Sie das als einen kleinen Vorgeschmack auf das, was Sie von Lord Wingate bekommen werden, wenn er von Ihrem Verhalten hier heute Nacht erfährt«, sagte sie so hochmütig, wie sie konnte. »Wahrscheinlich jedoch wird er Ihnen eine Kugel durch Ihren Dickkopf jagen und ich für meinen Teil werde keine Träne vergießen auf Ihrer Beerdigung.«

Sie wirbelte herum und lief die Stufen zur Terrassentür hinauf. Hinter ihr hüpfte Mr Saunders auf einem Bein herum und hatte Mühe, nicht vor Schmerz laut aufzujaulen. Als Kate drinnen war und zur Sicherheit den Riegel vorgeschoben hatte – man konnte ja nie wissen, was er vorhatte –, schaute sie noch einen Moment zu, wie er sich schmerzvoll krümmte. Sie wollte sichergehen, genug Angst vor Lord Wingates Zorn in ihm erzeugt zu haben, damit er zurück über die Gartenmauer kletterte, über die er offenbar gekommen war. Denn ein verzweifelter Mann traf nicht unbedingt die klügsten Entscheidungen. Sie würde ihn beobachten, entschied sie, bis sie sicher sein konnte, dass er gehen würde ...

In diesem Augenblick hörte sie, wie der Knopf der Bibliothekstür sich drehte. Sie wirbelte herum und eine Sekunde später trat Lord Wingate, einen Kandelaber in der Hand, ins Zimmer.

15. Kapitel

»Lord Wingate«, sagte Kate, als sie die Lippen wieder bewegen konnte – es hatte ihr die Sprache verschlagen, als sie ihn durch die Tür kommen sah.

Lord Wingate sah sie verwundert an. Er hatte sie nicht gleich gesehen, und Kate erkannte zu spät, dass sie unbemerkt hätte entkommen können, wenn sie nur den Mund gehalten hätte.

Andererseits, hätte er sie dann doch bemerkt, hätte er denken können, sie habe etwas zu verbergen.

Was ja auch zutraf.

»Miss Mayhew?« Seine Augen waren noch nicht an das Mondlicht gewöhnt, und er musste den Kerzenleuchter hoch halten, bevor er sie erkennen konnte, wie sie vor der Tür stand. Als er sie schließlich sah, wurden seine Augen merklich größer, und seine Hand fiel von dem Türknopf herab, den er immer noch festgehalten hatte.

»Miss Mayhew«, sagte er völlig erstaunt. Es hörte sich an, als sei er nie auf die Idee gekommen, dass sie sich in diesem Haus jemals zufällig über den Weg laufen könnten – obwohl sie schon einige Wochen dort wohnte. »Was ...?«

Was tun Sie um drei Uhr morgens in meiner Bibliothek, hatte er vermutlich fragen wollen, aber er war offensichtlich zu überrascht, um weiterzusprechen. Er konnte nur dastehen und sie anstarren. Es war ein höchst peinliches Zusammentreffen, in Anbetracht ihrer beider Kleidung – Kate in ihrem Negligee, Lord Wingate im Morgenmantel. Aber Kate kam nicht umhin zu denken, dass seine Fassungslosigkeit in Anbetracht der Situation doch etwas übertrieben war. Schließlich war sie nicht nackt.

Dieser Gedanke wiederum erinnerte Kate natürlich an das letzte Mal, als sie Lord Wingate gesehen hatte, und das Blut schoss ihr in die Wangen. Gütiger Himmel! Ihr Traum! Sie hatte ihren schamlosen Traum fast vergessen. Und hier standen sie nun, in einer Bibliothek, nicht derselben Bibliothek wie im Traum, aber immerhin. Noch schlimmer war, dass sie beide weit dürftiger gekleidet waren als beim letzten Mal, als sie zusammen in einer Bibliothek gestanden hatten. Kein Wunder, dass der Mann so durcheinander war – obwohl er ja wohl kaum denselben Traum gehabt hatte und auch nicht von ihrem wissen konnte ...

Kate erkannte erschrocken, dass ihr Arbeitgeber auf eine Erklärung von ihr wartete, und sagte das Erste, was ihr einfiel: »Meine Katze.«

Soweit das möglich war, sah Lord Wingate jetzt noch verwirrter aus. »Ihre Katze, Miss Mayhew?«

Sie riss sich zusammen und sagte so leichthin wie möglich: »Ja, meine Katze. Ich habe im Garten Katzen kämpfen hören, und ich dachte, Lady ...« Ihre Stimme versagte. Ihr war eingefallen, dass sie Lord Wingate den albernen Namen ihres Haustiers nicht mitgeteilt hatte, und jetzt war nicht der passende Moment dafür. Sie räusperte sich. »Ich dachte, meine Katze wäre nach draußen gelangt.«

Im Schimmer der Kerzen sah Kate, wie Lord Wingates dunkle Augenbrauen sich hoben. Es war ihr noch nie aufgefallen, aber plötzlich sah sie, dass ihr Arbeitgeber leicht diabolische Züge hatte, mit seinem dunklen Teint und den scharfen Konturen. Als er im Kerzenlicht die Brauen hob, erinnerte sie das an Bilder von Luzifer, die sie gesehen hatte.

»Und?«

Lord Wingates strenger Tonfall riss sie aus ihren bildlichen Betrachtungen.

»Was?«, stammelte sie begriffsstutzig.

»Und«, sagte Lord Wingate mit beachtlicher Geduld, »war es Ihre Katze?«

Kate warf einen Blick über die Schulter und stöhnte auf. Dieser idiotische Geoffrey hatte sich tatsächlich auf eine Steinbank gesetzt, seinen Stiefel ausgezogen und untersuchte jetzt offensichtlich seine Zehen nach Brüchen. Dummkopf! *Wollte* er unbedingt eine Kugel in den Kopf bekommen? Denn genau das würde passieren, wenn der Marquis of Wingate ihn dort sehen würde ...

»Oh«, lachte Kate leichthin, »nein, sie war es doch nicht.« Sie ging von der Tür weg und hoffte, Lord Wingate von dem abzulenken, was dort draußen vor sich ging. »Aber was treibt Sie zu so später Stunde in die Bibliothek, Mylord?«

Der Blick des Marquis folgte ihr, wie sie gehofft hatte. Er behielt sie so wachsam im Auge, als sei sie eine Verrückte, die ihn jeden Moment mit einem Feuerhaken erschlagen könnte.

»Ich bin heruntergekommen«, sagte er langsam, »weil ich nicht schlafen konnte, und das Buch, das ich gerade lese, hat sich nicht als besonders ... beruhigend erwiesen.«

»Oh?« Kate war nicht wohl dabei, dass er immer

noch so nah am Fenster stand, trat neben ihn und warf einen Blick auf das Buch, das er aus seiner Morgenmanteltasche gezogen hatte. »Oh, *Der letzte Mohikaner.* Ja, ich verstehe, was Sie meinen.«

Lord Wingates Blick war auf ihr Gesicht geheftet, was ihr unter diesen Umständen gar nichts ausmachte. Er räusperte sich. »Ich finde nicht so recht den Einstieg. Ich bin noch nicht viel weitergekommen als bis zum Vorwort.«

Kate rümpfte die Nase. »Vorwort? Warum wollen Sie auch unbedingt das Vorwort lesen?«

Sie hatte den Eindruck, als sähe Lord Wingate sie nach diesen Worten noch erstaunter an als je zuvor. Doch da sie ihn nun endgültig von der Glastür abgelenkt hatte, war es ihr egal, ob er sie aufgrund ihrer Ignoranz gegenüber Vorworten für eine Banausin hielt. Sie streckte sogar die Hand aus und nahm ihm das Buch ab, wobei sie freundlich sagte: »Was Sie brauchen, Mylord, ist etwas, wovon Sie einschlafen. Und ich habe da genau das richtige Rezept. Wo haben Sie ›S‹?«

Er starrte immer noch auf sie herab. Seine Augen sahen im Kerzenlicht grüner aus als je zuvor. »Wo habe ich was?«

»Bücher mit ›S‹.« Sie zeigte auf die regalgefüllten Wände. »Sie sind nach Autoren geordnet, nehme ich an?«

»Oh.« Er nickte in Richtung der Wand rechts des Kamins. »Da vorn.«

»Ausgezeichnet.« Kate schob eine Hand in seine Armbeuge – eine gewagte Geste sicherlich, aber unter den gegebenen Umständen notwendig, wie sie befand – und zog ihn in die Richtung, die er gezeigt hatte. Er leistete keinen Widerstand, und Kate wagte zu hoffen, dass die Nacht ohne Mord und Totschlag vorübergehen würde.

»Lassen Sie mich sehen«, sagte sie und schielte nach den Buchtiteln auf den Regalen vor ihnen, die vom Boden bis zur Decke reichten. »Halten Sie doch das Licht ein wenig höher, bitte, Mylord.« Er gehorchte sofort und sie sagte: »Oh, das ist viel besser. Also, was haben wir denn hier? *Sab, Sal, Saw* ... Ah, hier ist es. *Sc.* Ganz da oben. Oh je. Ich sehe schon, wir kommen nicht ums Klettern herum.«

Sie nahm die Hand von seinem Arm und griff nach der Leiter, die praktischerweise in Reichweite stand. Nachdem sie Lord Wingate seine Ausgabe des *Letzten Mohikaner* mit einem höflichen »Könnten Sie das einen Moment halten, bitte« überreicht hatte, hob sie den Saum ihres Nachthemds und erklomm ohne Zögern die ersten Stufen.

»Miss Mayhew«, sagte Lord Wingate alarmiert, legte hastig das Buch zur Seite und griff nach ihrem Ellbogen. »Miss Mayhew, ich versichere Ihnen, ich bin sehr gut in der Lage, mir meinen Lesestoff selbst auszusuchen ...«

»Oh, es macht mir nichts aus, Mylord«, sagte Kate. Von ihrer neuen, luftigen Position aus warf sie einen verstohlenen Blick durch die Bogenfenster über den Terrassentüren und sah zu ihrer Erleichterung, dass Mr Saunders seinen Stiefel wieder angezogen hatte und soeben damit beschäftigt war, den Hut zurechtzurücken. Was für ein dummer Mensch. Sie drehte sich wieder zu den Büchern. »Ich habe keine Höhenangst«, versicherte sie ihrem Brotgeber.

»Das sehe ich«, sagte Lord Wingate sehr trocken.

Er hatte ihren Ellbogen immer noch nicht losgelassen, obwohl sie mittlerweile so hoch stand, dass er sich strecken musste. »Nichtsdestotrotz würde ich mich viel besser fühlen, wenn Sie mir erlauben würden, meinen ...«

»Ah.« Kate hatte gefunden, wonach sie suchte, und zog es aus dem höchsten Regal hervor. »Hier haben wir es.«

Sie hielt das Buch so, dass er von seinem bodenständigen Platz aus den Titel lesen konnte. *»Ivanhoe«*, sagte sie. »Sir Walter Scott. Das beste Schlafmittel. Die Passagen, in denen Rebecca vorkommt, sind ganz interessant, aber alles dazwischen ist ein einziges großes Gähnen.«

»Ja«, sagte Lord Wingate mit verhaltener Ungeduld. »Ich habe es gelesen, Miss Mayhew. Jetzt kommen Sie wieder runter, bevor Sie fallen.«

Kate warf einen letzten Blick in den Garten. Mr Saunders war anscheinend endlich verschwunden. Sie seufzte erleichtert. Warum sie den dummen Jungen überhaupt beschützt hatte, wusste sie selbst nicht. Aber wenn bekannt würde, dass der Marquis of Wingate den Verehrer seiner Tochter in seinem Londoner Garten erschossen hatte ... sie wusste besser als jeder andere, dass all die Lästermäuler nie aufhören würden, Gerüchte zu verbreiten, und es wurde schon genug geredet über den Marquis ...

Natürlich gab Kate keinen Pfifferling darum, was man über ihren Arbeitgeber sagte, vielmehr dachte sie an seine Tochter. Was auch immer ihr Vater falsch machte, Isabel sollte es nicht ausbaden müssen. Es war ganz gewiss nicht Lord Wingates Wohlergehen, an das Kate dachte.

Das jedenfalls redete sie sich ein.

»Umso besser«, sagte sie und begann, die Leiter herabzusteigen. »Dass Sie es schon gelesen haben, meine ich. Umso schneller schlafen Sie ein.«

»Vielen Dank für Ihre Bemühungen«, sagte Lord Wingate. Der Griff um ihren Ellbogen wurde fester. »Passen Sie bitte auf, wo Sie hintreten, Miss Mayhew, Sie sind fast auf Ihr ... äh ... Ihr Nachthemd getreten ...«

»Aber nur fast«, versicherte Kate leichthin.

Prompt tat sie es doch und verlor das Gleichgewicht.

Sie griff nach den oberen Trittbrettern, aber weil sie das Buch nicht fallen lassen wollte – es sah wie eine wertvolle Erstausgabe aus –, hatte sie nur eine Hand frei und verpasste das Brett. Ihr stockte das Herz vor Schreck, und bevor sie fiel, blieb ihr noch Zeit zu denken: *Gott, ist das peinlich. Hoffentlich fliegt mir das Nachthemd bei der Landung nicht über den Kopf* – denn natürlich trug sie nichts darunter.

Aber sie fiel nicht. In letzter Minute warf Lord Wingate den Kerzenständer weg und fing sie auf.

Der silberne Kandelaber fiel mit lautem Getöse auf das Parkett. Beim Aufprall erloschen die Flammen. Plötzlich in Dunkelheit gehüllt, dauerte es einen Moment, bis sich Kates Augen wieder an das milchige Mondlicht gewöhnten, das durch die hohen Fenster fiel. Nicht dass es viel zu sehen gab. Ihr Gesicht war gegen Lord Wingates Brust gedrückt – dieselbe Brust, die sie noch vor Stunden sprachlos im Spiegel bewundert hatte. Aus der Nähe allerdings erwies sie sich als noch viel interessanter. Sie konnte zwar nichts *sehen,* aber sie konnte *fühlen,* und was sie fühlte, war mindestens so reizvoll wie das, was sie gesehen hatte.

Lord Wingate trug einen Morgenmantel aus grober Seide. Darunter hatte er scheinbar ein Pyjamaoberteil aus ähnlich weichem Material. Keine der Stofflagen war besonders dick, und so konnte Kate die Haare spüren, die seine Brust so dicht bedeckten.

Sie waren so dicht und drahtig, wie sie im Spiegel ausgesehen hatten. Aber das war nicht alles; unter den Haaren fühlte sie den gleichmäßigen Schlag seines Herzens. Es schlug heftig gegen die warme Wand aus Muskeln, die sie ebenfalls unter ihrer Wange fühlen konnte; sie waren genauso hart, wie sie ausgesehen hatten. Die Arme, nach denen sie sich so gesehnt hatte, lagen endlich um sie und hielten sie in der Luft, und in der engen Umarmung spürte sie die Kraft, die sie in seinen Armmuskeln vermutet hatte. Er hielt sie, als wäre sie nicht schwerer als eine Daunenfeder.

Sie entdeckte noch weitere Details. Wenn sie das Bein auch nur leicht bewegte, konnte sie durch das dünne Material ihrer Spitzenrobe die langen Beinmuskeln des Marquis spüren; sie waren ebenfalls genauso hart und fest, wie sie im Spiegel gewirkt hatten. Doch knapp neben dem Schenkel, ein wenig nach links, war etwas, das nicht so hart war wie der Rest seines Körpers. Das merkte sie, als sie es aus Versehen mit einem Bein streifte, auf der Suche nach einem Halt für die Füße – als ihr noch nicht bewusst war, dass er sie hielt.

Dieses weiche Teil gab jedoch eine erstaunliche Hitze ab, die sie durch die Stoffe ihrer beider Kleidung deutlich spürte. Das Einzige, was noch heißer war als dieser ... Anhang, war Lord Wingates Atem, den sie auf ihrer Stirn fühlte. Sie sah auf und stellte fest, dass sie im Mondlicht besser sehen konnte, als sie gedacht hatte. Daher war sie erschrocken zu erkennen, dass sich die Lippen des Marquis nur wenige Zentimeter vor den ihren befanden. Kurz darauf bemerkte sie, dass es hell genug war, ihm in die Augen zu sehen.

Sie tat es und in diesem Moment war sie verloren.

Vollkommen und absolut verloren. Denn sie war überzeugt, dass er sie nun küssen würde. Schließlich hielt er sie in den Armen und ihre Körper waren so eng aneinander gepresst, wie zwei Körper nur sein konnten. Sie musste nur die Beine anheben und um seine Taille schlingen, dann wäre es genauso wie in ihrem Traum, nur dass sie noch nicht nackt waren ...

Guter Gott! Was dachte sie da nur? Sie fühlte ihr Gesicht heiß werden und hoffte, das Mondlicht sei zu schwach, als dass er sehen konnte, wie sie rot anlief. Wie konnte sie nur in diesem Moment an diesen verruchten Traum denken? Sie musste einen kühlen Kopf bewahren. Sie war vollkommen sicher, dass er sie küssen würde. Sollte sie ihn gewähren lassen? Es waren keine Atlanten in der Nähe und er wusste das. Er *musste* sie küssen. Er *musste* einfach.

Und während ihr diese Gedanken durch den Kopf gingen, begann eine seltsame Veränderung in ihr. Das mysteriöse, pochende Gefühl zwischen ihren Beinen, das sie beim Aufwachen aus diesem Traum gespürt hatte, kehrte zurück. Es kehrte so plötzlich und gewaltig zurück, dass sie merkte, wie sie feucht wurde.

Nicht nur bei ihr zeigten sich solche Effekte. Die Hitze, die von der Stelle des Lords ausging, die sie so sehr faszinierte, wurde noch intensiver ... und es war nicht nur die Temperatur, die emporstieg. Er wölbte sich ihr entgegen, dieser einzige Körperteil, von dem sie noch vor Sekunden geglaubt hatte, er sei das einzig Weiche an diesem Körper, der ansonsten hart wie ein Fels war, presste sich nun hart gegen ihre Hüfte.

Dann plötzlich, als Kate überzeugt war, dass alles für die Erfüllung ihres Traums sprach, konnte sie nicht entscheiden, ob sie das wollte. Ein Teil von ihr – diese verräterische Region zwischen ihren Beinen – wollte es unbedingt. Aber ... Aber dann hatte sich die Frage von selbst erledigt, als Lord Wingate sie wortlos auf die Füße stellte und losließ.

»Geht es Ihnen gut, Miss Mayhew?«, fragte er höflich.

Gut? Betäubt suchte Kates Hirn nach der Bedeutung dieser Worte. *Gut?* Ihr Körper schien an allen Stellen zu schmerzen, die von ihm berührt worden waren. *Ob es mir gut geht? Du wolltest mich küssen. Du solltest mich küssen, aber du hast es nicht getan. Nein, mir geht es nicht gut!*

»Ja«, antwortete Kate. »Sehr gut, ich danke Ihnen.«

»Sie sollten wirklich nicht in solcher Bekleidung auf Leitern klettern«, sagte Lord Wingate.

Kate konnte ihn nur anblinzeln. »Nein«, sagte sie, »sollte ich wohl besser nicht.«

»Nun.« Er nahm das Buch, das sie noch immer umklammert hielt, aus ihren Fingern und bückte sich, um den Kandelaber aufzuheben. »Ich danke

Ihnen für den Lesetipp. Ich denke, wir gehen jetzt besser wieder in unsere Zimmer. Es ist sehr spät. Oder besser gesagt, früh.«

Kate konnte nur nicken, und wie vor den Kopf geschlagen setzte sie sich in Bewegung, als er ihr bedeutete, voranzugehen. Sie schaffte es, ihr Zimmer zu erreichen, obwohl sie nicht wusste, wie. Vage nahm sie wahr, dass Lord Wingate den ganzen Weg über Konversation trieb; er machte ihr Komplimente wegen der Besserungen im Verhalten seiner Tochter und fragte sie, wie ihr das Haus gefiel und ob sie etwas brauche.

Ja, antwortete Kate in Gedanken. *Dich.*

»Nein«, sagte sie laut, »ich danke Ihnen.«

Dann war sie in ihrem Zimmer, die Tür war geschlossen und er war weg. Sie war allein – bis auf Lady Babbie, die zusammengerollt am Fußende des Bettes lag.

Mit mechanischen Bewegungen knöpfte Kate das Negligee auf und ließ es von den Schultern gleiten. Dann ging sie zu ihrem Bett und warf das Nachthemd gleich auch noch von sich. Während sie wieder zwischen die kühlen Laken krabbelte, hielt sie inne und fragte sich für einen Moment, was in der Welt – was in aller Welt – bloß über sie gekommen war. Wie konnte sie sich nur so vergessen? Wie konnte sie dastehen – oder besser gesagt liegen, denn er hatte sie die ganze Zeit auf dem Arm gehalten – und ihn so sehr wollen? Er war ein Lüstling ohne jede Moral, dem es nichts bedeutete, Frauenherzen zu brechen. Hatte ihr Freddy das nicht versichert?

Also, was hatte sie sich dabei gedacht, ihm ihr Gesicht entgegenzustrecken und ihn fast anzuflehen, sie zu küssen? Hatte sie den Verstand verloren?

Offensichtlich. Allerdings war sie in den Wahnsinn *getrieben* worden. In den Wahnsinn getrieben vom Anblick seines nackten Körpers. Dadurch war es gekommen. Sie war völlig normal gewesen, bis zu diesem Nachmittag.

Doch ein kurzer Blick auf das, was unter diesen seidenen Westen und eng anliegenden Hosen lag, und die ruhige, kühle Kate Mayhew war nur noch ein bebendes Häuflein weiblicher Begierde.

Obendrein wusste sie noch nicht einmal, ob sie ihn überhaupt *leiden* konnte.

Na, gut. Sie konnte ihn leiden. Aber sie war auf keinen Fall verliebt in ihn. Es war eine rein körperliche Begierde.

Mit einem Seufzer der Abscheu zog sich Kate das Laken über den Kopf. Der Schlaf – da war sie sich sicher – würde lange auf sich warten lassen.

16. Kapitel

»Sie ist einfach liebreizend, Mylord.« Die Baroness hob ihre Lorgnette und sah hindurch. »Wirklich, das liebreizendste Mädchen in diesem Raum.«

Burke, der in dieselbe Richtung blickte wie die alte Frau, konnte nur nicken. Es war die Wahrheit. Sie war das liebreizendste Mädchen im Raum und nicht nur hier. Es war immer so, wohin sie auch gingen. Sie war unvermeidbar immer die Liebreizendste.

»Diese Anmut«, sagte die Baroness. »Dieser Charme. Sie wird nicht lange ungebunden bleiben, hören Sie auf meine Worte, Lord Wingate.«

Als ob er das nicht selber wüsste.

»Und wissen Sie«, fuhr die Baroness fort, »ich kann mir nicht helfen, aber vielleicht ist mein Sohn Headley genau der Richtige für sie. Um ehrlich zu sein, man kann keinem von beiden vorwerfen, übermäßig intellektuell zu sein. Ich bezweifle sehr, dass einer von den beiden seit der Schulzeit auch nur ein Buch zur Hand genommen hat.«

Burke warf der Frau einen überraschten Blick zu, dann wurde ihm mit einem Gefühl der Peinlichkeit klar, dass sie die ganze Zeit über Isabel geredet hatte, nicht über Kate Mayhew. Was nicht weiter verwunderlich war. Kate stand, wie es ihrer Aufgabe entsprach, allein in einer Ecke des Raums. Eine Frau wie Baroness Childress würde nie auf die Idee kommen, über mögliche Eheverbindungen für eine Anstandsdame nachzudenken. Sie hatte die ganze Zeit über Isabel gesprochen, die gerade auf der Tanzfläche herumwirbelte, und sie hatte Isabel zum liebreizendsten Mädchen im Raum erklärt.

Die Frau war ganz offensichtlich verrückt.

Nicht, dass Burke seine Tochter völlig uncharmant fand. Aber die Baroness war blind – oder er selbst verrückt –, wenn sie nicht sehen konnte, dass die einzige Frau, die dieses Attribut verdiente, die Anstandsdame seiner Tochter war.

»Ich denke«, sagte die Baroness gerade, »die beiden passen ganz ausgezeichnet zusammen. Und Sie müssen sich keine Sorgen machen, Lord Wingate, dass ich die altmodischen Ansichten der meisten meiner Standesgenossen teile. Ich denke, dass Scheidung – in Ihrem Fall – die vernünftigste Entscheidung war.«

Nein. Er war derjenige, der verrückt war.

Er war sehr langsam gekommen, dieser Wahnsinn, aber mittlerweile hatte er Burke fest unter Kontrolle. Warum sonst war er bei dieser grausamen Soiree, wenn nicht wegen seines Wahnsinns? Schließlich hatte er Miss Mayhew angestellt, um Isabel zu derartigen Veranstaltungen zu begleiten. Warum also trottete er ständig hinter den beiden her? Es war der Wahnsinn, diese Verrücktheit, die von ihm Besitz ergriffen hatte seit jener verregneten Nacht, in der er auf einen Ball gegangen war, um sicherzustellen, dass sie nicht von den Mitgliedern seines Standes belästigt wurde. Eine nutzlose Unternehmung, denn das Einzige, was er dort erfahren hatte, war, dass er nicht der erste Mann war, der sie bewunderte. Und er würde auch nicht der letzte sein.

»Mein Ehemann denkt da natürlich anders, wie Sie sicher wissen. Aber ich habe mir überlegt, erst einmal den Hinweis fallen zu lassen, dass ich in jedem Fall hinter Headleys Entscheidung stehen werde, und ich denke, der Baron wird sich meiner Ansicht über kurz oder lang anschließen.«

Burke hätte erwartet, Befriedigung darin zu finden, dass seine schlimmsten Vermutungen in jener Nacht bestätigt worden waren. Schließlich war Sinn und Zweck seiner Unternehmung gewesen, dafür zu sorgen, dass Miss Mayhew nicht in Gefahr war, von seinen Standesgenossen ausgenutzt zu werden.

Die Tatsache, dass seine schlimmsten Befürchtungen eingetroffen waren – er musste sogar gleich zwei ›Gentlemen‹ davon abhalten, sie zu belästigen –, konnte doch kein Grund dafür sein, dass er eine solch ungebremste Wut empfand.

Aber da war es wieder gewesen, dieses vertraute Gefühl, dass er, wenn er nicht jemanden schlagen konnte, plötzlich und unvermittelt platzen würde. Es hatte ihm nicht die geringste Genugtuung verschafft, wieder einmal in der Annahme bestärkt zu werden, dass seine Mitmenschen verachtenswert waren. Nein, er hatte einfach nur eine rasende, blinde Wut empfunden, wie er sie seit Ewigkeiten nicht mehr gekannt hatte.

Und warum diese Wut ausgerechnet in dem Moment aufgekommen war, als er feststellen musste, dass Miss Mayhew für seine Geschlechtsgenossen genauso attraktiv war wie für ihn selbst, darüber hatte er sich damals keine Gedanken gemacht. Er hatte sich eingeredet, dass er wütend war, weil sie die Aufpasserin seiner Tochter war. Und wie gut konnte sie aufpassen, wenn ihr jeder Lüstling in London nachstellte?

»Oh, Lord Wingate.« Die Baroness legte eine Hand auf seinen Arm, als hätte sie gemerkt, dass er ihr nicht seine volle Aufmerksamkeit widmete. »Erlauben Sie mir, etwas über Headleys Erbschaft zu sagen. Er bekommt dreitausend Pfund im Jahr von meinem armen, seligen Vater. Ich weiß, das ist nicht gerade viel, aber der Baron hat vor, ihm eine bestimmte Summe zu überschreiben, sobald er sich für eine vernünftige Braut entschieden hat. Und Ihre Tochter wäre natürlich eine sehr vernünftige Wahl ...«

War es möglich, dass sie in jener Nacht die Wahrheit gesagt hatte, als sie darauf bestand, dass Bishop nur ein Freund der Familie war? Es kam ihm nicht so vor, als sei Katherine Mayhew eine Frau, die jemals lügen würde. Trotzdem war die Behauptung schlichtweg unglaubwürdig, dass ihre Eltern – die bestenfalls Händler oder Erzieher gewesen sein konnten – die Bekanntschaft eines Earl gepflegt hatten. Burke, als Marquis, unterhielt außerhalb seiner eigenen Kreise keinerlei Verbindungen.

Der Umstand, dass er auch innerhalb dieser Kreise nur wenige Bekanntschaften pflegte, kam ihm nicht in den Sinn.

Und dieser andere Geselle – Craven hatte sie ihn genannt, wenn er sich nicht verhört hatte. Ein Geschäftspartner ihres Vaters? Grotesk. Warum war sie so blass geworden, nur weil ein ehemaliger Geschäftspartner ihres Vaters sie begrüßte? Da war etwas anderes im Spiel, davon war er überzeugt. Und er würde der Sache auf den Grund gehen. Das wäre doch gelacht.

Inzwischen bildete er sich etwas darauf ein, dass er die Natur der Beziehung von Miss Mayhew und dem Earl of Palmer durchschaut hatte. Es war sicherlich zutreffend, dass Bishop ein Freund der Familie Mayhew war. Aber nur, weil er sich voller Berechnung dort eingeschlichen hatte; zweifellos motiviert vom Anblick der faszinierenden Lippen Miss Mayhews.

Burke selbst hatte bereits alles unternommen, sich von der Versuchung dieses Mundes abzulenken. Er war seinem Zuhause so oft wie möglich fern geblieben. Er hatte ganze Tage – teilweise sogar Nächte – in seinem Club verbracht, den er noch nie besonders geschätzt hatte. Vielmehr hatte er seit jeher eine ausgeprägte Ablehnung empfunden gegenüber der Sorte Club, die einen Mann wie ihn aufnahmen.

Aber wenigstens musste er so nicht zu Hause sein, wo die Wahrscheinlichkeit hoch war, Miss Mayhew zu begegnen. Miss Mayhew, die ihn auf eine Art anzog, die er nicht verstand – so wie Feuer von der Luft angezogen wird.

Das Einzige, was er nicht versucht hatte, war, dieses Feuer zu löschen.

Nicht, dass er dazu keine Gelegenheit hätte. Sara Woodhart hatte in ihren Anstrengungen, ihn zurückzugewinnen, keinen Deut nachgelassen. Außerdem gab es eine Reihe anderer Frauen – die Ehefrau eines Parlamentariers, eine Ballerina, eine Prinzessin von fragwürdiger Tugend, aber zweifellos aus nobler russischer Blutlinie – die er jederzeit haben könnte, ganz wie es ihm gefiel. Aber aus irgendeinem Grund hatte er einfach kein Interesse.

Dieses mangelnde Interesse an den fleischlichen Freuden des Lebens machte ihm am meisten Sorgen. Es war nämlich nicht so, dass er *keine* Frau wollte. Es war so, dass er nur *eine* Frau wollte.

Und die Frau, die er wollte, war die einzige, die er nicht haben konnte.

Burke war sich darüber im Klaren, dass es sogar für einen Mann wie ihn – mit derart ruiniertem Ruf und schlechtem Charakter – einfach nicht anging, die Anstandsdame seiner Tochter zu verderben. Wie verführerisch diese auch aussehen mochte in ihrem Nachthemd. Und das war der einzige Grund, da war er sich sicher, warum er sie unbedingt wollte. Sie war einfach so unglaublich attraktiv. Das war alles.

Es hatte nichts mit ihr zu tun, mit ihrer *Persönlichkeit.* Es war ihr Aussehen. Es lag sicher nicht daran, dass sie Güte besaß. Güte war keine Charaktereigenschaft mehr, auf die bei jungen Frauen Wert gelegt wurde. Nur schien das niemand der Anstandsdame seiner Tochter mitgeteilt zu haben, denn er hatte bei verschiedenen Gelegenheiten beobachtete, wie sie auf der Straße den Bettelkindern eine Münze zugesteckt oder ein nettes Wort gesagt hatte, oder wie sie zu seinem Entsetzen alten Leuten half, ihre Lasten zu tragen.

Es war auch nicht ihre Engelsgeduld mit allen Lebewesen, angefangen bei den Sledges – die nach Burkes Ansicht auf der Stelle nach Papua Neu-Guinea verfrachtet werden sollten und nie zurückkehren dürften – bis zu seinem eigenen Kind. Er selbst war oft versucht, Isabel mit der Pferdepeitsche zu bearbeiten, aber er hatte noch nie gehört, dass Miss Mayhew ein böses Wort zu ihr sagte.

Es hatte auch nichts mit ihren Manieren zu tun, die tadellos waren – sie war zu den anderen Dienstboten ebenso freundlich wie zu den Nachbarn, zu denen auch ein Herzog gehörte.

Es war auch nicht ihre faszinierende Offenheit. Und ganz gewiss lag es nicht daran, dass sie stets vernünftig und praktisch dachte, niemals kreischte und Wutanfälle bekam, wie jedes andere weibliche Wesen, das er in seinem Leben kennen gelernt hatte. Es war nicht ihr Lachen, das er manchmal, wenn er sie wieder zu meiden versuchte, aus Isabels Zimmer klingen hörte.

Es lag auch nicht daran, dass er, wenn er mit ihr redete, tatsächlich das Gefühl hatte, dass sie zuhörte. Und dass sie, wenn sie antwortete, dies mit der seltensten aller Eigenschaften tat – Ehrlichkeit.

Das konnte er nicht glauben. Nicht nach all diesen Jahren, in denen er von so vielen Frauen belogen worden war; angefangen bei der, die ihn am meisten verletzt hatte: seiner Frau.

Nein. Es war ihr Aussehen. Ganz einfach und simpel. Er hatte sich noch nie im Leben von einer Frau angezogen gefühlt, die so klein und so blond war und so ... nun ja, jungfräulich wirkte. Aber es war irgendetwas an ihr, weshalb er sie heftiger begehrte als jede andere Frau in seinem Leben.

Höchstwahrscheinlich lag es an ihrem Mund. Denn an den meisten Tagen konnte er einfach nicht aufhören, an diesen Mund zu denken. Auch die Tatsache, dass sie dazu neigte, mitten in der Nacht in durchscheinenden, spitzenbesetzten Negligees und transparenten Nachthemdchen durch sein Haus zu laufen, tat seiner Begierde keinen Abbruch. Wie er es geschafft hatte, sie nicht auf seinen Schreibtisch zu werfen und sich auf zehn verschiedene Arten an ihr zu vergehen, das verstand er selbst nicht. Er verfügte scheinbar, trotz allem, noch über ein Fünkchen Selbstkontrolle.

Aber es war nicht leicht gewesen. Es hatte ihm alles abverlangt, sie wieder abzusetzen, nachdem sie so wundersam in seinen Armen gelandet war. Als dieser Mund – der, seit er ihn das erste Mal gesehen hatte, nie ganz aus seinen Gedanken gewichen war – als dieser Mund plötzlich so nah an dem seinen gewesen war, hätte er fast dem Verlangen nachgegeben, das in den letzten Wochen fast zu einer Besessenheit geworden war, und hätte sie geküsst.

Sie hatte es auch gewollt, da war er sicher. Sie hatte ein Buch in der Hand gehalten, eine dicke, schwere Ausgabe von Scott, und ihre Finger hatten sich nicht fester darum geklammert. Sie war darauf vorbereitet gewesen, dass er sie küsste; sie hatte darauf gewartet.

Trotzdem hatte er es nicht getan. In letzter Sekunde hatte er sich aufgerichtet und sie losgelassen.

Warum?

Weil er verrückt war. Ganz einfach hoffnungslos, unheilbar verrückt.

»Und Sie müssen sich keine Sorgen machen, Mylord«, sagte die Baroness. »Es stimmt zwar, dass wir vor einiger Zeit ein paar finanzielle Probleme hatten – der Baron musste ja unbedingt in diese afrikanischen Diamantminen investieren vor ein paar Jahren und wir können uns ja alle noch an *die* Geschichte erinnern –, aber natürlich würde das Vermögen, dass Sie Ihrer Tochter zugedenken, auch ihres bleiben. Wir denken da recht modern. Sogar der Baron erwärmt sich langsam für den Gedanken, dass Frauen sehr gut in der Lage sind, ihre Finanzen selbst zu regeln ... mit der Hilfe eines Buchhalters, natürlich.«

Burke wandte ihr das Gesicht zu und sagte: »Baronin Childress.«

Sie lächelte ihn selbstsicher an. »Mylord?«

»Wenn ihr Sohn – Headley, sagten Sie, heißt er? Headley, also. Wenn Headley sich auch nur auf einen Meter meiner Tochter nähert, Baronin Childress, werde ich ihm höchstpersönlich die Leber herausreißen. Haben Sie mich verstanden?«

Die Baroness erbleichte unter ihrer Puderschicht. »Lord Wingate«, stammelte sie, aber er wartete nicht ab, was sie zu sagen hatte. Er ging um die Tanzfläche herum und bahnte sich mit den Ellbogen einen Weg durch die Menge. Er hatte natürlich bemerkt, dass Miss Mayhew nicht mehr allein dasaß. Ein junger Mann mit blonden Haaren hatte sich zu ihr gesellt. Zu seiner Enttäuschung sah Burke, dass es nicht der Earl of Palmer war; er hätte es genossen, mit dessen Gesicht das Parkett zu polieren. Nein, es war der andere, Craven, der sie so beunruhigt hatte.

Burke kannte den Kerl natürlich nicht, er hatte noch nie etwas von ihm gehört, was nichts heißen musste, da Burke ohnehin nicht viele Leute kannte. Er hatte sich außerdem angewöhnt, nicht auf Klatsch und Tratsch zu achten, seit er selbst Gegenstand dessen geworden war. Doch er wusste, dass es nicht halb so viel Spaß machen würde, Craven zu verschrecken wie Bishop. Trotzdem freute er sich darauf, den Kerl ein wenig einzuschüchtern, denn es sah aus, als ob er die Anstandsdame seiner Tochter reichlich nervös machte – soweit die Abwesenheit von Farbe in ihrem Gesicht ein verlässlicher Indikator dafür war.

»Oh ja«, sagte Miss Mayhew gerade in ihrer seltsam kehligen Stimme, die viel zu tief war für jemanden ihrer Größe, und die Burke schon des Öfteren eine Gänsehaut verursacht hatte. Die Stimme offenbarte nichts von dem Unbehagen, das ihre erbleichte Besitzerin anscheinend empfand. »Lady Babbie hat überlebt. Sie wurde in einem Schrank gefunden, hat man mir gesagt, an dem Tag, als das Feuer endgültig gelöscht war.«

Craven bemerkte ihn zuerst. Mit übertriebenem Enthusiasmus sagte er: »Na so was, hallöchen. Was für eine Überraschung. Sieh mal, Katie, dein Freund leistet uns Gesellschaft. Wieder einmal.«

›Katie‹ drehte sich erstaunlich flink in ihrem Stuhl um. »Oh«, sagte sie. Und plötzlich, während Burke dastand und zuschaute, kehrte die Farbe blitzschnell in ihr Gesicht zurück und ihre Wangen röteten sich. Burke sah erstaunt zu – der Anblick machte ihn sprachlos. So etwas hatte er noch nie gesehen.

Kate sprang schnell auf die Füße, stand da und drehte die Bänder ihrer Tasche um den Finger. »Oh«, sagte sie noch einmal. »Ich ... ich ...«

Burke ignorierte sie, soweit es ihm möglich war, Kate Mayhew zu ignorieren, und streckte seine Rechte an ihr vorbei dem breit grinsenden Craven entgegen. Mit kräftiger Stimme sagte er: »Wenn das jetzt zur Regel werden sollte, stelle ich mich wohl besser mal vor. Burke Traherne, Marquis of Wingate.«

Craven ergriff Burkes Hand; sein Händedruck war wesentlich schwächer als der des Marquis.

»Daniel Craven«, sagte er mit einem sympathischen Lächeln. »Esquire.« Als er die Hand zurückzog, zwinkerte er Kate zu – was Burke noch viel wütender machte, als die Tatsache, dass der unverschämte Kerl die Hand auf ihre Stuhllehne gelegt hatte. Daniel sagte: »Na, eine Stufe höher auf dem gesellschaftlichen Treppchen, Katie? Warum solltest du dich auch mit einem Earl zufrieden geben, wenn du dir einen Marquis angeln kannst?«

Alle Farbe, die Miss Mayhews Gesicht hatte erstrahlen lassen, verschwand wieder. Einen Moment lang schien sie zu schwanken, als ob seine Unverschämtheit sie körperlich erschüttert hätte. Aber noch bevor Burke ausholen konnte, um die Faust in die Visage dieses Kerls krachen zu lassen, sagte sie mit schwacher Stimme: »Lord Wingate ist mein Arbeitgeber, Daniel. Ich bin die Anstandsdame seiner Tochter, Lady Isabel.«

Craven, dessen Blick von Kates aschfahlem Gesicht zu Burkes geballter Faust wanderte, sagte: »Oh, ach so. Entschuldigung, ich wollte niemanden beleidigen, Mylord. Katie und ich sind alte Freunde. Ich wollte sie nur ein wenig necken.«

»Ich glaube nicht, dass Miss Mayhew Ihre Neckerei gefällt, Mr Craven«, sagte Burke hölzern. »Mir jedenfalls gefällt es ganz und gar nicht. Ich denke, es wäre angebracht, wenn Sie sich zukünftig jemand anderen zum Necken suchen.«

Craven war kein kleiner Mann. Er war genauso groß wie Burke und vielleicht ein paar Kilo leichter. Bei einem Kampf zwischen beiden wäre schwer vorauszusagen, wer siegreich daraus hervorginge. Außer man zog in Betracht, dass Burke noch nie einen Kampf verloren hatte; der bloße Gedanke, dass das passieren könnte, war grotesk. Er hoffte, dass Craven den ersten Schwinger machen würde, obwohl ein Faustkampf in Lady Tetmillers Ballsaal sicher nicht die beste Art war, einen Ehemann für Isabel zu finden. Andererseits konnte er so einiges von der Spannung abbauen, die sich in den letzten Wochen in ihm aufgestaut hatte ...

Craven jedoch rührte keinen Finger. Stattdessen blickte er ernst drein und sagte: »Oh, es tut mir *wirklich* leid. Ich wollte bestimmt nicht unverschämt sein, ich konnte doch nicht wissen, bitte entschuldigen Sie.« Und dann, genau zum richtigen Zeitpunkt, erspähte er offenbar einen Bekannten in der Menge. »Oh«, sagte er, »da ist Barnes. Bitte verzeihen Sie, wenn ich jetzt weiterziehe ...«

Und das tat er dann auch, sehr zu Burkes Enttäuschung.

Kate dagegen wirkte alles andere als enttäuscht. Sie sah eher erleichtert aus, ihn von hinten zu sehen. Und zwar so sehr, dass Burke nicht anders konnte, als in recht scharfem Tonfall zu fragen: »Miss Mayhew, in welcher Beziehung stehen Sie zu dieser Mann?«

Die Erleichterung in ihren Augen wurde durch einen angespannten Ausdruck ersetzt.

»Ich habe es doch erzählt«, sagte sie. »Er war ein Geschäfts...«

»...partner Ihres Vaters«, beendete Burke ihren Satz. »Ja, das haben Sie gesagt.« Da er erkannte, dass er keine weiteren Auskünfte zu diesem Thema erhalten würde, sagte er: »Nun, wenn er Sie wieder einmal belästigt, Miss Mayhew, lassen Sie es mich freundlicherweise wissen.«

Kates Augen waren riesengroß, als sie fragte: »Sie es wissen lassen? Aber was können Sie denn daran tun?«

Er lächelte über ihre Naivität. »Überlassen Sie das mir«, sagte er.

Doch sie war nicht so naiv, wie er gedacht hatte. »Sie können ihn nicht umbringen, Mylord«, sagte sie mit einer gewissen Schroffheit.

Er sah sie von der Seite an. »Kann ich nicht? Und warum nicht? Sie werden mir doch hoffentlich nicht sagen wollen, dass Sie in ihn verliebt sind und es nicht ertragen könnten, sein Blut zu sehen, wo es doch absolut offensichtlich ist, dass der Kerl Sie zu Tode ängstigt.«

»Tut er nicht«, sagte sie und schob störrisch das Kinn vor. »Und das ist auch nicht der Grund, warum Sie ihn nicht umbringen können.«

»Aha?« Er musste zur Kenntnis nehmen, dass sogar der Ausdruck von Widerspenstigkeit ihr gut zu Gesicht stand. Wahrhaftig, wenn man bedachte, wie viele junge Mädchen in Rosen und Spitzen gehüllt durch den Raum wirbelten – und dann waren da auch noch ihre älteren Schwestern und Mütter, mit Rubinen geschmückt und in Samt gehüllt –, dann schien es nicht sehr wahrscheinlich, dass die hübscheste von all diesen Frauen eine ehemalige Gouvernante war, derzeit eine Anstandsdame, in einem einfachen grauen Seidenkleid, ohne jede Spitze und ohne Schmuck.

Trotzdem war es die unbestreitbare Wahrheit. Nun ja, es mochte Männer geben, die dem widersprechen würden, aber Burke war jede andere Meinung als die seine egal. Und nach seiner Meinung war Kate Mayhew die hübscheste Frau, die er je gesehen hatte.

Und aus genau diesem Grund hätte er in jener Nacht, in der sie sich zum ersten Mal gesehen hatten und sie ihn mit dem Regenschirm bedrohte, ganz schnell ganz weit weglaufen sollen.

»Warum kann ich ihn also nicht umbringen?«, fragte er.

»Weil es ja doch nur einen weiteren Skandal geben würde«, sagte sie ungeduldig. »Und dann wäre Ihre Tochter wohl oder übel gezwungen, Geoffrey Saunders zu heiraten, weil er der einzige übrig gebliebene Kandidat wäre.«

Burke dachte darüber nach, während Kate sich neben ihm plötzlich intensiv mit dem Inhalt ihrer Handtasche beschäftigte. Sie begann energisch darin zu wühlen. Burke wurde bewusst, dass es ihre erste Begegnung seit dem Zwischenfall in der Bibliothek vor fast einer Woche war. Er vermutete, dass seine Gesellschaft sie aus diesem Grund verunsicherte. Was nur normal war, wenn man bedachte, dass sie sehr jung und sehr unerfahren war. Es lag wohl bei ihm, eine gewisse Normalität in ihr Verhältnis zu bringen, sie wissen zu lassen, dass – was ihn betraf – sich nichts zwischen ihnen geändert hatte.

Nun ja, nicht viel jedenfalls.

»Ich gehe davon aus«, sagte Burke und sah zu, wie Miss Mayhew eine kleine goldene Uhr aus der Tasche zog und das Zifferblatt viel genauer in Augenschein nahm, als in dem hellen Licht der Kerzenleuchter, die direkt über ihnen von der Decke hingen, nötig war, »... dass Isabel wieder ganz wohlauf ist. Sie ermüdet sich nicht zu stark beim Tanzen, oder?«

»Oh nein.« Miss Mayhew ließ die Uhr zurück in die Untiefen ihrer Handtasche fallen und antwortete – wieder, ohne ihn anzusehen: »Es geht ihr gut. Der Arzt hat sie heute Nachmittag für vollkommen kuriert erklärt. Ich fürchte, sie wird Mr Saunders jetzt wieder aus der Nähe anhimmeln statt aus der Entfernung.«

»Ich verstehe«, sagte Burke.

Er wünschte, sie würde ihm in die Augen sehen. Er konnte diese verfluchte Verlegenheit nicht mehr ertragen. Hätte er sich in jener Nacht doch bloß mit dem *Letzten Mohikaner* zufrieden gegeben. Wäre er bloß in seinem Zimmer geblieben. Dann hätte er nie Miss Mayhew in ihren Nachtgewändern getroffen, und er hätte nie erfahren, dass das Korsett, das sie gerade trug, bloß eine nutzlose Frivolität war. Ihre Taille war schlank genug, ohne eingeschnürt zu werden. Und diese Brüste, die jetzt unter der Seide verborgen waren, waren zwar klein, aber dennoch perfekt geformt. Er glaubte nicht, in seinem Leben schon das Privileg gehabt zu haben, schönere zu sehen. Und er hatte sie nicht nur recht gut sehen können – welche Anstandsdame lief eigentlich in praktisch durchsichtigen Nachtgewändern herum? –, er hatte sie auch durch den Stoff seines Morgenmantels gespürt. Die Nippel ihrer Brustwarzen, hart wie kleine Steine, hätten beinahe Löcher in die schwarzen Samtaufschläge seines Morgenmantels gebrannt. Seitdem hatte er ständig darüber sinniert, wie sie sich wohl in seiner Hand anfühlen würden.

Kate hatte einen losen Faden an einem ihrer Handschuhe entdeckt und benutzte diesen Umstand offensichtlich, um seinem Blick weiterhin auszuweichen zu können. War sie wütend auf ihn? Oder einfach nur peinlich berührt? War es möglich, dass er sich etwas vorgemacht hatte mit dem Glauben, sie wolle von ihm geküsst werden?

Aber sie war schließlich noch nie geküsst worden.

Dessen war sich Burke genauso sicher, wie er sich ihrer Jungfräulichkeit sicher war. Was ihm allerdings Rätsel aufgab, war die Frage, wie man eine Jungfrau am besten verführte. Er wollte ihr keine Angst machen. Es half ihm auch nicht, sich an seine Erfahrung mit Elisabeth zu erinnern, denn in der Hochzeitsnacht hatte sich herausgestellt, dass sie nicht so jungfräulich gewesen war, wie er geglaubt hatte. Obwohl sie bei der Zeremonie ein weißes Kleid getragen hatte.

Burke traf eine Entscheidung und sagte: »Miss Mayhew, ich möchte Ihnen nur sagen, wenn dieser Mann – oder irgendein anderer Mann – Ihr Wohlbefinden beeinträchtigt, wäre ich glücklich, dem ein Ende zu bereiten.«

Sie sah ihn an, als sei er geistig zurückgeblieben.

»Lord Wingate«, sagte sie. »Ich habe Ihnen doch gesagt, Mr Craven bedeutet mir nichts, er ist lediglich ein alter Familien–«

Burke knirschte mit den Zähnen. Er konnte nicht anders. »Das mag ja richtig sein«, sagte er. Er musste sich zu ihr herabbeugen und ihr ins Ohr sprechen – es war so laut im Raum, dass man kaum seine eigenen Gedanken hören konnte. So kam er nicht umhin zu bemerken, dass auch Miss Mayhews Ohr sehr hübsch war, sehr klein und sehr sauber, wie der Rest von ihr. »Aber ich glaube, seine Absichten Ihnen gegenüber sind nicht nur freundlich ...«

Bevor sie ihre aparten Lippen zu einer Antwort öffnen konnte, zupfte jemand an seinem Ärmel.

»Lord Wingate?«, fragte eine vertraute Stimme.

Er schüttelte den Kopf, unwillig, seine Unterhaltung mit Miss Mayhew zu unterbrechen, egal, wie sehr der Rest der Welt daran interessiert sein mochte. Aber die Frau an seinem Ellbogen war fest entschlossen.

»Mylord?« Weiteres Gezupfe. Dann ein weiches, einladendes »Burke?«, das er sie so oft hatte sagen hören, meist in einem Gewühl von Laken und Kissen.

Er fühlte das Blut in seinen Adern gefrieren. Was machte *sie* denn hier? Sicher war sie nicht eingeladen. Sie hatte nichts zu suchen auf einem Debütantinnenball. Andererseits, manche Gastgeberinnen waren so erpicht darauf, dass ihre Veranstaltungen zu einem Erfolg wurden, dass sie einfach jeden einluden.

Selbst Schauspielerinnen.

»Willst du mich deiner neuen kleinen Freundin nicht vorstellen, Burke?«, fragte Sara, wobei sie die Stimme zu einem tiefen, katzenartigen Schnurren senkte. Sie schob eine Hand in seine Armbeuge, sie fühlte sich an wie eine Schlange.

Burke sah auf sie herab. Wie immer war Sara ausgesprochen gut zurechtgemacht und exquisit gekleidet. Man konnte kaum glauben, was sie ihm Brief um Brief noch immer versicherte: dass unter diesem großzügigen Busen, von dem das meiste in ihrem Dekolleté zur Schau gestellt war, ein tragisch gebrochenes Herz schlug; gebrochen, weil er sie so grausam verlassen hatte.

Burke glaubte nichts davon. Auf ihre Frage antwortete er mit einem knappen »Nein« und schob ihre Hand von seinem Arm.

Sara blinzelte mit ihren schwarz umrandeten Augen, sie sah aus wie ein verwundeter Faun. Es war eine Mimik, die sie in stundenlanger Übung vor dem Spiegel perfektioniert hatte. Er wusste das, denn es hatte eine Zeit gegeben, als er ihr gern dabei zugesehen hatte.

»Lord Wingate«, sagte sie und ihre Stimme klang jetzt auf kindische Art verletzt. »Ist das eine Art, eine alte Freundin zu behandeln?«

Bevor Burke antworten konnte, sagte Miss Mayhew: »Nein, natürlich ist das keine Art, Mrs Woodhart. Aber sehen Sie, ich bin nicht Lord Wingates neue kleine Freundin. Ich bin Miss Mayhew, die Anstandsdame seiner Tochter.«

Zwar schwand der verletzte Ausdruck aus Mrs Woodharts schönem Gesicht, wurde aber sofort von einem neuen Ausdruck ersetzt – dem des Misstrauens.

»Oh«, sagte sie wissend. »Die *Anstandsdame.*«

»Vor einigen Monaten habe ich ein Plakat von Ihnen als Lady Macbeth gesehen«, fuhr Kate fort. »Deshalb habe ich Sie erkannt.«

»Tatsächlich«, sagte Sara mit weit hochgezogenen Brauen. Das war kein gutes Zeichen, wusste Burke. Es bedeutete, dass sie gleich etwas Unverschämtes sagen würde. Um Miss Mayhew die Beleidigung und sich selbst die Peinlichkeit zu ersparen, streckte er den Arm aus und drückte Mrs Woodharts molligen Oberarm.

»Mrs Woodhart«, sagte er mit einer gewissen Verzweiflung, »würden Sie mir das Vergnügen dieses Tanzes gewähren?«

»Aber sicher, Burke«, sagte sie.

Doch es gelang Burke nicht, sie schnell genug fortzuzerren. Als sie auf die Tanzfläche traten, sagte Sara in anzüglichem Ton: »Nun, ich verstehe jetzt, womit du in diesen letzten Wochen deine Zeit verbracht hast, Burke.«

Kate hatte das natürlich gehört. Alle hatten es gehört. Genau das hatte Sara gewollt. Sie betrachtete sich als die Verlassene, und Burke konnte sie noch so oft darauf hinweisen, dass sie diejenige war, die untreu geworden war. Er war immer stolz darauf gewesen, dass all seine vergangenen Beziehungen – mit der Ausnahme seiner Ehe – in friedlichem Einverständnis geendet hatten. Das Ende der Beziehung zu Sara Woodhart jedoch schien dazu verdammt, weniger glimpflich zu laufen.

Wie Recht er mit dieser Vermutung hatte, hatte er allerdings nicht voraussehen können. Nicht bis zu dem Moment, als ihre ausgestreckte Hand auf seine Wange klatschte. Er hatte ihr während des Walzers mitgeteilt, dass es für sie keinen Platz mehr gab in seinem Leben, und wenn sie ihn jemals wieder anspräche auf einer gesellschaftlichen Veranstaltung, die er zusammen mit seiner Tochter besuchte, würde er sich persönlich darum kümmern, dass der Theaterproduktion, an der sie mitwirkte – welche auch immer das sein mochte –, alle finanziellen Mittel entzogen würden.

Die meisten Gäste, höchstwahrscheinlich auch die Gastgeberin, sahen die Ohrfeige – oder hörten sie zumindest – und jeder sah, wie Sara aus dem Ballsaal stürmte, wobei der Rock ihres Kleides wütend im Rhythmus ihrer Schritte hin- und herwogte.

Natürlich auch Kate Mayhew.

17. Kapitel

»Geoffrey«, sagte Isabel verträumt aus ihrem Winkel in der Kutsche, in den sie sich gekuschelt hatte, »Geoffrey sagt, er muss mich was fragen, Miss Mayhew.«

Kate, die in ihrer eigenen Ecke saß, antwortete nicht. Ihr Kopf war zu angefüllt, um Isabels Geplapper zuzuhören.

»Haben Sie mich gehört, Miss Mayhew?« Isabel lehnte sich ein Stück vor. »Ich habe gesagt, dass Geoffrey gesagt hat, er muss mich etwas fragen.«

»Mr Saunders«, korrigierte Kate sie automatisch. »Junge Männer bei ihren Vornamen zu nennen, ist vulgär, außer es handelt sich um Verwandte.«

»Schön, dann eben Mr Saunders. *Mr Saunders* sagte, er muss mich etwas fragen, Miss Mayhew.«

»Tja«, sagte Kate. Ihr Kopf war wirklich voll, man könnte sagen, sie war aufgewühlt ... vielleicht sogar sehr bekümmert. Aber es ging nicht an, dass ihr Schützling das zu spüren bekam. Also fragte sie: »Warum hat Mr Saunders seine Frage dann nicht gleich heute Abend gestellt, wenn sie so wichtig war? Es ist ja nicht so, als sei keine Gelegenheit dazu gewesen. Wie viele Tänze habt ihr beide getanzt?«

»Vier«, sagte Isabel verträumt.

»Tja«, sagte Kate wieder. »Dann hatte er genügend Gelegenheit. Manchmal komme ich nicht umhin zu denken, dass der junge Mr Saunders nicht gerade der Hellste ist.«

Isabel schien diese harte Beurteilung ihres Lieblings nicht weiter zu erschüttern. »Ich denke«, sagte sie, »er hat mich nicht heute Abend auf dem Ball gefragt, weil er eine etwas romantischere Atmosphäre haben wollte. Lady Tetmiller hat in der Beziehung nicht viel zu bieten gehabt, meinen Sie nicht auch, Miss Mayhew?«

Kate antwortete nicht sofort. Ob die Atmosphäre bei Lady Tetmiller nun romantisch gewesen war oder nicht, beschäftigte sie eher weniger. Vielmehr war es das, was passiert war, kurz bevor sie den Ball verlassen hatten, was ihr nicht aus dem Kopf ging. Daniel Craven, der sie nach der Warnung von Lord Wingate den ganzen Abend in Ruhe gelassen hatte, hatte sich herangeschlichen, ihre Hand genommen, sie hinter eine Säule gezogen und besorgt gefragt: »Katie? Ist alles in Ordnung? Ich habe bei Lord Wingate das Gefühl, dass vielleicht ...«

Diesmal war sie besser darauf vorbereitet gewesen als eine Stunde zuvor, als er aus dem Nichts aufgetaucht war und angefangen hatte, im Plauderton über ihre gemeinsamen Bekannten zu sprechen. Diesmal war sie noch nicht einmal blass geworden, sondern hatte mit ruhiger Stimme gesprochen, während sie gemächlich ihren Schal richtete, den sie bereits aus der Garderobe geholt hatte. »Alles ist in Ordnung, Mr Craven. Ich würde mir nur wünschen ...«

»Mr Craven?« Er blickte geknickt drein und nahm ihre Hand, um sie zu pressen. »Ich kann mich an eine Zeit erinnern, als du Daniel zu mir gesagt hast.«

Sie sah auf ihrer beide Hände hinab und sagte:

»Ich erinnere mich auch an diese Zeit, Mr Craven. Aber das ist lange her. Vor dem Feuer, erinnern Sie sich ...«

»Zur Hölle mit dem Feuer«, platzte es aus ihm heraus. »Kann das verdammte Feuer alles so verändert haben, dass du keine Zeit mehr für deine alten Freunde hast?«

Sie blinzelte ihn erstaunt an. »Aber natürlich kann es das, Mr Craven«, sagte sie. »Das Feuer hat alles verändert. Sie sollten das wissen. Sie waren ja da.«

Darauf hatte Daniel ihre Hand fallen lassen, als sei sie soeben in Flammen aufgegangen, genau wie ihre Vergangenheit.

»Was meinst du damit?«, fragte er viel zu hastig, seine blassblauen Augen auf ihr Gesicht geheftet. »Was meinst du damit? Ich war nicht da, Kate. Ich war überhaupt nicht in der Nähe ...«

Den Rest hatte Kate nicht mehr gehört, weil Isabel völlig aufgebracht nach ihr gerufen hatte, weil einer ihrer Handschuhe angeblich verlegt worden war. Aber jetzt, auf dem schaukeligen Heimweg in der Kutsche, konnte Kate sich nur über sich selbst wundern. Warum um alles in der Welt hatte sie gesagt, dass er in der Nacht des Feuers da gewesen war? Was hatte sie sich dabei bloß gedacht? Er war nicht da gewesen. War er *nicht*.

»Nun«, sagte Isabel und brachte sie wieder in die Gegenwart zurück. »Miss Mayhew? Stimmen Sie mir nicht zu? Dass die Atmosphäre bei Lady Tetmiller nicht romantisch genug war?«

Kate riss sich zusammen und sagte mit einem Lachen: »Romantisch? Ich bin wohl kaum qualifiziert, diese Frage zu beantworten, schließlich bin ich nach

Ihren eigenen Worten viel zu alt, um hoffen zu dürfen, dass mich noch ein Mann will.«

»Ach was«, sagte Isabel und winkte lässig ab. »Ich weiß von mindestens einem Mann, der sie um jeden Preis will, Miss Mayhew. Aber wir reden gerade von mir. Ich denke, Geoffrey wird mich fragen, ob ich ihn heiraten möchte.«

»Und von was«, wollte Kate wissen, »glaubt er, dass ihr zwei leben werdet? Mondlicht und Morgentau? Mr Saunders hat mehr Schulden als Einkommen, wie Sie wissen.«

»Ich muss nur Papa dazu überreden, seine Schulden zu bezahlen«, sagte Isabel achselzuckend. »Und dann machen wir beide einen neuen Anfang.«

»Ihr Vater wäre eher damit einverstanden, dass Sie einen Papua-Neuguineer heiraten als Geoffrey Saunders«, sagte Kate.

Wieder nur ein lässiges Abwinken. »Ich werde schon mit Papa fertig. Ich denke, nach dieser peinlichen Szene heute Abend macht er alles, was ich will.«

Kate starrte aus dem Kutschenfenster. »Ich weiß nicht, was Sie meinen«, log sie.

»Oh Miss Mayhew, tun Sie nicht so, als hätten Sie es nicht mitbekommen. Mrs Woodhart hat ihn so fest geohrfeigt, dass man es wohl noch in Newcastle hören konnte. Ich habe mich noch nie zuvor so geschämt wie heute Abend. Wirklich, das ist mein Ernst. Alle meine Freundinnen denken, dass er etwas Ungehöriges und Laszives zu ihr gesagt hat.«

Kate blickte ihren Schützling verwundert an. »Lasziv?«

»Ja. Ist das nicht ein tolles Wort? Ich habe es aus einem Ihrer Bücher, ich habe vergessen, welches.«

Kate wandte das Gesicht wieder zum Fenster. »Ich bin sicher«, sagte sie nach einer Pause, »dass sie nur gestritten haben. Mrs Woodhart neigt als Schauspielerin offensichtlich zu dramatischen Gesten, wie heute Abend. Ich bin sicher, dass nichts Laszives im Spiel war.«

»Sie haben nicht gestritten«, sagte Isabel wissend. »Papa hat vor Monaten schon mit ihr Schluss gemacht. Er hat keine Mätresse mehr gehabt, seit Sie bei uns wohnen, Miss Mayhew.«

Kate tat so, als bewundere sie einen vorbeifahrenden Landauer. »Wie Sie immer so gut informiert sind«, murmelte sie, »das werde ich nie verstehen.«

»Och, das ist nichts Besonderes. Duncan hat's mir erzählt.«

Kate schüttelte den Kopf. »Sie sollten nicht auf den Dienstbotenklatsch hören, Lady Isabel. Sie wissen es doch besser.«

»Ach, pah. Es ist für jeden im Haus offensichtlich – vermutlich sogar für ganz London –, dass er in Sie verliebt ist, Miss Mayhew.«

Jetzt musste Kate den Blick doch von ihrem Fenster abwenden und ihren Schützling völlig geschockt anstarren. Ihre Wangen wurden feuerrot. »Lady Isabel!«, rief sie mit gebrochener Stimme.

»Nun, es stimmt.« Isabel schaute drein wie Lady Babbie, wenn sie eine besonders fette Maus erbeutet hatte, sich Kate gegenüber postierte und lautstark schnurrte. »Sicher haben Sie bemerkt, wie er Sie meidet, wenn wir zu Haus sind. Andererseits taucht er überall auf, wo wir hingehen, so sicher wie das Amen in der Kirche. Er kann nicht anders. Wahrscheinlich wacht er jeden Morgen auf und sagt zu sich selbst«, sie imitierte die tiefe Stimme ihres Vaters, indem sie die ihre um einige Oktaven fallen ließ: ›Ich werde dafür sorgen, Miss Mayhew heute aus dem Weg zu gehen.‹ Aber dann, spätestens abends, sind seine Reserven aufgebraucht, denn Sie sind einfach unwiderstehlich, Miss Mayhew. Wie Schokolade.«

Mit aller Festigkeit, die sie aufbringen konnte, sagte Kate, »Lady Isabel, Sie müssen mit dieser Hänselei aufhören. Es ist respektlos Ihrem Vater gegenüber und es ist auch mir gegenüber nicht nett.«

Isabel ignorierte sie. »Sogar Mrs Cleary hat vor ein paar Tagen etwas dazu gesagt. Sie sagte: ›Es ist untypisch für Seine Lordschaft, das Abendbrot zu verpassen. Aber ich glaube, das tut er schon seit drei Monaten.‹ Und genauso lange sind *Sie* hier, Miss Mayhew. Er weicht Ihnen aus, wahrscheinlich weil er sich schon bei Ihrem Anblick vor rasender Lust verzehrt.«

Kate wurde langsam klar, dass Isabel umso mehr darauf herumreiten würde, je länger sie gegen dieses Thema protestierte, also sagte sie nur: »Wo haben Sie denn *diesen* Ausdruck her? Der ist bestimmt nicht aus einem *meiner* Bücher.«

»Drei Monate ist bis jetzt die längste Zeit, die Papa ohne Mätresse ausgehalten hat«, fuhr Isabel unbeirrt fort. »Einmal waren es sechs Wochen, aber das war wegen einem Reitunfall. Kaum war er wieder fit, zack, hatte er die nächste. Er muss wirklich sehr in Sie verliebt sein, Miss Mayhew, sonst hätte er längst eine Nachfolgerin für Mrs Woodhart.«

Mit unsicherer Stimme sagte Kate: »Oh, wir sind schon auf der Park Lane.« *Gott sei Dank.*

»Vielleicht«, meinte Isabel nachdenklich, »könnten wir eine Doppelhochzeit haben. Sie und Papa, Geoffrey und ich. Wäre das nicht hinreißend, Miss Mayhew? Wir würden so schöne Hochzeitspaare abgeben. Sie und Papa sehen sehr gut zusammen aus, Sie haben so kleine, lächelnde Lippen und Papa hat große, grimmige.«

Kate konnte das Thema nicht länger ignorieren. »Lady Isabel«, platzte es aus ihr heraus. »Ich hoffe, Sie meinen das nicht ernst. Sie können es doch nicht ernsthaft für möglich halten, dass jemand in der Position Ihres Vaters jemanden wie mich heiratet.«

Isabel jedoch sah vollkommen ernst aus. »Warum denn nicht, Miss Mayhew? Sie sind schließlich keine Schauspielerin, oder«, sie schüttelte sich, »eine Ballerina.«

»Ein Marquise«, sagte Kate so scharf, dass sie hoffen konnte, damit das Gespräch zu beenden, *»heiratet nicht die Anstandsdame seiner Tochter.«*

Isabel hob die Nase in die Luft. »Durchaus«, sagte sie, »wenn der in Frage stehende Marquis mein Vater ist und die entsprechende Anstandsdame Sie sind, Miss Mayhew.«

Die Kutsche kam zum Halt. Kate überschlug sich fast, um so schnell wie möglich daraus zu entfliehen – und Isabels herzlosem Gerede zu entkommen.

Sie konnte kaum dem Blick des Lakaien standhalten, als er ihr aus dem Gefährt half. *Oh Gott,* dachte sie. *Denkt Bates auch, dass Lord Wingate in mich verliebt ist?* Und im Foyer, als Mr Vincennes fragte, ob Lady Isabel noch etwas benötige, bevor sie sich für die Nacht zurückzog, konnte sie nicht umhin, zu denken: *Sicher weiß es Vincennes besser, als so etwas zu glauben!* Und als sie sicher in ihrem Zimmer war, sich aus dem Kleid schälte und das Kichern von Isabels Zofe von nebenan hörte, dachte sie: *Oh nein. Nicht auch noch Brigitte.*

Sie kroch nackt in ihr Bett. Sie hatte es aufgegeben, Nachthemden zu tragen. Seit sie Lord Wingate in seinem Badezimmer gesehen hatte, war ihr Nachtgewand beim Aufwachen jedes Mal hochgerutscht und um ihre Hüften gedreht. Sie machte es sich einfacher, wenn sie gar nichts anhatte. Zum tausendsten Mal fragte sie sich, warum sie nicht einfach aufgab und Freddy heiratete. Alles würde so viel einfacher werden. Sie liebte ihn nicht, aber sie begann ohnehin zu glauben, dass die Liebe keine angenehme Sache war. Zwar hatte Freddy sein Angebot in letzter Zeit nicht mehr erneuert – die Erwähnung der Wiener Sopranistin hatte ihrer Beziehung einen schweren Schlag versetzt –, aber Kate war sich sicher, dass Freddy nicht nein sagen würde, wenn sie den Vorschlag machte.

Das Problem bei der Sache war, neben Freddys Mutter, dass sie durch eine Ehe mit Freddy zwar räumlich von Lord Wingate entfernt sein würde, aber dennoch nicht garantiert war, dass er aus ihrem Kopf verschwinden würde, wo er sich seit der schicksalhaften Nacht in der Bibliothek vor einer Woche beständig aufhielt. Und es wäre nicht fair, Freddy zu heiraten, wenn sie einen anderen liebte ... wenn Liebe überhaupt das richtige Wort war für das, was sie für Lord Wingate empfand. Isabels Phrase von der »rasenden Lust« war sehr viel passender.

Der Schlaf, von dem sie in den letzten Tagen wenig

gehabt hatte, kam schnell in dieser Nacht. Wie üblich träumte sie von ihrem Arbeitgeber – dieses Mal standen sie beide auf der Leiter in der Bibliothek, nackt, natürlich, als sie plötzlich von einem Geräusch aufwachte, das sie wiedererkannte. Sofort saß sie kerzengrade im Bett und schaute ungläubig zum Fenster hinüber.

Da war es wieder. Das Rasseln von Kieselsteinen gegen das Glas. Dieser Idiotenjunge machte denselben Blödsinn noch einmal. All ihren Drohungen zum Trotz tat er es tatsächlich wieder; zweifellos war er gekommen, um Isabel die vermaledeite Frage zu stellen, von der sie geplappert hatte.

Nun, dieses Mal würde er es bereuen. Sie würde Lord Wingate holen. Das wäre ja wohl gelacht.

Sie warf die Laken zurück und schlüpfte hastig in Nachthemd und Negligee. Doch kaum war sie im Flur, wurde ihr klar, dass sie unmöglich Lord Wingate wecken konnte. Es würde bedeuten, dass es ein Duell geben würde. Ein Mann vom Temperament des Marquis würde sich nicht mit einer verbalen Zurechtweisung zufrieden geben. Ein Duell würde sich herumsprechen, die unvermeidlichen Gerüchte würden sich wie Lauffeuer verbreiten, und schließlich würde es heißen, der Marquis habe Mr Saunders im Zimmer seiner Tochter erwischt und aus dem Fenster geworfen ...

Nein. Sie würde den Marquis nicht wecken. Sie würde allein mit der Situation fertig werden. Geoffrey Saunders würde einen zweiten Denkzettel bekommen und feststellen, wie wütend sie werden konnte, wenn man sie genügend reizte.

Doch als sie die Terrassentüren aufwarf, die in den

Garten führten, merkte sie, dass sie falsch gelegen hatte. Nicht darüber, wie wütend sie gegebenenfalls werden konnte, sondern bezüglich der Identität des Mannes im Garten.

Es war nicht Geoffrey Saunders, sondern Daniel Craven.

»Oh, da bist du ja«, sagte er und senkte die Hand, mit der er gerade weitere Kiesel gegen ihr Fenster schleudern wollte. »Gott sei Dank. Ich hatte Sorge, das falsche Fenster gewählt zu haben.«

Vollkommen sprachlos, konnte Kate ihn nur anstarren. In einer entlegenen Region ihres Hirns entschied sie, dass er betrunken sein musste. Eine andere Erklärung gab es nicht.

»Ich hoffe, du bist nicht wütend, Kate«, sagte er, ließ die Steinchen fallen und wischte sich die Hand am Hosenbein ab. »Ich habe diesen Jungen, in den Lady Isabel so vernarrt ist, gefragt, wie man sich hier am besten einschleichen kann, um dich zu sehen. Ohne diesem Ungeheuer von Arbeitgeber, den du da hast, über den Weg zu laufen. Dies war seine Empfehlung. Du bist doch nicht wütend, Kate, oder?«

Kate schüttelte den Kopf – nicht als Antwort auf seine Frage, sondern vor lauter Ungläubigkeit. »Was *tust* du hier?«, flüsterte sie heiser.

»Ist das nicht offensichtlich, Kate?« Er lächelte sie an – sie konnte es deutlich im Mondlicht erkennen. Sie wusste, dass hinter dem Lächeln die Absicht stand, sie in Sicherheit zu wiegen, doch stattdessen lief ihr ein Schauer des Grauens über den Rücken. »Ich musste kommen. Nach dem, was du heute Abend gesagt hast ...«

Sie blinzelte. »Was ich gesagt habe? Was um alles in der Welt kann ich gesagt haben, das dich dazu bringen könnte, so etwas ... so etwas Dämliches zu tun?«

»Dämlich?« Das schien ihm nicht zu gefallen. Das Lächeln schwand, wofür Kate eher dankbar war.

»Was ist daran dämlich, wenn ich dich sehen will, Kate?«

»Du kannst mich morgens früh sehen«, sagte Kate. »Wie jeder normale Mensch, indem du an der Haustür schellst. Aber das ... das ist idiotisch, Daniel. Zufällig bin ich auf diesen Arbeitsplatz angewiesen. Gerade du solltest wissen, wie sehr. Willst du, dass ich entlassen werde?«

Die Antwort schien ihn zu beruhigen. »Natürlich nicht«, sagte er. »Wie kannst du so etwas auch nur denken? Aber du hast ihn ja gehört – deinen Lord Wingate, meine ich – heute Abend. Er scheint mich nicht besonders zu mögen. Ich war mir nicht sicher, ob er mir erlauben würde, dich auf normale Art und Weise zu treffen. Was hast du dir bloß dabei gedacht, bei so einem Mann eine Arbeit anzunehmen?«

Kate sagte trotzig: »Er ist ein sehr gutherziger Mensch, und ich wäre dir dankbar, wenn du deine Meinung diesbezüglich für dich behältst. Außerdem ist es nicht so, dass ich eine Wahl gehabt hätte. Einige von uns müssen eben arbeiten, um zu leben. Wir haben nicht alle Diamantminen.«

Er verzog das Gesicht, als habe er eine Ohrfeige bekommen. »Kate«, sagte er mit einer Stimme, die wohl sanft klingen sollte. Sie unterbrach ihn schnell.

»Ich meine es ernst, Daniel«, sagte sie. »Ich denke, es ist das Beste, du gehst jetzt.«

Er sah noch verletzter aus. »Kate«, sagte er und

breitete die Arme aus. »Wie kannst du das sagen? Wir haben so viel nachzuholen, du und ich. Ich bin noch nicht einmal dazu gekommen zu sagen, wie Leid mir alles tut, was geschehen ist – du weißt, zwischen deinem Vater und mir. Es stimmt nicht, Kate, was er allen über mich erzählt hat. Es ist nur natürlich, dass du ihm eher glaubst als mir, aber Kate, ich schwöre, ich habe niemandes Geld genommen. Ich kann verstehen, dass er einen Sündenbock gesucht hat, aber ...«

Kate sah ihn kalt an. »Willst du andeuten, mein Vater hat das Geld genommen?«

»Um Gottes willen, Kate, nein. Ich weiß nicht, was damit passiert ist, ich schwöre, ich habe keine Ahnung. Ich schätze, es war feige von mir, einfach abzuhauen, aber ich ... nun, es schien mir damals das Beste zu sein. Ich habe es bereut, du weißt ja nicht wie sehr. Genau wie ich bereut habe, nicht für dich da gewesen zu sein, du weißt, nach dem Feuer. Diesem schrecklichen Feuer. Dein Vater war ein guter Mann, Kate. Ein sehr guter Mann, trotz allem ... Was auch immer die Leute denken. Du und ich, Kate, wir kennen die Wahrheit.«

Kate hatte bemerkt, dass er während des Sprechens langsam und vorsichtig immer näher gekommen war. Sie hingegen war langsam zurückgewichen, bis sie mit dem Rücken an der Flügeltür stand und nicht weiter zurück konnte.

»Ich denke«, sagte sie vorsichtig, »dass du jetzt besser gehst, Daniel.«

»Ich habe mich so schrecklich gefühlt«, sagte Daniel und ignorierte ihr Anliegen. »Ich hatte ja keine Ahnung, dass die Dinge deinem armen Vater so nahe gegangen waren. Ich meine, er hat nie den Eindruck gemacht, er könne sich umbringen, geschweige denn, deine arme Mutter gleich mitzunehmen ...«

Kate lag es auf der Zunge, ihm ihren Verdacht entgegenzuschreien – den Verdacht, den sie seit jener grausamen Nacht hegte. Sie holte tief Luft und nahm ihren Mut zusammen, obwohl ihr Verstand und jede rationale Faser ihres Wesens ihr sagten, dass sie Unrecht hatte, Unrecht haben musste. Doch dann sah sie, wie Daniel erbleichte.

Eine Sekunde später war er schon herumgewirbelt und Richtung Mauer losgerannt. Sie konnte sich nicht erklären, wieso er so plötzlich aufgegeben hatte und wieso er so verängstigt aussah – bis sie plötzlich spürte, wie sich der Griff der Tür in ihrem Rücken bewegte und dann die tiefe Stimme ihres Arbeitgebers ertönte, die eindeutig äußerst verärgert klang.

»*Miss Mayhew!* Ich muss ein Wort mit Ihnen reden.«

18. Kapitel

»Mylord«, japste Kate erschrocken, während sie herumwirbelte. »Ich kann das erklären ...« Aber dazu kam sie nicht. Ihre Stimme verlor sich, als sie sein Gesicht sah. Trotz der Anziehung, die er auf sie ausübte, hatte sie ihn nie als ausgesprochen gut aussehenden Mann beurteilt, dabei hatte sie ihn nie so gesehen, wie er jetzt aussah. Während Wut manchen Menschen angeblich gut zu Gesicht stand, traf dies sicherlich nicht auf den Marquis of Wingate zu. Das Gesicht zur Maske verzerrt, die Lippen zu einem Zähnefletschen hochgezogen, die Nüstern geweitet, und die Augen – diese jadegrünen Augen, die nach Posies Beschreibung glühten wie die einer Katze – schienen wahrhaftig in der dunklen Bibliothek zu leuchten, obwohl er keine Kerze in der Hand hielt.

Kate gab ein Geräusch von sich, es war kein Wort, eher ein Schlucken. Bevor sie einen klaren Gedanken fassen konnte, kam etwas aus der Dunkelheit geschossen, die den Marquis umgab, und schloss sich um ihr Handgelenk. Zu spät erkannte sie, dass dieses Etwas die Hand des Marquis war und sie aller Vernunft nach besser daran täte, Daniel Cravens Beispiel zu folgen und um ihr Leben zu rennen.

Aber sie war völlig von der Tatsache in Anspruch genommen, dass Lord Wingate, obwohl noch in Abendgarderobe, die Krawatte gelockert und die

Mehrzahl der Hemdknöpfe geöffnet hatte, so dass seine breite, dicht behaarte Brust entblößt war.

Kate stand da wie vom Donner gerührt und fragte sich, wie es sich wohl anfühlen mochte, mit den Fingern über diese muskulöse Fläche zu streichen, als sie plötzlich näher daran war, als sie es gewagt hätte. Der Marquis riss sie fast von den Füßen und zerrte sie mit sich in die Dunkelheit.

Kate, der es selten die Sprache verschlug, war vollkommen unfähig, einen Ton herauszubringen. Es lag sicherlich daran, dass der Marquis, nachdem er sie in die Bibliothek gezerrt hatte, die Tür zum Garten zutrat, sie bei den Schultern fasste und an sich zog. Die Rage in seinen Augen war der Situation ein wenig unangemessen, wie sie fand.

»War das etwa Ihre Katze, die ich da draußen gesehen habe, Miss Mayhew?«, verlangte er zu wissen. »Es tut mir Leid, aber mit dieser Ausrede kommen Sie heute nicht davon. Ich habe ihn deutlich gesehen, also beleidigen Sie nicht meine Intelligenz mit dem Versuch zu lügen.«

Sie starrte zu ihm empor. Dass er getrunken hatte, war offensichtlich; sie roch Whisky in seinem Atem. Ob er betrunken war oder nicht, war eine andere Frage. Er machte keinen betrunkenen Eindruck. Weder nuschelte er, noch schien er unsicher auf den Beinen zu sein. Aber warum benahm er sich dann wie ein eifersüchtiger Ehemann?

»Sie hätten mich wissen lassen sollen, dass Sie sich nach männlicher Gesellschaft sehnen, Miss Mayhew«, knurrte er. »Ich besitze zwar nicht Lord Palmers umwerfendes Aussehen, aber es wäre entschieden bequemer, schließlich müssten Sie nicht nach

Mitternacht in den Garten schleichen, um mich zu treffen. Mein Zimmer liegt nur wenige Meter von Ihrem entfernt, wissen Sie.«

Langsam dämmerte es ihr. Lord Wingate dachte, es sei Freddy gewesen, gerade eben im Garten, nicht Daniel Craven. Er hatte Kate mit einem blonden Mann sprechen sehen und gedacht ...

Oh je.

Sie konnte gerade noch denken: *Aber er ist so aufgebracht, würde er mir glauben, wenn ich ihm die Wahrheit erzähle?,* bevor Lord Wingate sie mit einem Geräusch, das wie ein Stöhnen klang, an sich zog und seine Lippen auf ihre presste.

Kate hatte sehr viel mehr Stunden, als sie sich eingestehen würde, damit verbracht, sich diesen Augenblick vorzustellen. Aber keiner ihrer Träume hatte sie auf den echten Moment vorbereiten können. In ihren Träumen hatte der Marquis zum Beispiel keine harten Stoppeln gehabt, die ihre zarte Haut piksten. Und in ihren Träumen waren seine Lippen nicht so hart, so verlangend gewesen. Als sie auf diesen Druck reagierte und ihre Lippen öffnete, damit er tun könne, was auch immer er so unbedingt zu tun verlangte, kam – in ihren Träumen – seine Zunge nicht in ihren Mund geschossen.

Und ganz bestimmt hatte er sie in ihren Träumen nicht so fest an sich gepresst, dass er sie fast an seiner unnachgiebigen Brust zerdrückte. Seine Hände waren nicht an ihren Seiten auf- und abgestrichen, hatten sie nicht durch die Seide ihres Negligees gestreichelt. Und niemals, nicht einmal, hatte sich eine dieser Hände über einer ihrer Brüste geschlossen.

So war das nun mal mit Träumen. Manchmal war die Realität ihnen entschieden vorzuziehen.

Als Kate die Finger des Marquis auf ihrer Brust spürte, öffnete sie sofort die Augen, die sie beim Küssen geschlossen hatte. *Was,* fragte sie sich, *macht er da nur?*

Die Antwort war natürlich offensichtlich, selbst für eine wirklich beschränkte Person. Er wollte Sex mit ihr, harten, wilden Sex.

Und es gefiel ihr. Es gefiel ihr sogar sehr.

Kate war schon geküsst worden. Nicht so wie jetzt, natürlich. Aber natürlich war nichts, was sie je erfahren hatte, so wie das hier. Und noch nie hatte sie einem Mann erlaubt, sie so zu berühren, wie der Marquis sie berührte ... nie hatte sie gewollt, dass ein Mann sie so berührte. Es war absolut schamlos, wie sehr sie wollte, dass er sie berührte. Denn kaum hatten sich seine Finger um ihre Brust gelegt, stellte sie sich auf die Zehen, warf ihre Arme, so weit es ging, um seinen Hals und presste ihre Brustwarze so noch fester in seine Hand. Und kaum hatte seine Zunge den Weg in ihren Mund gefunden, als sie ihre eigene darum kreiste. Was für eine Frau erlaubte einem Mann, so etwas mit ihr zu machen? Welche Frau *wollte* so etwas?

Kate Mayhew, offensichtlich.

Na dann, dachte Kate. Und dann konnte sie überhaupt nichts mehr denken, denn die Hand auf ihrer Brust bewegte sich und plötzlich lag Kates Negligee wie ein kleines Pfützchen auf dem Boden. Und dann waren beide Hände des Marquis auf ihren Brüsten. Weil er sie gleichzeitig so tief und verlangend küsste – seine Zunge erkundete jeden Winkel ihres Mundes –, konnte sie plötzlich kaum noch atmen, geschweige denn stehen, dabei war er so groß, dass sie sich auf die Zehenspitzen stellen musste, um ihn zu küssen ...

Aber das stellte sich nicht weiter als Problem dar, als Lord Wingate ihre Anstrengung bemerkte, sich herabbeugte und die Hände, die gerade noch auf ihren Brüsten gewesen waren, um ihre Pobacken legte. Er hob sie empor und drückte sie an sich, und Kate, die diese Szene schon so oft geträumt hatte, schlang die Beine wie selbstverständlich um ihn.

Bloß war sie immer aufgewacht, bevor sie dieses extrem harte Etwas gespürt hatte, das sich gegen seine Hose drückte. Jetzt schien es ihr vollkommen natürlich, sich dagegen zu pressen, und sie tat das mit großem Enthusiasmus. Das entlockte ihm noch so ein Geräusch, eine Mischung aus Wimmern und Stöhnen, was sie ermutigte, die Bewegung zu wiederholen.

Sie konnte nicht sehen, wohin er sie trug, denn ihr ganzes Gesichtsfeld war mit ihm ausgefüllt. Aber als sie etwas Glattes, Hartes unter sich fühlte, war ihr klar, dass er sie auf die Ecke seines Schreibtischs gesetzt hatte. Nicht der Ort, an dem sie sich in ihren Träumen geliebt hatten, aber sie fand ihre Träume, verglichen mit der Wirklichkeit, mittlerweile ohnehin recht fade.

Besonders als der Marquis, sie immer noch küssend – er schien sich keine Sekunde von ihrem Mund trennen zu wollen –, die Hand ausstreckte und ihr das Nachthemd über den Kopf zog.

Dann unterbrach er, sehr zu ihrer Enttäuschung, den Kuss doch. Das Geräusch, als ihre Münder sich in dem dunklen Raum trennten, war laut. Das

Mondlicht war hell genug, dass sie ihn sehen konnte, wie er dastand und sie ansah, das Nachthemd in der herabhängenden Hand. Sie sollte sich bedecken, dachte sie – schließlich war sie völlig nackt –, aber dann fiel ihr ein, dass sie ihn schließlich auch schon ohne Kleider gesehen hatte, also konnte sie ihm das auch gönnen.

Außerdem gefiel es ihr, wie er sie ansah – als ob er die Augen nicht abwenden könne. Also lehnte sie sich zurück, stützte sich auf die Hände und ließ ihn schauen – bis er mit einem weiteren Stöhnen das Nachthemd fallen ließ und zu ihr kam. Diesmal legte er die Lippen nicht auf ihren Mund, sondern um eine ihrer Brustwarzen.

Mit so etwas hatte Kate nicht gerechnet und so wäre sie beinahe vor Überraschung vom Schreibtisch gesprungen ... nicht, um ihn abzuwehren, sondern wegen des unerwarteten Gefühls, das die Hitze seines Mundes auf ihrem Nippel auslöste, anders als alles, was sie je zuvor gefühlt hatte. Das pochende Gefühl zwischen ihren Beinen, das sie schon kannte, setzte mit Gewalt ein, als seine Zunge erst den einen, dann den anderen Nippel umkreiste. Sie vergrub die Finger in seinem dunklen Haar und ließ den Kopf nach hinten fallen, so dass ihr langes Haar über die Schreibtischplatte fiel. Wirklich, das war einfach zu göttlich verdorben ...

Aber nichts im Vergleich zu dem Gefühl, das sie durchfuhr, als der Marquis seine Finger zwischen ihren Beinen bewegte.

Wieder fiel sie fast vom Tisch, aber er hatte eine Hand um ihren Nacken gelegt und hielt sie fest. Er küsste ihren Halsansatz und presste seine Finger auf die Stelle, auf die Kate die ihren in diesen letzten Tagen so oft gelegt hatte. Kate war so überrascht von seiner Kenntnis dieser Gegend, dass sie glaubte, sie habe ihm ihre Wünsche telepatisch übermittelt. Sie öffnete den Mund, um ihren Erststaunen Ausdruck zu verleihen, aber er brachte sie wiederum mit seinen Lippen und seiner Zunge zum Schweigen. Sie beschloss, dass es ohnehin nicht so wichtig war. Viel wichtiger war hingegen, diese Schultern zu ertasten, die sie so lange schon bewunderte. Sie streckte die Arme aus und ließ die Hände unter den Stoff des Hemdes gleiten. Was sie fühlte, überraschte sie. Sein Körper war hart und stark, aber an den Stellen, die nicht behaart waren, war die Haut weich und zart, fast wie ihre eigene. Er bemerkte ihre Neugierde und entledigte sich gehorsam seines Hemds und Mantels, und zwar so hastig, dass sie den Stoff krachen hörte.

Aber das schien ihm egal zu sein, als er sie in seine nackten Arme nahm und auf diese sinnesverwirrende Weise küsste. Jetzt pressten sich nicht mehr seine Finger zwischen ihre Schenkel, sondern die volle Kraft seiner Erektion. Sie konnte sie durch den Stoff seiner Hose deutlich spüren, sie fühlte seinen Drang, vom Stoff befreit zu werden, und fand es nur fair, ihm diesen Gefallen zu tun. Nur hatte sie überhaupt keine Ahnung, wie Männerhosen verschlossen waren. Sie legte ihre Finger vorn auf seine Hose und tastete nach einer Öffnung oder Ähnlichem. Aber offenbar hatte sie ihm wehgetan, denn er zuckte zurück und sah auf sie herab, sekundenlang, als habe sie ihn schockiert.

Sie konnte seinen Gesichtsausdruck nicht sehen,

denn sein Rücken war dem Fenster zugewandt und damit dem Mondlicht, das ins Zimmer schien. Seine Augen waren in der Dunkelheit von Schatten umhüllt, seine Gesichtszüge bestanden aus Grau- und Schwarztönen. Es war jedoch hell genug, dass sie sehen konnte, wie seine Hände sich bewegten. Und dann waren seine Hosen auf mysteriöse Weise verschwunden. Als er zu ihr zurückkam, war es frei – dieses Teil von ihm, das sich so nach Freiheit gesehnt hatte ... und versengte die Innenseite ihrer Schenkel mit seiner Hitze.

Plötzlich begriff sie das schmerzhafte Pochen, das sie gespürt hatte – dieses Gefühl der körperlichen Leere, das sie empfunden hatte, seit sie von dem Marquis träumte. Natürlich. Es schmerzte, weil sie wollte, dass er sie *füllte.* Und wenn sie sich bei dem, was ihre Finger jetzt fühlten, nicht irrte, dann war er dazu durchaus in der Lage. Er würde sie voll und ganz ausfüllen können ... obwohl ... vielleicht war es ein wenig mehr, als sie verkraften konnte. Es würde wohl nicht möglich sein, dass er sich ein wenig ... kleiner machte.

Aber als sie die Hand hob, um bezüglich dieser Möglichkeit nachzufragen, senkten sich seine Lippen wieder auf die ihren und machten ihr das Sprechen so unmöglich. Und dann, zu Kates Erstaunen, schien er in ihrer Hand noch größer zu werden. Sie hätte es nicht für möglich gehalten, denn er war ihr schon vorher so unglaublich groß vorgekommen, aber es ließ sich nicht abstreiten.

Bevor sie wusste, wie ihr geschah, hatte der Marquis die Hände wieder um ihre Pobacken gelegt und schob sie an die Kante des Schreibtischs, gegen seine ständig wachsende Erektion. Er hörte nicht auf, sie zu küssen, seine Zunge nahm Besitz von ihrem Mund, wie dieser andere Teil von ihm Besitz von der Zone zwischen ihren Schenkeln ergriff. Für ein paar Sekunden genoss Kate sein Gewicht, seine Größe, das berauschende Gefühl, endlich von ihm gefüllt zu werden ...

Bis sie plötzlich nur noch einen stechenden, rasenden Schmerz fühlte, so dass sie scharf die Luft einsog, den Kopf in den Nacken warf und ihre Fingernägel in diese außergewöhnlichen Schultern versenkte. Sie musste sich in die Unterlippe beißen, um nicht laut zu schreien.

Aber es war zu spät. Sie war zerbrochen. Dessen war sie sich sicher. Er hatte sie in zwei Hälften zerbrochen und jetzt würde sie wahrscheinlich sterben müssen. Sie klammerte sich an ihn und spürte Tränen über ihre Wangen laufen. Sie würde sterben, genau hier, in seinen Armen.

Nun ja, dachte sie, sie hatte es schließlich nicht anders gewollt.

Nach einer weiteren Sekunde jedoch ebbte der Schmerz ab und der Marquis flüsterte mit heißem Atem in ihre Haare: »Miss Mayhew.«

Aus irgendeinem Grund musste sie lachen. Obwohl es kaum möglich war, zu lachen, wo er sie so ausfüllte.

»Ich denke«, sagte sie, »du kannst mich nun Kate nennen.«

»Kate«, sagte er und hob den Kopf, um sie anzusehen. Er musste die Tränen bemerkt haben, denn er nahm ihr Gesicht in die Hände und wischte sie mit den Daumen fort. »Wunderschöne Kate«, flüsterte er und senkte den Kopf, bis seine Stirn an ihrer lehnte.

Dann noch einmal: »Kate«, dieses dritte Mal mit einer gewissen Verzweiflung in der Stimme. Dann, als ob er nicht anders könnte, als ob er sich zurückhalten wollte und es einfach nicht schaffte, schob er sich noch tiefer in sie ...

Und es tat nicht mehr weh. Kate merkte es plötzlich, als seine Hände, die ihr Gesicht noch hielten, ihren Mund an seinen hoben. Als ob er jeden möglichen Protest ersticken wollte; aber sie protestierte überhaupt nicht, auch nicht, als seine Lippen und Zunge erneut einen dieser wohl berechneten Angriffe auf ihre Sinne unternahmen. Denn es tat nicht länger weh. Vielmehr fühlte es sich gut an, ihn in sich zu haben. Mehr als gut, es fühlte sich richtig an, als habe sie ihn schon ihr ganzes Leben lang vermisst, und erst jetzt, da er da war, war sie endlich ganz.

Vielleicht gab es Hoffnung, dass sie doch noch nicht sterben musste.

Nein, entschied sie eine Sekunde später, als er anfing, sich in ihr zu bewegen. Langsam zuerst, dann mit wachsendem Drang. Sie würde auf keinen Fall sterben. Außer, sie war schon tot und hatte es gar nicht bemerkt und befand sich auf einer Art Himmelsleiter nach oben.

So fühlte es sich jedenfalls an, wenn er sie so ganz ausfüllte. Als wäre sie auf dem Weg ins Paradies. Sie schlang die Beine wieder um ihn und klammerte sich an ihm fest, als sei er der einzige Halt in einer völlig verrückt spielenden Welt. Sie presste sich so fest an ihn, wie sie nur konnte, ließ nicht los, egal, wie hart er in sie stieß. Und er war nicht sanft dabei, während er mit den Händen ihren Rücken stützte und ihren Körper immer weiter nach hinten bog ...

Und dann passierte es, diese Sache, die ihr schon die ganze Woche passierte, wenn sie die Hand zwischen ihren Beinen rieb und an ihn dachte. Aber so wie jetzt war es nie gewesen. Gar nicht so wie *jetzt*.

Auf einmal war es, als ob diese himmlische Leiter, auf der sie kletterte, in Tausende kleiner Goldsplitter explodierte und sie fiel ...

... aber es war ein herrlicher, träger Fall, und die Stücke der Leiter funkelten wie Sterne, fielen mit ihr und landeten auf ihr, küssten ihre Haut, überall, und es war, als würde sie von Engelsflügeln gestreift ...

Sie öffnete die Augen. Sie lag auf Lord Wingates Schreibtisch in seiner Bibliothek. Er selbst war schwer atmend über ihr zusammengesunken.

Eine kleine Stimme in ihr sagte: *Ach, du Schreck.*

19. Kapitel

»Du wirst natürlich sofort aufhören«, sagte Lord Wingate von jenseits des Kissens, »Isabels Anstandsdame zu sein.«

Kate blinzelte zu dem dunkelblauen Stoff des Himmelbettes empor. Er schien sehr weit entfernt zu sein. Die Decke war in Lord Wingates Räumen besonders hoch und der Stoff war kurz darunter angebracht. Bei ihrem eigenen Bett kam der Himmel der großen Deckenhöhe des Hauses bei weitem nicht so nahe.

»Werde ich das?«, fragte Kate. »Warum?«

Über diese Frage hatte sie in den letzten Stunden bereits nachgedacht, seit ihr bewusst geworden war, was sie getan hatte. Dabei dachte sie keine Sekunde darüber nach, warum sie das hatte geschehen lassen.

»Nun, willst du deine Abende nicht frei haben?«, fragte Lord Wingate. Seine tiefe Stimme klang sehr entspannt, seit sie vor mehreren Stunden zum ersten Mal miteinander geschlafen hatten. »Um sie mit mir zu verbringen?«

»Oh«, sagte sie. »Natürlich.«

»Es gibt so vieles, was ich dir zeigen möchte«, sagte der Marquis. Er lag neben ihr auf seinen Ellbogen gestützt und streichelte mit der freien Hand die weiche Haut auf ihrer Hüfte. Er berührte sie ständig auf die ein oder andere Art, seit dem Moment in der Bibliothek, als die Leidenschaft ihn überwältigt und er den Kopf an ihrem Hals vergraben hatte. Er spielte mit ihren Haaren, streichelte ihr Gesicht, hielt ihre Hand. In diesem Moment, nach dem Höhepunkt ihres ersten Liebesaktes, hatte er keuchend, aber gut hörbar »mein« gesagt.

Das war alles. Nur dieses eine Wort, *mein*.

Nicht dass Kate einen Heiratsantrag erwartet hätte oder eine Liebeserklärung oder auch nur ein Dankeschön. Sie war zwar nicht gerade eine Frau von Welt, aber völlig naiv war sie auch nicht.

Trotzdem war es seltsam, was er gesagt hatte, und noch seltsamer, mit welch wilder Überzeugung in der Stimme – so, wie sie es von einem barbarischen Eroberer erwarten würde, der in einer Schlacht Beute gemacht hatte. Wobei der Marquis of Wingate, trotz der herben Männlichkeit, die er ausstrahlte, nicht gerade als Barbar bezeichnet werden konnte ... außer man beobachtete ihn dabei, wie er etwas – oder jemanden – aus dem Fenster warf.

Wie auch immer, Kate sah sich selbst nicht unbedingt als Beute.

Nicht, dass sie nicht verstehen würde, dass er eine gewisse Befriedigung verspürte. Das konnte sie durchaus verstehen. Sie selbst fühlte sich auch wesentlich besser als zuvor. Nun, wenigstens körperlich.

Doch was ihre Gefühle anging, war sie überzeugt, gerade den schlimmsten Fehler ihres Lebens begangen zu haben.

Lord Wingate schien völlig falsche Vorstellungen zu haben. Es hatte in dem Moment angefangen, als er sie als *sein* bezeichnet hatte. Er fing an, vollkommen wirr, wie sie fand, über ihre gemeinsame Zukunft zu reden. Eine Zukunft, wie sie bald erfuhr, in der sie nicht länger seine Angestellte sein würde. Diese Position schien ihr verloren gegangen zu sein. Jetzt gab es eine neue, viel besser dotierte Lücke zu füllen: die der Mätresse des Marquis.

»Sofort nach dem Frühstück«, fuhr er fort, während er mit den Fingern weitere unsichtbare Muster auf ihre Hüften zeichnete, »gehen wir los und sehen uns Wohnungen an. Ich habe gehört, auf Cardington Crescent gibt es einige wunderschöne Stadthäuser zu vermieten. Würdest du gern da leben?«

»Warum«, fragte Kate, »kann ich nicht weiter hier wohnen?«

»Nun, weil die Leute reden werden, Kate. Und wir wollen doch nicht, dass Isabel es erfährt, oder?«

Kate sah wieder zu dem Stoffhimmel empor. Es tat ihr weh, ihn jetzt anzusehen, nackt wie er war. Er übte noch immer eine unwiderstehliche Anziehung auf sie aus, trotz der Tatsache, dass sie so oft miteinander geschlafen hatten, dass sie es nicht mehr zählen konnte. Soweit das möglich war, fühlte sie sich noch viel mehr zu ihm hingezogen. Er war nicht nur ein äußerst fähiger und vollkommen enthusiastischer Liebhaber, er war auch gütig – so gütig, wie Mrs Cleary es beschworen hatte. Nachdem er dieses mysteriöse *mein* geäußert hatte, hatte er Kate so sanft vom Schreibtisch gehoben, als sei sie ein Baby; hatte sie den ganzen Weg die Treppe hochgetragen und sie nicht in ihr eigenes Bett gelegt, wie sie erwartet hatte, sondern in seins. Dann hatte er ihr eigenhändig Badewasser erhitzt; es war nach drei Uhr morgens, da konnte er schließlich keinen Diener rufen. Er ließ sie hineinsteigen und wusch zärtlich die Spuren ihres Vergehens weg ... obwohl, kaum dass er sie in ein

Handtuch gewickelt hatte, begingen sie das nächste Vergehen dieser Art, diesmal in dem massiven Bett Seiner Lordschaft. Was sollte sie dagegen tun, so wie er sie anfasste und sagte, wie schön sie sei, und sie küsste ... Gott, wie er sie küsste! Als ob er gar nicht anders konnte. Als ob sie nur dazu einen Mund hätte, um vom Marquis of Wingate geküsst zu werden. Wie sollte sie ihm widerstehen? Wie sollte irgendeine Frau dem widerstehen, wie sündhaft es auch sein mochte, wenn es so unglaublich wunderbar war?

Aber das jetzt ... das war nicht wunderbar. Dieser Perspektive konnte sie ohne weiteres widerstehen.

Sie drehte sich auf den Bauch und sagte zu dem mit geschnitzten Ornamenten verzierten Kopfende: »Dann meinen Sie ... Was Sie also sagen wollen, Lord Wingate, ist, dass ich Ihre Tochter nicht mehr sehen darf?«

»Um Himmels willen, Kate«, sagte er, hob eine Strähne ihres langen, blonden Haares und strich sich damit über die Lippen. »Nenn mich bei meinem Namen. Nenn mich Burke.«

Sie tat es, obwohl es sich komisch anfühlte. »Also dann Burke. Noch nicht einmal ein Besuch? Nicht einmal ein Nachmittag?«

Aber er hörte schon nicht mehr zu. Der Klang seines Namens auf ihren Lippen hatte eine besondere Wirkung auf ihn und er griff wieder nach ihr, zog sie an sich und küsste sie erneut. Kates Lippen fühlten sich schon arg mitgenommen an nach dieser Nacht, aber sie brachte es immer noch nicht fertig, ihn zu stoppen. Es war ein zu großartiges Erlebnis, von ihm geküsst zu werden, es war einfach zu stark für sie.

Als er sie wieder losließ – gerade so weit, dass er sie im Kerzenlicht ansehen konnte –, sagte sie: »Also, ich soll nicht mehr mit deiner Tochter sprechen. Ist es das?«

Er strich mit einem Finger ihren Hals entlang und sagte: »Nun ja, unter den gegebenen Umständen wäre das wohl kaum angemessen. Aber du musst dir keine Sorgen um Isabel machen. Ich finde eine neue Anstandsdame für sie, so dass du und ich ...«, er legte beide Hände auf ihre Schultern und drückte sie spielerisch auf die Matratze, »mehr Zeit für *das hier* haben.«

Kate musste nicht nachfragen, was er mit *das hier* meinte, denn er ließ sie nicht im Unklaren. Er beugte sich herab und liebkoste eine ihrer Brustwarzen mit der Zunge. Kate starrte in den Stoffhimmel, die Finger in seinen dichten schwarzen Haaren vergraben, und sagte: »Also ich soll den ganzen Tag in meinem neuen Stadthaus sitzen und darauf warten, dass du mich abends besuchen kommst?«

Er gab etwas von sich, dass wie »Hmmmm« klang, aber es war schwer zu sagen, denn er sprach nicht mit leerem Mund.

Kate sagte: »Ich glaube, mir würde sehr langweilig werden. Und einsam, ganz allein in einem Stadthaus.«

Er hob den Kopf und lächelte auf sie herab. Es war ein Lächeln, das ihr Herz schmerzen ließ, so schön sah es aus. So schön konnte ein Mann im Grunde gar nicht aussehen, aber Kate wusste auch, dass der lächelnde Lord Wingate für niemand anderen so schön war. Aber für sie war er es und sie musste wegsehen, denn es verwirrte ihre Sinne.

»Einsam?«, echote er. »Du wirst nicht einsam sein, nachdem ich für dich die beste Zofe Londons gefunden habe. Nicht zu vergessen die Köchin, den Butler, Lakaien, Kutscher ... Ich kann mir dich vorstellen, Kate, mit einem schwarzen Phaeton im Park. Ein schwarzer Phaeton mit gelben Borten. Hättest du gern einen Phaeton, Kate? Mit einem Gespann grauer Pferde, die zur Farbe deiner Augen passen?«

Sie sagte: »Ich denke schon. Etwas anderes werde ich wohl nicht zu tun haben.«

»Ist es das, was dir Sorgen macht?« Er lachte leise und küsste sie. »Du wirst sehr viel zu tun haben, junge Dame. Darum werde ich mich kümmern. Du musst mich nämlich immer so glücklich machen wie heute Nacht und das wird eine zeitaufwändige Beschäftigung. Und was die Einsamkeit betrifft, so möchte ich das überhört haben, denn ich habe dir versprochen, bei dir zu sein, so oft ich kann. Aber ...«, er stupste sie auf die Nasenspitze, »wenn diese Langeweile, die du angeblich zu erleiden haben wirst, dir wirklich so viel ausmacht, könnte ich dir vielleicht einen kleinen Laden besorgen. Einen Blumenladen, vielleicht. Oder noch besser, einen Buchladen! Ich weiß, wie sehr du Bücher liebst. Würde dir das gefallen, Kate? Würdest du gern einen Buchladen haben? Eine Geschäftsfrau sein?«

Sie sah ihn an. Sie konnte ihm natürlich nicht ehrlich antworten. Wäre sie ehrlich, würde sie sagen: »Nein danke. Es interessiert mich nicht die Bohne, eine Geschäftsfrau zu sein. Was ich sein will, ist deine Ehefrau.«

Aber das konnte sie natürlich nicht sagen, denn er

hatte nicht im Traum vor, sie zu heiraten. Weder jetzt noch jemals.

Und es war ja nicht so, als hätte sie das nicht gewusst. Freddy hatte ihr vor Monaten schon gesagt, dass der Marquis of Wingate der Ehe abgeschworen hatte, dass er vorhatte, nie wieder sein Herz – und seinen guten Ruf – in einer Ehe aufs Spiel zu setzen. Sie hatte es gewusst, hatte es doch genau gewusst.

Und selbst wenn der Marquis ihr einen Antrag gemacht hätte, sie hätte doch nicht ja sagen können. Wie sollte sie?

Trotzdem war sie hingegangen und hatte das Dümmste, ja wirklich das Allerdümmste getan, was sie jemals fertig gebracht hatte. Vermutlich das Dümmste, was je eine Frau getan hatte.

Und damit meinte sie nicht, mit dem Marquis of Wingate geschlafen zu haben. Oh nein. Das war gar nichts dagegen.

Was sie getan hatte, war viel schlimmer als das.

Sie hatte sich in ihn verliebt.

Dummes, dummes Ding!

Seit Jahren war sie davon überzeugt, sich gar nicht verlieben zu können. Sie hatte sogar bezweifelt, dass so etwas wie Liebe überhaupt existierte. Sicherlich, sie hatte ihre Eltern geliebt und sie liebte auch Freddy, auf seine Art. Und, wie alle jungen Mädchen, war sie gelegentlich verschossen gewesen, hatte für jemanden geschwärmt – für Daniel Craven zum Beispiel –, den sie eine Zeit lang interessanter fand als alle anderen.

Aber dieser verrückte und ohnmächtige Zustand, den Isabel immer behauptete zu empfinden ... dieser fieberhafte Zwang, Seite um Seite miserable Gedichte zu schreiben, oder noch schlimmer, Lieder zu komponieren ... Nein, Kate war immer davon überzeugt gewesen, dass es anderen so ergehen mochte, aber ihr nicht. Nicht Kate. Sie stand zu fest mit beiden Beinen auf dem Boden. Sie war viel zu vernünftig und mit dreiundzwanzig Jahren auch viel zu alt, um sich mit solchem Unsinn abzugeben.

Oh ja, sicher passierte es in Büchern. Aber Liebe? Wahre Liebe? Die gab es nicht im echten Leben, außer vielleicht bei den seltenen Ausnahmen der außerordentlich Glücklichen ...

Aber jetzt war es ihr passiert und sie hielt sich selbst für überhaupt nicht glücklich. Im Gegenteil, sie hielt sich für die unglücklichste Frau aller Zeiten.

»So ernst«, sagte der Marquis und strich mit der Fingerspitze über ihre Lippen, während er nachdenklich auf sie herablächelte. »So ein ernster Gesichtsausdruck. Ich glaube, ich habe noch nie so einen strengen, harten Blick bei dir gesehen, meine Liebste. Was denkst du?«

Aber sie konnte es ihm nicht sagen. Sie war viel zu feige dazu. Denn sie wusste, wenn sie es täte – wenn sie ihm sagte, dass sie nicht bei ihm bleiben konnte, nicht unter den Umständen, die er sich vorstellte –, dann würde er nur versuchen, sie zu überzeugen ... Und es wäre nicht einmal viel Anstrengung dafür nötig. Alles was er tun müsste, wäre, sie zu küssen. Sie würde alles in der Welt tun für seine Küsse.

Glücklicherweise blieb ihr jedoch die Antwort erspart, denn er sagte: »Wie dumm ich bin. Du musst ja erschöpft sein. Hast du dich gefragt, ob ich dich jemals schlafen lasse? Nun, ich werde es tun. In Ordnung.« Er setzte sich auf und löschte die Kerze. Als er sich wieder hinlegte, zog er sie an sich, so dass ihr Rücken seine Vorderseite berührte, und legte die Arme um sie. »Schlaf jetzt«, sagte er und küsste sie, diesmal nicht, um sie zu erregen, sondern zärtlich auf den Kopf. »Wir haben so viel zu tun morgen, Kate, du und ich.«

Sie lag mit der Wange auf die seidene Haut gebettet, die sich über seinen Bizeps spannte – diesen Muskel, den sie so bewunderte. Von dem sie nie gedacht hätte, er könne einmal als Kissen für ihren Kopf dienen. Doch sie schloss nicht die Augen, auch dann nicht, als sie fast sicher war, dass er eingeschlafen war. Er zog sie noch enger an sich, flüsterte ihren Namen und küsste sie zärtlich auf die Wange. Als sie so ihren Namen hörte und dazu den sanftesten aller Küsse auf ihrer Wange spürte, wollte Kate nur noch weinen. Tonlos, um ihn nicht zu wecken. Als dann die Tränen flossen, hatte sie Angst, er könne von der Feuchtigkeit auf seinem Arm aufwachen.

Aber das geschah nicht. Sein Atem wurde tiefer und gleichmäßiger, und nach fast zwanzig Minuten hob sie seinen Arm, um zu sehen, ob er sie daraufhin an sich ziehen würde. Aber er schlief, sie schlüpfte aus dem Bett und tappte splitternackt zu ihrem Zimmer – sie hatte ihr Nachthemd nicht finden können.

Es war kurz vor Morgengrauen, bald würde der Koch erwachen, um für Seine Lordschaft das gewohnt opulente Frühstück vorzubereiten: Schinken, Bacon, Bücklinge, Buttergebäck, Kaffee und Sahne. Kate wusste, dass ihr nicht viel Zeit blieb. Sie zog sich hastig an und packte nur, was sie tragen konnte. Sie würde später nach ihren restlichen Sachen schicken lassen. Lady Babbie war erwartungsgemäß nicht begeistert, in ihren Korb gepackt zu werden, und wehrte sich fauchend, als Kate den Deckel über ihrem Kopf schloss. Aber Kate konnte nichts daran ändern. Sie betete, dass niemand das Gejaule der Katze hören würde, wenn sie die Treppen hinabstieg.

Vor dem Verlassen ihres Zimmers drehte sie sich noch einmal um. Sie hatte einen Brief hinterlassen – einen nur, adressiert an Lady Isabel Traherne. Er lag auf dem Bett, das sie in dieser Nacht nicht benutzt hatte. Sie ging davon aus, dass Isabel ihn finden würde, wenn sie wie üblich in Kates Raum gepoltert kam, um die anstehenden Pläne des Tages zu besprechen.

Bei diesen Gedanken füllten sich Kates Augen wieder mit Tränen; sie trat schnell auf den Flur hinaus und schloss die Zimmertür hinter sich.

Obwohl es noch nicht fünf Uhr war, waren schon viele Menschen auf der Straße unterwegs und Kate hatte keine Schwierigkeiten, eine Droschke herbeizuwinken.

Zweiter Teil

20. Kapitel

Burke setzte sich auf seinen gewohnten Platz am Kopfende des Tisches und griff nach der Zeitung, die Vincennes ihm hingelegt hatte, sorgfältig gebügelt und aufgeschlagen im Sportteil, den einzigen Seiten, die der Herr des Hauses zu lesen geruhte. Die Nachrichten waren im Allgemeinen deprimierend, und er zog es meist vor, sie gar nicht erst zu erfahren.

Heute jedoch hatte er ausnahmsweise das Gefühl, damit fertig werden zu können, schlug die erste Seite auf und begann ohne weitere Bedenken, sie sorgfältig durchzulesen. Bis Isabel hereinkam und sich auf den Stuhl am gegenüberliegenden Ende des Tisches fläzte.

Burke blickte auf, denn er erwartete Kate, die normalerweise seiner Tochter in den Frühstücksraum folgte, um ihren Platz im Mittelteil des langen Tisches einzunehmen. Doch als eine Minute verstrichen war und Isabel, die heute noch morgenmuffeliger wirkte als sonst, verdrießlich das Fehlen von Schellfisch anmerkte, konnte er nicht mehr an sich halten. »Miss Mayhew will heute Morgen ausschlafen?«

Er konnte bei dieser Frage ein Lächeln nicht unterdrücken. Schließlich war er die Ursache, dass Kate so müde war ... und es tat ihm nicht im Geringsten Leid. Er konnte sich auch nicht vorstellen, dass es ihr Leid tun könnte.

»Ich weiß es nicht«, sagte Isabel kalt. »Miss Mayhew ist nicht hier.«

Er erstickte fast an dem Kaffee, den er gerade schluckte.

»Nicht hier?«, echote er, als er wieder sprechen konnte. »Was meinst du damit, sie ist nicht hier?«

Isabel schielte auf die Platte Schellfisch, die Vincennes ihr präsentierte. »Genau das, was ich gesagt habe. Sie ist nicht hier. Sie hatte einen wichtigen Anlass, uns zu verlassen. Nein, ich will keinen Schellfisch. Ich nehme die Eier.«

Burke, die Zeitung, die er noch in Händen hielt, völlig vergessen, starrte seine Tochter vollkommen perplex an. »Uns zu verlassen? Was in aller Welt meinst du damit, Isabel?«

Isabel sah von den Eiern auf, die der Butler auf ihren Teller häufte. »Hat sie dir denn keinen Brief hinterlassen? *Mir* hat sie einen hinterlassen.«

»Nein«, sagte Burke und begann, sich unwohl zu fühlen. »Nein, sie ließ mir keinen Brief da.«

Er hatte auch keinen Brief von ihr erwartet. Als er allein in seinem Zimmer aufgewacht war, war er davon ausgegangen, dass sie in ihres zurückgekehrt war, damit das Personal keinen Anlass für Gerüchte bekäme. Es wäre ihm niemals eingefallen ...

Wie sollte es auch? Wieso sollte sie einfach gegangen sein? Das war unmöglich!

»Oh.« Isabel nahm einen Bissen Ei, verzog das Gesicht und legte die Gabel wieder hin. »Nun, in ihrem Brief an mich hat sie erklärt, dass sie uns eine Zeit lang verlassen müsse, weil sie gerade erfahren habe, dass eine Verwandte von ihr sehr krank sei. Obwohl«, sie unterbrach sich und hob die Gabel wieder auf, um ein Stück Schinken aufzuspießen, »wie sie von der Krankheit einer Verwandten erfahren konnte, bevor die Post da ist, ist mir ein Rätsel.«

Burke warf seinem Butler einen Blick zu. »Vincennes, sind heute Morgen irgendwelche Boten mit einem Brief für Miss Mayhew da gewesen?«

Der Butler sah nicht von Isabels Tasse auf, die er gerade mit Tee füllte. »Nein, Mylord«, sagte er.

»Was noch seltsamer ist«, sagte Isabel, »Miss Mayhew hat mir gegenüber nie irgendwelche Verwandte erwähnt. Zu mir hat sie gesagt, ihre einzige Familie seien ihre Bücher.«

»Ihre was?«, sagte Burke.

»Ihre Bücher. Sie hat gesagt, von ihrer Familie sei niemand mehr am Leben und so wären eben die Bücher ihre Familie. Wo jetzt diese kranke Verwandte herkommt, keine Ahnung. Gibt es denn keine Milch, Vincennes? Nein, ich will keine Sahne. Ich will Milch.«

Burkes Stimme klang so ruhig, dass es ihm fast selbst Angst machte. »Hat Ka- ... Miss Mayhew geschrieben, wann sie glaubt, von dem Besuch dieser kranken Verwandten zurückzukehren?«

»Nein«, sagte Isabel. Sie biss in ihren Toast. »Aber ich glaube nicht, dass das sehr bald sein wird. Sie hat Lady Babbie mitgenommen.«

Verwirrt fragte Burke: »Lady wer?«

Isabel sah ihn an und verdrehte die Augen. »Also wirklich, Papa«, sagte sie. »Kennst du Miss Mayhew denn *gar* nicht?«

Er hob die Brauen. Gab es irgendetwas, das er *nicht* wusste über Kate Mayhew? Sicherlich wusste er die wichtigsten Dinge. Er kannte die schelmische Art, mit der sie zu ihm sprach, mit einem reizenden Hauch von Unverschämtheit. Das war das Erste gewesen, was ihn an ihr angezogen hatte, trotz des Regenschirms, den sie dabei in seine Brust gebohrt hatte. Wenn sie den Blick hob und ihn ansah, konnte er in ihren sanften grauen Augen das geheime Versprechen lesen, dass ihre Glut nur leicht angefacht werden müsse, um in Flammen der Hitze und Leidenschaft aufzulodern. Wenn er sie küsste, öffnete sie diese Lippen, die ihn seit Monaten verzaubert hatten, auf die süßeste und einladendste Art, die er sich vorstellen konnte. Und er kannte die Art, wie sie den Atem einsog, wenn er in sie eindrang, und jedes Mal wieder nach Luft schnappte wegen seiner Größe, obwohl sie ihn großzügig aufnehmen konnte in ihren Körper, der so viel kleiner war ...

Und er wusste, wie sie seinen Namen aussprach, was ihn alles in der Welt vergessen ließ, alles, was er je gewusst hatte, alles, was er je gewesen war oder sein wollte, außer dem scheinbar unersättlichen Bedürfnis, sie diesen Namen noch einmal sagen zu hören ...

»Lady Babbie«, fuhr Isabel fort, glücklicherweise unwissend der fleischlichen Sehnsüchte ihres Vaters, »ist natürlich die Katze von Miss Mayhew. Und wenn Miss Mayhew schon ihre Katze mitnimmt, dann gehe ich davon aus, dass sie eine ganze Weile weg sein wird. Und ich muss sagen, ich kann es ihr nicht übel nehmen. Ich bin sicher, du hast dich schrecklich benommen ihr gegenüber.«

Diese Bemerkung riss Burke aus seinen angenehmen Erinnerungen an die gemeinsamen Aktivitäten mit Miss Mayhew in der letzten Nacht. In der Tat steigerte es sein Gefühl des Unbehagens auf die höchste Alarmstufe. Er schüttelte den Kopf, um ein plötzliches Summen loszuwerden, das sich zwischen seinen Ohren eingenistet hatte. »*Wann? Wann* soll ich mich schrecklich benommen haben?«

»Letzte Nacht natürlich. Nachdem du Mr Craven verscheucht und sie angeschrien hast. Dabei konnte sie gar nichts dafür, dass er gekommen war und Steine an ihr Fenster warf.«

»Mr Craven?« Burke warf die Zeitung fort und stand auf – wobei er die Fäuste auf den Tisch stützte, damit er nicht in Versuchung kam, etwas damit anzustellen. »Daniel *Craven*? Was zum Teufel hat *Daniel Craven* damit zu tun?«

»Papa«, sagte Isabel und schüttelte den Kopf, so dass ihre schwarzen Locken hin- und herschwangen. »Das weißt du doch genau. Ich habe alles gehört. Die Steinchen haben mich auch aufgeweckt. Aber wirklich, sie hat ihm gesagt, er soll sofort gehen. Du weißt, dass sie ihn nicht leiden kann, Papa. Ich bin sicher, es war ein großer Fehler, dass du sie so angeschrien hast. Er kann nichts Gutes im Sinn gehabt haben, sich hier so einzuschleichen ...«

»Daniel Craven?« Burke ließ seine Fäuste da, wo sie waren. Sonst hätte er sie sicher durch die Rückenlehne eines Stuhles geschlagen. »Das war *Daniel Craven* im Garten letzte Nacht, mit Miss Mayhew?«

»Ja, natürlich«, sagte Isabel. »Was hast du denn gedacht, wer es war?«

Plötzlich hatte Burke das Gefühl, dass ihm das Mark aus den Knochen gewichen war. Oder sein Skelett hatte sich in Gummi verwandelt. Er setzte sich schnell hin, denn einen Moment lang hatte er das Gefühl, gleich umzufallen.

Daniel Craven, Daniel Craven. Die ganze Zeit hatte er gedacht, es sei Bishop gewesen, im Garten mit Kate. Aber er war es nicht. Es war Daniel Craven. Er hatte sie beschuldigt ... nun, er war nicht ganz sicher, wessen er sie beschuldigt hatte. Dieser Teil des Abends lag ein wenig im Nebel. Aber er hatte sie beschuldigt, etwas Bestimmtes zu tun, und zwar mit dem Earl of Palmer.

Und es war überhaupt nicht Bishop gewesen. Es war Daniel Craven gewesen, der Mann, dessen bloßer Anblick ihr jedes Mal das Blut in den Adern gefrieren ließ. Und er hatte die dümmliche Unverschämtheit besessen, sie zu beschuldigen ...

Nicht, dass sie sich rechtfertigt hätte. Daran erinnerte er sich wohl. Nein, sie hatte die Anschuldigung nicht zurückgewiesen oder auch nur erwähnt, nachdem er einmal begonnen hatte, sie zu küssen ...

Aber er hatte sie beschuldigt, und zwar einer scheußlichen Sache, derer sie völlig unschuldig war.

Und jetzt war sie weg. Kein Wunder.

»Du musst nicht so gucken, weißt du«, sagte Isabel.

Er blinzelte sie an. Sie saß mit einem Ellbogen auf den Tisch gestützt, ihr Kinn auf dem Handteller und rührte den Tee mit einem Silberlöffel. Mit einem milden Lächeln sah sie ihn an, der gütigste Ausdruck, den er je an seiner Tochter gesehen hatte.

»Ich bin sicher, was auch immer du zu Miss Mayhew gesagt hast, sie wird dir verzeihen, Papa. An manchen Tagen war ich absolut grässlich zu ihr und *mir* hat sie immer verziehen.«

Burke musste feststellen, dass ihm die Worte fehlten. Was sollte er sagen? Er fühlte sich, als hätte ihm gerade jemand das Herz aus der Brust gerissen und auf den Boden geschmettert.

Und bis zur letzten Nacht hatte er nicht einmal mehr gewusst, dass er überhaupt noch ein Herz *besaß*.

»Miss Mayhew wird bald wieder da sein«, sagte Isabel bestimmt. »Schließlich hat sie ihre Bücher dagelassen.«

Aber Miss Mayhew war nicht bald wieder da. Jedenfalls nicht am gleichen Tag. Auch schickte sie keine Botschaft, wohin sie gegangen war, oder ein Wort der Erklärung, wie lange sie bleiben müsse. Burke blieb den ganzen Tag zu Hause und wartete auf Post. Jedes Mal, wenn ihm Vincennes das Silbertablett mit der Post präsentierte, war kein Brief, nicht einmal eine kurze Notiz von Kate Mayhew dabei.

Die Post brachte auch am nächsten Tag nichts dergleichen. Auch nicht am übernächsten. Zu diesem Zeitpunkt wurde Burke, der bis dahin verwirrt und verletzt gewesen war, wütend.

Er wusste nicht, warum er wütend war. Schließlich war es nicht so, als hätte Kate ihn bestohlen oder betrogen, indem sie mit einem anderen Mann durchgebrannt war. Nein, nichts dergleichen. Sie war einfach verschwunden. Ohne ein Wort verschwunden, und das nach einer solchen Nacht, wie sie sie zusammen verbracht hatten. Eine Nacht, wie Burke sie im ganzen Leben nicht erlebt hatte, und er war nicht gerade unerfahren in diesen Dingen.

Aber nie in seinen sechsunddreißig Jahren hatte er eine solche Nacht erlebt wie die mit Kate. Dass eine Frau nach einer solchen Nacht einfach verschwinden konnte, war ihm unfassbar. Er konnte nicht begreifen, warum sie gegangen war, oder was er möglicherweise getan hatte, um sie fortzutreiben. Sicherlich hatte er sich in Bezug auf Daniel Craven geirrt – auf völlig dumme, idiotische Weise. Aber das hatte sie ihm vergeben. Er war sicher, dass sie ihm in dem Moment vergeben hatte, als ihre Lippen sich trafen. Also warum? *Warum?*

Er war überzeugt, er war der vorsichtigste, rücksichtsvollste aller Liebhaber gewesen, er hatte die ganze Zeit aufgepasst – nun gut, nicht die *ganze* Zeit. Aber die *meiste* Zeit, nach diesem allerersten Stoß, bei dem er gespürt hatte, wie er das dünne Häutchen ihrer Jungfernschaft, ihrer Unerfahrenheit, ihrer Unschuld zerstörte. Er hatte das sichere Gefühl, dass er eiserne Selbstkontrolle bewahrt hatte, sogar bei seinen Höhepunkten hatte er sich zurückgehalten – und es waren die stärksten, intensivsten gewesen, die er je erlebt hatte. Er hatte Angst gehabt, sie zu verletzen oder zu ängstigen, sie war so jung und so klein. Er hatte Angst gehabt, sie zu zerbrechen.

Und trotzdem hatte dieser zierliche, zerbrechliche Körper, den er so leicht anheben konnte wie ein Kind, den er mit einem Arm in der Luft halten konnte, eine solch starke Sinnlichkeit und Leidenschaft entfaltet. Sie hatte viel mehr zu geben als jede andere Frau, die er kennen gelernt hatte.

Und jetzt war sie weg, trotz der Freuden, die sie geteilt hatten, trotz aller Vorsicht seinerseits, selbst trotz seines Angebots einer Stadthauses und einer Kutsche, er hatte ihr sogar – wie war er bloß darauf gekommen? – einen Buchladen angeboten. Nie war er so großzügig gewesen zu einer Mätresse.

Aber er musste zugeben, dass er auch noch nie für

eine Mätresse solche Gefühle gehabt hatte. Auch nicht, um ehrlich zu sein, für seine Frau.

Es war am fünften Tag von Kates Abwesenheit, als Burke alle Dienstboten zu sich rief und sie einen nach dem anderen nach Kates möglichem Aufenthalt befragte. Aber obwohl sich alle ehrliche Sorgen um die vermisste junge Frau machten, hatte nicht ein einziger von ihnen eine Ahnung, wohin Miss Mayhew gegangen sein mochte. Nein, keinem gegenüber hatte sie eine kranke Verwandte erwähnt. Sie war in der Tat recht offen darüber gewesen, dass ihre ganze Familie tot war. Burkes nächste Handlung war, Mrs Cleary zu den Sledges zu schicken, um ihnen und ihren Dienstboten dieselben Fragen zu stellen. Er wusste, es musste lächerlich wirken, die Nachbarschaft nach Nachrichten über eine seiner Bediensteten zu durchkämmen, aber er sah keinen anderen Weg, die Sache anzugehen. Cyrus Sledge mochte das seltsam finden, aber Burke gab keinen Pfifferling darum, was Cyrus Sledge dachte. Das Einzige, was ihn interessierte, war, Kate Mayhew zu finden.

Er wünschte jedoch nicht, seine Tochter zu beunruhigen, und so tat er sein Möglichstes, seine Sorge über das Verschwinden der Anstandsdame vor Isabel zu verbergen. Isabel ihrerseits war mit ihrer Romanze mit Geoffrey Saunders überaus beschäftigt, und sagte nur gelegentlich Dinge wie: »Ich hoffe wirklich, Miss Mayhew beeilt sich, bald wiederzukommen. Ich muss ihr so viel erzählen«, oder »Wenn bloß diese schreckliche Verwandte von Miss Mayhew sich beim Sterben etwas beeilen würde, damit sie endlich wiederkommen kann.« Doch immerhin konnte Burke dankbar sein, dass Isabel in Miss Mayhews Abwesenheit keine große Lust hatte, all die Veranstaltungen zu besuchen, zu denen sie eingeladen wurde. Und so war auch seine Begleitung nicht notwendig. Es machte wenig Sinn, sagte Isabel, zu diesen Bällen zu gehen, wenn Miss Mayhew ihr nicht die Haare machte. Geoffrey würde nichts mehr von ihr wissen wollen, wenn sie mit ihrem Rattennest auf dem Kopf auf einem Ball erschiene.

Am zehnten Tag nach Miss Mayhews plötzlichem und mysteriösem Verschwinden kam Burke auf seinen rastlosen Streifzügen durchs Haus an der Tür zu Kates Zimmer vorbei und sah, dass sie offen stand. Es drangen geschäftige Geräusche heraus. Mit einem Sturm widerstreitender Gefühle in der Brust – Erleichterung, dass sie endlich wieder zu Hause war, Verbitterung, dass sie ihn so kaltherzig verlassen hatte, und eine gewisse schlüpfrige Vorfreude, seinen Namen wieder aus ihrem Munde zu hören – trat er in das Zimmer. Aber da war nur Mrs Cleary mit einem der Lakaien; sie stapelten Kates Bücher in eine Kiste. Mrs Cleary sah auf und unglaublicherweise wurde sie rot. Burke hatte die alte Frau noch nie erröten sehen und konnte sie nur anstarren.

»Oh, Mylord«, sagte die Haushälterin hastig. »Es tut mir so Leid, wenn wir Sie gestört haben.«

Er starrte auf die Kiste. Er starrte auf die Bücher in der Hand des Lakaien. Er starrte auf die Röte im Gesicht der Haushälterin.

»Wo ist sie?«, fragte er.

Er schrie es nicht heraus, er schlug auch nicht auf etwas ein. Er fragte nur in einem Ton, den er selbst als ruhig und vernünftig empfand.

»Oh, Mylord.« Mrs Cleary kam auf die Füße, rieb sich die plumpen, staubigen Hände und rief aus: »Ich habe den Brief erst heute Morgen bekommen. Ich hätte ihn Ihnen sofort gezeigt, aber ...«

Wieder sprach er – nach seiner Selbsteinschätzung – mit absolut ruhiger Stimme: »Ja ...?«

Auf Mrs Cleary schien er keinen so ruhigen Eindruck zu machen, denn sie griff hastig in ihre Schürzentasche und zog einen Bogen Briefpapier heraus.

»Hier ist er«, sagte sie und eilte ihm entgegen. »Genau hier. Er ist nicht von Miss Mayhew, wie Sie sehen. Aber es steht drin, dass sie nicht glaubt, bald nach London zurückkehren zu können, und sie bittet, Ihnen mitzuteilen, Mylord, dass Sie besser eine neue Anstandsdame suchen ...«

Burke nahm seiner Haushälterin den Brief aus der Hand und überflog ihn.

»Ich habe nur gezögert, Ihnen den Brief zu geben, Mylord«, fuhr Mrs Cleary fort, »weil ich wusste, wie sehr es die arme Lady Isabel aufregen würde. Sie hat Miss Mayhew so gern gehabt – und ich bin sicher, dieses Gefühl war gegenseitig. Miss Mayhew hat nie ein hartes Wort gesagt zu meiner Lady, und Sie, Mylord, wissen genauso gut wie ich, wie ... nun ja, anstrengend sie sein kann. Junge Mädchen sind wohl von Natur aus so, schätze ich. Aber ich habe nie gesehen, wie sich jemand so schnell gebessert hat in so kurzer Zeit wie Lady Isabel, nachdem Miss Mayhew hier eingezogen ist. Sie ist ein ganz neuer Mensch geworden.«

Aber Burke war an der Stelle des Briefs angekommen, wo eine Adresse stand, mit der freundlichen Bitte an Mrs Cleary, die restlichen Sachen von Miss

Mayhew dorthin zu schicken. Er starrte die Adresse eine Minute lang an, während Mrs Cleary weiterplapperte.

»Lady Isabel wird diese Nachricht sehr schwer aufnehmen, fürchte ich«, sagte sie gerade. »Sehr schwer, mit Sicherheit, Mylord.«

Aber Burke hörte sie nicht mehr. Er hatte sich umgedreht und war schon aus der Tür.

21. Kapitel

Das Dienstmädchen, das die Tür öffnete, studiert angestrengt die Karte, die Burke ihr unter die Nase hielt.

»Lord Wingate«, sagte sie, »Sie wollen zu Lady Palmer. Ja, Mylord. Ich gehe und sehe nach, ob die Lady im Hause ist.«

Dann huschte sie davon, ihre Schürzenbänder flatterten hinter ihr her. Burke, der im Morgensalon zurückgelassen worden war, vertrieb sich die Zeit mit der Überlegung, das Haus auseinander zu nehmen und jeden Stein umzudrehen, bis er sie gefunden hatte. Aber dann fiel ihm ein, dass ihm das nicht gerade die Verbundenheit seiner Gastgeberin einbringen würde.

Einige Minuten später flog die Türe auf und eine ältliche, doch keinesfalls gebrechliche Frau kam herein. An Hals und Händen trug sie schwere Juwelen, ihr Kleid war etwas aus der Mode gekommen. Aber wenn man die Siebzig erreicht hatte, war Mode nicht mehr das Wichtigste im Leben.

»Lord Wingate«, sagte die adlige Witwe Palmer. Sie kam auf ihn zu, wobei sie sich nur leicht auf den Elfenbeingriff ihres Stocks stützte. »Ich habe kaum meinen Augen getraut, als Virginia mir Ihre Karte gab. Es ist eine Frechheit von Ihnen, junger Mann, nach allem, was geschehen ist, einfach so gesellige Mittagsbesuche zu machen. Sie sind noch immer in

Ungnade bei der feinen Gesellschaft, seit Sie sich von Ihrer hübschen jungen Frau haben scheiden lassen. Einige Stiefellecker mögen einen solchen Affront vielleicht verzeihen, zumal es schon so lange her ist. Aber nicht ich. Für mich ist Scheidung eine Sünde, junger Mann. Eine Todsünde. Es ist mir egal, wie viele Liebhaber sie hatte.«

Burkes Lippen öffneten sich. Was herauskam, war eher ein tiefes Knurren als artikulierte Worte. »Wo ist sie?«

»Wo ist wer?« Die Witwe wedelte mit ihrem Stock in seine Richtung. »Ich weiß nicht, wovon Sie sprechen.«

»Sie wissen ganz genau, wovon ich spreche.« Burke überlegte, wie gern er – ihrem Alter und Geschlecht zum Trotz – seine Hände um ihren schwabbeligen Hals legen und sie zu Tode würgen würde. »Katherine Mayhew. Ich weiß, dass sie hier ist. Ich habe die Notiz gelesen, dass ihre Sachen an diese Adresse geschickt werden sollen. Ich verlange, sie zu sehen.«

»Katherine Mayhew?« Die Witwe sah ehrlich geschockt aus. »Können Sie wirklich so dumm sein zu glauben, dass ich, nur weil ich einen Mann wie Sie – der so tief gesunken ist, wie man nur sinken kann – hier einlasse, auch die Tochter des Mannes aufnehmen würde, der meinen Ehemann in ein frühes Grab gebracht hat? Sie müssen verrückt sein, Lord Wingate. Sie sehen auf jeden Fall so aus. Ich habe noch nie einen Gentleman derartig verlottert gesehen. Wann haben Sie sich zuletzt rasiert?«

Er sagte nur: »Ich weiß, dass sie hier ist. Wenn es sein muss, nehme ich alles auseinander, bis ich sie finde. Und ich werde sie finden.«

Die Witwe schnaubte. »Das werden wir schon sehen. Virginia! Virginia!« Die hübsche Magd steckte den Kopf durch die Tür. »Holen Sie Jacobs! Sofort. Ich will diesen Verrückten aus dem Haus haben.«

Kaum hatte die Magd jedoch die Tür geschlossen, als sie sich wieder öffnete. Der Earl of Palmer kam herein; er sah verärgert aus.

»Was soll dieses infernalische Geschrei, Mutter?«, verlangte er zu wissen. »Ich kann kaum meine eigenen Gedanken hören.« Als sein Blick auf den Marquis fiel, weiteten sich seine Augen.

Burke zögerte keine Sekunde. Mit einem Satz durchquerte er den Raum und ließ seine Faust gleich einem Schmiedehammer in das Gesicht des Jüngeren sausen. Der Earl ging zu Boden und nahm einen kleinen Tisch mit sich, inklusive der gefüllten Blumenvase, die darauf stand. Die Witwe schrie auf und leistete ihrem Sohn umgehend auf dem Boden Gesellschaft, indem sie in Ohnmacht fiel.

Doch Burke schenkte den Details keine Beachtung. Er beugte sich herab, griff Bishop an den Rockaufschlägen und stellte ihn wieder auf die Füße.

»Wo«, verlangte Burke und schüttelte ihn, »ist sie?«

Der Earl jedoch hatte die Bewusstlosigkeit nur vorgetäuscht. Er machte einen rechten Schwinghaken und erwischte Burke am Kinn, ein ordentlicher Schlag, der den Marquis rückwärts taumeln ließ, mitten in ein Regal mit Porzellan-Schäferinnen, die allesamt mit großem Getöse aufs Parkett klirrten.

»Sie ist nicht hier, Sie Bastard«, sagte Bishop. »Und selbst wenn sie hier wäre, Sie wären die letzte Person, die ich zu ihr lassen würde.«

Burke erhob sich aus den Überresten der Schäferinnen aus Dresdner Porzellan und versetzte dem jungen Mann einen soliden Hieb auf die Nase. Treffer, das Blut spritzte in einem hellroten Bogen aus Bishops Gesicht auf ein blassblaues Sofa.

»Sie ist hier«, sagte Burke. Er atmete mittlerweile schwer, aber er war noch keineswegs fertig. Er war vielleicht zehn Jahre älter als der Earl, aber immer noch in bester Kampfform. »Meine Haushälterin hat einen Brief von Ihnen bekommen heute Morgen, mit der Anweisung, ihre Habe an diese Adresse zu liefern.«

»Sicher«, sagte Bishop. Er umkreiste den Marquis wachsam. »Denn heute Morgen habe ich einen Brief von Kate erhalten, mit der Bitte, so nett zu sein und ihre Sachen eine Zeit lang hier aufzubewahren ...«

»Gute Geschichte«, sagte Burke.

Eine orientalische Polstertruhe trennte ihn von dem Earl, also trat er sie aus dem Weg. Sie landete vor dem Kamin. Zum Glück brannte wegen dem warmen Wetter kein Feuer darin. »Ich kann mir vorstellen, dass es nichts gibt, was Sie nicht behaupten würden, um sie für sich zu behalten.«

Bishop wich immer noch zurück und hielt sich das Krawattentuch an die blutströmende Nase. »Das würde ich tatsächlich«, sagte er. »Ich würde tatsächlich alles sagen, um einen brutalen Kerl wie Sie von ihr fern zu halten.«

Diese Beleidigung brachte dem Earl einen erneuten Schwinger ein, der ihn rückwärts über das blaue Sofa stolpern ließ; jenes Sofa, das bereits mit seinem Blut bespritzt war. Burke sprang hinterher und bereute es kurz darauf, denn der Earl trat im richtigen Moment mit den Beinen nach oben aus, so dass

Burke mit einem donnernden Krach auf dem Rücken neben dem Earl landete.

»Aber die Wahrheit ist«, sagte Bishop, krabbelte hoch, warf sich quer über den ausgestreckten Körper des Marquis und legte die Hände um seinen Hals, »dass sie nicht hier ist. Sie müssen verrückt sein, das zu glauben. Meine Mutter würde eher Attila den Hunnen ihre Gästehandtücher benutzen lassen als Kate Mayhew.«

Burke, der darum kämpfte, dem Griff des Leichteren zu entkommen, machte eine Pause, um zu fragen: »Warum?«

»Warum?« Bishop knirschte mit den Zähnen, während er versuchte, den Marquis zu erwürgen. »Wie können Sie da nach dem Warum fragen? Sie wissen doch, warum.«

Burke, der keine Lust mehr auf das Spielchen hatte, knüppelte Bishop mit der Faust auf die Schläfe, woraufhin dieser gegen die Wand flog und dort zusammenbrach. Er blutete stark und atmete geräuschvoll. Burke, nicht verletzt, aber trotzdem voller Schmerzen, kroch zu ihm und ließ sich neben ihm an der Wand herabgleiten.

Während die beiden Männer dort am Boden lagen und nach Luft schnappten, flog eine Seitentür auf und ein Butler, gefolgt von zwei gigantischen Lakaien, kam herein.

»Mylord«, sagte der Butler nach einer kurzen Bestandsaufnahme der Ruine, die einst der Morgensalon seiner Madam gewesen war. »Brauchen Sie Hilfe?«

Bishop sah Burke an. »Whisky?«, fragte er. Burke nickte. »Whisky, Jacobs«, sagte Bishop.

Der Butler nickte und zog sich nach einem letzten Blick auf die zerbrochenen Schäferinnen mit einem Achselzucken zurück. Die Lakaien folgten ihm mit dem bewusstlosen Körper der Witwe auf den Armen.

»Warum«, fragte Burke, als sein Atem wieder etwas regelmäßiger ging, »hasst Ihre Mutter Kate?«

»Sie sind ein solcher Dummkopf«, sagte Bishop verächtlich und tupfte mit seinem Ärmel die blutende Nase. »Kennen Sie Kate denn überhaupt nicht?«

»Natürlich kenne ich sie.« Burke war sehr versucht, dem jüngeren Mann zu erzählen, wie gut er Kate kannte, entschied jedoch, dass das eines Gentlemans unwürdig war. So sagte er nur: »Ich weiß alles, was ich über sie wissen muss.«

»Nun, ich hätte gedacht, dass Sie ihre Herkunft genauer überprüft hätten, bevor Sie sie anstellten.«

Burke blinzelte. »Wenn Sie mir jetzt sagen wollen, Kate sei eine Diebin«, sagte er und fühlte wieder Wut in sich aufsteigen, heiße, unstillbare Wut, »dann kann ich nur sagen, Sie sind derjenige, der sie überhaupt nicht kennt.«

»Natürlich ist sie keine Diebin«, sagte Bishop. »Ihr Vater ist der Dieb.«

Burke starrte ihn an. »Ihr *Vater*?«

Die Tür öffnete sich wieder und diesmal kam der Butler allein herein. Er trug ein Silbertablett, auf dem eine Kristallkaraffe mit einer goldbraunen Flüssigkeit sowie zwei Gläser standen. Da er feststellen musste, dass die beiden beim Ringen alle Tische im Raum umgeworfen hatten, ließ sich der Butler auf ein Knie sinken und platzierte das Tablett auf dem

Boden neben dem Earl. Dann öffnete er die Karaffe und goss langsam zwei Finger hoch Whisky in jedes Glas. Eins gab er Burke, das andere Bishop.

»Danke, Jacobs«, sagte Bishop. »Geht es meiner Mutter gut?«

»Noch bewusstlos, Mylord«, gab Jacobs zur Antwort. »Wir haben sie ins Bett gelegt und ihre Zofe versucht es gerade mit Riechsalz.«

»Sehr gut«, sagte Bishop. »Das ist alles, Jacobs. Sie können das Tablett hier lassen.«

»Sicher, Sir.« Der Butler erhob sich und verließ den Raum. Bevor er die Tür leise hinter sich schloss, schickte er noch einen Blick zu den kopflosen Schäferinnen hinüber.

»Kates Vater«, nahm Burke den Faden wieder auf, nachdem er einen kräftigen Schluck Whisky genommen hatte.

»Oh«, sagte Bishop. Er nippte vorsichtiger an seinem Whisky als Burke; offensichtlich hatte er ein paar lockere Zähne. »Richtig. Sie wollen mir also sagen, Sie wissen nicht, wer ihr Vater war?«

Burke legte den Kopf zurück und lehnte sich an die geblümte Tapete. Sie saßen unter einem Fenster, draußen hörte er einen Vogel singen. »Ja«, sagte er.

»Nun, hört sich der Name Peter Mayhew vertraut an?«

Burke sprach den Namen probeweise aus. »Peter Mayhew? Ja, in der Tat. Aus irgendeinem Grund, ich weiß nicht genau.«

»Aus irgendeinem Grund.« Bishop verdrehte die Augen. »Der Grund, warum der Name bekannt klingt, ist, dass er vor sieben Jahren in aller Munde war. Genau wie Ihrer eine Dekade zuvor.«

»Warum?« Burke sah den anderen spöttisch an. »Hat er sich auch von seiner betrügerischen Frau scheiden lassen und ihren Liebhaber aus dem Fenster geworfen?«

Bishop schaute wieder einmal verächtlich drein. »Wohl kaum. Peter Mayhew war ein wichtiger Londoner Bankier. Er wohnte mit seiner Frau und Tochter in Mayfair.«

»Mayfair?«, fragte Burke mit hochgezogenen Brauen.

»Ja. Mayfair.« Bishop schaute leicht selbstgefällig – so selbstgefällig ein Mann mit frisch gebrochener Nase aussehen kann. »Auf Pall Mall. Gleich nebenan, sozusagen.«

»So«, sagte Burke. Er versuchte, den widersinnigen Impuls niederzukämpfen, das Gesicht des Earl ins Parkett zu reiben. »Sie und Kate sind tatsächlich zusammen aufgewachsen.«

»So ist es.« Bishop reichte zur Karaffe hinüber, nahm den Verschluss ab, hob sie an und schüttete mehr Whisky in Burkes Glas. »Ihr Vater hat einige größere Konten verwaltet, auch das meiner Eltern. Vor acht Jahren hatte Mayhew das Unglück, einen jungen Mann zu treffen, der behauptete, eine Diamantmine in Afrika zu besitzen. Der einzige Grund, warum er die Mine nicht abbauen könne, sagte der junge Mann, seien die nötigen Finanzen dazu. Ich habe den Gentleman nicht getroffen – wobei ich kaum glaube, dass man ihn so bezeichnen könnte –, aber Mayhew scheint ihm geglaubt zu haben. Jedenfalls hat er allen Freunden und Nachbarn empfohlen, in die Mine zu investieren.«

»Die«, sagte Burke, »nicht existierte.«

»Natürlich nicht. Mr Mayhews netter junger Mann nahm das ganze Geld seiner Förderer, inklusive dem Großteil von Mayhews eigenem Vermögen und ist damit getürmt. Zumindest ist das Mayhews Version der Geschichte.«

»Also gab es Gründe, das anzuzweifeln?«

»Es gab scheinbar ausreichend Gründe, daran zu zweifeln, dass viele der Männer, die Geld verloren haben – darunter auch mein eigener Vater –, es angemessen fanden, Mayhew vor Gericht zu bringen.«

Burke befeuchtete seine Lippen mit der Zunge. Sie schmeckten salzig. Der Grund dafür war, dass sie bluteten. »Und?«

Bishop blickte überrascht drein. »Was meinen Sie?«

»Wer hat gewonnen?«

Bishop blinzelte. »Das wissen Sie nicht? Kate hat Ihnen nichts davon erzählt?«

Burke nahm einen tiefen Atemzug. Eintausendeins, zählte er. Eintausendzwei. Eintausenddrei ...

»Nein«, sagte er, als er sicher war, sich unter Kontrolle zu haben und sich nicht wieder auf den Jüngeren zu stürzen. »Kate hat mir nichts erzählt.«

»Nun dann«, sagte Bishop. »Der Fall kam nie vor Gericht. Denn der Angeklagte – Peter Mayhew – starb einen Tag vor Beginn der Verhandlung.«

»Starb?« Burke tupfte seine blutende Lippe mit dem Ärmel. »In dem Feuer, meinen Sie?«

Bishop sah ihn von der Seite an. »Davon hat Ihnen Kate also erzählt?«

Er nickte. »Sie sagte, ihre beiden Eltern seien darin umgekommen.«

»Das stimmt«, sagte Bishop mit einem Nicken. »Das sind sie. Ich war in der Nacht nicht hier, wissen

Sie, ich war an der Universität. Aber einige unserer Dienstboten sprechen noch immer davon. Die Flammen schossen zwanzig, dreißig Fuß hoch in den Himmel. Es ist ein Wunder, dass überhaupt jemand überlebt hat, aber tatsächlich sind alle davongekommen außer Kates Eltern. Jeder Dienstbote und Kate sind entkommen. Sogar ihre verdammte Katze hat es überlebt. Das Feuer hat sich nur auf einen Teil des Hauses konzentriert – man kann es von der Straße aus nicht sehen, aber die neuen Eigentümer haben Wunder vollbracht beim Wiederaufbau. Nur das Schlafzimmer von Kates Eltern wurde zerstört. Ziemlich unwahrscheinlich, finden Sie nicht?«

Burke runzelte die Augenbrauen. »Was meinen Sie damit?«

»Nun, bei einem Feuer von solcher Hitze sollte man meinen, dass es das ganze Haus zerstört. Aber es brannte nur sehr langsam nach der anfänglichen Flammenexplosion. Man war in der Lage, das restliche Feuer relativ leicht zu löschen ...«

»Was wollen Sie damit sagen?« Burke funkelte ihn böse an. »Ich habe keine Zeit für Spielchen, Bishop. Wenn Sie etwas sagen wollen, nur gerade heraus damit.«

»In Ordnung.« Bishop verzog das Gesicht. »Sie haben ja schon immer etwas auf der Leitung gestanden, Traherne. Was ich sagen will, ist, dass ein gewisser Verdacht bestand, das Feuer sei absichtlich gelegt worden. Es roch sehr stark nach Kerosin, nicht so, als ob nur eine Lampe umgefallen wäre.«

»Das soll also heißen«, sagte Burke langsam, »dass Kates Eltern umgebracht worden sind?«

»Guter Gott, nein.« Bishop schüttelte den Kopf.

»Nein, damals ging man davon aus, dass Peter Mayhew das Feuer selbst gelegt hat. Um sich die Demütigung der Gerichtsverhandlung zu ersparen.«

Burke starrte den Jüngeren an. »Selbstmord?«

»Nun ja, Mord und Selbstmord, wenn man's genau nimmt. Ich glaube kaum, dass seine Frau dabei etwas zu sagen hatte. Man fand sie im Bett – oder in dem, was vom Bett übrig war. Es ist zweifelhaft, ob sie überhaupt aufgewacht ist ...«

»Gütiger Gott«, sagte Burke, und seine Lippen fühlten sich taub an, jedoch weder wegen Bishops Faustschlag noch wegen des Whiskys. »Ich ... ich hatte ja keine Ahnung.«

»Nein«, sagte Bishop. Er hatte offensichtlich keine Lust mehr, aus einem Glas zu trinken, dessen Rand ständig mit der Krawatte kollidierte, die er unter seine blutende Nase hielt. Stattdessen öffnete er den Verschluss der Karaffe und trank daraus. »Hatten Sie wohl offenbar nicht. Nur, dass es in allen Zeitungen stand.«

»Ich lese nur den Sportteil«, gab Burke zu.

»Ah. Nun, dann konnten Sie es nicht wissen. Und Kate hätte es sowieso nicht erzählt. Sie spricht niemals davon ... verständlicherweise, wie ich finde. Außerdem ... sie würde es wohl gern einfach vergessen können. Wer würde das nicht in der Situation? Ich bezweifle, dass auch nur einer ihrer Arbeitgeber – und sie hatte einige davon – weiß, wer sie ist, oder auch nur eine Ahnung hat, dass sie einst dieselben Privilegien hatte wie die Kinder, die sie hüten musste.«

Burke nahm ihm die Karaffe ab und schüttete sich eine großzügige Menge in den Rachen.

»Sie war nie wieder ganz die Alte. Die Dienstboten hatten sie damals gefunden, bewusstlos auf einem Treppenabsatz. Jemand trug sie nach draußen. Kate war nie in der Lage zu erklären, wie sie auf diesen Treppenabsatz gelangt war. Manche Leute glaubten, ihr Vater habe sie dort hingelegt, bevor er das Feuer legte, um sicherzugehen, dass sie hinausgelangen würde. Aber Kate ...«

Burke sah in schräg an. »Ja?«

»Kate hat immer darauf bestanden, dass es anders war. Nun ja, man kann es ihr nicht vorwerfen. Es ist sicherlich nicht gerade angenehm, denken zu müssen, dass dein eigener Vater sich selbst und seine Frau umbringt, nur um einen Gefängnisaufenthalt zu vermeiden – und die öffentliche Demütigung natürlich. Also hat sich Kate ihre Version der Geschehnisse jener Nacht zusammengedichtet, von der ich sicher bin, dass sie noch heute daran glaubt.«

»Und wie ist die?«, fragte Burke, obwohl er sich die Antwort schon denken konnte.

»Nun, dass der junge Mann – der sich diese Diamantmine ausgedacht hatte – mitten in der Nacht zurückgekehrt war und das Feuer gelegt hat, um Peter Mayhew an der Aussage vor Gericht zu hindern. Denn natürlich waren Mayhew und seine Anwälte der Überzeugung, seine Unschuld beweisen zu können, wenn sie nur den jungen Mann fänden, der mit dem Geld durchgebrannt war ...«

Daniel Craven. Wer sollte es sonst sein? Was hatte Kate gesagt, als er sie fragte, warum sie sich in Cravens Gegenwart so unwohl fühlte? Dass sie wütend auf ihn war, weil er nicht zur Beerdigung ihrer Eltern gekommen war? Gott, wie dumm war er gewesen. Sie verdächtigte ihn, ihre Eltern ermordet zu haben. Kein Wunder, dass sie jedes Mal bleich wurde, wenn er in der Nähe war ...

Und er, Burke, riesiger und dämlicher Dummkopf, der er war, hatte sie in dieser Nacht im Garten des Flirtens beschuldigt – was noch vorsichtig ausgedrückt war –, mit solch einem Mann. Dem Mann, von dem sie glaubte, dass er ihre Eltern bei lebendigem Leib verbrannt hatte.

Burke starrte den Earl an. Er wusste, dass er mittlerweile ziemlich betrunken war – es war schließlich gerade erst Mittag, und er hatte den Großteil eines Viertels Whisky getrunken. Das allein konnte jedoch nicht den sentimentalen Gedanken erklären, der sich ihm unerwünschterweise aufdrängte.

»Also«, sagte er, wobei er sorgfältig artikulierte, denn er kannte seine Tendenz zu nuscheln, wenn er getrunken hatte.

»Streng genommen war Kates Vater also kein Dieb.«

»Nein«, sagte Bishop. »Nur ein Dummkopf.«

»Ein Dummkopf«, sagte Burke. »Aber auch ein Gentleman.«

»Ein dummer Gentleman.«

»Aber dennoch«, insistierte Burke, »er war ein Gentleman. Weshalb Kate die Tochter eines Gentleman ist.«

»Ja«, sagte Bishop nach einiger Überlegung; es klang eher wie *dscha.* »Aber was macht das für einen Unterschied? Gentleman-Tochter oder nicht, ein Mann hat die Pflicht, eine Frau respektvoll zu behandeln.«

Burke sah in scharf an. »Soll das heißen, ich habe

das nicht getan? Kate respektvoll behandelt? Hat sie Ihnen das geschrieben, in ihrem Brief?«

»Nein. Nur dass sie nicht mehr in London bleiben kann und ob ich ihr freundlicherweise ihre Besitztümer nachschicken könnte.« Er schnappte Burke die Karaffe aus der Hand und nahm einen langen Zug. »Das ist alles, was ich für sie bin, eine Adresse, wo sie ihre Sachen unterbringen kann.« Dann kniff der Earl die Augen zusammen. »Und was genau hat es zu bedeuten, dass Sie sie Kate nennen? Es sollte Miss Mayhew heißen für Sie, Traherne. Außer es gibt einen Grund, von dem ich nichts weiß, warum sie Ihr Haus so plötzlich verlassen hat.«

»Und wohin«, begann Burke betont unverbindlich, »sollen ihre Sachen geschickt werden?«

Als Bishop die Flasche absetzte, kicherte er. »Halten Sie mich für einen Dummkopf, Traherne? Glauben Sie, ich sage es Ihnen? Obwohl sie von mir verlangt hat – sehr ausdrücklich, muss ich hinzufügen –, es Ihnen auf keinen Fall zu sagen, egal, wie hart Sie mich schlagen?«

Burke lachte mit ihm. »Aber natürlich werden Sie es mir sagen«, meinte er, »weil wir doch jetzt gute Freunde sind, Sie und ich, und Sie wissen, dass mir nur Kates Wohlergehen am Herzen liegt.«

»Das stimmt nicht«, sagte Bishop. »Ich weiß ganz genau, dass es nicht stimmt. Sie haben das gleiche Interesse an Kate wie ich. Der einzige Unterschied ist freilich, dass *ich* sie dafür heiraten will.«

Burke starrte ihn finster an. »Woher wollen Sie wissen, dass ich sie nicht auch heiraten will?«

»Sie?« Bishop brach in schallendes Gelächter aus. »Kate heiraten? Unmöglich!«

»Warum?«, verlangte Burke wutschnaubend zu wissen. »Warum ist es unmöglich?«

»Jedermann weiß, dass Sie der Ehe auf ewig abgeschworen haben, Traherne. Sogar Kate weiß es.«

Burke sah ihn misstrauisch an. »Und woher genau weiß Kate das? Ich habe es ihr nie gesagt.«

»Das mussten Sie auch nicht. Ich habe es ihr gesagt. Ich habe ihr gesagt, Sie würden sie wahrscheinlich bloß zur Befriedigung niederer Begierden missbrauchen und dann wegschicken, wenn Sie genug von ihr haben.« Plötzlich ließ Bishop fast die Karaffe fallen, drehte sich um und starrte seinen neuen Trinkkumpan anklagend an. »Das ist nicht etwa der Grund, wieso sie weggelaufen ist, oder? Haben Sie sich an ihr vergangen, Sie Bastard?«

Burke fiel darauf keine Antwort ein. Denn in der Tat, genau das hatte er getan, obwohl die Formulierung so nicht zu passen schien. Aber natürlich war das der Grund, wieso sie weggelaufen war. Aber das würde er dem Earl of Palmer gegenüber ganz bestimmt nicht zugeben. Und er konnte den Earl auch nicht dafür verantwortlich machen, dass er Kate gewarnt hatte. Schließlich hatte er selbst aktiv den Part gespielt, den der Earl von ihm erwartet hatte ... er hatte Kate auf enthusiastische Art die Einzelheiten ihrer sündigen Zukunft dargelegt. Was er stattdessen hätte darlegen sollen, wären Hochzeitspläne gewesen.

Aber wie hätte er das wissen sollen? Sie hatte nie ein Wort über ihre Herkunft verloren. Wie hätte er wissen sollen, dass sie die Tochter eines Gentleman war?

Das war natürlich keine Entschuldigung. Man durfte keine Frau so behandeln, wie er Kate behandelt hatte, ob Tochter eines Gentleman oder nicht. Aber er hatte seit siebzehn Jahren nicht mehr ans Heiraten gedacht. Wie hätte er ausgerechnet in jener Nacht darauf kommen sollen?

Nun, er hätte darauf kommen müssen. Hätte er das getan, säße er jetzt nicht an diesem Montagvormittag in einem völlig demolierten Morgensalon und würde Whisky aus der Karaffe trinken und sich wundern, warum ein Mann, der kein Herz besaß, so sicher sein konnte, dass es gerade brach.

22. Kapitel

Sehr geehrter Lord Wingate, stand in dem Brief.

Ja, was auch sonst. Was hatte er erwartet? Dass sie ihn beim Vornamen nennen würde? Das hatte sie nur einmal getan und auch nur, weil er sie darum gebeten hatte. Es war nicht wahrscheinlich, dass sie es in einem Brief tun würde, in dem sie ihm mitteilte, dass sie ihn nie wiedersehen könne.

Also, *sehr geehrter Lord Wingate,* stand da.

Ich weiß, Sie sind wahrscheinlich wütend auf mich, aber ich fühlte einfach, dass ich gehen musste. Ich fürchte, ich kann nicht Ihre Mätresse sein. Ich hätte gern versucht, das zu sein, aber ich weiß, dass ich dafür einfach nicht aus dem richtigen Holz geschnitzt bin. Am Ende wären wir beide unglücklich gewesen. Ich hoffe, Sie können mir verzeihen, und ich hoffe auch, dass Sie verstehen, warum ich diesen Brief an Lord Palmer geschickt habe, damit er ihn Ihnen gibt. Ich habe das Gefühl, dass es besser für mich ist, für eine Zeit lang nichts von Ihnen zu sehen oder zu hören. Bitte versichern Sie Isabel meiner tiefen Zuneigung, und versuchen Sie, ihr verständlich zu machen, warum ich gehen musste. Natürlich ohne ihr die Wahrheit zu sagen. Und halten Sie sie davon ab, mit Mr Saunders durchzubrennen und ihn zu heiraten; er hat so etwas mir gegenüber einmal erwähnt.

Mir bleibt nur noch, Ihnen Gottes Segen zu wünschen,

und seien Sie versichert, dass ich Ihnen jetzt und für immer in Treue verbunden bin, Ihre

Kate Mayhew

Nachdem er den Brief gelesen hatte, sah Burke wieder zum Anfang der Seite zurück – es war noch nicht einmal eine Seite. Eine halbe Seite, auf der Sorte Briefpapier geschrieben, die man in jedem Dorfgeschäft erwerben konnte. Nun, Kate war nicht dumm. Sie würde ihm nie auf dem Briefbogen eines Hotels schreiben, das man leicht ausfindig machen könnte. Er las noch einmal. Aber egal, wie oft er den Brief las, die Worte blieben dieselben.

Keine Beschuldigungen. Nirgendwo, auch nicht verborgen zwischen den Zeilen, machte sie ihn für irgendetwas verantwortlich. Es gab auch kein Anzeichen dafür, dass sie während des Schreibens geweint hatte. Die Tinte war nirgends verschmiert. Er fragte sich, wie oft sie diesen Brief geschrieben hatte, bevor sie mit dieser Version zufrieden gewesen war. Sie war klug genug gewesen, jeden Hinweis darauf zu vermeiden, wo er sie finden könnte. Und sie drückte nicht die geringste Hoffnung – auch nicht unbewusst – dahingehend aus, dass er das versuchen könnte.

Nun, es war mehr, als er verdiente, dachte er sich. Er hatte überhaupt keinen Brief von ihr erwartet. Und er hatte seinen Augen nicht trauen können, als Bishop ihm den Umschlag in die Hand drückte, als er am Nachmittag seinen – betrunkenen und blutenden – Abgang gemacht hatte. Zuerst hatte er es für eine hastig zusammengestellte Rechnung für die

Schäden gehalten, die er im Morgensalon der Witwe verursacht hatte.

»Er ist von Kate«, hatte der Earl gesagt, seine Stimme undeutlich wegen dem Lappen, den er sich unter die immer noch tropfende Nase hielt. »Sie hat ihn zusammen mit dem Brief an Mrs Cleary geschickt. Ich wollte ihn Ihnen zuerst nicht geben, aber ... wenn ich Sie mir jetzt so angucke, denke ich, Sie sollten ihn haben.«

Instinktiv hatte Burke den Umschlag umgedreht und das Siegel kontrolliert. Bishop, noch immer betrunken, ließ ein bitteres Lachen vernehmen.

»Machen Sie sich keine Sorgen«, sagte er. »Ich hab ihn nicht gelesen. Wollte ich nicht. Was auch immer zwischen Ihnen beiden passiert ist ... um die Wahrheit zu sagen, ich will es gar nicht wissen.«

Burke war da ganz seiner Meinung. Er hätte es auch lieber nicht mehr gewusst. Er wollte vergessen. Er wollte alles vergessen, was seit jener nebeligen Nacht passiert war, in der er sie zum ersten Mal getroffen hatte.

Deshalb saß er sechs Stunden später in seinem Arbeitszimmer, nicht in der Bibliothek. Er hatte es nicht über sich gebracht, in die Bibliothek zu gehen, seit er und Kate ... nun, auch das wollte er vergessen.

Er saß da, trank seinen Whisky und las ihren Brief wieder und wieder. Diese Beschäftigung war zwar nicht gerade dazu angetan, sie zu vergessen, aber er war nicht in der Lage, den Brief wegzulegen, denn er war das Einzige, was er von ihr besaß, das einzige Erinnerungsstück. Nun, mit der Ausnahme ihres Nachthemds und ihres Negligees, die er vom Fußboden der Bibliothek geborgen hatte, bevor eines der

Hausmädchen sie dort fand. Seitdem bewahrte er sie zwischen seinen Kissen im Bett auf.

Sentimental? Ja. Hoffnungslos gefühlsduselig? Ganz sicher.

Trotzdem würde er sich weder von den Nachtgewändern noch dem Brief trennen, nicht für alles Geld der Welt.

Als er den Brief ungefähr zum hundertsten Mal las, in der Hoffnung, es möge sich vielleicht eine Zeile ändern, flog die Tür seines Arbeitszimmers auf.

»Entschuldigung«, polterte Burke, ohne aufzusehen. »Aber ich habe meine Gründe gehabt, diese Tür zu verschließen.«

»Und ich hatte meine, sie zu öffnen.« Isabel, in Abendgarderobe gewandet, stand vor ihm. Tränen glitzerten in ihren Augen. Ihre Haare waren zu straff nach hinten gezogen, um dann auf dem Hinterkopf in einem Gewirr von Locken zu enden. Es war nicht gerade ein betörender Anblick. Mit dieser Haartracht hätte Kate sie nicht aus dem Haus gehen lassen.

»Ich bin eben in Miss Mayhews Zimmer gewesen«, sagte Isabel; sie konnte die Gefühle in ihrer Stimme kaum unterdrücken. »Ich wollte ein Buch zurückbringen, das ich geliehen hatte, und was denkst du, was ich da sehe? Was meinst du wohl?«

Burke hob sein Glas an die Lippen und leerte es in einem Zug. Zum Teufel damit. Er hatte noch massenweise Whisky in der Flasche neben sich.

»Sie ist weg!«, rief Isabel. »Papa, sie ist weg! Die Bücher sind weg! Miss Mayhew ist *weggegangen*!«

»Ja«, sagte Burke und schenkte sich noch einen Whisky ein. »Ich weiß.«

»Das weißt du?«, schrie Isabel. »Du *weißt* es? Was meinst du damit, du *weißt* es?«

Burke sagte tonlos: »Miss Mayhew hatte das Gefühl, dass ihre Verwandte, die erkrankt ist, sie mehr braucht als wir, und so hat sie mit Bedauern ihre Kündigung eingereicht.«

Er warf ihr einen Blick zu, um zu sehen, wie gut die Lüge angekommen war. Es schien sie halbwegs überzeugt zu haben. Isabel war zwar blass und Tränen sammelten sich unter ihren langen, dunklen Wimpern, aber sie sah nicht wütend aus. Noch nicht, jedenfalls.

»Aber ich verstehe nicht.« Sie schüttelte den Kopf. Der Lockenberg auf ihrem Hinterkopf wogte. »Papa, Miss Mayhew hat keine Verwandten. Das hat sie mir gesagt. Wer soll diese kranke Verwandte sein?«

Burke nippte an seinem Glas. Whisky war ein außergewöhnliches Getränk. Er betäubte so angenehm. Und wenn er morgens mit Kopfschmerzen aufwachte, brauchte er nur mehr davon zu trinken und die Schmerzen waren weg. Wenn er bloß dafür sorgte, dass immer genug Whisky vorhanden war, morgens, mittags und abends, dann würde er vielleicht mit der Situation zurechtkommen.

»Moment mal.« Isabels grüne Augen verengten sich drohend, aber er war zu betrunken, um die Gefahr zu erkennen. Noch nicht, jedenfalls.

»Moment mal«, wiederholte Isabel. »Du lügst.«

Burke hob eine Braue. »Wie bitte?«

»Du hast mich gehört. Du lügst mich an, Papa. Miss Mayhew ist nicht bei einer kranken Verwandten.«

Burke sagte: »Ich weiß nicht, wovon du sprichst, Isabel. Sie hat dir selbst geschrieben ...«

»Sie hat genauso gelogen«, erklärte Isabel. »Niemand schreibt in einem Brief, dass eine *Verwandte* krank ist. Man würde schreiben ›meine Tante‹ oder ›meine Cousine‹ oder ›die Frau des Bruders meines Großvaters‹. Niemand sagt ›*meine Verwandte*‹. Miss Mayhew hat gelogen, genau wie du.«

Burke lehnte den Kopf an den Ledersessel zurück und seufzte. »Isabel«, sagte er.

»Sag's mir«, sagte Isabel. »Du musst es mir sagen. Ich bin kein Kind mehr. Ich bin eine erwachsene Frau, so gut wie verlobt und im Begriff zu heiraten ...«

»Du bist *nicht*«, unterbrach Burke nachdrücklich, »so gut wie verlobt und im Begriff zu heiraten. Nicht, bis ich sage, dass du so gut wie verlobt bist und im Begriff zu heiraten.«

Isabel sagte: »Na gut. Ich bin nicht verlobt und im Begriff zu heiraten. Aber erwachsen bin ich trotzdem und ich verlange, dass du es mir jetzt sagst, Papa. Wo ist sie?«

Burke konzentrierte sich auf die Zimmerdecke. »Ich weiß es nicht«, sagte er schlicht.

Isabel hob die Stimme. »Was meinst du damit, du weißt es nicht? Wo sind ihre Bücher hingeschickt worden?«

»Zu Lord Palmer«, sagte Burke zur Decke. »Er wiederum hat sie zu ihr geschickt, wo immer sie sein mag.«

»Wie meinst du das, wo immer sie sein mag? Du *weißt* nicht, wo sie ist?«

Er schüttelte den Kopf. »Nein. Das habe ich dir doch gesagt. Sie will es mir nicht mitteilen.«

Schließlich sah er sie an und bemerkte ihren schockierten Gesichtsausdruck. Er streckte ihr die Hand entgegen und fügte hinzu: »Es tut mir Leid, Isabel.«

»Es tut dir *Leid*?« Sie hob die Stimme um eine weitere Oktave. Sämtliche unterdrückten Gefühle brachen nun an die Oberfläche und überwältigten sie. Was dabei herauskam, war, soweit Burke das beurteilen konnte, Hysterie. »Es tut dir *Leid?* Was hast du ihr angetan, Papa? Was hast du *getan*?«

Das konnte er ihr natürlich nicht sagen. Er konnte nur ein wenig nachdrücklicher den Kopf schütteln. Zu seiner Überraschung warf sich Isabel darauf vor seinem Sessel auf die Knie und stieß ein herzzerreißendes Schluchzen aus.

»Du hast irgendetwas getan«, sagte sie und hämmerte mit der Faust auf seinen Oberschenkel. »In der Nacht im Garten, als Mr Craven da war, in der Nacht hast du irgendetwas mit Miss Mayhew gemacht. Du hast die Kontrolle über dich verloren. Du hast die Kontrolle verloren und ihr etwas angetan, stimmt's? *Du* bist der Grund, warum sie gegangen ist. *Du* bist derjenige. Du hast es gemacht.« Sie schüttelte den Kopf so heftig, dass das Lockengebilde sich löste und ihr die Haare über die Schultern herabfielen, so wie die Tränen über ihre Wangen liefen. »Wie *konntest* du nur, Papa!«

Burke sah mit einem elenden Ausdruck auf sie herab.

»Isabel«, sagte er. »Es tut mir Leid. Ich habe gesagt, es tut mir Leid.«

Sie hob die Hand und wischte die Tränen mit dem Rücken ihrer Faust weg – eine Geste, die ihn so an ihre Kindheit erinnerte, dass er blinzeln musste. Einen betrunkenen Moment lang hatte er geglaubt, sie sei wieder vier Jahre alt. »Natürlich tut es dir Leid«, sagte Isabel in deutlich gemäßigtem Ton. »Armer Papa.« Sie schniefte ein wenig und blinzelte dann zu ihm auf. »Bist du sehr traurig? Du siehst sehr traurig aus.«

In erster Linie war er natürlich betrunken. Aber das konnte er ihr nicht sagen. So wie er ihr den wahren Grund für Kates plötzliche Abreise nicht sagen konnte.

»Es tut mir sehr Leid für dich, Papa«, sagte Isabel, reichte hinauf und streichelte ihm über die Wange. Rasch zog sie ihre Hand wieder zurück, als hätte sie sich verbrannt. Was sie auf gewisse Art auch getan hatte.

»Papa«, sagte sie tadelnd. »Wie lange ist es her, dass du dich rasiert hast?«

»Ich weiß nicht«, sagte Burke.

»Du bist sehr unordentlich.« Isabel hob die Hand und rückte seine Krawatte zurecht. »Und woher hast du diesen Schnitt da am Auge? Papa, hast du dich wieder geprügelt?«

Er zuckte die Achseln. »Ja.«

»Du bist ein sehr schlechter Papa«, sagte Isabel, zog ein Taschentuch aus seiner Westentasche und wischte sanft über die Schnittwunde. »Sehr, sehr schlecht, dass du nicht auf dich selbst Acht geben kannst. Was würde Miss Mayhew von dir denken, wenn sie jetzt zurückkäme?«

Burke sagte: »Sie kommt nicht zurück, Isabel.«

Isabel schnalzte mit der Zunge. »Also Papa, das weißt du doch gar nicht. Sie sagte das, weil sie wütend auf dich ist – sicherlich zu Recht. Du kannst wirklich sehr niederträchtig sein, wenn das Tempera-

Nur im Gegensatz zu dir glaube ich ihnen nicht. Du hast ein Herz und es tut sehr weh im Moment. Zu Recht wohl, denn ich bin sicher, du warst sehr gemein. Aber, Papa, ich versichere dir, vom Grunde meines Herzens, Miss Mayhew kommt zurück. Sie muss einfach zurückkommen.«

Burke sah seine Tochter fragend an. »Warum?«

»Weil«, sagte Isabel mit einem Achselzucken, »wenn sie dich nur annähernd so sehr liebt, wie ich das tue, kann sie gar nicht wegbleiben.«

Darauf verließ Isabel mit einem strahlenden Lächeln den Raum und ließ ihren Vater mit diesem vollkommen unzureichenden Trost zurück.

23. Kapitel

Frederick Bishop, neunter Earl of Palmer, war sehr glücklich mit seinem Club. Es war dies ein sehr prestigeträchtiger Club, der auch nur sehr prestigeträchtige Mitglieder aufnahm. Nur adlige Standesgenossen der ältesten Familien durchschritten die exklusiv vertäfelten Räume und nahmen an den exquisiten Mittagessen teil. Politikern und Intellektuellen war der Zutritt strengstens verboten, so dass sich die Konversation nie um etwas anderes drehte als Sport, Zigarren, und ... nun ja, Sport. Die Mitgliedschaft war derartig exklusiv, dass Freddy sich in einen der tiefen Ledersessel vor dem Kamin im Hauptsalon sinken lassen konnte und stundenlang von keiner einzigen Seele belästigt wurde.

Für einen Mann, der mit einer Frau wie seiner Mutter unter einem Dach lebte, war so etwas beileibe nicht selbstverständlich.

Deshalb wunderte es ihn, als ein Butler des Clubs zu ihm kam, sich respektvoll verneigte und flüsterte: »Ich bitte um Verzeihung, Mylord, aber da ist ein Mann in der Eingangshalle ...«

Freddy, der sich dessen bewusst war, dass er in letzter Zeit der Adressat zahlreicher böser Blicke seiner Clubkameraden geworden war, flüsterte rasch zurück: »Und? Was hat das mit mir zu tun?«

»Der Mann, Mylord, besteht darauf, Sie zu sehen. Er sagt, wenn er Sie nicht zu Gesicht bekommt, wird er das Haus in Brand setzen. Er hat schon drei Angestellte niedergeschlagen, die ich geschickt hatte, ihn loszuwerden. Er ist recht hartnäckig, Mylord ... und ich darf so frei sein anzumerken, vielleicht ein wenig betrunken.«

Freddy war neugierig zu sehen, wer drei der Clubangestellten niedergeschlagen haben mochte. Denn sie wurden hauptsächlich nach ihren körperlichen Ausmaßen angestellt, denn schließlich war einer der wichtigsten Vorzüge eines exklusiven Clubs seine Exklusivität. Außerdem fragte er sich, warum so eine Person ihn sehen wollte, erhob sich aus dem gemütlichen Sessel und folgte dem Diener in das Foyer des Clubs.

Dort sah er den Marquis of Wingate, der auf methodische Art vorging, die Einrichtung zu zerstören. Dies tat er hauptsächlich, indem er Clubangestellte an der Gurgel fasste, sie hochhob und gegen die Wände donnerte. Die Porträts der prestigeträchtigen Gründer des Clubs gerieten ins Schwanken. Hinter dem Regenschirmständer, der aus einem Elefantenfuß bestand, hockte ein zusammengekauerter Baron und ein Herzog duckte sich im Schutze eines Topffarns. Beide hofften offenbar, der Aufmerksamkeit des Marquis zu entgehen.

»Um Himmels willen«, sagte Freddy entsetzt. Traherne hob einen Lakaien hoch, der fast zwei Meter maß, und warf ihn über ein Geländer. »Ist es denn unbedingt nötig, Traherne, dass Sie überall eine Szene machen, wo immer Sie hingehen?«

Der Marquis sah auf.

»Gütiger Gott«, platzte Freddy heraus. »Sind Sie es, Traherne? Sie sehen vollkommen elend aus. Setzen

Sie diesen Jungen ab und kommen Sie herein ...« Als er die fassungslosen Gesichter der Clubangestellten sah, sagte er säuerlich: »Ja, ja, ich kenne ihn. Sie werden es nicht glauben, so wie er jetzt aussieht, aber er ist ein Marquis und normalerweise etwas gepflegter. Lassen Sie ihn durch und hole einer von euch endlich eine Flasche Whisky.«

Den Anweisungen des Earl of Palmer wurde schnellstens entsprochen. Burke wurde in ein kleines Privatbüro eskortiert, das die Clubmitglieder üblicherweise nutzten, um die monatlichen Schecks für ihre Verwalter, Mätressen und Zigarrenhersteller auszustellen. Dort wies man ihn an, Platz zu nehmen, was er auch tat. Er fühlte sich plötzlich sehr erschöpft. Das Sofa war aus sehr weichem Leder und ließ ihn großzügig in das butterweiche Polster einsinken. Burke ermahnte sich, sich nicht von der Gemütlichkeit dieses Sofas einlullen zu lassen. Das war nur eine List, um ihn die Absicht, in der er gekommen war, vergessen zu lassen.

»Hier«, sagte Palmer, nachdem er eine Zeit lang mit einer Flasche und zwei Gläsern hantiert hatte, die einer dieser schwachsinnigen Clubkellner hereingebracht hatte. »Trinken Sie das aus.«

Burke schaute misstrauisch auf den Schwenker, den der Earl ihm entgegenstreckte. »Das ist kein Whisky«, sagte er.

»Nein, es ist Brandy. Aber was zur Hölle macht Ihnen das schon aus? Es ist auf jeden Fall Alkohol, alter Mann. Und Sie sehen aus, als ob Sie den brauchen könnten.«

Brummelnd nahm Burke das riesige Kelchglas, in dem eine minimale Menge Flüssigkeit schwankte, und leerte es in einem Zug. Brandy. Oh ja. Er hatte schon mal Brandy getrunken. Sogar recht oft, damals, bevor sich sein Leben in eine verschwommene Aneinanderreihung von Whisky-Katern verwandelt hatte. Eine beruhigende Wärme stieg in ihm auf.

Nun ja, in einem hatte Bishop Recht. Es war auf jeden Fall Alkohol. Er streckte ihm das leere Glas entgegen.

»Schon gut, schon gut.« Bishop füllte ihm nach. »Nicht so schnell. Ich bezahle pro Flasche, wissen Sie, und dieses Zeug ist zwanzig Jahre alt.«

Burke kippte das zweite Glas hinunter und fühlte, wie es sich auf wohl bekannte Art durch seine Kehle brannte, in den Magen hinab.

»Ich hoffe, Sie nehmen es mir nicht übel, alter Mann«, sagte Bishop und setzte sich in den Ledersessel, der Burkes Couch gegenüberstand, »aber dieses Hereinplatzen und Leuteumherschmeißen nutzt sich langsam ab. Ich dachte ohnehin, wir hätten das seit unserer letzten Bewegung hinter uns. Wie lange ist das jetzt her, zwei Monate, nicht wahr? Wie Sie sehen, ist mein alter Rüssel ganz gut verheilt.« Bishop drehte ihm sein Profil zu. »Sie sehen natürlich die Erhebung. Jeder sieht die Erhebung. Aber wissen Sie was, ich mag diese Erhebung sogar. Ich fand immer, mein Gesicht wirkte erschreckend feminin, wissen Sie, bevor Sie mir die Nase brachen. Wirklich, Traherne, Sie haben mir einen Gefallen getan. Wobei ich jedoch ziemlich enttäuscht bin, dass ich Ihnen keine bleibende Narbe beigebracht habe. Aber Sie sehen ohnehin elend genug aus, da will ich mal darüber hinwegsehen.« Er nahm einen Schluck aus seinem Kelchglas. »Also. Ich denke, Sie werden mir gleich sagen, warum Sie hier sind. Nur bitte fragen Sie mich nicht, wo Kate ist. Sie hat mir immer noch nicht erlaubt, es Ihnen zu sagen.«

»Sie ist fort«, sagte Burke. Als er die Worte aussprach, hatte er das Gefühl, als zöge sich ihm das Herz in der Brust auf die Hälfte seiner normalen Größe zusammen. Es war, als hätte er eine Faust in sich, die seine Organe ergriff und zusammendrückte, so dass er entweder keine Luft zum Atmen hatte oder kein Blut in seinem Hirn.

Bishop räusperte sich. »Nun, natürlich ist sie fort, alter Junge. Davon haben wir schon beim letzten Mal geredet, wissen Sie.«

»Nicht Kate.« Burke sprach in kurzen, gepressten Knurrlauten. Es war die einzig mögliche Art zu sagen, was er zu sagen hatte, ohne jemandes Kopf an die Wand zu schlagen. »Isabel.«

»Isabel?« Bishops Kinnlade fiel herab. »*Lady* Isabel? Ihre Tochter?«

»Nein.« Burke schwang sich aus der zu gemütlichen Couch empor und schwankte Richtung Kamin, in dem trotz des warmen Wetters – soweit er das Wetter richtig wahrgenommen hatte – ein fröhlich knisterndes Feuer brannte. »Nein«, sagte er wieder, mit kaum unterdrückter Wut. »Lady Isabel, das eistanzende Äffchen. Natürlich meine Tochter. Sie ist weg. Sie hat mich verlassen.«

Bishop ließ einen lauten Pfiff ertönen. »Das machen die Frauen scheinbar recht oft mit Ihnen, was, alter Junge? Abhauen, meine ich.«

Eine Sekunde später bereute er sowohl den Pfiff als auch die leichtfertige Bemerkung, als der Marquis ihn an den Rockschößen packte und aus dem Sessel heraus in die Luft hob.

»Sie werden mir jetzt sagen«, sagte er drohend, wobei er jedes Wort sorgfältig artikulierte, damit der Earl ihn auch verstand, »wo sie ist.«

Bishops Füße baumelten zwei, drei Handbreit über dem Boden. Er sah bedauernd auf sie herab, als vermisse er den festen Untergrund. »Ähm, Traherne«, sagte er und artikulierte dabei ebenso sorgfältig. »Wie, zur Hölle, soll ich wissen, wo Ihre Tochter ist?«

»Nicht Isabel«, sagte Burke knapp. »Kate.«

Bishop hustete. »Also wirklich, Traherne, ich verstehe nicht ...« Mit einem gurgelnden Geräusch brach er ab, als Burke seinen Griff verstärkte. »Sie ist durchgebrannt.« Burkes Stimme war kaum mehr als ein drohendes Knurren. »Isabel ist mit diesem Bastard Craven durchgebrannt.«

»Craven?«, brach es aus Bishop heraus. »*Daniel* Craven?«

»Kennen Sie noch einen anderen?«

»Aber ...« Völlig verständnislos schüttelte Bishop den Kopf. »Was ist mit Saunders?«

Was *war* mit Saunders? Während er so dastand, einhundertsechzig Pfund Earl in der Luft haltend, wanderte er in Gedanken zurück zum gestrigen Abend, als Isabel zu ihm ins Arbeitszimmer gekommen war. Er war vor dem Kamin zusammengesunken, wie es seine abendliche Gewohnheit geworden war. Ein Glas Whisky in der Hand, eine Flasche in bequemer Reichweite. Er hörte zwar ihren Schritt auf der Schwelle, war aber nicht auf eine derartige Konfrontation gefasst, wie sie folgen sollte.

Isabel war voller Mitleid gewesen in den letzten

Wochen, seit Kate ihn so grausam – so nahm er es jedenfalls wahr – verlassen hatte. Deshalb erwartete er auch jetzt nur einige sanfte Worte der Ermutigung von ihr, oder allenfalls die Anregung – wie schon ein-, zweimal erfolgt –, sich die Haare schneiden zu lassen. Er hatte nicht erwartet, dass sie ihn angehen würde wie einen unfähigen Botenjungen.

»Schon wieder betrunken«, sagte sie verächtlich, als sie die fast leere Flasche entdeckt hatte. Sobald sie leer war, würde ihm Vincennes auf sein Klingeln sofort eine neue bringen, also zum Teufel damit.

»Soll es ewig so weitergehen? Willst du dich zu Tode trinken? Ist das dein Plan?«

Er sah aus blutunterlaufenen Augen zu ihr auf. »Das«, sagte er, »ist das Einzige, was mir bis jetzt eingefallen ist. Hast du vielleicht eine andere Idee?«

»Ja«, sagte Isabel. »In der Tat, die habe ich. Warum kriegst du nicht endlich den Hintern hoch und gehst sie suchen?«

Burke sah sie missbilligend an. »Benutze nicht solche Ausdrücke in meinem Haus.«

»Oder was?« Isabel, die in Abendgarderobe vor ihm stand, schüttelte den Kopf. »Womit willst du mir drohen?«

»Ich werde dich übers Knie legen.«

Isabel lachte. Es war kein angenehmes Lachen. Genau genommen war es sogar ein verächtliches Lachen.

»Versuch es ruhig«, sagte sie. »Ich bezweifle, dass du eine Maus heben kannst, in deinem Zustand. Wann hast du zuletzt ordentlich gegessen? Oder frische Luft geatmet?«

Burke schaute nur verdrießlich ins Feuer. Es hatte

keinen Zweck, ihr zu sagen, dass alles Essen für ihn wie Sägemehl schmeckte, und dass die Luft, drinnen wie draußen, übel riechend war. Stattdessen sagte er: »Ich bin immer noch in der Lage, dir deinen Unterhalt zu kürzen.«

»Na sicher kannst du das«, sagte Isabel trocken. »Aber ich brauche nur an dein Portemonnaie zu gehen, wenn du dich das nächste Mal bewusstlos getrunken hast. Wenn ich mir anschaue, was da noch in der Flasche ist, wird das ungefähr in einer Viertelstunde der Fall sein.«

»Isabel«, sagte Burke ungeduldig. »Was willst du? Willst du Geld? Du willst ausgehen, wie es aussieht.«

»In der Tat, das tue ich. Allein, übrigens. Ich bin mittlerweile schon fast der Skandal der Saison, immer allein ohne Anstandsdame unterwegs, dank dir.«

»Das hast du dir allein zu verdanken«, widersprach Burke. »Ich bin nicht derjenige, der sich seit drei Monaten diesem jungen Taugenichts an den Hals ...«

»Sag nichts gegen Geoffrey«, sagte Isabel, die behandschuhte Hand erhoben. »Ich weiß genau, wie du von ihm denkst.«

»Tust du das? Und warum habe ich das Gefühl, dass du ihn hinter meinem Rücken immer noch triffst?«

»Komm doch mit mir heute Abend«, sagte Isabel, »dann siehst du es selbst. Ich denke, du wirst positiv überrascht sein. Ich interessiere mich nicht mehr für so einfach gestrickte kleine Jungs wie Geoffrey. Ich denke, es wird dir gefallen, in wessen Gesellschaft ich jetzt meine Zeit verbringe.«

Burke sah sie an. Sie sah nicht so gut aus wie zu der

Zeit, als Kate ihre Kleidung und ihre Frisur ausgewählt hatte. Wenn sie auf sich selbst gestellt waren, hatten siebzehnjährige Mädchen häufig die Neigung, in diesen Dingen unvorteilhafte Entscheidungen zu treffen. Heute Abend zum Beispiel war da ein Wust strubbeliger Haare über ihrer Stirn, der, soweit Burke sich erinnerte, nicht da gewesen war, als er sie das letzte Mal gesehen hatte.

Vielleicht war es ja der letzte Schrei der Londoner Frisurenmode, aber an Isabel sah es bedauernswerterweise lächerlich aus. Er fragte sich, ob es echtes Haar war, und fühlte die Versuchung, hinzufassen und daran zu ziehen. Aber das, entschied er, wäre viel zu anstrengend.

Genau wie ausgehen.

»Nein danke«, sagte er und drehte sich wieder dem Feuer zu.

»Oh!«, schrie Isabel und stampfte mit dem Fuß auf. »Also wirklich, Papa! Was ist mit dir passiert? Ich erinnere mich an eine Zeit, als du nicht faul herumgesessen hast und dich von einer Frau so behandeln ließest! Ich verstehe nicht, warum du nicht einfach zu ihr gehst und ...«

»Weil«, unterbrach Burke sie mit zusammengebissenen Zähnen, »ich nicht weiß, wo sie ist.«

»Ach, und ein Mann mit deinem Geld und deinen Verbindungen hat keine Möglichkeit, das herauszufinden?«

Er zischte wütend Richtung Feuer: »Ich weiß nicht, was es bringen soll, sie zu suchen, wo sie doch klargestellt hat, dass sie mich nie wiedersehen will.«

»Papa, sie war wütend, als sie das geschrieben hat. Ich bin sicher, dass sie jetzt, nachdem sie Zeit zum

Nachdenken hatte, anders darüber denkt. Wo immer sie sein mag, wahrscheinlich sitzt sie da und denkt, *du* willst *sie* nicht wiedersehen.«

Burke nahm einen ordentlichen Schluck Whisky. »Und damit hätte sie auch vollkommen Recht.«

»Nein, hätte sie nicht. Wenn Miss Mayhew jetzt durch die Tür käme, würdest du doch auf die Knie fallen und ihr die Füße küssen.« Isabel zupfte an ihren Handschuhen. Sie hatte einen verächtlichen Ausdruck im Gesicht. »Obwohl ich kaum glaube, dass sie viel von dir halten würde, so wie du jetzt aussiehst. Ungewaschen und stoppelig. Und ich könnte ihr keinen Vorwurf machen. Du hast dich in ein perfektes Monster verwandelt. Sogar Daniel sagt ...«

»Daniel?« Burke schielte durch einen trüben Alkoholschleier. »Wer ist *Daniel*?«

»Daniel Craven, natürlich«, sagte Isabel.

Plötzlich stand Burke auf den Füßen. Und plötzlich fühlte er sich überhaupt nicht mehr betrunken. Und er trauerte auch nicht mehr um Kate. Wut hatte die erfreuliche Eigenschaft, das Kommando zu übernehmen und alles andere als das Objekt des Zorns unwichtig erscheinen zu lassen.

»Wage dich nicht in die Nähe dieses Mannes«, sagte er. »Oder ich mach dich einen Kopf kürzer.«

»Er ist nicht so, wie du denkst, Papa«, beharrte Isabel. »Er ist auch nicht so, wie Miss Mayhew dachte. Er ist umwerfend charmant. Er wurde nur tragisch missverstanden. Es tut ihm schrecklich Leid, dass ...«

»Du kommst mir nicht in seine Nähe«, wütete Burke. »Du hast nicht mit ihm zu sprechen, mit ihm zu tanzen oder ihn auch nur *anzusehen*, hast du mich verstanden?«

»Ich brauche deine Erlaubnis nicht, um ihn zu sehen, Papa«, sagte Isabel kalt. »Ich bin volljährig. Wenn ich wollte, könnte ich ihn heiraten. Wir müssten uns noch nicht einmal die Mühe machen, ein Aufgebot zu bestellen. Wir können einfach über die Grenze fahren und ...«

Er machte einen raschen Schritt vorwärts. Er hatte seine Tochter noch nie geschlagen und hatte das auch jetzt nicht vor. Aber das wusste sie nicht und stolperte rückwärts.

»Isabel«, sagte er drohend. »Ich warne dich. Wenn du diesem Mann nahe kommst, bringe ich ihn um. Erst ihn und dann dich.«

Isabel hob das Kinn. »Daniel hat vorausgesagt, dass du so reagieren würdest. Ich habe ihm widersprochen, aber offensichtlich hatte er Recht. Du bist zu schrecklich, um es mit Worten zu beschreiben. Ich liebe ihn, Papa, und ich werde ihn heiraten, mit oder ohne deine Erlaubnis.«

Er war so nahe dran, sie zu schlagen, wie nie zuvor. Stattdessen schlug er auf das Fenster ein, und zwar mit dem Whiskyglas, das er in der Hand hielt. Zuerst brach das Glas des Fensters, dann das Whiskyglas, als es unten auf der Straße landete. Isabel, die sich geduckt hatte, richtete sich auf und starrte ihn an. Diesen Blick würde er niemals vergessen, egal, wie lang er lebte und wie viele Blicke er noch sehen sollte. Dieser Blick drückte vollkommene Verachtung aus, gemischt mit einem so kläglichen Mitleid, dass es sich anfühlte wie ein Faustschlag in den Magen.

»Isabel«, sagte er verzweifelt.

Aber es war zu spät. Sie drehte sich um und verließ ohne ein weiteres Wort den Raum.

Er sollte sie nicht wiedersehen. Am nächsten Morgen überbrachte ihm Mrs Cleary tränenüberströmt den Brief. Isabel war weg, mit Craven, nach Gretna Green. Sie ging davon aus, als verheiratete Frau zurückzukehren. Und falls ihm daran lag, irgendwann seine Enkelkinder zu sehen, sollte er nicht versuchen, sie aufzuhalten.

»Ich muss schon sagen«, sagte Bishop trocken, der gerade, immer noch in der Luft hängend, von Burke eine verkürzte Version der Geschichte gehört hatte, »das ist in der Tat wirklich hart, alter Mann. Warum lassen Sie mich nicht runter und wir versuchen gemeinsam, die Sache zu durchdenken.«

Burke setzte ihn tatsächlich ab, allerdings nicht zu sanft. »Ich habe es schon durchdacht«, sagte er und strich mit der Hand durch sein viel zu langes Haar, »und die einzige Lösung ist, Kate zu finden. Kate muss mit mir nach Schottland fahren. Auf mich wird Isabel nicht hören, aber auf Kate.«

Bishop zuckte die Achseln. Burkes unsanfte Behandlung hatte den Sitz seines Rocks offensichtlich beeinträchtigt. »Nun, da haben Sie sicherlich Recht, alter Kauz«, sagte Bishop. »Aber Sie vergessen da ein recht wichtiges Detail. Kate will nicht, dass ich Ihnen sage, wo sie ist. Daran erinnern Sie sich doch, nicht wahr?«

»Aber«, sagte Burke, »dies ist ein Notfall.«

»Nun ja, das ist es wohl, alter Mann. Für Sie, jedenfalls. Aber Sie müssen verstehen, es ist nicht in meinem Interesse – und genauso wenig, wie ich überzeugt bin, in Kates –, dass Sie sie finden.«

Burke blinzelte ihn an. »Richtig«, sagte er durch blutleere Lippen. »Sie wollen sie für sich haben.«

»Nun ja«, sagte Bishop. »Ich meine, sie empfindet zwar nicht so für mich, aber mit der Zeit ...«

»Und Ihre Sopranistin?«, fragte Burke höflich, der im Grunde nicht im Geringsten an des Earls Liebesleben interessiert war.

»Tja, sie stellt ein kleines Problem dar. Aber Kate ist eine sehr verständnisvolle Frau ...«

»Nicht so verständnisvoll«, sagte Burke, »wie Sie denken mögen.«

Bishop warf ihm einen abschätzenden Blick zu. »Nun, da haben Sie vielleicht Recht. Ich weiß nicht, was ich sagen soll, alter Junge. Ich habe das Gefühl, mir sind die Hände gebunden. Ich habe ihr mein Wort gegeben, dass ich Ihnen nichts sage.«

Burke atmete tief durch. Er sagte: »Bishop. Meine Tochter ist ein unerfahrenes, siebzehnjähriges Mädchen. Sie hat sich in die Arme eines kaltherzigen Bastard geworfen, der *mindestens* ein Dieb ist, vielleicht hat er zwei Menschen lebendig in ihren Betten verbrannt. Und der soll mein Schwiegersohn werden. *Das* wird der Vater meiner Enkel.«

Bishop verzog das Gesicht. »Das ist ein hartes Schicksal«, begann er, aber Burke unterbrach ihn.

»Denken Sie an Kate«, sagte er, verzweifelt nach dem letzten Strohhalm greifend, um an den Jüngeren zu appellieren. »Überlegen Sie, was Kate sagen würde, wenn sie davon wüsste. Wenn sie wüsste, dass sich Isabel in die Hände von Daniel Craven begeben hat, was würde sie sagen? Was würde sie wollen, dass Sie tun?«

Bishops Gesichtsausdruck, der undurchdringlich gewesen war, veränderte sich. Er ließ die Arme hängen und sagte: »Bei Gott. Bei Gott, Sie haben Recht.

Entschuldigung, alter Junge. Ich werde es Ihnen sagen. Natürlich sage ich es Ihnen. Katie würde mir niemals verzeihen, da bin ich sicher, wenn ich es Ihnen unter den gegebenen Umständen nicht sagen würde.« Er atmete tief durch. »Sie ist in Lynn Regis. Ihr altes Kindermädchen hat da ein Cottage gemietet. White Cottage heißt es, glaube ich. Ich habe die genaue Adresse nicht hier, aber wenn Sie einen Moment warten, sende ich einen Boten ...«

Bishops Stimme verlor sich, als er merkte, dass er zu einem leeren Raum sprach.

»Tja«, war alles, was ihm darauf noch einfiel.

24. Kapitel

White Cottage war das letzte Haus am entferntesten Ende einer Straße, die, wie es schien, hauptsächlich von Schafen benutzt wurde ... Was Burke als angenehmer empfand als die anderen Straßen in Lynn Regis, die ihm von Menschenmassen verstopft schienen, trotz der Regenwolken, die sich über dem Meer auftürmten und zügig Richtung Land zogen.

White Cottage machte seinem Namen alle Ehre. Es war ein gemütlich wirkendes Gemäuer mit vielen spät blühenden Kletterrosen an den Außenwänden und es war recht klein. Burke musste sich unter einem Rosenbogen hindurch bücken, um den Vorgarten zur Haustür zu durchqueren. Wäre er in einem weniger aufgewühlten Gemütszustand gewesen, hätte er sicherlich innegehalten, um den gepflegten Garten und die hübschen Blumenkästen an den Fenstern zu bewundern, die mit Chrysanthemen und anderen Herbstblumen bepflanzt waren. Doch wie die Dinge lagen, konnte er sich gerade noch zurückhalten, die Tür mit der Schulter aus den Angeln zu stoßen.

Er schaffte es, einen Moment innezuhalten, bevor er klopfte. Er fuhr sich durch die Haare. Er hatte sich der Forderung seines Kammerdieners gebeugt und sich rasiert, bevor er London verließ; den Haarschnitt, auf dem Duncan ebenfalls bestanden hatte, hatte er jedoch zurückgewiesen. Es war keine Zeit dafür, und außerdem, sagte er sich, war es Kate ohnehin egal, wie er aussah. Sie konnte ihn ja doch nur hassen – verdientermaßen. Welchen Unterschied machte da ein Haarschnitt?

Doch jetzt, wo ihn nur wenige Sekunden von einem Wiedersehen mit ihr trennten, wünschte er sich doch, er hätte Duncan an seine Haarspitzen gelassen. Aber da dies noch der geringste Zweifel war, den er mit sich herumtrug, war er leicht beiseite zu schieben. Er hob die Faust und klopfte.

Eine Stimme – allerdings nicht Kates – aus dem Cottage rief: »Ich komme«, aber es dauerte fast eine Minute, bevor die Tür geöffnet wurde. Eine lange Minute, während derer Burke sich ständig nervös zu seinem wartenden Kutscher umdrehte, der wiederum fragend zurückblickte und sich wunderte, was der Marquis wohl brauchte. Aber was Burke brauchte, konnte sein Kutscher ihm nicht geben.

Die Tür öffnete sich und eine alte Frau, auf einen Stock gestützt, schielte zu ihm hinauf. »Oh, Sie sind es«, sagte sie, nachdem sie Burke mit ihren milchigen blauen Augen gemustert, seine überlangen Haare und die Kutsche hinter ihm bemerkt hatte. »Sie sind wohl wegen Katie hier.«

Burke hatte das Gefühl, als ob die Faust – oder was immer das war in seinen Innereien – sich etwas lockerte; so groß war seine Erleichterung. Er sagte: »Ja, ja, das bin ich. Ist sie hier, Madam?«

»Madam.« Die alte Frau lächelte. Es war ein gütiges Lächeln, das vor allem dadurch gewann, dass sie gnädigerweise noch alle Zähne besaß. »Es hat mich schon lange niemand mehr ›Madam‹ genannt. Hinkle ist mein Name.«

Burke betete im Stillen zu Gott, dass die Begegnung mit der alten Frau ohne gewalttätigen Zwischenfall ablaufen würde.

»Ja«, sagte Burke und versuchte, sich die Ungeduld nicht in der Stimme anmerken zu lassen. »Mrs Hinkle, darf ich Sie bitten, mir zu sagen, ob Miss Mayhew im Hause ist? Wissen Sie, es ist sehr wichtig, dass ich ...«

»Oh, es heißt *Miss* Hinkle«, sagte die alte Frau mit einem Funkeln in den Augen – obwohl sie scheinbar halb blind war. »Und ich kann Ihnen sagen, es drehen sich immer noch ein, zwei Köpfe nach mir um, junger Mann, sonntagmorgens unten im Dorf.«

Burke spürte, wie sich die Faust in seinem Inneren zusammendrückte, bis er glaubte, sein Herz würde unter dem Druck platzen.

»Miss Hinkle«, brachte er in einer halbwegs normalen Tonlage hervor. »Wo kann ich Miss Mayhew finden?«

»Hinten raus«, sagte die alte Frau und zeigte in die Richtung hinter dem Cottage. »Sie holt die Wäsche ein. Es wird regnen, wissen Sie. Ich hätte es ja selber gemacht, nur mein Bein spielt wieder nicht mit, und ...«

Ihre Stimme verlor sich. Nicht, weil sie aufgehört hätte, zu sprechen, sondern weil Burke sich auf den Weg durch den Garten und an der Seite des Hauses vorbei gemacht hatte. Hinter dem Haus fiel das Land sanft zu den Klippen hin ab, hinter denen sich unter den heranziehenden Sturmwolken dunkelgrau und unheimlich das Meer auftürmte. Nicht weit vom Cottage, mitten auf dem Feld, stand ein krummer, verwachsener Baum. Zwischen diesem und einem anderen Baum war eine Leine gespannt, vielleicht sieben Meter lang. Daran hingen ein halbes Dutzend weiße Laken, ein paar Kissenbezüge und andere Leinensachen, die wild im Wind flatterten. Hinter den Laken konnte Burke die schlanke Silhouette einer Frau erkennen, neben der ein Korb auf dem Boden stand. Ihre Röcke – das Einzige von ihr, was er wirklich sehen konnte – wurden vom Wind an ihre Beine gepresst. Ihre Arme waren über den Kopf gehoben, während sie die Wäscheklammern löste. Ab und zu musste sie sich auf die Zehenspitzen stellen. Obwohl er ihr Gesicht nicht sehen konnte, wusste Burke ohne Zweifel, dass es – endlich – Kate war.

Burke schritt zügig zur Wäscheleine. Er beachtete weder den Wind noch das Meer und stellte sich hinter einem wogenden Laken auf.

Auf der anderen Seite kämpfte Kate mit einer besonders störrischen Wäscheklammer. Als sie sie schließlich löste, fiel das weiße Betttuch herab.

Sie hatte sich nicht verändert. Wenn überhaupt, war sie noch schöner, als er sie in Erinnerung hatte. Der Wind hatte eine gesunde Farbe in ihre Wangen gebracht, die auch nicht durch den Schreck, ihn wiederzusehen, wich. Wenn er gehofft hatte, dass sie in den Monaten seit ihrer letzten Begegnung so gelitten hatte wie er, dann wurde er enttäuscht. Sie war so schlank wie zuvor, aber ihre Figur wirkte kräftiger, es war eine frische Weichheit in ihrem Gesicht und ihre sanften grauen Augen schimmerten stärker als zuvor. Und ihre Lippen – diese Lippen, die nie aufhörten, ihn in seinen Träumen zu verfolgen – waren voller und dunkler im Farbton und – falls so etwas möglich war – noch reizender als zuvor.

Schließlich öffneten sich diese Lippen, nachdem sie ihn fast eine Minute lang angestarrt hatte, und ihre wohl bekannte dunkle Stimme sagte: »Sie sehen schrecklich aus.«

Er blinzelte. Den ganzen unerträglich langen Weg von London hierher hatte er sich vorgestellt, was sie wohl zueinander sagen würden, wenn sie sich jetzt endlich wiedersahen. Er hatte sich alles vorgestellt, dass sie ihm die Arme um den Hals warf und diese Lippen, die er so vermisst hatte, auf die seinen presste, oder dass sie ihm schwere Gegenstände an den Kopf wuchtete.

Diesen sachlichen Kommentar zu seinem Aussehens jedoch hatte er sich nie vorgestellt.

Er musste feststellen, dass er keine Antwort darauf fand. Nicht nur das, es schien, als habe er plötzlich vergessen, wie man spricht. Er stand da und bemühte sich, etwas – irgendetwas – zu sagen, und ihm fiel nichts ein. Er konnte nur dastehen und sie anstarren, jedes Detail in sich aufnehmen, angefangen bei der Tatsache, dass sie ein Kleid trug, das er nie gesehen hatte – es war aus blauer und weißer Baumwolle. Sie hatte einen grünen Wollschal um die Schultern gelegt. Der Wind zerrte an den Strähnen ihres blonden Haares, die aus dem Knoten an ihrem Hinterkopf entwischt waren, und wehte sie ihr ins Gesicht.

»Also«, sagte Kate nach einer weiteren Minute und strich sich eine dieser Strähnen aus dem Gesicht. »Stehen Sie nicht einfach so da. Es wird gleich regnen. Helfen Sie mir, die Wäsche hineinzutragen.« Sie fing an, an den Wäscheklammern des nächsten Lakens zu nesteln.

Sprechen konnte er zwar nicht mehr, aber er stellte fest, dass er sich noch bewegen konnte. Also tat er das, löste die Klammern, die sie nicht erreichen konnte, und faltete die Laken mit ihr, indem sie jeweils die gegenüberliegenden Ecken zusammenlegten. Keine einfache Aufgabe bei dem Wind und ab und an berührten sich ihre Finger. Jedes Mal vermieden beide, sich dabei anzusehen.

Aber jedes Mal, zumindest für Burke, war es wie eine Explosion an seinen Fingerspitzen, so empfindlich reagierte er auf die kleinste Berührung von ihr. Es war eine Schwäche, das wusste er. Eine unerträgliche Schwäche, die mit der unerträglichen Wucht seiner Gefühle zu ihr einherging. Es gab nichts, was er dagegen tun konnte. Außer zu beten, dass sie genauso empfand.

Eine Sekunde später sah er, mit dem Gefühl wahnsinniger Erleichterung, dass es so war. Es musste so sein. Warum sonst zitterten ihre Finger, als ob der Wind – der weder besonders warm noch besonders kühl war – arktische Temperaturen hätte? Er erkannte, dass sie diese vollkommene Abwesenheit von Gefühlen nur vortäuschte. Sie fühlte sehr wohl etwas. Sie fühlte sogar sehr stark.

Nur, wie sollte er sie dazu bringen, ihre Gefühle zu zeigen? Das war die Frage.

Sie ist wütend, sagte er sich. Sie ist einfach nur wütend. Ihr Brief, der keinerlei Anklage enthalten hatte, der pure Freundlichkeit gewesen war – sogar liebevoll, wenigstens am Ende –, dieser Brief gab ihre wahren Gefühle keineswegs wieder. Denn sie fühlte Wut. Und sie hatte ein Recht darauf, wütend zu sein. Er hatte sie beleidigt. Mehr als beleidigt, gedemütigt hatte er sie mit seiner idiotischen Annahme, sie würde sich darüber freuen, seine Mätresse sein zu dürfen. Und dann auch noch seine Unterstellungen in Bezug auf Craven.

Sie hatte das Recht, wütend zu sein.

»Ich bin sehr gut in der Lage«, sagte sie, als er sich bückte und ihr den Wäschekorb abnahm, »meine Wäsche selbst zu tragen.«

Er hielt den Korb fest. »Nein«, sagte er. »Nicht so, wie Ihre Finger zittern im Moment.«

Sie versteckte sie sofort, indem sie die Arme vor der Brust verschränkte und die Hände verbarg. »Mir ist kalt«, verteidigte sie sich.

»Darf ich Ihnen meinen Mantel leihen?«

Sie begegnete seinem Blick und wandte den ihren schnell wieder ab, als habe sie sich – ganau wie er – an eine andere Gelegenheit erinnert, als er ihr seinen Mantel geliehen hatte. »Nein«, sagte sie mit schwacher Stimme, »das ist nicht nötig. Danke.«

Er glaubte, es nicht ertragen zu können, diese kalte, gleichmütige Kate, auch wenn es nur vorgetäuscht war.

»Was haben Sie getan, um Freddy dazu zu bringen, meinen Aufenthaltsort zu verraten?«, fragte sie mit heiserer Stimme, den Blick auf den Boden geheftet. »Ihm gedroht, seiner Mutter von der Sopranistin zu erzählen?«

Er schüttelte den Kopf. »Ich habe die Wahrheit gesagt«, sagte er. »Dass ich Sie brauche.«

An dieser Stelle hätte er natürlich nicht weiterreden sollen. Denn der Ausdruck ihrer Augen wurde deutlich weicher – obwohl sie entschlossen schien, so kalt und unnachgiebig zu bleiben wie das Meer unterhalb der Klippen.

Aber er war ein solcher Neuling in der Liebe und von seinen Gefühlen so arg mitgenommen, dass er nicht erkannte, was diese plötzliche Weichheit bedeutete. Stattdessen, plump wie ein Holzfäller, fuhr er fort: »Es ist wegen Isabel.«

Die Weichheit wich einem erschreckten Ausdruck. »Isabel? Was ist mit ihr? Geht es ihr gut?«

Er schüttelte den Kopf. »Sie ist durchgebrannt, Kate.«

Sie starrte zu ihm empor und schien nicht zu merken, dass der Wind eine dicke Strähne ihres Haares gegen ihre Wange peitschte. »Durchgebrannt«, sagte sie. »Durchgebrannt? Wohin?«

»Nach Schottland«, entgegnete er. »Mit Daniel Craven.«

Ihr Mund klappte auf. *»Daniel?«*, echote sie. In ihrer Stimme lag, wenn er das richtig heraushörte, das blanke Entsetzen. »Aber wie ...? Was ist mit ...«

»Du musst mir helfen, Kate«, unterbrach Burke sie verzweifelt. »Nur du kannst sie überzeugen, nach Hause zu kommen. Ich weiß, ich habe kein Recht, dich darum zu bitten ... Aber ich wusste nicht, was ich sonst tun sollte. Du musst mir helfen. Um Isabels willen.«

Sie senkte den Blick. Er konnte nicht mehr erkennen, was sie fühlte. Er hörte nur ihr gemurmeltes: »Ja. Ja, natürlich.«

Und dann lief sie an ihm vorbei auf das Cottage zu.

Alles, was er wahrnahm, war, dass sie zugestimmt hatte, mit ihm zu kommen. Er sah nicht, was sie so hastig vor ihm zu verbergen suchte – eine plötzliche Feuchtigkeit in ihren Augenwinkeln, die, wie sie sich einredete, leicht auf den Wind geschoben werden konnte. Nun, was hatte sie auch erwartet? Es hatte fast drei Monate gedauert, bis er ihr gefolgt war, und das auch nur, weil Isabel in Schwierigkeiten steckte.

Schlimme Schwierigkeiten, wie es sich anhörte. Daniel Craven. Gott stehe ihr bei, Daniel Craven.

Was in aller Welt wollte er von Isabel?

Den Wäschekorb in Händen, holte Burke sie ein und dachte: *Sie ist wütend. Natürlich ist sie immer noch wütend. Aber ich kann alles erklären. Es ist nicht zu spät. Es ist so lange nicht zu spät, bis sie Bishop heiratet. Bis dahin habe ich noch eine Chance.*

Die alte Nanny, Miss Hinkle, dachte jedoch anders darüber.

»Also Sie sind derjenige«, sagte sie zehn Minuten später, als Burke ihr gegenüber am Küchentisch saß. Kate war nach oben gegangen, um »ein paar Sachen zusammenzupacken«, wie sie der alten Frau mitgeteilt hatte. »Lord Wingate und ich werden ein paar Tage unterwegs sein, Nanny«, war Kates knappe Erklärung gewesen. »Nur wenige Tage, es ist eine dringende Angelegenheit. Ich bin bald wieder hier.«

Das Letzte sagte sie mit einem kurzen Blick auf Burke, als könnte er versucht sein, ihr zu widersprechen. Er hatte tatsächlich Luft geholt, um genau das zu tun, denn auf dem Rückweg von der Wäscheleine hatte er entschieden, dass ihre Rückkehr zum Cottage höchstens besuchsweise sein würde, vielleicht erst mit ihren Kindern, nachdem sie verheiratet waren. Jetzt, da er sie wiedergefunden hatte, hatte er nicht die geringste Absicht, sie jemals wieder aus den Augen zu lassen.

Aber das konnte er nicht laut sagen. Nicht, solange Kate noch derart aufgebracht war. Deshalb sagte er jetzt zu Nanny Hinkle, die, wie er glaubte, eine etwas ausführlichere Erklärung begrüßen würde: »Miss Mayhew möchte nur diskret sein, aber es handelt sich um ein Geheimnis, von dem ich glaube, dass ich es offen mit Ihnen teilen kann, Miss Hinkle. Es geht um meine Tochter, wissen Sie. Sie ist mit einem Mann durchgebrannt, und ich brauche Miss Mayhews Hilfe, sie zu überzeugen, nach Hause zu kommen.«

»Oh«, sagte Nanny Hinkle. Sie hatte einen Kessel Tee gekocht und einen Teller Buttergebäck vor ihn hingestellt, sobald er Kate durch die Tür gefolgt war. Es schien fast, als habe die alte Frau ihn erwartet. Aber das war natürlich unmöglich.

Kaum war Kate nach oben verschwunden, hatte sie ihn mit ihrem milchigen Blick fixiert und gesagt: »Es wird nicht klappen, wissen Sie.«

Burke hatte den Tee vor sich kalt werden lassen. Er hatte in den letzten vierundzwanzig Stunden keinen Tropfen Whisky getrunken, aber das bedeutete noch lange nicht, dass er nun vorhatte, die bevorzugten Getränke älterer Frauen zu schlürfen.

Sein erster Gedanke war zu heucheln, als wüsste er nicht, wovon die alte Dame sprach. »Ich fürchte, ich weiß nicht, was Sie meinen«, sagte er höflich.

»Ich denke, Sie wissen's.« Nanny Hinkle hatte vier gehäufte Teelöffel Zucker in ihre Tasse gerührt und nippte nun – zu Burkes Ekel – an dem dampfenden Gebräu wie an einer seltenen Köstlichkeit. »Ich habe Katie vom Säuglingsalter aufgezogen und war bei ihr, bis sie sechzehn war. Ich habe nie im Leben jemanden getroffen, der störrischer wäre.«

Draußen blitzte es. Dann grollte entfernter Donner. Burke schaute aus dem Fenster. Das Cottage war gemütlich, obwohl die Dachsparren für jemanden von seiner Größe fast zu niedrig waren. Ihm gefiel die Vorstellung, dass Kate in der Zeit ihrer Trennung hier gewesen war, und nicht an einem der Orte, die seine durchgehende Phantasie sich ausgemalt hatte. Es war ein guter Ort, dachte er. Ein sicherer Ort. Obwohl diese alte Frau ... sie war nicht das nette Kindermädchen, das sie auf den ersten Blick zu sein schien, soviel war sicher.

»Ich denke, Sie werden feststellen, Miss Hinkle«, begann er, während sein Blick auf eine ihm vertraute Katze fiel, die es sich auf der frischen Wäsche im Korb gemütlich gemacht hatte, »dass auch ich ziemlich störrisch sein kann.«

»Nicht so störrisch wie *sie*«, sagte Nanny Hinkle mit einem Blick an die Decke. »Sonst wären Sie nicht hier.«

Burke sah zu, wie die Katze ausgiebig gähnte, um dann die Laken mit ihren Vorderpfoten durchzukneten. »Vielleicht nicht.« Burke konnte nicht widerstehen, mit einer gewissen Selbstgefälligkeit darauf hinzuweisen: »Aber schließlich kommt sie mit mir, oder nicht?«

»Ihrer Tochter zuliebe.« Die Alte biss in ein Butterhörnchen. Als sie wieder sprach, sprühte sie die Krümel in seine Richtung, was ihr jedoch völlig egal zu sein schien. »Das ist der einzige Grund.«

Burke, der nicht nur wegen der Krümel verärgert war, sagte: »Ich glaube nicht, dass das der einzige Grund ist. Ich glaube nicht, dass sie es nur für Isabel tut.«

»Das«, stellte Nanny Hinkle mit einem Zucken ihrer mageren Schultern fest, »ist natürlich Ihr gutes Recht, Mylord.«

Er starrte sie an. »Sie können mich nicht von ihr abbringen, Miss Hinkle«, sagte er. »Sie können mir noch tausend Mal sagen, wie störrisch sie ist, und ich werde nur höflich nicken, aber Sie können mich nicht von ihr abbringen.«

»Kann ich nicht?« Sie sah ihn an, dann lächelte sie. »Nein, stimmt, das sehe ich. Tja, das ist schade. Sie werden enttäuscht werden.«

Von oberhalb der engen Treppe erklang Kates misstrauische Stimme. »Nanny«, rief sie. »Was erzählst du ihm?«

»Ich erzähle Seiner Lordschaft gar nichts, meine Süße«, rief die Alte, in einer Lautstärke, die ihr zerbrechliches Aussehen Lügen strafte. Dann sagte sie mit gesenkter Stimme zu Burke: »Ich weiß noch, wie Ihre Scheidung in allen Zeitungen stand.«

Burke versteifte sich. Vorsichtig sagte er: »Ach ja?«

Die alte Frau machte eine abwinkende Geste. »Ziemlicher Skandal war das.«

»Wollen Sie damit andeuten, Miss Hinkle«, sagte er, »dass ich nicht gut genug für Kate bin?«

Sie sah in fest an. »Sie kennen natürlich die Geschichte ihrer Eltern.«

Überrascht über den unvermittelten Themawechsel, nickte er.

»Das haben die Leute auch als Skandal bezeichnet«, sagte Nanny Hinkle. »Und es war genauso in den Zeitungen wie Ihre Scheidung.« Sie nippte an ihrem Tee. »Die Freunde der Familie – feine Leute wie Sie – haben sie fallen gelassen. Keiner von ihnen konnte mehr irgendwohin gehen, ohne von hämischen Blicken und Getuschel begleitet zu werden. Und das von den Menschen, die sich einmal als Freunde bezeichnet haben. So etwas hinterlässt Narben auf der Seele.«

»Sicherlich«, sagte Burke und fragte sich, worauf die alte Frau hinauswollte.

»Es hat auch bei Ihnen Narben hinterlassen«, sagte sie. »Aber anders als bei Kate.«

»Was«, Burke wurde ungeduldig, »wollen Sie mir damit sagen?«

»Sie wird nicht dorthin zurückkehren.« Die Alte sah ihn an, ohne zu blinzeln.

Burke nahm nun an, dass die alte Frau Bescheid wusste über das, was er mit Kate getan hatte, und darüber, zu was er sie hatte machen wollen. Was ihm äußerst peinlich war. Aber es war müßig, denn er war fest entschlossen, diesen Fehler wieder gutzumachen.

Dementsprechend lehnte er sich in seinem Stuhl zurück und sagte: »Ich denke, Sie unterschätzen mich, Madam.«

Die alte Frau schnaubte. »Ich denke, Sie unterschätzen Kate. Aber warum sage ich Ihnen das überhaupt? Warum sollten Sie auf mich hören? Ich bin eine alte Frau. Niemand hört auf alte Frauen.«

Kate erschien auf der Treppe. Sie trug Reisekleidung und eine Tasche. »Ich schon«, sagte sie. »Also, Nanny, kommst du zurecht, während ich fort bin? Ich schaue auf dem Weg durch die Stadt bei Mrs Barrows vorbei und bitte sie, nach dir zu sehen. Und da sind noch die Fleischpasteten von Samstag in der Speisekammer, vergiss sie nicht. Und morgen kommt die Milch ...«

Nanny Hinkles Gesicht veränderte sich, als Kate wieder ins Zimmer trat. Sie verwandelte sich von der streng blickenden Inquisitorin, die sie in Burkes alleiniger Gegenwart gewesen war, zurück in das süße alte Kindermädchen.

»Ah«, sagte sie, während Burke sich erhob und hastig nach der Reisetasche griff, die Kate trug. Sie war beunruhigend leicht, wie er fand. »Aber eines hast du vergessen, meine Liebe, oder nicht? Was ist mit Lady Babbie?«

Kate, die mit den Bändern ihres Häubchens beschäftigt war, sagte: »Oh Nanny, ich bin in ein paar Tagen wieder hier, da bin ich sicher. Nicht länger.«

Nanny Hinkle warf Burke einen Blick zu, den er nur als triumphierend empfinden konnte. Erst als Kate die alte Frau zum Abschied geküsst und ein Bündel hastig zusammengepackter Butterhörnchen in Empfang genommen hatte, beugte sich Burke herab und küsste der alten Dame die Hand.

»Wir kommen wieder«, sagte er mit einer herzlichen Zuversicht, die er nicht fühlte. »Wegen der Katze.«

»*Sie* wird wiederkommen«, sagte die alte Frau mit einem Blick auf Kate, die schon nach draußen gegangen war.

»Das bezweifle ich«, sagte er.

»Dann machen Sie sich auf eine ordentliche Portion Herzschmerz gefasst.«

25. Kapitel

Dann machen Sie sich auf eine ordentliche Portion Herzschmerz gefasst. Die Worte der alten Frau echoten durch seinen Kopf.

Einige Stunden später dachte Burke immer noch darüber nach. Nun, was wusste *sie* schon? Sie hatte Kate ihr ganzes Leben lang gekannt. Na und?

Gut, er wusste nicht, was Kate ihrer Nanny darüber erzählt hatte, was wirklich zwischen ihr und ihrem Arbeitgeber geschehen war. Aber das hieß doch nicht, dass er keine Chance hatte. Weil er eine ganze Menge über Kate wusste, das Nanny Hinkle nicht wusste.

Er wusste zum Beispiel, dass, wenn sie die Lippen aufeinander presste – was die meiste Zeit der Fahrt in der geschlossenen Kutsche der Fall gewesen war, einer holperigen Fahrt mit wenig Gesprächen –, sie nicht unbedingt verärgert war. Oftmals bedeutete es lediglich, dass sie nachdachte.

Er befand es für höchst wahrscheinlich, dass sie über Daniel Craven nachdachte. Sie hatte um eine Schilderung der Ereignisse bis zu Isabels Verschwinden gebeten, und recht geduldig zugehört, während er erzählte. Er hatte eine leicht gekürzte Fassung zum Besten gegeben, denn er konnte ihr nicht sagen, was Isabel bezüglich seiner Beziehung zu ihrer früheren Anstandsdame gesagt hatte. Kate hatte genickt und die Vermutung geäußert, die Tatsache, dass Isabel in ihrem Brief das Ziel ihrer Reise – Gretna Green – genannt hatte, bedeutete, dass sie in der Tat vor der Hochzeit gefunden werden wollte. »Warum sonst«, sagte Kate, »sollte sie sagen, wo sie hinfährt?«

Was sie gerade ausbrütete – redete Burke sich ein –, war eine Strategie, wie sie Isabel von ihrem Vorhaben abbringen sollte. Er konnte ihr Gesicht recht gut erkennen, obwohl die Sturmwolken den Himmel so verdunkelten, als sei es Dämmerung und nicht erst kurz nach vier Uhr nachmittags. Sie trug – recht vorteilhaft, wie Burke fand – einen einfachen braunen Umhang mit passender Haube, so dass ihre blonden Haare sich sehr hell dagegen abhoben. Obwohl der Wind sie nicht mehr streifte, waren ihre Wangen immer noch rosig, genau wie ihre Lippen.

Es schien ihm im Bereich des Möglichen, dass sie diese Lippen für die ganze Dauer der Reise verschlossen halten würde. Sie war nie eine Plaudertasche gewesen, aber auch nie dermaßen still.

Sie ist wütend, sagte er sich wieder. *Und sie hat alles Recht dazu.* Es war sein Fehler, dieses Schweigen. Er musste etwas dagegen tun. Entweder das, oder er würde verrückt werden.

Er hob an zu sprechen und bemühte sich, das Gerumpel der Kutsche und das rhythmische Geklapper der Pferdehufe zu übertönen: »Es tut mir Leid, Kate.«

Sie riss den Blick von der vorbeiziehenden Landschaft los, die sie betrachtet hatte, und sagte, offensichtlich überrascht: »Ich bitte um Verzeihung?«

»Es tut mir Leid. Was passiert ist. Diese letzte Nacht

in London. Mir war nicht klar ... ich dachte, du wärst mit Bishop im Garten gewesen. Ich wusste nicht, dass es Daniel Craven war ...«

Kaum waren die Worte aus seinem Mund, wünschte er, er hätte sie nicht gesagt. Er hatte sich geschworen, nichts zu sagen, das ihr wehtun könnte.

Ihre Wangen schienen in Flammen aufzugehen. Sie sah schnell weg und sagte mit erstickter Stimme: »Bitte, vergessen Sie es einfach.«

»Ich kann es nicht vergessen«, sagte er und wünschte, sie möge ihn ansehen. »Wie kann ich das vergessen, Kate? Ich habe nicht aufgehört, daran zu denken. Warum hast du nichts gesagt?«

Sie schüttelte den Kopf, den Blick starr aus dem Fenster gerichtet. »Es hätte doch keinen Unterschied gemacht.«

»Was meinst du damit, Kate? Es hätte natürlich einen Unterschied gemacht, wenn du mir von deiner Vergangenheit erzählt hättest ...«

Jetzt sah sie ihn an. Sie drehte den Kopf, um ihn aus Augen anzusehen, die im Schatten ihrer Haube lagen. »Aber das habe ich doch«, sagte sie. »Ich habe Ihnen von dem Feuer erzählt.«

Er war von seinem Sitz ihr gegenüber aufgestanden und setzte sich neben sie, bevor die Worte ganz aus ihrem Mund waren.

»Aber nicht«, sagte er und griff nach ihrer Hand, »die ganze Geschichte. Nicht, was vorher passiert ist und wer du gewesen bist ...«

»Was hätte das geändert?«, fragte sie und versuchte, ihm ihre Hand zu entziehen.

»Wenn ich gewusst hätte, wer dein Vater war ...«

Ihr Mund klappte auf und ihm wurde ein atemberaubender Blick auf ihre Zunge geboten, bevor sie ihn wieder schloss.

»Wollen Sie mir sagen«, sagte sie, »wenn Sie gewusst hätten, dass mein Vater ein Gentleman war, hätten Sie nicht ...«

»Nein«, sagte er schnell. »Nein, ich bin sicher, auch dann hätten wir ... aber Kate, hätte ich es gewusst, hätte ich schon damals getan, was ich jetzt tun will.«

Sie beäugte ihn misstrauisch. »Und das ist?«

»Nun, um deine Hand anhalten, natürlich.«

Jede Spur von Farbe wich aus ihrem Gesicht. Dann gab sie ihrer Hand einen Ruck und versuchte, sie der seinen zu entziehen. »Lassen Sie mich los«, sagte sie in einer Stimme, die er nicht wiedererkannte.

Er verstärkte seinen Griff. »Nein. Hör mir zu, Kate ...«

»Ich habe Sie gehört«, sagte sie, und er erkannte, dass ihre Stimme ihm deshalb so fremd vorkam, weil sie tränenerstickt war. »Bitte lassen Sie meine Hand los und setzen sich wieder auf Ihren Platz.«

»Kate«, sagte er und versuchte, in sanftem Ton zu sprechen. »Ich weiß, dass du wütend auf mich bist, und du hast auch das Recht dazu. Aber ich denke ...«

»Wenn Sie meine Hand jetzt nicht loslassen«, sagte Kate und klang, als würde sie ersticken, »und auf Ihren Platz zurückkehren, sage ich dem Kutscher, er soll mich an der nächsten Kreuzung aussteigen lassen.«

»Kate, ich glaube, du verstehst mich nicht. Ich ...«

»Nein, *Sie* verstehen nicht«, sagte sie. Ihre Stimme zitterte ebenso stark wie ihre Finger, als sie die Wäsche eingeholt hatten. »Ich werde diese Tür öffnen und springen, so wahr mir Gott helfe, wenn Sie nicht tun, worum ich Sie gebeten habe.«

Für einen Moment hatte er selbst den Impuls, die Tür zu öffnen und zu springen. Oder wenigstens etwas hinauszuwerfen. Aber da er damit überhaupt nichts erreichen würde, tat er, wie sie gesagt hatte, und setzte sich wieder auf den Sitz ihr gegenüber. Dort saß er, die Arme über der Brust verschränkt, und schaute sie verwundert an.

Was in aller Welt stimmte nicht mit ihr? Er hatte versucht, so gut er konnte die Situation zu retten, und sie reagierte, als ob ... nun, als hätte er sie nochmals gebeten, seine Mätresse zu werden. Wegen dieses Angebots hatte sie wirklich allen Grund, ärgerlich auf ihn zu sein, bei Gott. Aber warum war sie wütend, wenn er sie bat, ihn zu heiraten? Nach seiner Auffassung wertschätzten Frauen Heiratsanträge ebenso hoch wie Diamanten und verhielten sich entsprechend. War sie beleidigt, weil sein Antrag nicht von einem Ring begleitet war? Nun ja, er hatte eben noch keine Gelegenheit gehabt, anzuhalten und einen zu besorgen. Er war schließlich dabei, seine Tochter davon abzuhalten, sich mit einem Schurken zu verheiraten, da hatte er noch keine Zeit gehabt, diese Dinge zu durchdenken.

Ihm gegenüber hatte sich Kate eng in ihre Sitzecke gedrückt und ihr Gesicht so weit wie möglich von ihm abgewandt, damit er ihre Tränen nicht sehen konnte. Es hatte angefangen zu regnen, ein harter, prasselnder Regen, begleitet von Blitz und Donner, der beständig lauter wurde. Regentropfen zogen ihre Spuren auf dem Kutschenfenster. Aber da sie dank ihrer Tränen ohnehin nichts sehen konnte, war das auch egal. *Was hast du getan? Kate, was in aller Welt hast du getan? Der Mann hat dich gebeten, ihn zu heiraten – darauf hast du die letzten drei Monate gewartet – und du sagst nein? Warum? Warum?*

Sie wusste natürlich, warum. Weil sie ein kompletter Dummkopf war, deswegen. Zuerst war sie so dumm gewesen, überhaupt eine Stellung bei ihm anzunehmen. Sie hatte von Anfang an gewusst, dass das keine gute Idee war. Sie hatte ihn nur ansehen müssen. Sieh ihn an! War er nicht das, was sie gelernt hatte zu verachten? Reich und arrogant und unerschütterlich selbstsicher ...

Und sie hatte Recht behalten.

Das Schlimmste. Das einzig Vernünftige, was sie in den letzten sechs Monaten getan hatte, war, ihn zu verlassen, bevor ihre Gefühle für ihn sie so sehr gefesselt hatten, dass sie sich ihnen nicht mehr entziehen konnte.

Nicht, dass sie jetzt frei davon war. Als sie dieses Laken heruntergenommen hatte und ihn vor sich stehen sah, war es, als sei es gestern gewesen, dass sie ihn das letzte Mal gesehen hatte – außer natürlich, dass er jetzt so anders aussah, so unwiderstehlich verletzlich und verletzt.

Aber das lag natürlich nur an der Sorge um Isabel und nicht, wie sie in einem kurzen Moment der Hoffnung geglaubt hatte, weil er sich nach ihr sehnte und litt, weil sie ihn verlassen hatte. Es war der erste kleine Hoffnungsschimmer gewesen, den sie sich seit der Nacht, als sie London verließ, erlaubt hatte. Sie hatte all ihre Kraft aufwenden müssen, ihm nicht die Arme um den Hals zu werfen und ihn tausendmal zu küssen, wie sie es sich seitdem jede Nacht erträumt hatte.

Doch dann hatte sie sich wieder erinnert.

Als sie am Abend nach dieser schlaflosen, himmlischen, aber letztendlich elenden Nacht mit dem Marquis of Wingate an Nanny Hinkles Tür klopfte, hatte sie zuerst nichts als Traurigkeit gefühlt. Aber als die Tage verstrichen und zu Wochen geworden waren und die Wochen zu Monaten, und er nicht auftauchte ... da war ihr langsam klar geworden, wie glücklich sie sich schätzen konnte, wie knapp sie einer Verbindung entkommen war, die nur im Elend hätte enden können.

Und dann tauchte er auf. So plötzlich, als habe ihn der Wind zu ihr geweht.

Aber es war nicht der Wind, der ihn zu ihr gebracht hatte ... es war Daniel. Gott, was konnte sich Daniel bloß dabei denken? Er konnte nicht wirklich in Isabel verliebt sein. Männer wie Daniel waren nicht in der Lage, Liebe für jemand anderen als sich selbst zu empfinden. Also, was hatte er im Sinn? Was konnte er hoffen, damit zu erreichen? Das Mädchen hatte Geld, sicher, aber das hatte Daniel selbst – jetzt, wo seine Mine sich ausgezahlt hatte. Wenn er Isabel also weder der Liebe noch des Geldes wegen entführt hatte, *warum dann?*

Etwas Kaltes hatte sich um ihr Herz gelegt, seit Burke, dort an der Wäscheleine, die Worte ›Daniel Craven‹ gesprochen hatte. Denn Kate hatte das schreckliche Gefühl, dass sie wusste, was Daniel vorhatte. Sie hoffte, dass sie Unrecht hatte; sie hoffte aller Hoffnungslosigkeit zum Trotz, dass sie Unrecht hatte.

Aber es gab keine andere Erklärung.

Sie würde jedoch auf keinen Fall ihre Angst mit Burke teilen. Nein, er hatte genug Anlass, sich zu sorgen. Besser, wenn er dachte, Daniel wolle seine Tochter wirklich heiraten, als dass er die Wahrheit erführe ...

Gott. Die Wahrheit.

Er hatte die Wahrheit herausgefunden – eine Wahrheit zumindest – und jetzt wollte er sie heiraten. Weil er herausgefunden hatte, wer ihr Vater gewesen war. Weil er jetzt wusste, dass sie die Tochter eines Gentlemans war, wollte er jetzt das tun, was er sowieso hätte tun sollen, egal, *wessen* Tochter sie war.

Nun, das würde nicht passieren. Sie konnte es nicht, sie wollte es nicht zulassen.

Das einzige Problem war natürlich, dass es nicht leicht sein würde, das immer im Kopf zu behalten. Sogar jetzt, als er ihr gegenübersaß, und seine jadegrünen Augen ohne zu blinzeln auf ihr ruhten, musste sie seine Handrücken betrachten, die nackt waren. Die Handrücken des Marquis of Wingate waren mit den gleichen dichten schwarzen Haaren bedeckt wie der Rest von ihm, die Körperteile, die nur sie – nun ja, und die Hälfte aller Schauspielerinnen Londons – je gesehen hatte. Der Anblick dieser Haare erinnerte Kate an die Momente, wo sie ihn ohne hinderliche Kleidung gesehen hatte. Das wiederum erinnerte sie an etwas, das sie mühsam zu vergessen versucht hatte – die Nacht, die sie zusammen verbracht hatten, das einzige Mal in ihrem Leben, als sie sich wirklich und wahrhaftig lebendig gefühlt hatte. Er hatte in jener Nacht Gefühle in ihr erzeugt, von denen sie wusste, dass sie sie nie wieder so empfinden würde.

Weshalb sie nur umso mehr weinen musste.

»Kate«, sagte er aus seiner düsteren Ecke. Es war beständig dunkler geworden draußen, während der Regen stärker wurde. Jetzt donnerte er auf das Dach der Kutsche, die mittlerweile nur noch dahinschlich, weil die Straße schlammig war und der Kutscher kaum noch etwas sehen konnte.

Sie gab keine Antwort. Sie konnte nicht antworten. Sie weinte still und hoffte, dass es in der Kutsche zu dunkel geworden war, als dass er ihre Tränen sehen konnte. Aber sie hätte nicht sprechen können, ohne dass es zu hören gewesen wäre. Sie wagte es nicht.

»Was ich nicht verstehe«, sagte er und ignorierte ihr Schweigen, »ist, warum du meintest, unbedingt weglaufen zu müssen. Wenn du nicht meine ... wenn du nicht meine Mätresse sein wolltest, Kate, warum hast du das nicht gesagt? Ich hätte dich doch nicht dazu gezwungen. Du kannst mich doch nicht für so primitiv halten.«

Sie biss sich auf die Unterlippe. Seine Stimme, die aus der Dunkelheit kam, war sanfter, als sie sie je gehört hatte, weich wie Samt.

»Ich kann verstehen«, fuhr er fort, als sie nicht antwortete, »dass du wütend auf mich bist. Ich bitte dich nur, dass du versuchst, mich zu verstehen. Ich wusste nicht, was ich sagte in jener Nacht. Ich habe dir jetzt nicht nur deshalb einen Antrag gemacht, weil du die Tochter eines Gentleman bist. Ich hätte es in jener Nacht tun sollen – und ich hätte es am nächsten Morgen getan, ich schwöre es, wenn du geblieben wärst. Als du weg warst, wurde mir klar, dass ich dich liebe ...«

Er redete natürlich weiter. Das war nicht alles, was

er sagte. Er sprach eine ganze Weile und mit recht viel Energie. Aber Kate hörte ihn nicht mehr. Weil er gesagt hatte, dass er sie liebte. Er hatte gesagt, er sei in sie verliebt.

Oh Gott. Von allen möglichen Dingen, die er hätte sagen können, warum hatte er ausgerechnet das gesagt? Das Einzige, die einzigen Worte, die sie zum Schmelzen bringen konnten! Woher wusste er das? *Woher wusste er das nur?* Wie sollte sie sich jetzt noch vor ihm schützen? Es stimmte nicht. Es konnte einfach nicht stimmen. Er sagte es nur, weil er wusste – er wusste es einfach, verdammt noch mal – was es bei einer Frau auslöste, wenn der Mann, den sie liebte, so etwas sagte. Er fuhr Waffen gegen sie auf, gegen die sie kein Mittel der Verteidigung hatte, gar keins. *Oh Gott,* dachte sie wieder.

»Es hätte mir schon eher klar werden müssen, das weiß ich«, sagte Burke gerade, als sie sich wieder auf seine Worte besann. »Aber es war so lange her, dass ich solche Gefühle hatte, überhaupt Gefühle, außer Wut, ich habe es einfach zuerst nicht erkannt, und ... Nun ja, Kate, du weißt, wie meine erste Ehe geendet hat. Ich war nicht darauf aus, das Experiment zu wiederholen. Aber du, Kate. Seit du weg warst, habe ich alles versucht, um dieses leere, stumpfköpfige Leben, das ich führe, zu beenden ...«

Vergiss nicht, ermahnte sie sich selbst und versuchte, die Art von Empörung in sich zu finden, die sie empfinden sollte. Denn er war schließlich der Feind. Einer von ihnen. Ein Mitglied des Stammes, der ihre Familie betrogen hatte und ihren Mörder ungestraft entkommen ließ. Man durfte ihm nicht trauen.

Laut sagte sie, mit gepresster Stimme: »Ein schwarzer Phaeton. Mit gelber Borte.«

»Kate!« Er schwang sich herüber und diesmal riss er nicht nur ihre Hand, sondern ihren ganzen Körper an sich. Er nahm sie in seine Arme, als sei sie nicht schwerer als eine Puppe.

»Was«, rief er und schüttelte sie, sein zorniges Gesicht nur wenige Zentimeter von ihrem entfernt, »was muss ich nur tun, damit du vergisst, dass ich jemals so etwas gesagt habe? Was in aller Welt muss ich tun? Dies hier?«

Und dann küsste er sie.

So einfach. Er küsste sie und sie ...

Nun, sie schmolz dahin.

Er war ein ausgezeichneter Küsser, dieser Burke Traherne. Nicht, dass sie das nicht schon wusste. Sie erinnerte sich nur zu gut. Doch als wolle er sichergehen – ganz sicher –, dass sie es nicht vergessen würde, erinnerte er sie. Seine Lippen bewegten sich fragend auf ihren – nicht zögerlich, aber so, als bräuchte er eine Antwort, die nur sie ihm geben konnte.

Erst als sie spürte, wie seine Zunge in ihren Mund drang, erkannte sie, dass sie die Frage schon beantwortet hatte; obwohl sie weder genau wusste, wie, noch, was die Frage eigentlich gewesen war ... bis plötzlich nichts Fragendes mehr in seiner Art war. Er hatte den ersten Ball im Korb und wusste, dass Kates Verteidigung am Boden lag. Das also war die Frage gewesen. Jetzt ging er zum Angriff über und zeigte keine Gnade.

In diesem Moment wurde Kate bewusst, dass dieser Kuss alles andere als selbstverständlich war und dass sie die Situation nicht so gut unter Kontrolle hatte, wie sie gern wollte. Obwohl sie gegen den plötzlichen, schwindelig machenden Angriff auf ihre Sinne ankämpfte, konnte sie sich genauso wenig von dem hypnotischen Zauber seiner Lippen lösen wie aus dem eisernen Griff, mit dem er sie umfing. Sie wurde vollkommen schwach in seinen Armen, bis auf ihre Hände, die sich – wie von selbst – um seinen Nacken schlangen und sich in den unverhofft weichen Haaren vergruben. Was war das für eine seltsame Verbindung, fragte sie sich, zwischen der Zunge dieses Mannes in ihrem Mund und der fast gleichzeitigen Reaktion zwischen ihren Beinen, wo sie ein plötzliches, deutliches Ziehen spürte?

Auch in diesem Zustand erhöhter Erregung war Kate nicht entgangen, dass Burke sich in einem ähnlichen Zustand befand. Sie konnte spüren, wie er sich hart gegen die Ringe ihres Reifrocks drängte. Er ließ ein tiefes Stöhnen erklingen, seinen Mund auf ihren gepresst, als sie die Hände um seinen Hals schlang. Jetzt, wo sein Verlangen nach ihr gegen die Vorderseite seiner Hose drückte, wurde der Druck seiner starken Arme um sie besitzergreifend und fester. Seine Finger liebkosten sie durch den dünnen Stoff ihres Kleids, und sie spürte, dass sie sich eindeutig zu ihren Brüsten hin bewegten. Wenn sie ihm erlaubte, sie *dort* zu berühren, wäre sie verloren; das war ihr klar.

Aber sie musste ihn aufhalten, denn sie war keine Sara Woodhart, die ohne Gewissensbisse die ›Aufmerksamkeiten‹ von Männern genoss, die sie deswegen noch lange nicht heiraten wollte. Sie war Kate Mayhew und sie hatte einen Ruf zu bewahren. Gut, keinen absolut fleckenlosen mehr, aber es war alles, was sie hatte ...

Dann schlossen sich diese starken und gleichzeitig so unglaublich sanften Finger über ihrer Brust, deren Brustwarze sich sofort gegen seinen Handteller härtete.

Sie entzog ihm ihren Mund, legte abwehrend eine Hand auf diese breite Brust und sah ihm mit anklagenden Augen ins Gesicht. Sie war sprachlos von dem, was sie dort sah: der Mund geöffnet vor Begierde, die grünen Augen voll mit einem Ausdruck ... von was? Kate kannte kein Wort für das, was sie in diesen Augen sah, aber es ängstigte sie ebenso, wie es sie wohlig erschauern ließ.

Sie musste diesem Wahnsinn ein Ende bereiten, bevor sie wieder zu weit gingen.

»Burke«, sagte sie und ihre Lippen fühlten sich von seinem wilden Kuss taub an. »Lass mich los.«

Burke hob den Kopf; sein Ausdruck war so verhangen, als wäre er gerade aus dem Schlaf gerissen worden. Seinem Blick nach zu urteilen, hatte er sie gehört, aber die Hand, die immer noch auf ihrer Brust lag, schloss sich fester darum – als habe er keine Absicht, sie frei zu lassen. Als er sprach, tat er das mit heiserer Stimme und undeutlicher Betonung.

»Das werde ich nicht tun«, sagte er. »Das letzte Mal, als ich dich losgelassen habe, bist du weggegangen und es hat drei Monate gedauert, bis ich dich wiedersah.«

Gab es einen Grund, warum sie ihm darauf nicht antworten sollte, indem sie sein Gesicht zwischen beide Hände nahm und ihn zu sich herunterzog, bis seine Lippen wieder auf den ihren lagen? Wer könnte ihr das verübeln? Ohnehin hätte sie nichts dagegen tun können. Es machte sie auch nicht unbedingt glücklich, dass er die Macht hatte, sie mit dem geringsten Aufwand seiner Hände willenlos zu machen. Besonders, wenn diese Hände Sachen mit ihr machten, wie sie es gerade taten. Eine Hand lag fest in ihrem Nacken, unter ihren herabfallenden Haaren, als wolle er sie davon abhalten, sich zu entziehen ... als ob sie so dumm wäre, das zu tun. Die andere schien durch den Stoff ihres Kleids hindurch ihre Brüste mit Hitze zu versengen und sie schien im Begriff, tiefer zu sinken ...

So weit war es jedoch noch nicht, als der Kutscher an die Tür trommelte, um ihnen zu sagen, dass die Straßen überflutet und unbefahrbar geworden waren. Ob es Seiner Lordschaft etwas ausmachte, in der kleinen Gaststätte, an der er gerade angehalten hatte, Rast zu machen und das Unwetter abzuwarten?

26. Kapitel

Der Donner weckte sie auf. Das Glas in dem Fenster neben ihrem Bett erzitterte.

Kate setzte sich in der Dunkelheit auf und reckte sich, um den kleinen Vorhang zur Seite zu ziehen. Draußen war nichts als Dunkelheit, verschleiert von dem herabströmenden Regen. Sie wusste, dass es sehr spät sein musste, denn sie sah keine Lichter mehr in der Pension gegenüber. Das kleine Dorf, in dem sie gezwungen gewesen waren anzuhalten, befand sich im Tiefschlaf.

Außer ihr.

Es war eine Gnade, dachte sie bei sich, dass der Donner sie gerade jetzt geweckt hatte. Sie war wieder gefangen gewesen in einem dieser Träume – dieser schrecklichen, wundervollen Träume, die sie immer noch Nacht für Nacht träumte, seit sie den Marquis in seinem Bad gesehen hatte. Selbst in der Zeit, als sie ihn nicht gesehen hatte, hatte sie diese Träume gehabt, Träume, aus denen sie jedes Mal schwitzend und atemlos erwachte, mit einer Hand zwischen den Beinen. Es war schockierend. Es war wirklich keine Art, wie sich eine Lady zu benehmen hatte.

Trotzdem konnte sie nichts dagegen tun, wie es schien. Genauso wenig, wie sie aufhören konnte zu atmen.

So war sie also gezwungen gewesen, ihren Widerstand dagegen fallen zu lassen. Sie zog nun nie mehr ein Nachthemd an, da es ohnehin irgendwo zwischen den Kissen landete, weil sie es sich im Schlaf über den Kopf zog. Und wenn sie mit der Hand zwischen ihren Schenkeln erwachte, ließ sie sie einfach dort liegen.

Es war alles in allem die beste Art gewesen, mit der Situation umzugehen. Auf jeden Fall besser, als zu tun, wonach es sie so sehr verlangt hatte: zurückzukehren zur Park Lane, an Lord Wingates Tür zu klopfen und um Wiederaufnahme zu bitten.

Jetzt aber war er nicht Meilen weit weg in London. Er war im Zimmer nebenan und schlief friedlich, wie jeder anständige britische Bürger um diese Uhrzeit. Beim Dinner war er höflich und aufmerksam gewesen und hatte seinen leidenschaftlichen Antrag aus der Kutsche nicht erneuert ... auch nicht die eher körperliche Absichtserklärung, die er wenig später abgegeben hatte. Vielleicht hatte er inzwischen genug Zeit gehabt zu erkennen, dass es doch nicht der klügste Schachzug war, die Tochter des berüchtigten Peter Mayhew zu ehelichen.

Nicht, dass sie ihm das vorwerfen könne, dachte Kate.

Ein Blitz erhellte ihr Schlafgemach. Zehn Sekunden später rollte der Donner wieder, jedoch nicht so laut wie vorher. Der Sturm, der ihnen von Lynn Regis aus gefolgt war, bewegte sich endlich von ihnen fort. Mit etwas Glück würde er am Morgen ganz vorbei sein und sie hätten freie Fahrt nach Schottland.

Deswegen, dachte sich Kate, war sie ein Dummkopf, hier wach zu liegen und in die Dunkelheit zu starren. Sie sollte schlafen, morgen lag ein langer, mühseliger Reisetag vor ihr.

Sie hatte gerade die Augen geschlossen, als sie ein Geräusch hörte, das weder Donner noch Regen war. Sie öffnete die Augen, setzte sich im Bett auf und sah sich in dem nächtlichen Raum um. Die Gasthöfe an den Landstraßen waren berüchtigt dafür, dass es vor Ratten nur so wimmelte, aber dieser hier hatte einen überdurchschnittlich sauberen Eindruck auf sie gemacht. Sie hatte auch einige Katzen umherstreichen sehen. Doch sogar Lady Babbie war schon so manche Ratte entwischt ... Sie tastete mit einer Hand über den Boden, schnappte sich einen ihrer Stiefel und schleuderte ihn in die Richtung, aus der das Geräusch gekommen war.

Kate war schon immer gut im Zielen gewesen und wusste, dass sie einen Treffer gelandet hatte, als sie jemanden »Oof!« sagen hörte.

Aber Ratten machten nicht »Oof.«

Dann, nach einem Geräusch, das offensichtlich der zu Boden krachende Stiefel verursachte, tönte Lord Wingates Stimme durch die Dunkelheit. »Verdammt, Kate«, zischte er. »Ich bin's nur.«

Es war Lord Wingate, der die kleine Tür zwischen ihren beiden Zimmern öffnete; eine Tür, die Kate natürlich nicht verschlossen hatte, bevor sie sich hinlegte. Sie hatte schlichtweg nicht damit gerechnet, dass er so dreist sein könne, einen nächtlichen Übergriff zu starten. Sie hatte zuvor mit einiger Nervosität um getrennte Zimmer gebeten und Lord Wingate hatte das nicht in Frage gestellt.

Jetzt sah sie, warum. Sie hatten getrennte Räume, schön. Getrennt durch eine *Tür.*

Sie hörte, wie ein Streichholz zündete und Licht erfüllte den kleinen Raum. Er hatte eine Kerze mitgebracht, hob sie hoch und sah Kate im Licht der Flamme an. Zu spät fiel ihr ein, dass sie nicht die Spur von Kleidung am Leib trug, schnappte sich das Laken und zog es sich bis zum Hals.

»Was willst du?« Sie wandte die Augen schnell ab von dem, was das Kerzenlicht erhellte. Er trug nur einen Morgenmantel, dessen Vorderseite sich über der Schärpe geöffnet hatte, als er die Kerze hob. Ein langes V seiner nackten Brust wurde sichtbar.

»Ich dachte, ich hätte dich meinen Namen rufen hören«, sagte er.

»Habe ich aber nicht«, sagte sie.

Während sie das aussprach, war sie sich allerdings gar nicht sicher, ob das stimmte. Auf jeden Fall hatte sie vor wenigen Minuten noch von ihm geträumt, und es war gut möglich, dass sie in der Erregung des Traums seinen Namen gerufen hatte.

»Kate«, sagte er und stellte die Kerze auf den kleinen Tisch neben ihrem Bett. »Ich habe dich deutlich gehört. Ich habe gelesen und ...«

Sie zog die Laken höher, je näher er dem Bett kam. »Kann sein, dass ich dich gerufen habe«, gab sie widerwillig zu. »Aber nur im Schlaf. Es tut mir Leid, wenn ich dich gestört habe.«

Nur leider war Lord Wingate nicht im Mindesten beleidigt und ging auch nicht weg, sondern ließ sich tatsächlich auf der Matratze neben ihr nieder, stützte die Ellbogen auf die Knie und das Gesicht in die Hände.

»Das macht nichts, ich konnte sowieso nicht schlafen«, sagte er zu den Bodendielen. »Weißt du, Kate, wir werden niemals rechtzeitig ankommen. Nicht bei diesem Regen.«

Isabel. Das war alles, was ihn beschäftigte. Er wollte über Isabel reden.

»Oh, doch«, sagte sie mit einer Sicherheit, die sie bei weitem nicht empfand. »Wir finden sie. Natürlich finden wir sie.«

»Nein.« Sein Rücken war ihr zugewandt, das Gesicht ihrem Blick verborgen, aber alles an ihm spiegelte den Schmerz und die Schuldgefühle wider, an denen er litt. »Werden wir nicht. Wir werden zu spät kommen. Und dann *muss* sie ihn heiraten.«

Kate war von der Leidenschaft in seiner tiefen, männlichen Stimme gebannt. Entgegen ihren Vorsätzen streckte sie eine Hand aus und legte sie mitfühlend auf seinen breiten, starken Rücken. Denn die Lage war sehr viel schlimmer, als Burke ahnte. Daniel Craven würde Isabel niemals heiraten; Kate wusste das.

Aber das konnte sie dem Vater des Mädchens natürlich nicht mitteilen.

»Das ist nicht gesagt«, sagte sie mit vorgetäuschtem Optimismus. »Ich meine, Isabel ist zwar dickköpfig, aber sie ist nicht dumm, Lord Wingate.«

»In Gottes Namen«, sagte er, und es klang für Kate, als spräche er durch zusammengebissene Zähne. Sicher konnte sie allerdings nicht sein, denn er drehte sich immer noch nicht zu ihr um. »Nenn mich bei meinem Namen, Kate. Wenn du ›Lord Wingate‹ sagst, klingt das so kalt, dass ich es nicht ertragen kann.«

Sie zögerte. »In Ordnung«, sagte sie schließlich. »Burke. Sicher hast du mit deiner Tochter darüber gesprochen, was ... nun ja, was zwischen Mann und Frau passiert. Hast du?«

Er drehte sich noch immer nicht um. »Natürlich nicht«, sagte er bitter. »Ich dachte, das hättest du getan.«

»Ich?« Kate zog die Brauen hoch. »Ganz bestimmt nicht! Wie kommst du auf die Idee ...«

»Nun, du hast ihr alles andere beigebracht. Du hast ihr gezeigt, wie sie sich anziehen soll und die Haare frisieren. Ich habe eben angenommen ...«

»Aber Lord ... ich meine, Burke. Das ist nun wirklich eine Sache der Eltern, mit ihrem Kind über so etwas zu sprechen ...«

»Ich habe es aber nicht getan.«

Jetzt wandte er sich um und sah sie an. Kate wünschte sofort, er hätte es nicht getan. Das Kerzenlicht betonte die Züge seines Gesichts, das, obwohl nicht gerade hübsch, eine Stärke und Männlichkeit ausdrückte, die Kate schon immer unwiderstehlich gefunden hatte. Und jetzt, zerfurcht von der Sorge um seine Tochter, fand sie Lord Wingates Gesicht attraktiver als je zuvor.

»Es ist mir nie in den Sinn gekommen«, sagte er. »Ich habe sie aufgezogen, seit sie ein Säugling war, Kate. Ich war derjenige, der sich darum kümmerte, dass sie gebadet wurde und angezogen und dass sie gegessen hat. Ich konnte nicht alles machen. Du weißt, wie sie ist. Ich habe es gerade geschafft, dafür zu sorgen, dass sie jeden Tag vernünftig angezogen war. Außerdem war es nie ein Thema, für das sie eine besondere Neugier gezeigt hätte. Nicht, dass ich gewusst hätte, was ich dazu sagen sollte. Es gibt eben einige Dinge – wenn auch nur wenige –, die Väter ihren Töchtern einfach nicht erklären können.«

Kate senkte den Blick. Sie musste, sonst hätte sie

die Hand, die auf seinem Rücken gewesen war, an seine Wange gelegt. Obwohl die Stoppeln eines Tages darauf waren, sah sie aus, als wäre sie schön zu streicheln. *Vergiss nicht,* ermahnte sie sich.

»Nun ja«, sagte sie. »Dann ist es vielleicht so, dass, wenn er etwas bei ihr versucht, Isabel so erschrocken ist, dass sie ihn verlässt.«

Sie fühlte seine Augen auf sich, aber sie besaß nicht die Kraft, seinen Blick zu erwidern. »Es war Craven«, sagte er abrupt.

Kate blinzelte ihn an. »Wie bitte?«

»Es war Craven«, wiederholte er. »Isabel hat mir gesagt, dass Daniel Craven in jener Nacht im Garten war, nicht Lord Palmer. Trotzdem hast du mich das glauben lassen. Warum?«

Kate, überrumpelt von dem plötzlichen Themenwechsel, schluckte. Sie hob den Blick nicht von der Decke, die sie im Schlaf ans Fußende des Bettes getreten hatte. »Es ist nicht wichtig«, sagte sie. »Jetzt nicht mehr.«

»Es ist sogar sehr wichtig«, sagte er dringlich. »Warum hast du es mir nicht gesagt?«

Sie befeuchtete ihre Lippen. Ihr Mund war plötzlich ganz trocken geworden. »Nun«, sagte sie. »Ich denke ... ich glaube, weil ich nicht wollte, dass du ihn umbringst. Ich dachte ... ich dachte mir, das verursacht nur wieder einen Skandal, und ich fand, davon hatte es schon genug gegeben ...«

»Du hast mich *beschützt*?«, fragte er ungläubig. »Du hast zugelassen, dass ich Schlechtes von dir denke, nur um mich zu beschützen?«

Sie machte den Fehler aufzublicken. »Und Isabel«, sagte sie schnell. Sie wollte nicht, dass er dachte, sie habe es für ihn getan. Denn dann würde er natürlich glauben, sie mache sich etwas aus ihm. Was sie nicht tat. Ganz bestimmt nicht.

Trotzdem, als er ihr in die Augen sah, schien es zweifelhaft, dass er ihr das lange glauben würde. Sie war sicher, dass sein durchdringender Blick mühelos die Scharade der Gleichgültigkeit, die sie so sorgfältig inszenierte, durchschaute. Genauso, wie er offenbar durch das Laken sehen konnte, das sie bis zum Kinn hochgezogen hatte, als könne dessen dürftiger Schutz sie vor dem bewahren, von dem sie mit gemischten Gefühlen der Aufregung und Nervosität wusste, dass es gleich passieren würde.

»Dann«, sagte er in der gleichen trügerisch sanften Stimme, die er in der Kutsche benutzt hatte, »musst du mich ein wenig gemocht haben, Kate. Wenn du mich vor einem Skandal beschützen wolltest, meine ich.«

Sie wollte wegsehen. Mehr als alles in der Welt wollte sie den Blick abwenden. Also warum konnte sie es nicht? Das Einzige, was sie offenbar noch konnte, war dazusitzen und in seine Augen zu starren. Sie bemerkte – so nah war er ihr gekommen –, dass seine Augen gar nicht nur grün waren. Es waren kleine goldene Sprenkel darin, wie kleine Goldfische in einem grünen Teich.

»Das habe ich wohl«, sagte Kate. »Damals.«

»Aber jetzt«, sagte er und griff nach dem Laken, an das sie sich klammerte, »jetzt nicht mehr?«

»Genau«, sagte sie und verstärkte ihren Griff um das dünne Leinen.

»Warum«, fragte er und zog leicht an dem Laken, »bist du dann hier?«

»Habe ich dir doch gesagt«, sagte sie. »Ich bin wegen Isabel mitgekommen ...«

Mehr brachte sie nicht heraus, bevor er sich herabbeugte und ihre Lippen mit seinem Mund verschloss.

Es war ein ziemlich umwerfender Kuss. Er war nicht wie die harten, besitzergreifenden Küsse in der Bibliothek. Auch nicht wie die süßen, erkundenden, die sie später in seinem Schlafzimmer getauscht hatten, bevor er anfing, wie wild von Buchläden und Phaetons zu phantasieren. Er war mehr wie der in der Kutsche ...

Obwohl, nicht genauso. Denn dieser war erfüllt von etwas, das Kate nicht benennen konnte, weil sie es nie zuvor gespürt hatte. Und doch, als Lord Wingate – *Burke.* Wann würde sie je daran denken, ihn Burke zu nennen? – als er sie küsste, erkannte sie langsam, was es war.

Es war Sehnsucht.

Sie war sich sicher. Denn natürlich fühlte sie genauso. Das hatte sie die ganze Zeit gefühlt, während ihrer Trennung. Es war, als ob ihr Körper – obwohl ihr Verstand es besser wusste – spürte, dass hier ein anderer Körper war, der ihm einmal so große Erfüllung geschenkt hatte.

Und alles, was ihr Körper jetzt wollte, war, die Freude dieser Erfüllung noch einmal zu erfahren.

So ließ sich auch erklären, warum sie nicht protestierte, als Burke dem Laken, das sie noch immer festhielt, einen letzten, nachdrücklichen Ruck gab und es ihr vollends entriss. Sie streckte blind die Arme aus – denn er küsste sie immer noch, seine Zunge drängte sich mühelos durch den Scheinwiderstand ihrer Lippen –, um ihn aufzuhalten, aber stattdessen fanden sich ihre Hände auf seiner Brust wieder, wo der Morgenmantel weit geöffnet war. Ihre Hände fühlten die harten Muskeln und die dichten schwarzen Haare, während seine Hand, die das Laken weggezogen hatte, sich über ihrer warmen, nackten Brust schloss ... und das war alles, was nötig war.

Sie war verloren.

Es war so leicht. So einfach, sich ihm hinzugeben, seinen Küssen ... die nicht länger sehnsuchtsvoll waren, sondern hungrig, voller hungrigem Verlangen. Es war so viel einfacher, sich ihm hinzugeben, als gegen ihn zu kämpfen. Und was sollte das Kämpfen ihr einbringen? Nichts, außer vielleicht einer mageren intellektuellen Befriedigung, wenn sie ihm widerstand. Aber was war das im Vergleich zu der körperlichen Befriedigung, die sie allein durch seine Finger erfuhr, die zuerst kleine Kreise um ihre aufragenden Brustwarzen zogen und sie dann geschockt nach Luft japsen ließen, als sie über ihren samtigen, flachen Bauch strichen? Es war ein Angriff, das wusste sie, ein gekonnter Angriff auf all ihre Sinne, mit der Absicht, sie alles vergessen zu lassen, was zwischen ihnen gewesen war. Außer den Gefühlen, die sein Körper in dem ihren hervorgerufen hatte.

Und ihr Körper hatte nichts vergessen. Wie sollte er auch. Sie erkannte alles an ihm wieder, angefangen bei seinem berauschenden Geruch, diesem moschusartigen Duft, den nur er allein besaß – die kleinste Brise davon und ihre Knie fühlten sich an wie Pudding. Sie erinnerte sich an alles, bis zu der Liebkosung seiner schwieligen Hände auf ihrer weichen Haut.

Ihr Körper hatte nicht nur nicht vergessen, sondern startete sogleich eine Gegenattacke. Kaum berührte ihre Hand seine nackte Brust, schob sie den Stoff seines Morgenmantels fort und fummelte mit peinlichem Eifer am Knoten der Schärpe, die ihn verschlossen hielt. Er hatte natürlich keine derartigen Probleme, denn sie war angenehm nackt unter dem Laken, das er weggezogen hatte. Er hatte seinen Mund schon von ihrem losgerissen und bewegte seine Lippen – und seine Bartstoppeln, die sie zu verbrennen schienen – ihren Hals herab und auf die Brust zu, die er umfasst hielt.

So leicht würde sie sich jedoch nicht entmutigen lassen. Sie zog noch einmal an dem Knoten, aber als er ihr immer wieder entglitt, schob sie ihre Hand darunter und fand stattdessen die steife Rute, die unter dem Morgenmantel verborgen war. Sie schloss ihre Finger darum. Burke, dessen Mund in der Zwischenzeit ihren Nippel erobert hatte, den er mit seiner heißen Zunge bearbeitete, ließ darauf ein heftiges Zischen hören. Er hob den Kopf und starrte sie ungläubig an, worauf Kate ihre Augen weiter aufriss und ihren Griff um ihn verstärkte – hauptsächlich, um zu sehen, was passieren würde.

Burke schnappte ihre Hand am Gelenk und drückte sie ins Kissen neben ihrem Kopf. »Was«, flüsterte er heiser, »tust du da? Die Sache beenden, bevor sie angefangen hat?«

Mit ihrer freien Hand zerrte Kate an der Schärpe seines Morgenmantels. »Zieh das aus«, sagte sie.

Er brauchte keine weitere Aufforderung. Schon war der Morgenmantel fort.

Nachdem er ihn weggeschleudert hatte, stieß er einen festen Schenkel zwischen ihre Beine und schob sie weit genug auseinander, um sich dazwischen niederzulassen, bis er auf ihr lag, beide Hände auf ihren Brüsten. Dann drückte er den Mund auf ihren, um sie mit seinem Kuss fast zu ersticken – dieser Kuss sagte ihr deutlich, dass er vor Verlangen nach ihr kurz vorm Platzen war, obwohl schon das Ausmaß seiner Erektion, die an ihre Innenschenkel drückte, daran keinen Zweifel ließ.

Und wieder erinnerte sich Kates Körper daran, was zu tun war – vollkommen unabhängig von ihren Gedanken. Sie reagierte instinktiv auf seinen vertrauten Geruch und das willkommene Gewicht, das auf ihr lastete. Ihre Hüfte hob sich und sie presste das Becken an ihn.

Mit einem unverständlichen Murmeln, das sich in ihrem Mund verlor, schoss er plötzlich regelrecht in sie hinein und vergrub sich, so tief er konnte, fühlte ihre Hitze und Feuchtigkeit, die sich viel enger um ihn schlossen, als ihre Finger das je könnten. Unter ihm schnappte Kate nach Luft, als er in sie eindrang, genau wie beim ersten Mal. Nur dieses Mal gab es keine Tränen, nur ein plötzliches Einsinken ihrer Fingernägel in seine Schultern, an die sie sich klammerte wie ein Seemann sich nach dem Schiffbruch an ein Stück Treibholz klammert.

Genauso dachte Kate womöglich über seine Schultern, den einzigen Halt in einer Welt, die nur noch aus Lust und Begierde bestand. Eine Welle nach der anderen rollte durch sie hindurch, während sie jedes Mal die Hüften hob, um seinen Stoß zu empfangen. Und diesmal war er nicht sanft. Wie sollte er? In der ersten Nacht war er vorsichtig gewesen, sie nicht zu erschrecken mit der Intensität seines Verlangens. Dieses Mal war sein Bedürfnis nach ihr einfach zu groß und zu lange ungestillt geblieben, als das er sich hätte zurückhalten können. Jedes Mal, wenn er sich in sie hineinjagte, kopflos vor Lust, war es, wie nach Hause zu kommen.

Sie ertrank. Sie ließ einfach seine Schultern los und überließ sich den Wellen, gleichgültig, ob sie oben bliebe, nicht mehr in der Lage, den Kopf über diese Wellen zu heben. Sie packten sie in einem gewaltigen Strudel und abwärts ging es mit ihr. Tiefer und tiefer zog sie die Spirale, bis sie plötzlich auf einen Strand geschleudert wurde, als habe eine Riesenwelle sie dort angeschwemmt.

So lag sie da, erschöpft und keuchend unter ihm, sich kaum der Tatsache bewusst, dass er irgendwann zu ihr in den Strudel gefallen und nun über ihr zusammengebrochen war. Sein Herz hämmerte halsbrecherisch schnell gegen ihre Brust.

Kate öffnete die Augen und sah, dass die Kerze ausgegangen war. Sie lagen in völliger Dunkelheit. Irgendwo in weiter Ferne hörte sie Donner grollen, aber der Regen schlug nicht mehr an das Fenster neben ihrem Bett. Der Sturm war vorüber – sowohl draußen als auch in ihrem Schlafzimmer.

Burke schien das ebenfalls zu bemerken. Wortlos erhob er sich. Kate schrie fast auf wegen der Kälte der Luft, die den Platz seines warmen Körpers füllte.

Aber er war nicht lange weg. Er setzte sich nur auf, um die Überwurfdecke zu finden, die sie im Schlaf fortgetreten hatte. Er deckte sie beide damit zu, wobei er die Ränder sorgfältig um Kate einschlug. Dann legte er einen Arm um ihre Taille und zog sie an sich, so dass sie eng und geborgen an seinem viel größeren Körper lag.

Es gab vieles, das gesagt werden musste. Kate dachte schläfrig daran und öffnete sogar die Lippen, um damit anzufangen, um ihn daran zu erinnern, dass ... nur weil ihre Körper sich miteinander vergnügten, das noch lange nicht hieß, dass sie ihre Meinung geändert hatte bezüglich ...

Als ob er spürte, was sie sagen wollte, presste er sich an sie und machte »Shhhh ...«, schob sanft eine Haarsträhne von ihrer Wange und gab ihr einen Gutenachtkuss.

Und sie war wirklich viel zu müde, um noch zu streiten.

27. Kapitel

Burke träumte. Er wusste, dass er träumte, weil ein Gewicht auf seiner Brust ruhte, und als er die Augen öffnete, war es Kate. Sie hatte im Schlaf ihren Oberkörper auf seinen gelegt und ruhte mit einer Wange auf seinem Herz. Ihre Haare verteilten sich wie Rotgold über seine Schultern. Eine Strähne kitzelte ihn unterm Kinn.

Aber dann erkannte er, dass es kein Traum sein konnte – denn sie waren nicht in seinem großen Schlafzimmer auf der Park Lane, sondern in einem niedrigen, voll gestopften Zimmerchen in einer Pension an der Landstraße, in irgendeinem fremden Dorf. Unter ihnen hörte er die Frau des Gastwirts, die mit den Vorbereitungen für das Frühstück beschäftigt war. Durch das kleine Fenster neben dem Bett konnte er sehen, wie der beginnende Sonnenaufgang den Himmel färbte. Außerdem war dichter Nebel aufgezogen. Der Regen hatte in der Nacht aufgehört, aber es war noch immer grau draußen und es sah recht kalt aus. Der Herbst hatte endgültig Einzug gehalten. Ein guter Grund, im Bett zu bleiben, dachte er sich.

Aber das ging nicht. Er musste an Isabel denken, Isabel, die sich mit jeder vorüberziehenden Minute weiter und weiter aus seinem Einfluss entfernte.

Aber dennoch ...

Es war sehr unwahrscheinlich, dass sie so früh an

einem so nebeligen Morgen irgendetwas unternehmen würde. Und er lag da und hielt endlich Kate in seinen Armen.

Es war sehr unwahrscheinlich, dass er so bald irgendetwas unternehmen würde.

Er war immer noch fassungslos ob ihrer Schönheit. Es war nicht die klassische Schönheit einer Sara Woodhart, zum Beispiel. Mit Ausnahme ihrer riesigen grauen Augen war alles an Kate zu klein, um dem klassischen Schönheitsideal zu entsprechen. Und ihre Haare waren weder hell genug, um wirklich blond zu sein, noch dunkel genug, um als brünett bezeichnet zu werden; der Farbton lag irgendwo dazwischen, unmöglich zu klassifizieren. Sie war so klein, dass sie fast schon unauffällig war, mit zartem Knochenbau, und weder ihre Hüften noch ihre Brust war ausladend genug, um die derzeitige Definition von Schönheit in der *Haute Monde* zu erfüllen.

Aber dennoch.

Dennoch war ihre Haut makellos, weich wie Seide und vom Ton einer hellen, zarten Blüte. Ihre Taille war so schmal, dass er sie mit beiden Händen umfassen konnte und seine Finger sich berührten. Unterhalb dieser Taille befand sich ein Paar langer, schlanker Beine, die in Fußgelenke von bezaubernder Form und Schlankheit übergingen, und diese wiederum in elegant anmutende Füße. Die Stelle zwischen ihren Beinen, wo ihr seidiges Schamhaar wuchs, verlockte ihn mehr, als er es je bei einer anderen Frau erlebt hatte, denn dort konnte er sich ganz vergraben, seine ganze Länge, in einem Nest von solcher Wärme und Enge, dass er es nie wieder verlassen wollte.

Das war natürlich noch nicht alles. Da waren noch ihre Hände, die so klein waren, dass er seine vollkommen darum schließen konnte. Es waren die anmutigen Hände einer Ballerina oder einer Musikerin. Die Berührung ihrer Finger, die in der Nacht zuvor auf seinem Körper getanzt hatten, hätte fast schon gereicht, ihn explodieren zu lassen. Und ihr Mund. Erst jetzt merkte er, dass er gerade die Konturen ihrer Lippen entlangstrich, während sie auf ihm lag und so friedlich schlief. Er genoss es, ihr Gewicht auf seiner Brust zu fühlen, und die Weichheit ihres Busens, der sich auf ihn presste.

Scheinbar genoss er es ein wenig zu sehr, denn er spürte, wie er unter dem Laken, das ihn nur teilweise bedeckte, anschwoll. Das Laken lag über seiner Erektion wie über einem Zeltpfahl, als ihm der Gedanke kam, dass er – anders als an all den anderen Morgen, wo er mit diesem Bedürfnis erwachte – diesmal etwas wahrhaft Sinnvolles damit anfangen könne.

Also tat er das. Doch statt Kate umzudrehen und in sie einzudringen – was sein erster Gedanke gewesen war –, hatte er eine bessere Idee. Fast ohne Anstrengung schob er sie zurecht, bis sie ganz auf seinem Körper lag. Davon wurde sie natürlich wach, sie hob schläfrig den Kopf von seiner Schulter und blinzelte ins graue Morgenlicht. »Was ist?«, fragte sie verschlafen.

Er antwortete, indem er die Hände fest auf ihre Hüften legte und langsam in sie hineinglitt. Sie war noch glitschig von der letzten Nacht, und so wusste er, dass er ihr nicht wehtat. Dennoch flogen ihre Augen weit auf, und wie immer, wenn er in sie eindrang, sog sie scharf die Luft ein.

»Was«, keuchte sie atemlos, »machst du da?«

Er zeigte es ihr, indem er ihre Hüften vor- und zurückschob, während er selbst still liegen blieb. Wieder sog sie scharf Luft ein, aber diesmal aus einem anderen Grund. Kate probierte die Hüftbewegung selbst aus, wie er es ihr gezeigt hatte. Sie wurde durch ein so tiefes Stöhnen von ihm belohnt, dass sie es in ihren Schenkeln vibrieren spürte, die sie eng um seine Taille geklemmt hatte. Trotzdem war das Stöhnen weniger von dem wundervollen Gefühl hervorgerufen worden, wie sie sich an seinem Schaft auf und ab bewegte und ihn mit ihrer Hitze umschloss. Vielmehr war es ihr Anblick, wie sie rittlings auf ihm saß, die Haare zurückgeworfen, die sich wie ein glorreicher Umhang um ihre Schultern schmiegten, und ihre Nippel, die sich unbekümmert Richtung Decke reckten. Er wollte nach diesen Nippeln greifen, sie mit seinen Handflächen reiben, aber plötzlich war er gezwungen, die Hände auf ihren Hüften zu lassen. Denn auf einmal konnte er nicht mehr stillhalten unter ihr; er stieß mit einer Gewalt in sie hinein, dass er befürchtete, er könne sie entzweibrechen.

Aber Kate war bei weitem nicht so zerbrechlich, wie sie aussah. Sie schob sich ihm Stoß um Stoß entgegen, warf den Kopf zurück und wunderte sich, dass ihre Weichheit seiner Härte scheinbar endlos standhalten konnte. Und jedes Mal war es ein neues Gefühl, unglaubliche Gefühle, von denen sie nie im Leben geahnt hatte. Und dann glitt sie von dannen, glitt wieder in diesen Strudel der fast schmerzhaften Ekstase. Sie griff blindlings nach ihm, seiner Hand, seiner Schulter, irgendetwas, das sie noch einen Moment vor dem Abgrund bewahrte ... aber es war zu spät. Fort war sie, ihr Rücken bog sich nach hinten, ihre Haare ergossen sich auf seine Knie.

Unter ihr konnte er alles sehen, sah zu, wie ihr Höhepunkt sie überwältigte, wie ihre Lippen sich öffneten zu einem stummen, hilflosen Schrei ... bis er ihr folgte mit einem Orgasmus von unglaublicher Stärke, der ihn vom Scheitel bis zur Sohle erbeben ließ, bis er fast sicher war, sie in seinem Samen ertränkt zu haben.

Als Kate wieder zurückkehrte, fand sie sich auf seiner Brust zusammengesunken wieder. Sie hob den Kopf, und als sie in sein lächelndes Gesicht wenige Zentimeter unter dem ihren blickte, bemerkte sie, dass ihre Haare sie beide wie ein weiches, seidenes Zelt umschlossen. Sie machte eine Bewegung, sie fortzustreichen, aber Burke fing ihre Hand ein und sagte: »Nicht. Ich mag das.«

Und so küsste sie ihn, natürlich. Was sonst sollte sie tun?

Als er eine halbe Stunde später in ihr Zimmer zurückkehrte – er hatte mit dem Kutscher über den Zustand der Straßen beratschlagt –, war selbst Kate nicht auf ihren eigenen Stimmungswechsel vorbereitet. Der Grund dafür war freilich, dass sie gerade krampfartig ihren Magen entleeren musste, aber leider nicht konnte, weil sich nichts darin befand, so dass sie wieder und wieder ohne Erfolg würgte. Als Burke hereinkam, traf er sie dort an, wo er sie verlassen hatte. Er fragte – wie jedermann es tun würde: »Kate? Willst du nicht aufstehen?«

»Geh raus«, war alles, was sie daraufsagen konnte.

Er blieb jedoch auf der Stelle stehen und sah zum

Wahnsinnigwerden gesund und ausgeschlafen aus, während sie sich kaum bewegen konnte, ohne dass es Wellen der Übelkeit auslöste.

»Kate«, sagte er und versuchte offensichtlich, seinen aufkeimenden Ärger nicht zu zeigen. »Wir müssen wirklich gleich los, weißt du ...«

»Geh raus!« Dieses Mal wurde die Bitte, die man eigentlich nicht als solche bezeichnen konnte, von dem Gegenstück des Stiefels begleitet, den sie ihm in der letzten Nacht entgegenschleudert hatte. Burke beeilte sich, ihrem Wunsch Folge zu leisten, ging nach unten, um am Frühstück teilzunehmen, und fragte sich, wie viel Zeit ihre Bummelei sie wohl kosten würde. Nach Aussage seines Kutschers waren die Straßen bis Schottland in schlechtem Zustand, aber nicht unbefahrbar. Wenn sie sich beeilten, konnten sie den größten Teil des Weges, vielleicht sogar den ganzen Weg, bis zum Einbruch der Dunkelheit schaffen. Aber nicht, wenn sie erst spät losfuhren, was, dank Kate, wohl der Fall sein würde.

Doch kaum hatte er seinen Kaffee ausgetrunken, tauchte sie im Esszimmer auf. Sie erklärte ihr seltsames Benehmen mit keinem Wort, wies die Eier und den Speck zurück, den er ihr reichte, und nahm nur etwas Toast und eine Tasse Tee. Als sie fertig war, erklärte sie sich reisefertig, jedoch in einem Tonfall, der wenig überzeugend klang.

Er ging davon aus, dass ihr die Situation einfach peinlich war. Sie hatte schließlich die frühen Morgenstunden mit Aktivitäten verbracht, die eine lang erprobte Ehefrau erröten ließen. Und hier war sie gezwungen, den anderen Gästen gegenüberzusitzen, die unter demselben Dach geschlafen hatten, wo sie sich so zügellos benommen hatte.

Er beeilte sich, den Gastwirt zu bezahlen und Kate in die Kutsche zu verfrachten, um die Situation für sie nicht unnötig zu verlängern.

Wenn er allerdings erwartet hatte, dass Kate sein galantes Verhalten honorieren oder wenigstens bemerken würde, so wurde er bitter enttäuscht. Kaum hatte er sich auf dem Sitz neben ihr niedergelassen und den Arm um ihre Schultern gelegt, versteifte sie sich und zeigte auf die gepolsterte Bank gegenüber.

»Nein«, sagte sie. »Ich glaube, du solltest dort sitzen.«

Er sah ungläubig auf sie hinunter. »Kate«, sagte er. »Du fängst nicht wieder *damit* an, oder? Ich dachte, das wäre jetzt geklärt.«

»Was soll geklärt sein?«, fragte Kate. »Ich glaube nicht, dass irgendetwas geklärt ist. Ich habe zugestimmt, dir zu helfen, deine Tochter zu finden. Nicht mehr.«

»Wenn das wahr ist«, forderte Burke sie heraus, »warum hast du mich dann letzte Nacht gerufen?«

»Ich habe es dir schon gesagt«, sagte sie und drehte sich dem Fenster zu, um hinauszustarren. »Ich habe bloß geträumt.«

»Na, dann solltest du vielleicht besser auf deine Träume achten, Kate«, sagte er ernst. »Vielleicht wollen sie dir etwas sagen. Vielleicht wollen sie dir sagen, was du dir selbst offenbar nicht eingestehen kannst, nämlich dass du mich liebst und mich heiraten willst ...«

Sie sah ihn immer noch nicht an, sondern schüttelte nur kurz verneinend den Kopf.

»Willst du mir damit sagen«, fuhr er behutsam fort, »dass du nach der letzten Nacht – geschweige denn nach heute Morgen – noch immer nicht die Absicht hast, mich zu heiraten?«

»Das ist richtig«, sagte sie zum Fenster.

Er hatte sich nie so sehr danach gefühlt, etwas durch ein geschlossenes Fenster zu werfen, wie in diesem Moment. Seine Finger ballten sich zu Fäusten, aber er versteckte sie sorgfältig. Er hatte keine Absicht, sagte er sich, sie zu benutzen.

»Du miese kleine Heuchlerin«, knurrte er.

Das führte immerhin dazu, dass sie den Kopf schwungvoll zu ihm drehte. Ihre grauen Augen waren voller Empörung. *»Heuchlerin?«*

»Tja«, sagte er so ruhig, dass es ihn selbst beeindruckte, »das ist das höfliche Wort dafür.«

»Das höfliche Wort *für was*?«

»Für eine Frau, die sich benimmt, wie du es getan hast, Kate. Erst behauptest du, nichts mit mir zu tun haben zu wollen und dann schläfst du mit mir – letzte Nacht und heute Morgen – wie eine Frau, die das in vollen Zügen genießt. Da ich dich für diese Dienstleistung nicht entlohne, kann ich nur davon ausgehen, dass du mich magst, wenigstens ein bisschen, und deshalb wirkt dein Verhalten mir gegenüber, mit Verlaub, heuchlerisch.«

Sie hatte schon vorher nicht viel Farbe im Gesicht gehabt. Jetzt schwand der letzte Rest. Sie starrte ihn an, die Lippen leicht geöffnet, als wäre sie unfähig zu sprechen. Während er sie ansah, schoss plötzlich das Blut zurück in ihr Gesicht und sie lief tiefrot an. Während ihre Lippen und Wangen sich verfärbten, sagte sie: »Ich ... das war, weil du ... wenn du nicht ...«

Außer sich, weil sie nur stammeln konnte, wich sie seinem Blick aus und sagte zum Kutschenboden: »Da bist nur du schuld. Wenn du gegangen wärst, als ich es gesagt habe ... Ich verstehe nicht, wie man von mir erwarten kann, dir zu widerstehen, wenn du so ...« Ihre Stimme schwand, bis sie kaum mehr als ein Flüstern war, kaum hörbar durch das Gerumpel der Räder unter ihnen. »Unwiderstehlich bist.«

»Kate«, sagte er. Seine Fäuste hatten sich entspannt, nicht nur die an seinen Armen, sondern auch die in seinem Inneren. Es lag nicht so sehr an dem, was sie gesagt hatte ... obwohl das sicherlich genug war, mehr als genug, um seine Wut verfliegen zu lassen. Es lag jedoch eher daran, wie sie es gesagt hatte, an dem Schluchzen in ihrer Stimme, dem Erröten und dass sie ihn nicht ansehen konnte. Plötzlich wurde ihm der Grund ihrer Feindseligkeit klar. Dachte er zumindest.

»Kate«, sagte er wieder und sehnte sich danach, ihre Hand zu ergreifen, hielt sich aber zurück, da er der Meinung war, schon allein durch dieses Eingeständnis einen kleinen Sieg errungen zu haben. »Hör dir doch selbst zu. Hast du gehört, was du gerade gesagt hast? Wenn das stimmt, wie kannst du dann auch nur daran denken, mich nicht zu heiraten?«

Zu seinem äußersten Erstaunen ließ Kate – die ausgeglichene, vernünftige Kate – einen lauten Schluchzer erklingen. Sie drehte ihr Gesicht noch weiter ab, so dass er es hinter dem breiten Schirm ihrer Haube nicht mehr sehen konnte ... aber er sah ihre schlanken Schultern zittern und er hatte den Schluchzer gehört.

Doch als er instinktiv die Hand nach ihr ausstreckte, versteiften sich ihre Schultern sofort wieder. Sie warf sich umgehend in die Ecke ihrer Sitzbank, die am weitesten von ihm entfernt war, und rief, wiederum ohne in anzusehen: »In Gottes Namen, kannst du nicht da bleiben und mich *in Ruhe* lassen?«

Burke tat, wie ihm geheißen, aber nur, weil ihm klar war, dass er in ihrer jetzigen Stimmung nicht vernünftig mit ihr reden konnte. Auf seiner Sitzbank zusammengekauert, beobachtete er sie und wunderte sich, ob irgendwann in der Nacht – oder am frühen Morgen, nachdem er gegangen war, sich mit dem Kutscher zu besprechen – jemand gekommen war und die süße, vernünftige Kate durch diese irrationale, irritierende Kate vertauscht hatte. Er hatte sie lange für die beständigste, ausgeglichenste Frau gehalten, der er je begegnet war, eine Frau, die nicht zu den Temperamentsausbrüchen und Wutanfällen neigte, an die er sich bei allen anderen schon gewöhnt hatte – allen voran bei seiner Tochter.

Jetzt allerdings musste er feststellen, dass jede Frau – unabhängig davon, wie vernünftig sie die meiste Zeit über war – von diesen plötzlichen, unerklärlichen Stimmungswechseln befallen werden konnte.

Außer natürlich, es gab einen Grund für Kates Benehmen. Einen Grund außer dem offensichtlichsten: dass sie immer noch wütend war, dass er sie zu seiner Mätresse hatte machen wollen. Aber dafür hatte er sich schon entschuldigt und versucht, es wieder gutzumachen, indem er ihr einen Heiratsantrag gemacht hatte. Also warum war sie immer noch so wütend? Er konnte nicht glauben, dass sie nachtragend war. Wenn sie das wäre, hätte sie nie zugestimmt, ihm bei der Suche nach Isabel zu helfen.

Nun, sie würde darüber hinwegkommen, vermutete er. Wenn dies alles vorbei war – wenn sie, so Gott wollte, Isabel gefunden und Kate sie davon abgebracht hatte, diesen Bastard Craven zu heiraten –, würde er sie für alles entschädigen.

Das wäre doch gelacht.

28. Kapitel

Es war nach Mitternacht, als sie Gretna Green erreichten. Kate war schon längst in einen unruhigen und nicht sehr gemütlichen Schlaf gesunken und wachte nicht auf, als die Kutsche zum Halt kam. Stattdessen rollte sie sich enger auf ihrer Sitzbank zusammen, froh, dass das Gerumpel aufgehört hatte, das sie so viele Stunden hatte ertragen müssen.

Aber sie durfte diese Ruhe nicht lange genießen. Bald schon wurde sie wieder durchgerüttelt, diesmal nicht von der Bewegung der Kutsche, sondern von einer Hand auf ihrer Schulter.

»Kate, wach auf.« Der Atem des Marquis strich warm über ihr Ohr. »Wir sind da.«

Sie rollte sich verärgert herum, bis sie ihm den Rücken zuwandte – kein leichtes Unterfangen auf der schmalen Sitzbank und mit einem weiten Reifrock, wie sie ihn trug. Trotzdem war ihre Position bequem, jedenfalls bequemer, als sie den ganzen Tag über gewesen war. Sie konnte den Gedanken, sich bewegen zu müssen, nicht ertragen.

»Ist mir egal«, sagte sie und hielt die Augen fest geschlossen, als ob ihn das verschwinden lassen könnte. »Lass mich einfach schlafen.«

»Du kannst nicht in der Kutsche schlafen, Kate.«

Etwas Undefinierbares lag in Burkes Stimme. In ihrer verschlafenen, verschwommenen Wahrnehmung stufte Kate es als geduldiges Amüsement ein, und sie wollte entgegnen: *Ich bin kein Kind*, obwohl sie wusste, dass sie sich wie eines benahm. Aber sie war so müde. Warum konnte er nicht einfach weggehen und sie schlafen lassen?

Als Nächstes bemerkte sie, wie er einen Arm unter ihren Rücken schob, den anderen unter ihre Kniekehlen und sie einfach aus der Kutsche hob.

Sie war sofort hellwach und sehr unglücklich darüber. Sie gab diesem Gefühl Ausdruck, indem sie mit der Faust auf das Brustbein des Marquis schlug. »Setz mich ab«, sagte sie. »Ich bin nicht gebrechlich. Ich kann laufen.« Der Marquis sah auf den Boden hinunter. »Aber Kate ...«

»Lass mich runter, habe ich gesagt.«

Burke seufzte und kam ihrem Befehl nach. Sofort versank sie knöcheltief in eine riesige Pfütze schlammigen Regenwassers.

»Oh ...« Bestürzt hob Kate ihren Rocksaum und blickte auf ihre völlig durchweichten Füße hinab. Burke, der neben ihr stand, sah ebenfalls auf ihre Füße hinab, während sie sie nach rechts und links drehte und sich den Schaden im Licht des Fensters der kleinen Gaststätte besah.

»Ich habe versucht, es dir zu sagen«, sagte er. Er klang nicht mehr geduldig, dafür amüsiert. »Aber du hast mich eindeutig geschlagen ...«

»Ich weiß«, sagte sie.

»Du hast darauf bestanden, heruntergelassen zu werden.«

»Ich weiß«, sagte sie.

»Wenn du meine Nähe nicht so verabscheuenswürdig gefunden hättest, hätte ich dich gern auf dein Zimmer hochgetragen.«

»Ich weiß«, sagte sie wieder, diesmal durch zusammengebissene Zähne. Das Wasser war ziemlich kalt.

Neben ihr seufzte der Marquis. Dann beugte er sich herab und hob sie wieder auf.

Dieses Mal protestierte Kate nicht. Sie legte sogar die Arme um seinen Hals und klammerte sich an ihn, so fest sie nur konnte, während er sie über den Stallhof trug, dann die Treppe zur Eingangstür hinauf, durch die Tür und in die Gaststube, die vom Kaminfeuer hell erleuchtet war ...

Als Kate die vielen Leute sah, die von den Tischen der Taverne neugierig zu ihnen herüberblickten, vergrub sie sofort das Gesicht an seiner Schulter, damit sie die Blicke nicht erwidern musste. Burke bemerkte das natürlich und war umso mehr amüsiert. Sie spürte, dass ein leises Lachen in seiner Brust vibrierte.

Nun, war das nicht nett? War es nicht toll, dass sie ihm wenigstens hin und wieder Grund zum Lachen gab?

»Das ist nicht lustig«, sagte sie, ihre Stimme wurde halb vom Stoff seines Mantels verschluckt.

»Nein, ist es nicht«, stimmte er zu, während er begann, die Treppe zur zweiten Etage zu erklimmen. »Aber du bist lustig.«

»Bin ich nicht«, sagte sie, immer noch undeutlich. »Mir ist das peinlich. Und ich fühle mich müde, hungrig, durchnässt und miserabel. Ich brauche kein Publikum, das mich dabei anglotzt.«

»Du musst dir keine Sorgen machen«, teilte er ihr beiläufig mit. »Sie denken, wir sind verheiratet.«

Das ließ ihren Kopf hochschnellen. »Tun sie das?«, fragte sie. »Warum?«

»Nun, das musste ich behaupten, als ich festgestellt hatte, dass nur noch ein Zimmer frei war.« Er blieb stehen. »Und hier ist es.«

Er schwang die Türe auf und setzte sie sanft auf einen tief gepolsterten Sitz vor einem großen, lebhaften Feuer. Die Hitze drang sofort durch ihre feuchten Stiefel und Strümpfe, und ihr wurde klar, dass sie nicht nur müde, hungrig, nass und elend gewesen war, sondern auch ziemlich durchgefroren.

Aber so angenehm die Hitze auch war, sie kam nicht umhin zu denken, dass Burke Traherne eine Eigenschaft hatte, die sie wahnsinnig machte: Immer setzte er seinen Willen durch.

»Das Abendessen ist auf dem Weg«, sagte Burke, während er sich aufrichtete und begann, Handschuhe und Mantel abzulegen. »Ich kann nicht dafür garantieren, dass es noch genießbar ist um diese Uhrzeit, aber der Wirt hat versprochen, dass seine Frau noch ein paar Fleischpasteten hat. Besser als gar nichts.«

Kate fühlte, wie die Hitze des Feuers ihr Gesicht und Hände wärmte und natürlich ihre eingefrorenen Füße. Es war ein göttliches Gefühl, dieser Wechsel von solch großer Ungemütlichkeit zu diesem totalen Luxus. Na ja, zum totalen Luxus fehlte noch etwas. Sie musste immer noch ihre Stiefel ausziehen, was bei den durchgeweichten Schnürsenkeln nicht einfach werden würde.

»Ah«, hörte sie Burke sagen, als es an die Tür klopfte. »Das wird das Essen sein.«

Darauf verschwand er eine Weile und Kate war in ihrem Sessel allein. Was überhaupt nicht schlimm war, denn es überkam sie eine große Lethargie; die wundervolle Schläfrigkeit kehrte zurück. Es gab wirklich keinen Grund, einen Streit anzufangen, weil er es so arrangiert hatte, dass sie schon wieder das Bett teilten. Sie konnte einfach hier einschlafen, auf diesem Sessel; nichts sprach dagegen. Sie würde einfach einschlafen, ohne einen weiteren Gedanken an ihre Stiefel zu verschwenden. Ihre Zehen waren nass? Sie würden über Nacht trocknen. Dann hätte sie morgen früh – wenn ihr wieder schlecht sein würde – eine Sache weniger, um die sie sich kümmern musste ...

»Hier.« Der Marquis hielt ihr etwas Dampfendes unter die Nase. »Trink das.«

Sie musste zugeben, der Dampf roch köstlich. Sie fragte: »Was ist das?«, während sie die Finger schon um den Humpen legte und ihn an den Mund führte.

»Heißer Rum mit Butter«, sagte er.

Sie verzog das Gesicht und hielt ihm den Humpen wortlos hin. Aber er schob ihn wieder zu ihr. »Es könnte helfen«, sagte er.

»Mir geht es gut«, sagte Kate. »Aber morgen nicht mehr, wenn ich das trinke.«

Er nahm den Humpen und stellte ihn mit missbilligender Miene außerhalb ihrer Sichtweite ab. Aber kaum entspannte sie sich ein wenig, war er wieder da und kniete sich neben sie. Er griff nach ihrem linken Fuß.

»Was machst du da?«, fragte Kate und schnellte in die Sitzposition empor.

»Du kannst hier nicht in nassen Schuhen sitzen bleiben, Kate.« Er hatte ihren linken Fuß auf seinen Oberschenkel gelegt. Jetzt zupfte er an ihren Schnürsenkeln, wobei er ihren Blick mied, anscheinend völlig von seiner Tätigkeit in Anspruch genommen. »Du wirst dir eine Erkältung einfangen.«

Sie wusste, dass er Recht hatte. Außerdem war das, was er gerade tat, wohl kaum so schockierend wie die anderen Aktivitäten, die sie beide in der zurückliegenden Nacht unternommen hatten. Und doch verletzte es ihren Stolz – oder das, was davon übrig war – und brachte sie auf die Palme.

»Du kannst doch nicht einfach«, hob sie an, bis ihr klar wurde, dass sie bei dieser Lautstärke auf dem ganzen Flur, vielleicht sogar im Erdgeschoss, gehört werden konnte. Sie senkte ihre Stimme. »Du kannst nicht einfach anfangen, mir die Stiefel auszuziehen.«

»Sicher kann ich das«, sagte er und klang zum Verrücktwerden vernünftig.

»Kannst du nicht, nein«, insistierte sie. »Und du kannst auch nicht einfach Leuten erzählen, wir wären verheiratet, wo du ganz genau weißt, dass das nicht stimmt.«

»Was hätte ich denn stattdessen tun sollen, Kate?«, fragte er ruhig.

»Nun, ist dies die einzige Gaststätte in Gretna Green? Hätten wir nicht eine mit *zwei* freien Zimmern finden können?«

»Nach Mitternacht? Bei diesem Wetter? In dieser Jahreszeit, mit der Jagdsaison in vollem Gange?« Er sah sie amüsiert über ihr Knie hinweg an. »Außerdem, wieso auch? Du weißt doch, dass wir letztendlich sowieso wieder im selben Bett gelandet wären.«

Sie sog den Atem ein, um zu zischen: »Burke, letzte Nacht war ...«

»Ein Fehler«, sagte er und wandte sich wieder ihren Schnürsenkeln zu. »Ja, ja, ich weiß. Heute Morgen ebenfalls. Du hast bereits klar gemacht, wie du darüber empfindest. Könntest du den Fuß ein wenig drehen, meine Süße?«

»Und das ist auch so etwas«, sagte sie. »Du kannst mich nicht ›deine Süße‹ nennen. Ich bin nicht deine Süße.« Er hatte ihr den linken Stiefel schließlich ausgezogen. Jetzt glitten seine Finger ihr Bein hinauf, unter ihren Rock. Sofort zog sie das Bein weg. »Was tust du da?«, fragte sie und schnappte nach Luft.

»Deinen Strumpf ausziehen«, sagte er und hielt ihr Fußgelenk in einem festen Griff. »Er ist durchnässt.«

Er hatte Recht, das war er. Sich jedoch vorzubeugen und ihn selbst auszuziehen, wobei die Fischgräten ihres Korsetts sie kneifen würden und der Reifrock im Weg wäre, war allerdings keine schöne Vorstellung. Sie war so müde. Und seine Finger waren so warm ...

Was hatte sie noch gerade gesagt? Ach ja. Sie hatte ihn – und sich selbst – erinnert, wie sinnlos dieser Traum war, dass sie eines Tages zusammen glücklich sein könnten.

»Ich bin nicht deine Süße«, wiederholte sie, während er sich an ihrem Strumpf zu schaffen machte, der an ihrer Miederhose festgeknöpft war. »Ich bin die ehemalige Anstandsdame deiner Tochter, die du verführt hast und ...«

»Ich habe dich nicht verführt«, unterbrach Burke, der sich sehr auf die Knöpfe konzentrierte, die tief unter ihrem Rock und dem Reifgestell verborgen waren. »Du hast mich verführt.«

Kate fühlte seinen Atem und die Hitze des Feuers

auf den Innenseiten ihrer Schenkel. Ein außergewöhnliches Gefühl, aber immerhin hatte sie noch ihre lange Miederhose als Schutzschild zwischen ihrer nackten Haut und den verschiedenen Arten von Hitze, die auf sie einströmten.

Trotz dieser Ablenkung fuhr sie jedoch fort, und das ein wenig großspurig für eine Frau, die den Kopf ihres Liebhabers zwischen den Knien hatte: »Falls du es vergessen hast, ich war eine Jungfrau. Jungfrauen können niemanden verführen.«

»Was für eine Sorte Jungfrau ist das bitte«, sagte er, nachdem er erfolgreich die Knöpfe bewältigt hatte und nunmehr dabei war, den Strumpf sanft ihre Wade herunterzurollen, wobei seine Fingerspitzen ihre zarte Haut leicht streiften, »die mitten in der Nacht in einem derartigen Aufzug durchs Haus streicht, wie du ihn in jener Nacht getragen hast?«

»Willst du behaupten, ich war keine Jungfrau?«

»Nein«, sagte er, als er den Strumpf über ihre Ferse und Zehen gezogen und zur Seite geworfen hatte. »Ich will nur sagen, dass eine Frau, die ihre Unschuld so sorgfältig bewahren wollte, wie du es von dir selbst zu glauben scheinst, sicherlich ein Nachtgewand gewählt hätte, das weniger ... aufregend ist.«

Er stellte ihren linken Fuß, der jetzt nackt war, wieder auf das Fußpolster des Sessels und schnappte sich ihren rechten.

»Das«, sagte Kate, »ist das Lächerlichste, was ich in meinem ganzen Leben gehört habe.«

»Derjenige, der den anderen durch den Einsatz von Sinnlichkeit in die Sünde lockt«, sagte Burke und entschnürte ihren rechten Stiefel wesentlich schneller als zuvor den linken – er hatte sich offenbar rasch an den Umgang mit Frauenstiefeln gewöhnt – »ist der Definition nach der Verführer. Was Sie, Miss Mayhew, zur Schuldigen macht. Und du bist nicht nur des Vergehens schuldig, mich verführt und verdorben zu haben, sondern mich auch noch am nächsten Tag auf grausame Art und Weise sitzen gelassen zu haben.«

»Aber nur«, erklärte sie, »weil du versucht hast, mich zu deiner Mätresse zu machen.«

»Und als ich dir dann«, fuhr er fort, als habe sie gar nichts gesagt, »einen Heiratsantrag gemacht habe, bin ich wiederum nur wieder kalt abgewiesen worden.«

»Du hast mich nur gebeten, dich zu heiraten, weil du herausgefunden hast, dass ich aus einer Familie stamme, die einstmals über Geld und Besitz verfügte.«

»Ich will dir ja nicht zu nahe treten, Kate«, sagte er, während er langsam wieder ihren Rock hob und sich am rechten Strumpfband zu schaffen machte, »und ich bin sicher, du hast deinen Vater sehr geliebt, und er war sicherlich mal ein Gentleman, aber er ist doch unter speziellen Umständen gestorben ...«

»Es stimmt nicht«, erklärte Kate trotzig, »was über ihn geredet wird. Es stimmt nicht.«

»Und obwohl mir diese Umstände genau bekannt sind, will ich dich immer noch heiraten. Wie erklärst du dir das?«

»Wahnsinn?«, schlug sie vor.

Aber das Sprechen wurde schwierig, denn sie spürte seine Finger an den Innenseiten ihrer Beine entlangstreichen. Dieses Gefühl, viel stärker als die Hitze des Feuers, machte es sehr schwierig, den Fortgang ihrer Streiterei zu erinnern – oder dass sie überhaupt gestritten hatten.

»Ich habe immerhin genügend Verstand beisammen gehalten, um uns in Rekordzeit nach Schottland zu bringen, oder nicht?«, rechtfertigte sich Burke.

»Nur wegen der Sorge«, sagte Kate, »dass es deiner Tochter ergehen könnte wie mir.«

»Nicht ganz«, sagte er und rollte den Strumpf sanft an ihrer Wade herab. »Wenn Daniel Craven Isabel nur halb so sehr lieben würde, wie ich dich liebe, hätte ich keine Einwände gegen die Verbindung.«

Sie fand es plötzlich immer schwerer, zu sprechen. Sie räusperte sich. »Das ...«, sagte sie und räusperte sich erneut. »Das ...«

»Ist die Wahrheit«, sagte er und streichelte an dem Bein entlang, das er gerade von dem nassen Strumpf befreit hatte. »Du weißt, dass es die Wahrheit ist.«

»Nein«, sagte sie. Sprechen war ihr jetzt praktisch unmöglich. »Ich kann nicht ...«

Dann war es endgültig vorbei mit dem Sprechen, denn er hatte seine Lippen auf die Stelle gelegt, wo seine Hand gerade noch gewesen war. Beinahe katapultierte Kate sich aus ihrem Sitz, als sie das Kitzeln seiner Bartstoppeln auf der seidigen Haut ihrer Schenkel fühlte, danach die unendlich sanfte Liebkosung seiner Lippen und dann die federleichte, aber brennend heiße Berührung seiner Zunge.

Ihre Hand flog nach vorn. Sie wusste selbst nicht, was sie damit tun wollte, ihn abwehren oder ihn antreiben. Aber als ihre Finger seine dichten, dunklen

Haare berührten, krümmten sie sich instinktiv, um ihn näher heranzuziehen, statt ihn wegzudrücken. Nein, nicht wegdrücken ...

»Burke«, sagte sie, aber ihre Stimme klang seltsam, eher wie ein Japsen als wie ein Wort.

Und es hatte nicht die beabsichtigte Wirkung. Statt aufzuhören und seinen Kopf zu heben, wurde der Marquis umso drängender. Er schob den spitzenbesetzten Saum ihrer Miederhose über die Mitte ihrer Schenkel empor. Sein Mund bewegte sich beständig an ihrem Bein hinauf und schien jeden Zentimeter Haut auf seinem Weg zu verbrennen und in Asche zu legen – so wie das Feuer, das vor ihnen loderte, das Holz im Handumdrehen zu Asche verwandelte. Kate hatte das Gefühl, die Zunge des Marquis verwandelte sie in ein Häufchen Asche.

Und es war gar kein unangenehmes Gefühl, so zu verbrennen. Oh nein, ganz und gar nicht.

Dann glitten seine Finger geschickt und erfahren durch den Schlitz im Zwickel ihrer Miederhose. Kate sog scharf die Luft ein, als sie ihn über ihre heißen, feuchten Schamlippen streichen spürte – jedes Mal, wenn er sie berührte, fühlte sie eine Welle der Lust durch ihren Körper branden.

Dann ließ er seine Finger dort, seine starken, sicheren Finger, die auf jene Stelle drückten, die sich so lang nach seiner Berührung verzehrt hatte. Kates eigene Finger krallten sich mittlerweile so fest in sein Haar, dass es ihm wehtun musste – wäre er in der Verfassung gewesen, etwas anderes wahrzunehmen als ihre atemlose Erregung und das Rasen seines eigenen Herzens.

Als er wenige Sekunden später die Finger durch

seinen Mund ersetzte, wurde Kate von einem Rausch der Empfindungen überwältigt. Nichts, was sie je zuvor empfunden hatte, kam dem gleich. Die nasse Wärme seines Mundes auf dieser empfindsamsten aller Stellen, die unendliche Sanftheit seiner Lippen im Gegensatz zu den entschlossenen Stößen seiner Zunge, die Rauheit seiner Stoppeln an den Innenseiten ihrer Schenkel ... es war einfach zu viel. Es war vollkommen verdorben, denn nichts, was sich so gut anfühlte, konnte erlaubt sein.

Kate wollte ihm das sagen. Sie wollte ihm sagen, er solle aufhören. Schließlich hatte sie immer noch ihre Haube auf, um Gottes willen. Es konnte nicht richtig sein, den Kopf eines Mannes zwischen den Schenkeln zu haben, wenn man noch eine Haube trug.

Trotzdem war es unglaublich schwierig, über richtig und falsch nachzudenken, wenn seine Lippen und Zunge Sachen mit ihr machten, ihr Gefühle verschafften, die sie nie im Leben für möglich gehalten hätte. Ein Teil von ihr wollte fliehen, ihn zurückstoßen, die Beine zusammenklemmen, den Rock herunterschieben und in ernsthafter Empörung auf ihn herabblicken. Wie sonst sollte sie ihren Verstand retten? Doch ein anderer Teil von ihr – der stärkere – befand, dass der Verstand als solcher ohnehin ständig überbewertet wurde. Und warum sollte sie ihn zurückstoßen, wenn er sie mit jedem Lecken seiner Zunge, mit jeder Lippenbewegung dem Himmel näher brachte?

Außerdem, selbst wenn sie es versuchte, sie könnte ihn gar nicht zurückstoßen. Er hatte die Arme fest um ihre Hüften gelegt und die breiten Schultern zwischen ihre Knie geklemmt. Sein Gesicht war tief zwischen ihren Schenkeln vergraben. Sie berührte ihn nicht – nicht absichtlich jedenfalls. Sie hatte beide Arme über ihren Kopf geworfen und klammerte sich an die Rückenlehne des Sessels, als ob dieser Kontakt mit der Außenwelt – nicht mit jener, die er mit seinem Mund erschaffte – sie geerdet halten könnte.

Als sie vor Lust fast die Sinne verloren hatte, sagte Kate seinen Namen – keuchte ihn vielmehr, eine atemlose Bewegung ihrer Lippen, aber er hatte es gehört. Wenn er seinen Namen auf ihren Lippen hörte, war er wie immer nicht mehr zu halten. Bevor ihr klar wurde, was passierte, spürte sie, wie er den Kopf hob, wobei seine Stoppeln sie auf die denkbar herrlichste, schmerzhafte Weise kratzten. Er packte sie fester um die Hüften.

Das Nächste, was sie wahrnahm, war, dass er sie hochhob und die Röcke sich um ihre Taille schoben. Ihr Herz hämmerte wie das eines Hasen und der Zwickel ihres Mieders war von ihrem Verlangen nach ihm durchweicht. Er hob sie gerade in die Luft, achtlos der Tatsache, dass sie verzweifelt mit den Ringen ihres Reifrocks kämpfte und nach dem Halt seiner Schultern suchte. Als sie sie endlich, unter all den Lagen von Spitze und Stoff, gefunden hatte, ließ er sie schon wieder herab. Sie fühlte, wie eine Matratze unter ihrem Gewicht nachgab. Dann war er wieder zwischen ihren Schenkeln, ein Knie schob ihre Beine auseinander, während Burke mit dem Verschluss seiner knielangen Hose kämpfte. Sie sah ihm dabei zu, halb benommen, und bemerkte mit einem leisen Gefühl der Befriedigung, dass seine Hände zitterten. Als er es schließlich geschafft hatte, sich zu befreien, war er riesengroß vor Verlangen nach ihr. Ha, dachte sie. *Ich* habe das gemacht. *Ich habe ihm das verursacht.*

Weiter kam sie nicht mit dem Denken, denn ohne eine weitere Berührung stieß er in sie hinein.

Nicht, dass es Kate etwas ausmachte. Oh, es war verblüffend, natürlich – sie musste, wie immer, vor Erstaunen nach Luft ringen –, aber schließlich war es nicht das erste Mal, dass sie das taten. Trotzdem war es aufregend, das Eindringen dieses dicken, harten Schafts, wo kurz zuvor nur der sanfteste aller Küsse gewesen war. Es war auch verblüffend, plötzlich sein gesamtes Gewicht auf sich zu spüren und die gestärkten Falten seines Krawattentuchs zu fühlen – sie waren beide noch vollkommen angezogen.

Aber am verblüffendsten war, wie wenig ihr all das ausmachte, wie sehr sie sich im Gegenteil danach gesehnt hatte. Wie leer sie gewesen war, und wie voll, wie angefüllt sie jetzt war – mehr als das, sie strömte über ... sie strömte über von ihm. Es schien, dass er nur in sie einzudringen brauchte und schon war sie am Rande des Orgasmus. Nur, sagte sie sich, weil er sie mit seinem Mund bis kurz davor gebracht hatte. Das war der einzige Grund. Es war nicht etwa, dass sie ihn wollte. Oder ihn brauchte.

Seine Lippen waren auf ihrem Hals, genau unterhalb ihres rechten Ohrläppchens. Ihre Handgelenke hielt er auf die Matratze gepresst, seit sie ihn berührt hatte, als sei ihre Berührung etwas Gefährliches. Er stieß heftig zu, mit jedem Stoß trieb er sie tiefer in die Matratze. Und jedes Mal streckte sie ihm die Hüften entgegen.

Na gut, in Ordnung. Sie wollte ihn. Sie brauchte ihn.

Und dann glitt sie wieder über den Rand des Abgrunds. Sie wollte noch nicht, wollte nicht so früh gehen müssen. Aber er stieß sie dorthin, mit seinen rauen Küssen, der Dringlichkeit seiner Stöße. Sie wollte sich an ihn klammern, um sich nicht in der kopflosen Lust zu verlieren, in die er sie stieß. Aber seine Finger waren immer noch um ihre Handgelenke geschlungen, als sei sie eine Gefangene, die er nicht entkommen lassen wollte ... die er entschlossen war, mit der süßesten aller Foltermethoden zu peinigen ...

Sie gab auf.

Wellen der erotischen Ekstase überrollten sie. Gefangen in seinem erbarmungslosen Griff konnte sie sich nur unter ihm winden, den Rücken gebogen, die Hüften an ihn gepresst. Sie konnte nicht still bleiben und stieß einen hilflosen Schrei aus. Schließlich ließ er ihre Handgelenke los und umfing ihr Gesicht mit den Händen, als auch sein Körper sich im erlösenden Orgasmus wand.

Kate, die sich den ganzen Tag noch nicht so gut gefühlt hatte, empfand eine leichte Scham. Nach einigen Momenten fand sie ihre Stimme wieder und sagte kleinlaut: »Ich hatte noch nicht einmal die Chance, meine Haube abzunehmen«, als sei dieser Umstand schockierender als alles andere, was geschehen war.

Burke hob sein Gesicht von ihrem Hals, wo er es nach der letzten Zuckung, die ihn erfasst hatte, geborgen hatte. Er sah auf ihre geröteten Lippen und in ihre sturmwolkengrauen Augen herab. Eine lange dunkelblonde Strähne war aus ihrer Haube entwischt und lag quer über ihrem Hals. Er verlagerte einen Teil seines Gewichts auf seine Ellbogen, als er sich aufstützte und die Strähne anhob. »Absolut schamlos«, sagte er und hielt die seidigen Haare an seine Lippen. »In Zukunft werde ich daran denken, dir immer zuerst die Haube abzunehmen.«

»Das will ich auch hoffen«, sagte sie schläfrig, wobei sie vergaß, dass eine gemeinsame Zukunft mit ihm das Letzte war, das sie wollte.

Oder war es das Einzige, das sie wollte?

29. Kapitel

Als Kate am nächsten Morgen erwachte, hatte sie keine Ahnung, wo sie sich befand oder wie sie dort hingelangt war.

Sie wusste nur, dass es sehr früh sein musste, denn ihr war noch nicht übel. Und sie fühlte sich jeden Morgen – wie nach einem Uhrwerk – um acht Uhr schlecht.

Erst als sie die Hand ausstreckte in der Erwartung, Lady Babbies seidiges Fell zu spüren, und stattdessen etwas wesentlich Raueres fühlte, wurde ihr klar, dass sie nicht mehr im White Cottage war. Sie öffnete ein Auge, um nachzusehen – und sah ihre Hand in einem Nest von tintenschwarzen Brusthaaren ruhen. Brusthaare, die offenbar – wie sie nach näherer Untersuchung feststellte – zum Marquis of Wingate gehörten, der völlig nackt in ihrem Bett lag.

Oder lag *sie* etwa nackt in *seinem* Bett? Sie war sich nicht sicher. Dann fielen ihr die Ereignisse des Vorabends wieder ein und sie sank mit einem stillen »Ohhh ...« zurück in die Kissen.

Natürlich, sie waren in Gretna Green. Sie waren dort, um Isabel zu suchen, die mit Daniel Craven durchgebrannt war. Daniel Craven, der Kate einst alles genommen hatte, was sie liebte, und der aus ihr unbegreiflichen Gründen nun anfing, dasselbe mit Burke Traherne zu tun.

Sie waren in einer Gaststätte. Der Wirt glaubte, sie seien miteinander verheiratet.

Nun ja, sie hatten sich ja auch wirklich so aufgeführt. Falls verheiratete Leute so etwas überhaupt taten, was Kate sehr bezweifelte. Sie konnte sich keine Sekunde vorstellen, dass ihr Vater jemals ... Oder ihre *Mutter* ...

Mit heißen Wangen entschied Kate, dass es wahrscheinlich besser war, nicht darüber nachzudenken. Was im Bett ihrer Eltern geschehen war, hatte absolut nichts damit zu tun, was in ihrem eigenen passierte. Absolut gar nichts. Erst recht nicht, wenn die Geschehnisse in ihrem Bett mit Burke zu tun hatten.

Burke. Sie blickte ihn an. Er schlief noch, seine haarige Brust hob und senkte sich im tiefsten Schlummer. So dachte sie jetzt an ihn. Als Burke. Nicht als Lord Wingate, sondern mit seinem Namen, Burke. Es war ein seltsamer Name, eher ein Nach- als ein Vorname, und ein viel zu kleiner Name für den enormen Mann, der ihn trug. Burke.

Sie stützte sich auf einen Ellbogen, um ihn besser betrachten zu können. Überrascht entdeckte sie einige graue Haare zwischen den vielen schwarzen, sowohl auf dem Kopf als auch auf der Brust. Nun, warum nicht? Er war Ende dreißig und hatte eine erwachsene Tochter. Nun ja, fast erwachsen. Wie alt war er gewesen, als Kate geboren wurde? Dreizehn.

Dreizehn Jahre waren kein allzu großer Abstand. Und er sah auf keinen Fall danach aus. Keiner, der ihn jetzt sehen könnte, würde ihn für sechsunddreißig halten. Dreißig vielleicht. Oder zweiunddreißig. Aber nicht sechsunddreißig. Oh nein. Er war viel zu vital, zu robust und gesund für ein so fortgeschrittenes Alter. Nicht dass sechsunddreißig alt war, aber es war alt für einen Mann, der in der Lage war zu tun, was sie getan hatten ... und das so oft, wie sie es in den letzten Tagen getan hatten.

Aber sie würden damit aufhören müssen, dachte sie bei sich und nahm die Hand von seiner Brust. Wirklich. Denn wie sollten sie, wenn sie Isabel gefunden und Kate Burke davon abgehalten hatte, Daniel Craven umzubringen, damit weitermachen? Es würde nicht gut gehen, es konnte einfach nicht klappen. Sie konnte ihn nicht heiraten, so gern sie es auch täte.

Sie streckte wieder die Hand aus, ihn zu berühren. Er zog sie ständig an, das zu tun. Sie hatte immer das Bedürfnis, ihn anzufassen. Das war natürlich auch der Grund, warum sie darauf bestanden hatte, dass er in den langen Stunden in der Kutsche immer auf dem gegenüberliegenden Sitz saß. Sie konnte ihn nicht näher an sich heranlassen, ohne ihn anzufassen. Sie konnte nichts dagegen tun, er zog sie einfach an. Es war erschreckend, welche Gefühle er in ihr hervorrief.

Erschreckend. Obwohl, erbärmlich wäre ein passenderer Ausdruck.

Nun, sie würde es nicht wieder geschehen lassen. Vielleicht sollte sie sogar sofort verschwinden, wenn sie es nur schaffte, aufzustehen und sich anzuziehen, bevor er aufwachte ... und bevor ihr wieder schlecht wurde. Es dauerte nie lange an, Hauptsache, sie schaffte es, sich vorher anzuziehen ...

Zu spät. Kaum hatte sie das Laken weggeschoben und einen nackten Fuß auf den eiskalten Boden gestellt, war er schon wach. Plötzlich war die pelzige

Brust, die sie gerade noch so bewundert hatte, über ihr. Sein Gewicht drückte sie auf das Bett. Ihre Handgelenke wurden von einer starken Hand festgehalten und auf das Kissen über ihrem Kopf gedrückt, während er sie ansah. Sein Gesicht war dicht über dem ihren.

»Wohin so eilig?«, fragte er in beiläufigem Ton, als wären sie zurück im Stadthaus auf der Park Lane und sich gerade zufällig im Flur begegnet.

Ihre Zunge fühlte sich wie Blei an. Sie sagte: »Nirgends.«

»Ich bin froh, das zu hören«, sagte er. »Denn ich finde, das ist eigentlich eine sehr schöne Art aufzuwachen. Findest du nicht auch?«

Das konnte Kate nicht abstreiten. Schon gar nicht, wenn sein warmer Körper schwer auf ihr lag oder er ihre Beine leicht mit einem Knie auseinander schob.

»In der Tat«, sagte Burke gedehnt. »Ich glaube, so möchte ich jeden Morgen aufwachen.« Mit dem Daumen seiner freien Hand zog er die Linie ihrer Lippen nach, während die anderen Finger auf ihrer Wange ruhten. »Mit dir unter mir, meine ich.«

»Das«, sagte Kate, deren Stimme nur mehr ein Hauchen war, »könnte ...« Als er sich leicht bewegte, merkte sie überrascht, dass er schon hart war. Überrascht und – sie war ehrlich zu sich – erfreut.

»... ungemütlich sein«, beendete sie den Satz.

»Ungemütlich?« Er küsste sie dorthin, wo gerade noch sein Daumen gewesen war, auf die Mundwinkel, wo ihre Oberlippe sich in einer leichten Kurve neigte wie ein Jagdbogen.

»Was ist daran ungemütlich?«

»Na ja«, sagte sie. »Du wiegst eine ganze Menge.«

»Ah«, sagte er. Jetzt küsste er ihre Augenlider. »Da kann ich was für dich tun, denke ich.«

Eine Sekunde später war er unter ihr und Kate saß rittlings auf seiner Hüfte, ohne zu wissen, wie sie dorthin gekommen war. Als sie sich die Haare aus den Augen strich, sah sie an seinem Gesichtsausdruck, dass er ziemlich stolz auf sich war.

»Und wie wäre es«, sagte er mit einem breiten Grinsen, »wenn wir jeden Morgen *so* aufwachen? Mit mir unter dir?«

Sie fühlte seine Erektion unter sich, die drängend an die seidig behaarte Stelle zwischen ihren Schenkeln stieß. Zu ihrer Beschämung reagierte ihr Körper sofort auf diese Berührung, indem er einen plötzlichen Hitzeschwall in ihren Lenden erzeugte, so dass es sehr leicht für ihn war, einfach in sie hineinzugleiten – ohne dass sie sich einen Zentimeter bewegen musste. Sie sog den Atem ein und sah auf ihn herab, mit großen, vorwurfsvollen Augen. Aber es war so schwer, beleidigt zu sein. Denn was er tat, fühlte sich so gut an, so richtig.

»Oder noch besser«, sagte er und lächelte sie weiter an, »wenn ich *in* dir aufwache. Also, das«, bei diesem Wort hob er die Hüften an und schob sich noch tiefer in sie hinein, »wär's doch nun wirklich.«

Es lag Kate auf der Zunge zu bemerken, dass sie dazu nicht hier waren. Sie waren hier, um Isabel zu finden. Oder nicht?

Aber es war ihr unmöglich, an etwas anderes zu denken als ihn, wenn er in ihr war – genauso wie es für Burke schwierig war, an etwas anderes als Kate zu denken, wenn sie auch nur in der Nähe war.

Sie konnte erst recht nicht mehr an etwas anderes

denken, als seine Hände sich um ihre Brüste legten, sie pressten und streichelten. Und schon gar nicht, als er sich in ihr bewegte – so langsam, dass sich ihre Zehen einrollten. Dann schob er eine Hand in ihren Nacken unter ihre schwingenden Haare und zog sie zu sich herab, bis ihr Gesicht auf seinem war. Wie sollte sie an etwas anderes denken als daran, wie sich seine Lippen auf ihren anfühlten?

Er küsste sie, drängte ihre Lippen mit seiner Zunge, sich zu öffnen, wie er auch ihre Beine auseinander gedrängt hatte. Die Spitzen ihrer Brüste strichen über seine dichten, harten Brusthaare. Plötzlich, entgegen ihrer Absicht, bewegte sie sich auf ihm. Nicht viel und nicht bewusst. Aber genug, dass er seine Hände gierig auf ihre Hinterbacken legte und sie fester auf seine Erektion schob.

So hatte sie nicht vorgehabt, den Tag zu beginnen. Sie hatte gedacht, nach letzter Nacht ... war der Mann etwa unersättlich?

Ganz offensichtlich.

Sie selbst offenbar auch, denn sie klammerte sich auf würdelose Art an ihn, nicht nur mit ihren Lippen und Händen, auch mit ihren Schenkeln, als sei er ein wildes Pferd.

Aber das hier war nicht wie Reiten. Jedenfalls nicht auf einem normalen Pferd. Vielleicht ... vielleicht ein geflügeltes Pferd. Denn es fühlte sich wirklich so an, als könne sie fliegen – oder, besser gesagt, als würde sie geflogen, höher und höher. Nicht in die brennende Sonne hinein, das wäre eher unangenehm. Auch nicht zum Mond, eiskalt und weit entfernt. Aber in die Sterne, funkelnd an einem samtig schwarzen Himmel. Wenn sie sich weit genug streckte, konnte sie sie sicherlich greifen, diese Sterne ...

Und dann war es, als sei sie ein wenig zu hoch geflogen und hätte sich am Dach dieses samtenen Himmels den Kopf gestoßen, denn plötzlich fielen alle Sterne um sie herunter; es regnete Sterne. Sie war gefangen in einem Diamantenschauer. Aber das war gut so. Sie streckte die Arme aus und versuchte, so viele davon aufzufangen wie möglich, glücklich lachend ...

Dann öffnete sie die Augen und merkte, dass sie auf Burkes Brust zusammengesunken war und er sie auslachte. Na ja, er lachte nicht wirklich, dafür war er zu sehr damit beschäftigt, um Atem zu ringen. Sein Herz donnerte mit halsbrecherischer Geschwindigkeit gegen ihre Brüste. Nichtsdestotrotz sah er sehr selbstgefällig aus.

»Bist du in Ordnung?«, fragte er keuchend.

Sie bewegte sich leicht gegen ihn. Hatte er ... oh ja, er hatte auf jeden Fall. Sie strich sich die Haare aus den Augen und sah ihn an, wobei sie versuchte, ein ausdrucksloses Gesicht zu machen.

»Natürlich bin ich in Ordnung«, sagte sie. »Warum sollte ich nicht?«

Es war ein Wunder, dass sein Kopf nicht platzte, so selbstgefällig blickte er drein. »Na, bei diesem Geschrei werden vermutlich gleich Leute an die Tür hämmern, die glauben, ich hätte dich umgebracht.«

Gekränkt glitt Kate von ihm herunter.

»Vorsicht«, sagte er. »Du gefährdest unsere Chancen auf eine Familie.«

»Ich glaube nicht«, sagte sie trocken und zog das Laken ans Kinn, »das wir uns darum Sorgen machen müssen.«

Aber er verstand nicht. Er dachte offensichtlich, sie rede von ihrer gemeinsamen Zukunft – oder dem Ausfall derselben – und reagierte entsprechend, indem er sich vorbeugte und sie bei den Schultern packte.

»Du kannst doch nicht meinen«, sagte er und stierte auf sie hinab, »dass du mich immer noch nicht heiraten willst? Hiernach? Und nach letzter Nacht?«

Es musste gleich acht Uhr sein. Kate fühlte die ersten Warnzeichen der beginnenden Übelkeit.

»Glaubst du nicht«, sagte sie und schluckte hart, »dass du dich darum kümmern solltest, deine Tochter zu finden, statt dich mit der Frage aufzuhalten, ob ich dich heiraten will oder nicht?«

Er öffnete den Mund, war aber unfähig, eine passende Antwort zu geben. Stattdessen ließ er von ihr ab und drehte sich um; er war deutlich verärgert.

Aber auch verärgert war der Marquis of Wingate immer noch äußerst sehenswert. Und Kate beobachtete ihn, obwohl sie sich mittlerweile wirklich mies fühlte. Er stürmte durch das Zimmer und zog sich hastig die Hosen und das Hemd an, ohne sie anzusehen.

Was auch gut so war. Sie wollte nicht, dass er sie ansah. Umso mehr er sie ignorierte, umso leichter würde es letztendlich werden ...

Eine halbe Stunde war vergangen – das war eine recht genaue Schätzung, denn Kate war mitten in ihrer Übelkeitsphase –, als Burke zurück ins Zimmer kam, das er so wütend verlassen hatte. Er trug ein riesiges Tablett, von dem Gerüche von Speck und Kaffee ausströmten. Normalerweise angenehme Gerüche, in ihrem Zustand jedoch tödlich.

»Hier, Kate«, sagte Burke und schloss die Tür mit dem Fuß. »Das habe ich der Magd im Flur abgenommen. Ich dachte mir, dass du noch nicht aufgestanden bist. Komisch, ich hätte dich nicht für so einen Faulpelz gehalten. Nun steh auf und komm frühstücken ...«

Kate konnte sich nur das Laken über den Kopf ziehen.

Burke war alles andere als belustigt. »Komm schon, Kate«, sagte er. »Wir haben nicht den ganzen Tag Zeit. Es wird schwierig, Craven hier zu finden. Weißt du, an wie vielen Orten sie sich hier verstecken können? Es ist zwar keine große Stadt, aber trotzdem ...«

Es war zu viel für sie. Dieser Geruch und dann noch der Anblick von Speck ...

Plötzlich warf sie das Laken von sich, setzte sich auf und lehnte sich über die Seite des Bettes.

Sie hatte natürlich nichts mehr im Magen, was sie hätte hochwürgen können. Am Abend zuvor hatte sie nichts gegessen. Trotzdem würgte sie wieder und wieder. Währenddessen weinte sie; sie konnte sich nicht helfen. Sie fühlte sich völlig gedemütigt, umso mehr, als er zu ihr eilte, eine kühle Hand an ihre Stirn hielt und ihr mit der anderen die Haare aus dem Gesicht strich. Er hielt sie fest und flüsterte ihr sanfte Koseworte zu, während sie sich in Krämpfen wand.

»Shhh«, sagte er, als sie erfolglos versuchte, ihre momentanen Gefühle für ihn deutlich zu machen – die nicht gerade freundlich waren. »Es ist alles in Ordnung. Es tut mir Leid, Kate, das wusste ich doch nicht.«

Er strich ihr die Haarsträhnen aus der feuchten

Stirn und aus dem Nacken, so dass Luft, süße, kalte Luft sie kühlte. Nach einer Weile – es waren vielleicht fünf oder zehn Minuten, die ewig zu dauern schienen – ging es ihr langsam besser. Sie bewegte sich und er ließ sie los. Sie ließ sich in die Kissen zurücksinken und mied seinen Blick.

Doch schließlich war er ein Mann und ignorierte das. Er saß neben ihr, seine grünen Augen voller Sorge. »Warum, Kate?«, fragte er und schob noch mehr verschwitzte Haarsträhnen aus ihrer Stirn. »Warum hast du mir nichts gesagt?«

Doch sie konnte nur den Kopf schütteln.

»Du bist doch nicht wütend, weil ich es nicht erraten habe? Zugegeben, ich hätte schon gestern drauf kommen können, als du morgens so lange gebraucht hast, aber ich muss zugeben, ich war einfach nicht schnell genug. Aber jetzt ... Nun, jetzt weiß ich es.« Er sah auf sie herab, das Mitleid war aus seinem Gesicht gewichen. »Was mich zu der ursprünglichen Frage zurückbringt. Warum hast du es mir nicht gesagt, Kate?«

Sie wollte sich umdrehen, aber er saß auf dem Laken. Sie zerrte genervt daran. Als er sich schließlich seufzend bewegte, wickelte sie sich ein und drehte ihm den Rücken zu. Es war die einzig mögliche Art, dieses Gespräch zu überstehen, da war sie sicher. Seit er an der Wäscheleine am White Cottage aufgetaucht war, hatte sie sich vor dieser Unterhaltung gefürchtet.

»Ich wollte es dir nicht sagen«, sagte sie zu der Wand.

»Warum, Kate?« Seine tiefe Stimme war voller Ungläubigkeit.

Sie stöhnte, sie konnte es nicht unterdrücken. Es war klar, dass das passieren würde. Sie hatte es kommen sehen. Hätte sie bloß nicht mit ihm geschlafen, dann würde dieses Gespräch jetzt nicht stattfinden müssen. Wütend auf sich selbst, hob sie den Arm und wischte sich die Augenwinkel mit dem Handgelenk. »Du verstehst nicht.«

»Nein«, sagte er. Seine Stimme klang nach sanfter Besorgnis, verbunden mit Unverständnis. Er machte jedoch keine Anstalten mehr, sie anzufassen, dafür war sie dankbar. »Nein, ich verstehe es nicht. Du bist mit meinem Kind schwanger und du wolltest es mir nicht sagen. Hättest du es mir jemals gesagt, Kate?«

Sie konnte nicht sprechen. Nicht, wenn sie nicht anfangen wollte zu weinen. »Hättest du?«

Sie holte Luft. »Ich wollte ja. Ich konnte nur nicht. Weil, verstehst du, ich kann nicht ...«

Burke runzelte die Stirn. »Was kannst du nicht?«

»Ich kann dich nicht heiraten.« Sie sagte es schnell, um es hinter sich zu bringen. »Ich kann einfach nicht, Burke.«

Sein Ausdruck war nicht länger besorgt, sondern einfach nur fassungslos. »Warum, zum Teufel, nicht?«

»Ich kann nicht«, sagte sie mit zusammengebissenen Zähnen. »Ich kann nicht zurückgehen.«

»Zurückgehen?« Burke schüttelte den Kopf. Die Worte klangen seltsam vertraut und doch konnte er sich um sein Leben nicht erinnern, wo er sie schon gehört hatte. »Wohin zurückgehen?«

»In deine Welt, die Welt ... in der ich auch mal gelebt habe.«

»Meine Welt? Wovon sprichst du, meine Welt?«

»London«, erklärte Kate. »Du weißt nicht ... du *kannst* nicht wissen, wie es war, als mein Vater angeklagt wurde, diese ganzen Leute betrogen zu haben.« Kate schüttelte den Kopf, den Blick in die Ferne gerichtet. »Sie waren unsere Freunde – zumindest haben sie das vorgegeben. Aber jeder einzelne von ihnen – wirklich jeder – hat sich gegen uns gewendet. *Keiner* hat an die Unschuld meines Vaters geglaubt. *Keiner* hat geglaubt, dass es Daniel war, und nicht mein Vater, der ...«

Sie brach ab, das Schluchzen blieb ihr im Hals stecken. Burke, der in verblüfftem Schweigen auf sie herabstarrte, erkannte ihre Worte auf einmal wieder. Nanny Hinkle. Nanny Hinkle hatte versucht, ihn zu warnen. *Sie wird nicht zurückgehen,* hatte die alte Frau gesagt. Das also hatte sie gemeint.

Er öffnete den Mund, etwas zu sagen, aber sie sprach weiter; ihre Stimme war ein brüchiges Flüstern. »Und dann, als er starb ... als er in dem Feuer starb, das zwar offiziell als Unfall verzeichnet wurde, von dem aber jeder – *jeder* – nur das Gerücht glaubte. Dass mein Vater es absichtlich entzündet hat, dass er sich selbst getötet und meine Mutter ermordet hat. Alle glaubten, sie hätten ihn so weit getrieben, verstehst du. Dass er die Schande nicht ertragen konnte.«

Mit einem Schwung wandte sie sich zu ihm um und sah ihn an, nachdem sie die Augen zuvor blicklos auf den Bettpfosten geheftet hatte. »Aber er hat es nicht getan«, sagte sie heftig. »Er hat dieses Geld nicht gestohlen und er hat auch das Feuer nicht gelegt. Sie hatten kein Recht dazu, so etwas zu sagen. Überhaupt kein Recht! Verstehst du jetzt, Burke? Ich kann nicht wieder zurückgehen. Ich konnte mich schon vorher kaum dazu überwinden. Du musstest mir dreihundert Pfund dafür bieten. Aber jetzt ... jetzt muss ich an das Kind denken. Ich will nicht wieder in diese Welt. Und ich weiß, ich kann dich nicht bitten, sie zu verlassen.«

Er starrte immer noch auf sie herab. »Kannst du nicht?«

»Verstehst du nicht?« Kate schüttelte energisch den Kopf. »Lieber ziehe ich das Kind allein und in Schande auf, als inmitten dieser Leute, die es Daniel Craven durchgehen ließen, dass er ...«

»Was durchgehen ließen, Kate?«, fragte Burke vorsichtig, als sie nicht weitersprach.

Als sie ihn dieses Mal ansah, war ihr Blick nicht mehr distanziert. Sie war da, hier bei ihm, und in ihren Augen stand nicht mehr Wut und Schmerz ob des Verlustes. Wenn er sich nicht täuschte, war es Angst.

»Nichts«, sagte Kate schnell. Zu schnell.

»Kate.« Er streckte die Hand aus und legte sie auf ihre Finger, mit denen sie die Ecke des Lakens verknotete. »Sag es mir. Die Leute, die Daniel Craven was tun ließen?«

Ihre Stimme, obwohl nicht lauter als ein Flüstern, schien das Schweigen zwischen ihnen zu zerteilen wie ein Schrei. »Ungestraft entkommen«, murmelte sie und konnte seinen Blick nicht erwidern, »mit Mord.«

30. Kapitel

»Hier ist es«, sagte Kate und sah auf das Stück Papier hinab, das sie in ihrer behandschuhten Hand hielt. Sie schlenderten zu Fuß eine enge Gasse entlang. Auf einen Beobachter mochten sie wie ein glückliches Paar wirken, das Freunde oder Familienmitglieder besuchte. Bei genauerem Hinsehen würde jedoch auffallen, dass das Kinn des Gentleman etwas verkrampft war. Die Lady hingegen hatte offenbar Angst um ihre Finger, die sie in seine Armbeuge gelegt hatte, denn der Gentleman spannte seine Muskeln an.

»Nummer neunundzwanzig«, sagte Kate, die die Messingzahl zwischen dem oberen Türrahmen und einer nicht entzündeten Gaslaterne entzifferte. »Das muss es sein.«

Es war keine besonders schlechte Straße – Mittelklasse, schätzte Burke. Aber dennoch war es keine Straße, auf der er gern seine Tochter in einem Versteck mit ihrem Liebhaber fand.

Ein Liebhaber, der vielleicht gemordet hatte.

Eins jedoch war sicher: Es war viel zu leicht gewesen, ihn ausfindig zu machen. Der Mann hatte sich verdächtig gemacht – viel zu sehr für jemanden, der eigentlich alles tun sollte, sich zu verbergen. Kates tränenreiches Eingeständnis, dass es Daniel Craven gewesen war, der das tödliche Feuer gelegt hatte, war durch ein Klopfen an der Tür unterbrochen worden. Als Burke öffnete, stand dort ein Mann, dem er kurz zuvor beim Bestellen des Frühstücks einige Fragen nach Neulingen in der Nachbarschaft gestellt hatte.

Offenbar hatte der Mann jemanden gefunden, der – gegen eine kleine Entlohnung – erzählte, dass ein Mann, dessen Beschreibung auf Craven passte, sowie eine Frau, die Isabel sein mochte, in ein Haus in der Nähe gezogen waren.

»Sie haben es gerade gemietet«, teilte Burke Kate mit, die sich mit dem Anziehen beeilte. »Heute Morgen waren sie auf alle Fälle da. Der Kerl, mit dem ich gesprochen habe, meinte, dass erst vor einer Stunde eine Milchlieferung dort eingegangen ist.«

»Nun dann«, hatte Kate erwidert. Sie hatte mehr Mut zusammengenommen, als sie eigentlich empfand. »Dann gehen wir wohl am besten mal hin, was?«

Aber jetzt, als sie vor der Tür standen, sah Kate wesentlich weniger mutig aus. Burke selbst fühlte nichts außer dem wilden Drang, auf irgendetwas einzuschlagen.

»Angenommen«, sagte er, als sie dastanden und die Türe anstarrten, »sie will nicht mit uns kommen.«

»Das wird sie«, sagte Kate, obwohl sie nicht allzu überzeugt klang.

»Und wenn wir zu spät kommen?«

Sie sah zu ihm empor. Es war schon wieder ein grauer Tag. Gott sei Dank regnete es wenigstens nicht. Aber es war viel zu kalt und klamm für die Jahreszeit. Trotz ihrer Angst leuchteten helle Farbflecken auf ihren Wangen und ihre Nasenspitze war gerötet.

»Burke«, sagte sie in einem warnenden Ton. »Wenn das so sein sollte, darfst du ihn nicht töten. Verstehst du? Es ist mir egal, dass wir hier in Schottland sind. Auch hier gibt es Gesetze. Du darfst keinen Mord begehen. Um Isabels willen, Burke.«

Der Klang seines Namens von ihren Lippen war schon fast wieder zu viel für ihn, beinahe hätte er sie an sich gepresst und ihren unglaublich kleinen Mund mit Küssen bedeckt.

Beinahe.

Doch das erinnerte ihn an etwas, das ihn davon abhielt, etwas so Dummes und Sentimentales zu tun. Sie konnte erst seit ungefähr acht Wochen wissen, dass sie sein Kind trug. Zwei Monate. Das war keine so schrecklich lange Zeit, die sie es ihm vorenthalten hatte. Aber wenn Isabel nicht durchgebrannt wäre und er Kate nicht aufgesucht hätte ...

Sie streckte die Hand aus und drehte an der Kurbel der Türglocke. Burke hörte es tief drinnen im Haus klingeln. Nach ein oder zwei Minuten waren Schritte hinter der Tür zu hören und sie schwang auf. Eine Dienstmagd, fast noch ein Kind, in einer Rüschenschürze und einer zu großen Haube, sah ihnen erwartungsvoll entgegen.

»Ja, Sir?«, sagte sie. »Ma'am?«

Burke wollte sprechen. Wenigstens diesen Teil wollte er erledigen, ohne Kates Hilfe. Aber er fand sich absolut nicht in der Lage, die notwendigen Worte zu formen. Alles, woran er denken konnte, war, Daniel Cravens Gesicht zu nehmen und es so fest er konnte in den Dreck zu drücken.

»Hallo«, sagte Kate freundlich zu dem Mädchen. »Ist Mr Craven im Hause?«

»Oh nein, Ma'am«, sagte die Magd. »Mr Craven ist nach London zurückgekehrt.«

Burke merkte erst, wie angespannt er gewesen war, als Kate einen kleinen Schmerzensschrei ausstieß und ihre Finger aus seiner Armbeuge zog, wo sie geruht hatten. Offenbar hatte er sie unabsichtlich zwischen Bizeps und Unterarm fast zerquetscht.

Nachdem sie sich erholt hatte, sagte Kate zu der Magd: »Zurück nach London?«

»Ja, Ma'am. Sie haben ihn knapp verpasst. Es ist noch keine halbe Stunde her, dass er aufgebrochen ist.«

Kate war nicht bewusst gewesen, wie sehr die Aussicht auf ein Treffen mit Daniel Craven sie belastet hatte, bis sie nun auf diese Auskunft hin eine enorme Erleichterung verspürte. Doch war dies kein Gefühl, das Burke teilte, der die Neuigkeit fassungslos aufnahm.

»Und ... Mrs Craven?«, fragte Kate, denn Burke war scheinbar vorübergehend nicht der Sprache mächtig vor Enttäuschung, Daniel Craven nicht umgehend vermöbeln zu können und die Abreibung verschieben zu müssen. »Hat sie Mr Craven nach London begleitet?«

»Mrs Craven?« Das Mädchen schaute ratlos.

»Es war eine junge Dame bei ihm«, fuhr Kate fort und wagte nicht, in Burkes Richtung zu schauen. »Oder etwa nicht?«

»Oh«, sagte die Magd. In ihrem rosigen Gesicht zeigte sich Erleichterung und – falls Kate sich nicht irrte – ein wenig Geringschätzung. »Sie meinen die Lady Isabel?«

»Ja«, sagte Kate. »Die Lady Isabel. Ist sie zusammen mit Mr Craven zurück nach London?«

Ein Ausdruck, der eindeutig als beleidigt bezeichnet werden musste, erschien auf dem Gesicht des Mädchens. »Auf keinen Fall«, erklärte sie, als sei die Idee vollkommen abwegig – fast so abwegig wie die Vorstellung einer Mrs Craven.

»Dann also«, sagte Kate und rang um Fassung. Die Empfangsmagd war sicher nicht wegen guter Manieren oder eines scharfen Verstands eingestellt worden. »Könnten Sie uns dann wohl mitteilen, wo Ihre Ladyschaft zu finden ist?«

Die Magd warf einen schnellen, verstohlenen Blick über die Schulter. Mehr brauchte Burke nicht zu erfahren. Er streckte die Hand aus und versetzte der Tür einen brutalen Stoß. Das Mädchen kreischte überrascht auf und sprang hastig aus dem Weg. Es war eine gute Entscheidung, denn Burke steuerte einfach geradeaus durch den Eingang, ohne eine Entschuldigung oder Ähnliches.

»Wo ist sie?«, knurrte er und stürmte einen engen, geschmacklos dekorierten Flur entlang.

»Warten Sie«, kreischte das Mädchen. »Sie können hier nicht einfach so reinstürmen. Was denken Sie, wer Sie sind? Das wird dem Master gar nicht gefallen, absolut nicht ...«

Aber Burke war schon auf der Treppe nach oben, zwei Stufen auf einmal nehmend. Kate eilte ihm hinterher und stützte sich dabei mit einer Hand aufs Geländer.

»Burke«, rief sie flehend. »Bitte ...«

Das erste Zimmer, dessen Tür er aufriss, war leer. Im zweiten jedoch war eine zusammengesunkene

Gestalt zu erkennen, zusammengesunken in einem Sessel vor einem mickrigen kleinen Feuer. Im fahlen Schimmer der Glut war es unmöglich, die Identität der Person auf Anhieb festzustellen.

Aber die herzzerreißenden Schluchzer, die die Schultern der Person erzittern ließen, konnten nur von einer kommen: Isabel.

Zu Kates Überraschung sprang Burke nicht sofort an die Seite seiner Tochter. Stattdessen blieb er in der Tür stehen und blickte unsicher in den Raum. Auf Kates fragenden Blick murmelte er: »Ich kann nicht.«

»Burke«, sagte Kate sanft, aber er schüttelte nur den Kopf.

»Nein«, sagte er. »Mich will sie gar nicht sehen. Geh du.«

Jetzt war es an Kate, den Kopf zu schütteln. »Aber ...«

»Sie wird mich nicht sehen wollen«, versicherte ihr Burke.

»Burke, das ist doch ...«

»Du hast ja keine Ahnung.« Seine Stimme war tonlos. »Du weißt nicht, wie es war, als ich Isabel ... als ich sie das letzte Mal gesehen habe. Sie wird mich nicht sehen wollen. Geh du.«

Kate sah einen gefährlichen Schimmer in seinen Augen und sagte: »In Ordnung.«

Und so ging sie hinein. Während sie vom Flur in das verdunkelte Zimmer ging, zog sie die Handschuhe aus, so dass sie, als sie sich neben den Sessel kniete, in dem Isabel sich zusammengerollt hatte, die Finger auf die Hand des Mädchens legen konnte.

Isabel unterbrach ihr lautes Weinen und zwinkerte durch tränengeschwollene Lider in Kates Richtung.

»Oh!«, rief sie, als sie erkannte, wer da neben ihr kniete. »Oh, Miss Mayhew!«

In einem Wirbel aus Spitze und Petticoats sprang Isabel aus dem Sessel und warf ihre Arme so eng um Kates Hals, dass diese nach Luft rang. »Oh, Miss Mayhew«, rief sie wieder. Dann ging das Schluchzen weiter, der qualvolle Ton hatte an Energie gewonnen.

Kate, die die zerzausten Haare des Mädchens streichelte, versuchte sie zu beruhigen. Stück für Stück erzählte Isabel die jammervolle Geschichte, angefangen mit einem leidenschaftlichen: »Oh, Miss Mayhew, wenn ich nur auf Sie gehört hätte! Sie konnten ihn nie leiden, und ich hätte wissen sollen, dass Sie einen guten Grund dafür haben. Aber er war so viel aufmerksamer, als Geoffrey es je war, und er sagte, er liebt mich, und Sie wissen ja gar nicht, wie verloren ich war, als Sie weg waren.« Das Ende der Geschichte lautete: »Und dann, noch nicht einmal vor einer Stunde, schlendert er hier herein und sagt mir, er geht zurück nach London, ohne mich. Er wollte mich nicht mitfahren lassen, hat er gesagt! Und er würde auch nicht zurückkommen. Er sagte, er hätte genug von mir, dass ich zu verwöhnt und anspruchsvoll bin. Aber das war ich gar nicht, Miss Mayhew! Ich schwöre, so war ich nicht! Aber das war ihm egal. Er hat mich verlassen – in *Schottland*. Ich wusste nicht, was ich tun sollte. Ich konnte mir nicht vorstellen, dass Papa mich je wieder nach Hause kommen lässt, nicht nach ... Oh, Miss Mayhew, ich hätte nie geglaubt, dass jemand so grausam sein kann! Warum hat er das getan? *Warum?*«

Kate hielt die zitternden Schultern des Mädchens fest und versuchte, eine ruhige, rationale Haltung zu bewahren. Innerlich war sie jedoch aufgewühlt. Warum hatte Daniel das getan? Was hatte er sich dabei gedacht? Denn wenn Isabel die Wahrheit sagte – und Kate konnte sich nicht vorstellen, dass Isabel in ihrer aufgelösten Verfassung in der Lage war zu lügen –, dann hatten die beiden nicht nur nicht geheiratet, sondern Daniel hatte sie auch nicht angefasst. Die beiden hatten die ganze Reise über getrennte Schlafzimmer gehabt – was Isabel vollkommen normal fand und als Zeichen nahm, dass Daniel ein wahrer Kavalier der romantischen Liebe war.

Aber was Isabel als Kavalierstum bezeichnete, machte Kate eher misstrauisch. Daniel Craven war kein Gentleman. Wenn es jemanden gab, der das sicher wusste, dann sie. Und da er Isabels Geld nicht nötig hatte, war sie letztendlich davon ausgegangen – wenn auch etwas ungläubig –, dass er sich wirklich von dem Mädchen angezogen fühlte und nicht wusste, wie er sonst an sie herankommen sollte.

Jetzt aber schien es, als sei auch das nicht der Fall gewesen. Also, warum, um alles in der Welt, hatte er sich die Mühe gemacht? Warum hatte er die ganze Zeit und Anstrengung aufgebracht, nur um das arme Kind am Ende sitzen zu lassen?

Aber auf die Antworten zu diesen Fragen würde Kate wohl noch warten müssen.

»Was meinst du damit, du konntest dir nicht vorstellen, dass dein Vater dich je wieder zu Hause aufnimmt?« Sie schüttelte das Mädchen sanft. »Er ist halb verrückt geworden vor Sorge um dich in diesen letzten Tagen.«

Isabel benutzte das Taschentuch, das Kate ihr hinhielt, um ihre Augenwinkel zu wischen.

»Oh«, sagte sie mit zittriger Stimme. »Ich wusste, dass es falsch war, was ich tat. Aber ich konnte es nicht mehr aushalten mit ihm zu Hause. Sie können sich nicht vorstellen, in was für eine Bestie er sich verwandelt hat, Miss Mayhew, als Sie fort waren.«

Kate strich Isabel die struppig gewordenen Haare aus dem Gesicht. »Wen meinst du?«, fragte sie, da sie nur halb zugehört hatte.

»Nun, Papa natürlich«, sagte Isabel sachlich. »Ich möchte, dass Sie wissen, dass ich es Ihnen kein Stück übel nehme, wie Sie uns verlassen haben, Miss Mayhew. Ich kann mir denken, wie schrecklich er war in jener Nacht ... in der Nacht, als er Sie im Garten mit ... mit Daniel überrascht hat. Er war zu mir noch viel schrecklicher danach, als Sie weg waren. Wahrscheinlich hat er Ihnen ein Telegramm geschickt, mich zu holen, weil er mich selbst nicht mehr sehen will.«

Kate war sich bewusst, dass Burke im Flur stand und zweifellos jedes Wort mitbekam. Sie beeilte sich, das Mädchen zu unterbrechen, bevor sie mit ihren Worten irreparablen Schaden anrichtete.

»Was für ein Blödsinn«, sagte sie forsch. »Dein Vater steht hier vor der Tür. Er dachte, *du* willst *ihn* nicht mehr sehen ...«

Darauf gab es wieder einen Wirbel aus Spitze und Reifröcken, als Isabel auf die Füße sprang. Sie hatte endlich ihren Vater entdeckt, der im Flur lauerte. Eine Sekunde später trat er ins Zimmer und sie warf sich mit einem freudigen »Papa!« in seine Arme.

Es war ein glückliches Wiedersehen. So überschwänglich und glücklich, dass Kate es für angemessen befand, sich zurückzuziehen und die beiden allein zu lassen. Unauffällig machte sie sich auf den Weg den Flur entlang Richtung Treppe, an deren Fuß sie die kleine Magd antraf. Ruhelos und mit wütendem Blick lief diese im Foyer auf und ab.

Entschlossen, die Wahrheit über Daniels Aufenthaltsort herauszufinden – oder wenigstens über seine Motive –, trat Kate den Weg nach unten an, wobei sie sich so gelassen wie möglich gab.

»Hey«, sagte die Magd, als sie Kate bemerkte. »Hören Sie mal. Sie haben kein Recht, hier so hereingeplatzt zu kommen. Dan- ... ich meine, Mr Craven hat nichts Falsches getan.«

»Natürlich hat er das nicht«, sagte Kate beruhigend, als sie unten ankam. »Niemand hat so etwas angedeutet.«

»Ich weiß ja nicht, was *sie* Ihnen erzählt hat«, die Magd blickte anklagend zur Decke empor, »aber es stimmt nicht, Mr Craven ist ein echter Gentleman. Er hat sie nicht angerührt.«

»Das habe ich auch schon gehört«, sagte Kate, blieb vor einem mit Messingbeschlägen verzierten Spiegel stehen und schob einige lose Haarsträhnen zurück unter ihr Häubchen.

Das Gesicht der Magd, das Kate deutlich im Spiegel sehen konnte, verlor etwas von seinem verbissenen Ausdruck.

»Das hat sie Ihnen also gesagt, ja?« Das Mädchen nickte. »Nun, das stimmt ja auch. Er interessiert sich nicht für sie. Nicht auf *diese* Art.«

Dem Tonfall der Magd war deutlich zu entnehmen, auf wen sich ihrer Meinung nach Daniel Cravens Interesse richtete.

»Ach wirklich?« Kate drehte sich um und sah die junge Frau an. »Ich glaube, ich habe mich noch gar nicht vorgestellt. Kate Mayhew.« Sie streckte die Hand aus.

Das Mädchen schielte einen Moment skeptisch auf die behandschuhte Hand, bevor sie sie lose nahm und drückte. »Martha«, sagte sie knapp. Sie schien des englischen *th* nicht allzu mächtig zu sein, deswegen klang es eher wie »Marfa«.

»Wie geht es Ihnen, Martha?«, fragte Kate und wühlte geschäftig in ihrer Handtasche, als suche sie etwas.

»Mir geht es gut«, sagte Martha stumpf.

»Seltsam, meinen Sie nicht, Martha«, fuhr Kate in mildem Tonfall fort, »dass Mr Craven so plötzlich abgereist ist.«

Das Mädchen straffte die Schultern. »Er ist nur gefahren, um sich in der Stadt um wichtige Geschäfte zu kümmern. Am Wochenende wird er wieder hier sein. Das hat er mir gesagt.«

Dies war eine völlig andere Version der Gründe für Daniels Abreise als die von Isabel geschilderten.

»Und die Lady Isabel?«, fragte Kate beiläufig. »Sollte sie hier auf seine Rückkehr warten?«

Marthas Blick verfinsterte sich wieder. »Sie nicht. Er sagte, sie würde weg sein, wenn er zurückkommt. Er sagte, ihre Familie würde kommen ...« Marthas blaue Augen weiteten sich plötzlich und ihr Mundwerk klappte zu. Anscheinend war ihr klar geworden, dass sie zu viel gesagt hatte.

Aber die wenigen Informationen, die Kate von ihr

erhalten hatte, reichten vollkommen. Sie war sich noch immer nicht restlos über Daniels Gründe im Klaren, aber dass es um mehr ging als bloßes Durchbrennen, war ohne Zweifel.

»Gehen Sie nach oben«, sagte Kate, schloss ihre Handtasche und sah kalt auf die Magd herab, »und packen Sie die Sachen Ihrer Ladyschaft zusammen. Wir fahren ab, sobald Sie fertig sind.«

Das Mädchen trat unsicher von einem Fuß auf den anderen. »Sie ... Sie sind also ihre Familie?«, fragte Martha.

»Ja«, sagte Kate entschlossen. »Wir sind ihre Familie.«

31. Kapitel

Rauch.

Davon war Kate damals aufgewacht, vor all den Jahren. Der Geruch von Rauch. Dieser Geruch war damals monatelang nicht von ihr gewichen, nicht nur, weil er in all ihren Sachen hing – in allen Sachen, die nicht im Feuer verschwunden oder nach dem Tod ihrer Eltern an die Schuldeneintreiber gegangen waren. Es war ein Geruch, für den sie nun so sensibel war, dass schon das Anbrennen von Teegebäck im Ofen sie über mehrere Etagen panisch in die Küche laufen ließ.

Als sie jetzt die Augen öffnete und auf die Uhr sah, schien es unwahrscheinlich, dass jemand gerade Teegebäck zubereitete. Es war drei Uhr morgens.

Das jedenfalls stand auf der Armbanduhr, die sie neben ihr Bett gelegt hatte, und sie hatte keinen Grund, daran zu zweifeln. Ihr Schlaf war nicht gerade erholsam, sondern eher unruhig gewesen, und das nicht nur, weil sie ihr Bett mit einer anderen Person teilte. Selbst jetzt, wo sie dalag und ins Halbdunkel blinzelte, schnarchte die Person unregelmäßig.

Nicht der Marquis of Wingate. Der Marquis schnarchte niemals. Aber seine Tochter, Lady Isabel, tat das, und nicht eben leise. Kate drehte sich auf die andere Seite und überlegte, ob sie das schlafende Mädchen wecken sollte. Isabel war mitten in einem der Heulkrämpfe eingedöst, die sie den ganzen Tag über gepeinigt hatten. Sie hatte natürlich ein eigenes Zimmer, schien aber das von Kate vorzuziehen. Jetzt schlief sie tief und fest, komplett angezogen, in dem Raum, der Kate von der geschwätzigen Frau des Gastwirts zugewiesen worden war. Und so ließ sie Kate allein mit der Entscheidung, ob wirklich Rauch zu riechen war oder ob sie das nur geträumt hatte ...

Was sollte sie jetzt tun?

Es ging nicht um Daniel Craven. Dieses Thema war, soweit es sie betraf, abgeschlossen. Burke hatte keinen Zweifel daran gelassen, dass er entschlossen war, den Mann zu finden und zum frühestmöglichen Zeitpunkt zu erledigen. Kates Versuche, ihn davon zu überzeugen, dass Daniel Isabel zwar schäbig behandelt, aber immerhin keinen bleibenden Schaden verursacht hatte, stießen bei ihm auf taube Ohren. Der Marquis of Wingate hatte vor, Daniel Craven ausfindig zu machen und zu töten, sobald er seine Tochter sicher nach London zurückverfrachtet hatte.

Im Grunde hatte Kate vollstes Verständnis dafür. Diesmal hatte Daniel es zu weit getrieben. So sehr sie sich auch den Kopf zerbrach, sie konnte sich beim besten Willen nicht erklären, was er mit dieser absurden Unternehmung mit Isabel hatte erreichen wollen ...

Das stimmte nicht ganz. Sie hatte eine Theorie, warum er es getan haben konnte. Aber die war so lächerlich – und unglaublich beängstigend –, dass sie sie immer wieder zurückstieß, wenn sie ihr einfiel.

Nein, weil Daniel Daniel war, hatte er in Isabel ein Vermögen gewittert, und hatte irgendwann festgestellt – aus Gründen, die nur er wissen konnte –, dass er die Sache doch nicht zu Ende bringen wollte.

Aber warum sollte sie sich über die Motive eines Mannes den Kopf zerbrechen, wenn es einen anderen, viel komplexeren und viel attraktiveren Mann gab, über den sie nachdenken musste? Der wahre Grund, warum Kate nicht schlafen konnte, war nämlich, dass sie immerzu an Burke denken musste.

Nicht eigentlich an Burke, vielmehr dachte sie darüber nach, was sie tun sollte, wenn er morgen die Kutsche bestellte.

Denn ihr war klar geworden, dass das, was sie am Morgen zur Magd Martha gesagt hatte, stimmte: Sie waren eine Familie.

Und es gab nichts auf der Welt, was sie dagegen tun konnte. So verliebt, wie sie in Burke war, das war ihr klar, konnte sie sich nicht dagegen wehren. Denn sie wusste, dass sie niemals glücklich würde ohne ihn.

Wieso sollte Kate einer solchen Liebe den Rücken kehren, wenn das Einzige, was sie davon abhielt, der Gesellschaftskreis war, dem er angehörte? Sie fühlte nun, dass sie das ertragen würde – alles, den Hohn, das Getuschel, die Blicke –, solange sie Burke an ihrer Seite wusste. Sogar für Isabel fühlte sie einen Beschützerdrang, eine Zuneigung und Liebe, als sei das Mädchen ihr eigenes Kind, das hatte sie jetzt gemerkt. Mit solcher Liebe als Schutzschild konnte ihr keine gesellschaftliche Häme wehtun. Jetzt nicht mehr.

Das Problem war nur: Jetzt, da sie endlich erkannt hatte, dass ihre Liebe zu ihm größer war als ihr Hass gegenüber seinen gesellschaftlichen Kreisen, wusste sie beim besten Willen nicht, wie sie ihm das mitteilen sollte.

Sie hatten keinen Moment mehr allein verbracht, seit sie Isabel gefunden hatten. Und Burke hatte sich ihr gegenüber während des ganzen Tages nicht gerade wie ein Liebhaber verhalten. Oh, er war tadellos höflich gewesen. Aber er hatte keinesfalls seinen Antrag wiederholt oder etwas Ähnliches.

Und so vehement, wie sie seinen letzten zurückgewiesen hatte, würde er ihr gewiss keinen mehr machen.

Das konnte sie ihm wirklich nicht vorwerfen. Sie wusste, er war entsetzt über das, was sie ihm am Morgen mitgeteilt hatte. Zuerst das mit dem Kind und dass sie ihn nicht heiraten würde, dann die Wahrheit über Daniel Craven. Entsetzt und ungläubig, genauer gesagt. Und warum sollte er ihr auch glauben – das mit Daniel, jedenfalls –, wenn niemand anders es tat?

In jedem Fall war er im Laufe des Tages nicht mehr darauf eingegangen. Den ganzen Tag über hatte der Marquis kein Wort mehr an sie gerichtet, außer den obligatorischen Höflichkeiten, die sich nicht vermeiden ließen. Seine Aufmerksamkeit war, zu Recht, ganz auf Isabel gerichtet gewesen. Auch wegen Isabels labiler Verfassung hatte der Marquis entschieden, dass sie eine weitere Nacht in Gretna Green verbringen würden, damit sie sich ausruhen könne. Am nächsten Morgen sollte es zurück nach London gehen. Um Isabel etwas Gutes zu tun, hatte der Marquis das beste Hotel der Stadt ausgesucht und den Besitzer dazu gebracht, ihnen trotz nicht vorhandener Reservierung drei seiner besten Räume zur Verfügung zu stellen. Und jetzt war es drei Uhr morgens, und Kate lag in einem äußerst gemütlichen Bett in einem Zimmer, das sicherlich das hübscheste Hotelzimmer Schottlands war, und konnte nicht schlafen.

Sie war ein Dummkopf gewesen, das wusste sie. Und wie jeder Dummkopf würde sie jetzt gezwungen sein, für ihre Dummheit zu zahlen. Sie würde nach Lynn Regis zurückkehren müssen, zu Nanny Hinkle. Der Marquis würde natürlich finanzielle Unterstützung für ihr ungeborenes Kind anbieten und Kate würde das wohl oder übel annehmen müssen, da sie einfach kein anderes Einkommen hatte. Zweifellos würde er das Kind von Zeit zu Zeit sehen wollen und seine Anwesenheit würde es noch schwieriger machen, ihn zu vergessen.

Unglücklich drehte sich Kate im Bett um ...

... und roch es schon wieder.

Diesmal war es unverkennbar. Rauch. Er zog durch ihr Schlafzimmer. Aber sie bemerkte, dass es kein Rauch von einem Feuer war. Nein, natürlich verbrannte etwas, aber es war Tabak. Jemand rauchte, und zwar in der Nähe.

Ratlos setzte Kate sich auf und tastete nach ihrem Morgenmantel. Die Räume, die dem Marquis of Wingate und seinen Angehörigen zugewiesen worden waren, befanden sich im dritten Stock. Jeder der Räume verfügte über Glastüren, die sich auf einen kleinen Balkon öffneten. Die Frau des Wirtes hatte ihr gesagt, dass die Gäste, wenn das Wetter es zuließ, gern dort frühstückten. Als sie aus dem Bett kletterte, sah Kate, dass die Frau die Türen zur Terrasse einen Spalt hatte offen stehen lassen. So kam nicht nur die kühle Herbstluft herein, sondern auch dieser Rauch, den sie wahrnahm.

Konnte es sein – ihr Herz machte einen kleinen Hüpfer –, dass Burke da draußen war, auf dem Balkon vor seinem Zimmer? War er nach draußen gegangen, um zu rauchen? Sie hatte mitbekommen, dass der Marquis ab und zu eine Zigarre schätzte. Vielleicht fand er, ebenso wie sie selbst, keinen rechten Schlaf und war hinausgegangen, um die frische Luft zu genießen.

Sie zögerte keine weitere Sekunde.

Die Flügeltüren aufstoßend, trat sie hinaus.

Der Regen der letzten Tage war weitergezogen, aber der Himmel war noch immer nicht klar. Es war dunkel, aber es schien ein schwaches Mondlicht ... genug, dass sie solch feine Dinge wie den kleinen, verschnörkelten Eisentisch erkennen konnte, der in der Mitte ihres Balkons stand. Auch der Brunnen unten im Hof des Hotels, der zu dieser Jahreszeit nicht in Betrieb war, war klar zu erkennen.

Sie brauchte jedoch kein Mondlicht, um die Quelle des stechenden Tabakgeruches auszumachen. Sie sah deutlich, wie die rauchende Person inhalierte, so dass die Spitze der Zigarre hellrot glühte. Er saß jedoch nicht auf dem anliegenden Balkon oder auf dem dahinter, vielmehr lehnte er am Geländer von Kates Balkon. Da Licht durch die Terrassentüren des benachbarten Zimmers drang, war offensichtlich, wie er dorthin gelangt war. Wenn er überrascht war, dass Kate ihm so plötzlich Gesellschaft leistete, so zeigte er es nicht. Er sagte nur sanft: »Na, wenn das kein Glücksfall ist. Gerade saß ich hier und habe überlegt, wie zur Hölle ich dich wach bekommen soll, ohne auch das verdammte Kind zu wecken, und schwups, kommst du heraus. Gut gemacht, Kate.«

Kate, die bis ins Mark erschüttert war, griff an den Kragen ihrer Nachtrobe, als hielte das nicht nur die kühle Luft ab, sondern auch seine unwillkommene Gegenwart.

»Daniel«, sagte sie mit blutleeren Lippen. »Was ... was machst du hier?«

Die Wahrheit war jedoch, dass sie es wusste. Sie hatte es die ganze Zeit gewusst.

Und es hatte nichts mit Isabel zu tun.

»Der Marquis ist genau nebenan«, sagte Kate schnell, bevor er antworten konnte. Sie zeigte auf den Balkon zu ihrer Rechten, obwohl sie nicht sicher war, ob es Burkes Zimmer war oder das, welches Isabel zugunsten von Kates abgelehnt hatte. Jedenfalls drang kein Licht durch die fest verschlossenen Türen. »Er ist wahnsinnig vor Wut auf dich. Er wird dich töten, wenn er mitkriegt, dass du hier bist.«

»Das ist mir klar«, sagte Daniel und blies ruhig eine weitere blaue Rauchfahne hinaus. »Deshalb bin ich auch nicht eher nach oben gekommen, bevor man mir mitteilte, dass er sich zur Nachtruhe zurückgezogen habe.«

Sein Ausdruck wurde gedankenverloren. »Es ist faszinierend, was man alles herausfinden kann, wenn man sich in die Küche eines solchen Etablissements vorwagt.«

»Oh, du hast einen ganz guten Draht zu den Dienstboten«, sagte Kate bitter. »Ich bin sicher, es dauert Monate, bis sich Martha von deinen Abenteuern in *ihrem* Etablissement erholt hat.«

Er hob fragend eine Augenbraue. »Martha?«, sagte er. Dann klärte sich sein Gesicht. »Oh, Martha. Ja. Charmantes Mädchen. Nicht ganz so charmant wie die Frau des Besitzers dieses edlen alten Gemäuers, aber gleichermaßen ... leicht zu beeinflussen.«

Kate biss sich auf die Unterlippe. »Also hast du von dieser charmanten, leicht zu beeinflussenden Frau einen Schlüssel zum Zimmer neben dem meinen erschlichen«, sagte sie kalt.

»Ganz genau.« Daniel streckte seine langen Beine aus und kreuzte sie in Knöchelhöhe. »Du bist sehr schwer ausfindig zu machen, Kate. Ich habe eine ganze Zeit lang versucht, Kontakt zu dir aufzunehmen nach unserer letzten faszinierenden Unterhaltung, die jetzt – wie lange her ist? Drei Monate? Auf Lady Tetmillers Ball jedenfalls, vor einigen Wochen. Ich habe ja versucht, die Unterhaltung in Lord Wingates Garten fortzuführen, aber ... na ja, das weißt du ja. Lord Wingate hatte ernsthafte Einwände gegen unser Tête-à-Tête, wie du dich erinnerst. Ich muss mich wohl entschuldigen, dass ich dich so plötzlich verlassen musste, aber weißt du, ich habe etwas gegen Kugeln, die in mich eindringen wollen. Und ich war ziemlich sicher, dass er nicht *dich* erschießen wollte.«

Kate starrte ihn an. Es war genauso, wie sie es sich gedacht hatte. Sie sollte wirklich nicht überrascht sein. Und trotzdem ...

Trotzdem war sie es.

Es ist alles meine Schuld, dachte sie. *Alles – jedes Detail dieser Geschichte – ist* meine *Schuld. Arme Isabel. Arme, süße, dumme Isabel.*

Ihr war kalt, aber sie wusste, das der Schauer auf ihrem Rücken mit der kühlen Nachtluft nichts zu tun hatte.

»Es war verdammt schwierig herauszufinden, was passiert war, als du London so plötzlich verlassen hast«, fuhr Daniel fort. »Ich wollte mir ja nichts einbilden, aber ich kam nicht umhin zu überlegen, ob dein Verschwinden etwas mit unserer kleinen Unterhaltung zu tun hatte. Du warst nie jemand, der kneift, aber schließlich ist eine lange Zeit vergangen seit damals, und so ...« Daniel zuckte die Achseln. »Ich dachte, es könne nicht schaden, eine kleine Freundschaft mit Lady Isabel zu knüpfen, um deinen Aufenthaltsort herauszufinden.«

»Freundschaft?«, echote Kate bitter. »So nennst du das? Du hast sie verführt, du mieser ...«

»Guter Gott.« Daniel schüttelte sich befremdet. »Zügle deine Zunge. Ich habe das Kind mit keinem Finger angefasst. Na ja, mit einem Finger vielleicht, aber verführen ist ein entschieden zu starkes Wort dafür. Und dann musste ich auch noch feststellen, dass sie nicht nur keine Ahnung hatte, wo du warst, sondern auch deine Motive für dein Verschwinden anzweifelte. Also dachte ich, du hättest London tatsächlich wegen mir verlassen.«

Kate schwieg. Sie würde ihm nicht die Wahrheit sagen. Die lautete, dass sie der Unterhaltung mit Daniel in jener schicksalhaften Nacht keinen weiteren Gedanken gewidmet hatte, bis Burke mit der unglaublichen Nachricht von der durchgebrannten Isabel bei ihr aufgetaucht war. Sie hatte wichtigere Angelegenheiten, die sie beschäftigt hatten.

Aber jetzt erinnerte sie sich. Sie erinnerte sich nur zu gut.

»Wie dir jetzt sicherlich mehr als deutlich ist«, fuhr Daniel fort, »habe ich daraufhin einen Plan entworfen nach dem Schema: ›wenn der Berg nicht zum Prophet kommt, muss der Prophet eben zum Berg kommen‹. Ich wusste ja, wie sehr du an diesem geistlosen Produkt der Lenden von Traherne hängst. Wenn sie in Gefahr wäre, dachte ich mir, würdest du auf jeden Fall aus deinem Versteck gekrochen kommen – auch auf das Risiko hin, mich zu treffen. Und, wie du siehst, ich hatte Recht. Hier bist du. Und hier«, er lächelte, und sie dachte wieder einmal, wie reptilienhaft sein Lächeln wirkte, »hier bin ich.«

Kate merkte, dass sie zitterte, am ganzen Körper zitterte, und nicht vor Kälte. Nein, sie zitterte wegen eines unerklärlichen ...

Vielleicht konnte sie es sich erklären, aber sie wollte nicht.

»Du kannst jedenfalls nicht glauben«, sagte sie mit einer Stimme, die genauso zitterte wie ihre Hände, »dass ich nach dem, was du mir gerade eröffnet hast, hier draußen mit dir stehen bleibe und rede, als sei nichts passiert. Ehrlich gesagt, ich glaube, du bist verrückt. Und ich habe keine Lust, mich mit Verrückten zu unterhalten. Gute Nacht, Sir.«

Sie drehte sich um, um wieder hineinzugehen, sie hatte die Absicht, die Türen hinter sich zuzuknallen und fest zu verschließen. Aber bevor sie zwei Schritte getan hatte, sprang er von seinem Platz am Geländer auf sie zu und hielt sie am Handgelenk fest.

»Nicht so schnell, Katie«, sagte er, aufgrund der Zigarre zwischen seinen Zähnen klangen die Worte recht undeutlich.

Kate wandte sich in seinem eisernen Griff. »Lass mich los!«

»Du kleine Katze.« Das Mondlicht zeigte seinen Gesichtsausdruck. Obwohl er ruhig war, wirkte er doch seltsam, so wie der Wind sich kurz vor einem Sturm oft in einer tödlichen Ruhe sammelt. »Wo willst du denn hin? Wir sind noch nicht fertig mit unserer Plauderstunde.«

»Bitte, lass mich los, Daniel«, sagte Kate. Sie merkte, dass es nicht nur schmerzhaft, sondern auch sinnlos war, gegen seinen Griff anzukämpfen. Sie versuchte es stattdessen mit Bitten. »Wenn du mich loslässt, dann schwöre ich, ich sage niemandem, dass du hier warst. Du kannst mir vertrauen. Beim letzten Mal hat mir ja sowieso keiner geglaubt, nicht wahr?«

Er starrte auf sie herab. Sein Gesicht war nicht länger ruhig, sondern vor emotionaler Anspannung verzerrt.

»Beim letzten Mal?« Er zog sie an sich und beugte sich herab, so dass sein Gesicht kurz vor ihrem war. Sein Atem war heiß und stank nach Zigarrenrauch. »Mein Gott, es gab kein letztes Mal, verstehst du? *Ich hatte nichts zu tun mit diesem Feuer.*« Er stieß sie plötzlich von sich, ließ aber ihr Handgelenk nicht los. *»Nichts.«*

Mittlerweile rannen ihr Tränen über die Wangen, aber sie achtete nicht darauf. Sie kamen nicht von seinem schmerzhaften Griff – obwohl es wirklich wehtat. Sie waren das Ergebnis von etwas anderem. Etwas, das Kate sich in den letzten sieben Jahren nicht erlaubt hatte, zu fühlen, bis zu diesem Moment.

»Du lügst«, flüsterte sie und starrte zu ihm hoch.

Ihr war jetzt alles gleichgültig, der Schmerz in ihrem Arm, die Kälte, der Gestank seiner Zigarre, alles. Nichts davon war wichtig. Das Einzige, was zählte, war die Wahrheit. Und die Wahrheit sollte endlich ans Licht kommen.

»Du weißt ganz genau, dass du da warst«, zischte Kate. »Ich habe dich gesehen. Du hast dagestanden und zugeschaut, wie sie verbrennen.«

Ihr Blick verlor sich in der Ferne. Auf einmal stand sie nicht mehr auf dem Balkon des Hotels, sondern in dem raucherfüllten Flur des Zuhauses ihrer Kindheit, und sie hatte gerade die Tür ihres Zimmers geöffnet und zu ihrem Entsetzen festgestellt, dass Flammen aus dem offenen Schlafzimmer ihrer Eltern schlugen.

»Du standest da«, wiederholte sie und kämpfte nicht mehr gegen ihn an. »Neben der Treppe. Und du hattest etwas in der Hand. Einen Kanister. Und da war ein Gestank, ein schrecklicher Gestank, schlimmer als der Rauch. Kerosin. Ich dachte erst, Vater hätte aus Versehen seine Leselampe umgestoßen. Aber davon wären die Flammen nie so schnell so hochgeschlagen. Alles, alles ging in Flammen auf. Du musst die Bettvorhänge, den Teppich, alles mit Kerosin getränkt haben. Und dann wollte ich zu ihnen hin und du ... hast mich festgehalten. Du hast mich aufgehalten.«

Um sie aus der Trance, in der sie sich befand, zurückzuholen, ließ Daniel ihr Handgelenk los, warf die Zigarre weg, griff sie bei den Schultern und schüttelte sie.

»Es war nicht so geplant«, sagte er, und jetzt lag etwas in seinem Gesicht, das sie noch nie an ihm gesehen hatte. Verzweiflung. »Du und deine Mutter, ihr solltet überhaupt nicht zu Hause sein. Ihr solltet aus London verschwunden sein. Dein Vater wollte, dass ihr für die Dauer der Gerichtsverhandlungen auf dem Land seid, um euch abzuschirmen, euch zu schützen.«

»Natürlich«, flüsterte Kate. »Aber Mutter wollte nicht gehen. Sie sagte, es sähe feige aus, als ob wir davonlaufen würden.«

»Also musste sie sterben«, sagte Daniel aggressiv. »Sie sollte nicht da sein und du auch nicht. Ich musste deinen Vater davon abhalten, eine Aussage zu machen. Er hatte Beweise gefunden, verstehst du. Beweise dafür, dass ich die ganze Zeit wusste, dass die Mine leer war. Das konnte ich doch nicht zulassen, oder? Aber ich wollte deiner Mutter kein Haar krümmen und dir auch nicht. *Du hättest gar nicht da sein sollen.*«

Er begleitete jede Silbe mit einem Ruck an ihren Schultern. Kate, erschöpft von der Aufregung, konnte nur benommen dastehen. Das war das einzige Gefühl, das sie noch empfinden konnte, Benommenheit. Hier war der Mörder ihrer Eltern, er stand direkt vor ihr und gab alles zu ... endlich gab er alles zu. Sie war nicht verrückt. Sie hatte es sich nicht eingebildet. Sie hatte ihn, Daniel Craven, in ihrem Haus gesehen, in der Nacht des Feuers, das ihre Eltern tötete.

»Ich dachte, du seist bewusstlos«, fuhr er fort und klang verwunderlicherweise, verzweifelt. »Ich dachte, du seiest in Ohnmacht gefallen. Nur sicherheitshalber bin ich abgehauen. Sieben Jahre war ich weg. *Sieben Jahre,* Kate, in einem elenden, heißen Land.

Ich musste zurückkommen. Ich konnte es nicht mehr ertragen. Ich dachte, nach sieben Jahren ... aber nein. Du hast dich erinnert. Wie ein verdammter Elefant hast du dich an alles erinnert. Und mich angeklagt.«

Was wollte er ihr damit sagen? Dass alles nur ein Unfall gewesen war? Er hatte zwar morden wollen, aber nicht alle beide. Nur ihren Vater. Er hatte nur ihren Vater umbringen wollen. Er hatte nicht vorgehabt, ihre beiden Eltern in ihren Betten zu verbrennen.

In diesem Moment war die Betäubung vorbei. Als sie ihn wieder ansah, war der Blick in ihren Augen wütender als die Hitze eines jeden Feuers.

»Hast du ernsthaft von mir erwartet«, sagte sie mit eisiger Stimme, »dir zu *vergeben,* dafür was du getan hast? Ihnen das Leben zu nehmen und meines zu zerstören?«

Die Finger auf ihren Schultern drückten fester zu und er sagte mit einem Lachen, »Guter Gott, nein. Glaubst du, ich nehme all diese Mühe auf mich, dieses plappernde kleine Kind von Traherne durch das halbe Land zu schleifen, weil ich deine *Vergebung* will? Ganz bestimmt nicht.«

Kate blinzelte zu ihm hoch. »Nun, was dann ...«

»Ich werde dich ebenfalls umbringen«, sagte er leichthin.

32. Kapitel

Sie sah zu ihm empor; das blanke Entsetzen stand in ihren Augen. »Ich hätte dich in jener Nacht zusammen mit deinen Eltern sterben lassen sollen«, sagte er. »Aber ich war so dumm, sentimental zu sein. Ich habe dein Leben gerettet, statt es dir zu nehmen. Und dann komme ich sieben Jahre später nach London zurück, in dem Glauben, das Feuer sei längst vergessen, und muss feststellen, dass du es nicht nur nicht vergessen hast, sondern mich auch noch offen beschuldigst ...«

»Was ich schließlich tun muss«, erklärte Kate vehement. »Du bist es gewesen! Du hast das Feuer gelegt und dann bist du verschwunden und hast es aussehen lassen, als hätte mein Vater sich umgebracht und meine Mutter gleich mitgenommen. Hast du eine Vorstellung davon, wie das war? Wie es war, *damit* zu leben? Die Beerdigung, die Untersuchungen? Mein Gott, ich wünschte mir fast, du hättest mich ebenfalls sterben lassen. Das wäre auf jeden Fall einfacher gewesen. Aber nein, du bist weggelaufen. Abgehauen, geldgieriger Feigling, der du bist ...«

»Nun, siehst du«, sagte Daniel, »das ist genau die Einstellung, für die mir einfach die Geduld fehlt.«

Schneller, als sie es für möglich gehalten hätte, zog er sie rücklings an sich, einen Arm fest um ihren Hals gelegt. Sie hob beide Hände und versuchte, seinen festen Griff um ihren Hals zu lockern, merkte aber schnell, dass der Versuch sinnlos war. Stattdessen kämpfte sie mit den Füßen, trat mit ihren hochhackigen Pantoffeln nach ihm und rammte ihm mit aller Kraft die Ellbogen in den Bauch. Mit dem Ergebnis, dass er seinen lockeren Griff verstärkte.

»Weißt du, Katie, im Grunde tue ich dir einen Gefallen«, bemerkte er, während sie spürte, wie er die Luft aus ihrer Kehle herauspresste. »Du solltest nicht so schlecht von mir denken.«

Kate konnte nicht mehr deutlich sehen. Ihre wilden Befreiungsversuche wurden schwächer.

»Was hast du schon für ein Leben gehabt in letzter Zeit?«, fragte Daniel. »Dich als Anstandsdame zu versklaven, für unerträgliche kleine Ladys der feinen Gesellschaft wie Isabel Traherne. Das kannst du doch nicht Leben nennen. Du solltest mir dankbar sein, dass ich dich von diesem Elend befreie. Nun, der kleinen Isabel wird es auf jeden Fall Leid tun, dass sie so eine Nervensäge war, wenn du morgen früh mit gebrochenem Genick im Hof dieses Hotels gefunden wirst ...«

Sie bereute, Daniel nichts von ihrer Schwangerschaft gesagt zu haben. Es hätte wahrscheinlich nichts geändert, aber weil er so reuevoll vom Tod ihrer Mutter gesprochen hatte, konnte es sein, dass es vielleicht, vielleicht eine winzige Chance gegeben hätte, dass er sie verschonte ...

»Sie werden denken«, sagte Daniel gerade, »dass du schlafgewandelt bist. Das habe ich damals gedacht, Kate, in jener Nacht, als du in den Flur kamst, in all dem Rauch. Du warst so weiß wie ein Gespenst. Dann hast du angefangen zu schreien und ich wusste ...«

Sterne. Kate sah Sterne, und zwar nicht über ihrem Kopf. Helle, leuchtende Punkte tanzten vor ihren Augen, während sie um Atem röchelte. Es war unmöglich. Sie starb. Sie wusste, sie würde sterben ...

Und sie hatte sich alles selbst zuzuschreiben. Sie war offenen Auges in die Falle gelaufen ... oh ja. Sie hatte es seit dem Moment gewusst, als der Marquis in Lynn Regis den Namen Daniel Craven aussprach. Und trotzdem war sie in die Falle gelaufen. Obwohl sie ganz genau gewusst hatte, dass es – zumindest auf diesem Planeten – vollkommen unmöglich war, dass Daniel Craven sich jemals wirklich auf eine heimliche Hochzeit mit Isabel Traherne einlassen würde. Sie hatte ganz genau gewusst, was er vorhatte.

Trotzdem war sie mit Burke gegangen. Sie war mit ihm gegangen, weil er sie darum gebeten hatte.

Die Sterne tanzten vor ihren Augen. Sie würde sterben. Es war gar nicht so schrecklich, zu sterben. Wie Fallen, eigentlich.

Und dann, auf einmal, war sie frei.

Sie war frei und fiel nach vorn; die Welt drehte sich auf den Kopf und Luft, scharf und kalt, strömte in ihre Lungen. Dann spürte sie einen brennenden Schmerz an ihren Knien und Handflächen und dann lag sie auf kaltem, nassen Stein und japste nach Luft.

Hinter sich hörte sie ein lautes Geschiebe. Was waren das für Geräusche? Wenn sie nur sehen könnte. Die Sterne waren einer tintenschwarzen Nacht gewichen, die sich nur langsam erhellte. Tanzte da jemand? So hörte es sich jedenfalls an. Aber da war keine Musik.

Und dann roch sie es. Es brannte in ihren Lungen,

diesen Lungen, in die sie gerade so dankbar die süße Herbstluft eingesogen hatte. Rauch. Schon wieder.

Und diesmal war es kein Zigarrenrauch. Nein, diesmal nicht. Es war der beißende Gestank, der davon kam, dass etwas brannte, was nicht brennen sollte.

Dann sah sie es, kaum mehr als ein rötlicher Schimmer in ihrem verschwommenen Gesichtsfeld, der langsam immer deutlicher wurde. Die Vorhänge der Terrassentüren ihres Hotelzimmers brannten. Als Daniel seine Zigarre weggeworfen hatte, war sie scheinbar dort gelandet. Und jetzt brannten die Vorhänge.

Isabel. Isabel war da drin.

Kate wandte den Kopf. Endlich konnte sie wieder sehen. Sie lag auf dem Boden des Balkons, Hände und Knie aufgeschürft vom Steinboden, ihr Hals tat fürchterlich weh. Und keine anderthalb Meter entfernt stand Daniel ...

Nein, nicht Daniel allein. Er war eingeklemmt in einem Griff, der dem ähnelte, in dem er sie noch vor kurzem gehalten hatte – und dieser Griff war der von Burke. Burke war auf ihrem Balkon. Wie war er dorthin gelangt, fragte sich Kate verwirrt.

Dann roch sie wieder den Rauch und erinnerte sich an Isabel, die drinnen friedlich schlummerte. Isabel. Sie musste Isabel vor dem Feuer retten.

Sie kam mühsam auf die Füße, wobei sie das Balkongeländer zur Hilfe nahm, und stolperte auf die Glastüren zu. Die Vorhängen waren nicht das einzige, das brannte, auch der Teppich qualmte schon. Sie hielt die Hand hoch, griff den Vorhang und zerrte daran. Der Vorhang löste sich von der Gardinenstange und fiel zu einem Häufchen auf den nassen Terrassenboden. Das Gleiche machte sie mit dem anderen Vorhang und beeilte sich dann, den Schwelbrand auf den Teppich auszutreten. Als es immer noch qualmte, nahm sie die Waschschüssel von dem Ständer in der Zimmerecke und goss sie über dem Teppich und den Vorhängen aus.

Dichter grauer Rauch stieg in die Nachtluft auf. Durch den fast undurchsichtigen Qualm konnte sie erkennen, dass außer ihr nur noch eine Person auf dem Balkon war. Das Mondlicht ließ nur seine Silhouette erahnen, sie konnte das Gesicht nicht erkennen. In einem Moment der Panik wurde ihr klar, dass Burke etwas passiert sein konnte, und es vielleicht Daniel war, der auf sie zukam ...

Sie schmetterte die Porzellan-Waschschüssel gegen den Türrahmen und hielt einen der Splitter drohend in die Luft.

»Halt«, sagte sie zu dem Mann, der durch den Rauch auf sie zutrat. Sie versuchte es jedenfalls. Aber alles, was aus ihrem Mund kam, war ein Krächzen. Ihr Hals tat zu weh, um es noch einmal zu versuchen. Auf keinen Fall konnte sie sagen, was sie wollte, und zwar: »Ich bring dich um, Daniel, ich schwöre es, wenn du auch nur einen Schritt näher kommst.«

Doch wie sich herausstellte, musste sie gar kein Wort sagen. Denn eine wohl bekannte Stimme, die Stimme, die sie so sehr liebte, sagte, »Kate, ich bin es. Geht es dir gut?«

Und dann fand sie sich in der wärmsten und herrlichsten Umarmung wieder, die sie sich vorstellen konnte.

»Burke«, sagte sie. Besser gesagt, versuchte sie zu sagen. Was herauskam, klang nicht wie sein Name.

»Ist alles in Ordnung?« Er lockerte die Umarmung, um sie ansehen zu können. »Mein Gott, Kate, ich dachte, er bringt dich um.«

Sie merkte, dass sie gleichzeitig lachen und weinen wollte. Sie zupfte am Revers seines Morgenrocks und versuchte, seine Aufmerksamkeit zu erlangen, während er erst die eine, dann die andere ihrer Handflächen ansah und die Kratzer untersuchte.

»Das ist nicht so schlimm«, sagte er. »Es blutet nicht einmal. Wie steht es mit deinem Hals? Wie fühlt er sich an? Mein Gott, deine Finger sind kalt wie Eis. Wir sollten reingehen.«

»Burke«, krächzte sie nachdrücklich und zog an seinem Revers. »Isabel.«

»Oh,« sagte er und sah auf die schwelenden Vorhänge hinab, als bemerkte er sie zum ersten Mal. »Isabel ist nicht da drin. Als sie aufwachte und einen Mann auf dem Balkon reden hörte, ist sie losgelaufen, um mich zu holen. Sie hat nicht ...« Kate fühlte, wie ihr ein Schauer über den Rücken lief, »gemerkt, dass es Craven war.«

Erleichterung schoss durch Kates Adern und wärmte sie mehr, als ein Feuer das könnte. Arme Isabel! Wie schrecklich würde es für sie sein, wenn sie die Wahrheit erfuhr.

Und dann blickte Kate sich fragend auf der Terrasse um.

Burke las die unausgesprochene Frage in ihren Gedanken.

»Er ist fort, Kate«, sagte er in einem überraschend harten Ton, der im Kontrast stand zu einer luftigen

Geste, die aussah, als wolle er ihr lose Haarsträhnen aus der Stirn streichen. »Er wird dich nie wieder belästigen.«

Aber diese Antwort reichte Kate nicht und so zeigte er es ihr zögerlich. Daniels Körper lag dort, wo ihrer gelandet wäre, hätte Daniel seinen Plan durchführen können – zerschmettert auf dem Boden des Hotelhofs. Sein Kopf war in einem unnatürlichen Winkel abgebogen und offenbarte allzu deutlich die Todesursache.

Kate wandte schnell den Blick ab und bereute, dass sie gefragt hatte. Aber Burke hielt sie im Arm und sagte in dem gleichen harten Tonfall: »Er hat deine Eltern umgebracht, Kate. Und dich hätte er auch getötet, ganz zu schweigen von unserem Kind. Es war kein Fehler, dass ich das getan habe, Kate. Und ich kann nicht behaupten, dass es mir Leid tut.«

»Nein«, sagte sie, an seine Brust gelehnt. »Nein.« Sie stellte fest, dass sie nichts mehr sagen konnte. Ihr Hals tat viel zu weh.

Ohne ein weiteres Wort hob er sie auf die Arme und trug sie durch das raucherfüllte Schlafzimmer in den Flur hinaus. Dort standen seine Tochter, der Besitzer der Gaststätte sowie sämtliche Dienstboten; alle hielten Kerzen und schauten besorgt drein.

»Alles in Ordnung«, sagte Burke in seinem gewohnt burschikosen Tonfall. »Miss Mayhew geht es gut.«

»Oh, Papa!« Isabel trug noch immer das völlig zerknitterte Kleid, in dem sie eingeschlafen war. »Ich habe mir solche Sorgen gemacht! Bist du sicher ...«

»Alle können jetzt zurück in ihre Betten gehen«, sagte Burke fest. »Außer Ihnen.« Er sah den Hotelbesitzer bedeutungsvoll an. »Da ist eine Schweinerei im Hof, die Sie sicherlich beseitigen lassen wollen. Und am besten bestellen Sie morgen früh als Erstes den Magistrat her.«

Der Hotelbesitzer nahm die Mitteilung mit Fassung entgegen, aber seine Frau – die offensichtlich nicht verstand, was für eine ›Schweinerei‹ gemeint war – sah besorgt zu Kate hinüber.

»Vielleicht sollten wir lieber einen Arzt rufen für die junge Dame ...«

Als Kate entschieden den Kopf schüttelte, sagte Burke: »Miss Mayhew braucht keinen Arzt. Wenn Sie sich vielleicht stattdessen um Lady Isabel kümmern würden ...«

Die Frau schien übereifrig, dieser Bitte nachzukommen, obwohl Isabel sich ausgesprochen unbeeindruckt zeigte von ihrer freundlichen Aufmerksamkeit. Nur zögerlich wollte sie sich von Kate trennen. Schließlich musste sie jedoch zurück in ihr Bett, diesmal in ihr eigenes Zimmer, aber Kate versicherte ihr mit einem heiseren Flüstern, dass alles in Ordnung war. Als Burke schließlich mit typischer Autorität befahl: »Alle zurück in die Betten. *Sofort*«, leerte sich der Flur im Handumdrehen.

Burke Traherne war nicht der Besitzer dieses Hauses, aber seine Anweisungen wurden mit einer Eilfertigkeit ausgeführt, die einen General vor Neid hätte erblassen lassen. Der Flur leerte sich und Burke trug Kate in sein Zimmer, einen Raum, der in kräftigen, maskulinen Farben ausgestattet war. Das Licht des Kaminfeuers erhellte ein riesiges Bett mit vier Pfosten, dessen Decken offenbar eilig zurückgeworfen worden waren.

Er legte sie auf sein Bett und stopfte die dicke, flauschige Decke fest um ihren Körper. Bald hatte sie das Gefühl, vor Hitze fast umzukommen, wegen der warmen Decke und dem Feuer, auf das er einen zusätzlichen Berg von Holzscheiten getürmt hatte, um sie zu wärmen.

Sie versuchte zu protestieren, aber er wollte nichts davon wissen. Er hatte gesagt, er werde sich um sie kümmern, und das hatte er auch so gemeint. Ihre Kratzer und blauen Flecken wurden von seiner Hand gebadet, er kochte Tee für ihren schmerzenden Hals und brachte ihn ans Bett. Er war so aufmerksam, wie ein Liebhaber nur sein konnte, so besorgt wie der beste aller Ehemänner, aber ...

Er musste es erfahren. Er hatte es sicher schon selbst herausgefunden – dass alles ihre Schuld war. Angefangen damit, dass Daniel Isabel mehr oder weniger verführt hatte, dass sie diese verrückte Jagd durch das ganze Land hatten machen müssen. Alles nur wegen ihr. Wenn er sie nicht schon vorher gehasst hatte – und Gott war ihr Zeuge, dass er allen Grund dazu hatte, so wie sie ihn behandelt hatte –, dann musste er sie spätestens jetzt hassen.

Und sie verdiente es nicht anders. Aber trotzdem konnte sie ihn nicht gehen lassen, ohne ihn wissen zu lassen, dass es ihr Leid tat.

Alles, was sie tun musste, war, es zu sagen. Das erkannte sie jetzt. Einfach nur raus damit, sie brauchte es nur zu sagen.

Sie nahm einen tiefen Atemzug und öffnete den Mund.

33. Kapitel

»Es ...«, fing Kate an. Es würde nicht einfach werden, merkte sie. Es war sehr schwierig, rational zu denken, wenn dieser durchdringende Blick auf ihr ruhte.

»Es«, sagte sie noch einmal. »Tut.«

Gut. Das war ein guter Anfang. Ihre Stimme war dank dem Tee wieder kräftiger.

»Mir Leid.«

So. Perfekt.

Nur, dass Burke dasaß und sie erwartungsvoll anschaute.

Vielleicht war es doch nicht ganz so perfekt. Kate atmete noch einmal tief durch.

»Es tut mir Leid«, sagte sie, »wegen Daniel. Was zwischen ihm und Isabel passiert ist, war alles meine Schuld, verstehst du.«

Er legte den Kopf auf die Seite, als sei er nicht sicher, sie richtig verstanden zu haben. »Deine Schuld«, wiederholte er.

Sie nickte. »Ja«, sagte sie. »Daniel hat erfahren, dass ich ihn gesehen habe – wirklich *gesehen* habe – in der Nacht des Feuers, und ich schätze, er hatte Angst, ich könnte ihn verraten, also hat er beschlossen, mich nicht am Leben lassen zu können. Nur, dass er nicht wusste, wo ich war, also dachte er sich, wenn er mit Isabel durchbrennt, würde ich schon ...«

Burke unterbrach sie. »Aber du hast es doch erzählt. Du hast es vielen Leuten gesagt.«

»Ich ... nun, natürlich habe ich das. Vor sieben Jahren. Nur dass mir niemand geglaubt hat.«

»Aber das wusste Craven nicht.«

Kate dachte darüber nach und runzelte die Stirn. »Nein, wahrscheinlich nicht. Aber die Wahrheit ist ... nun ja, ich war mir auch selbst nicht sicher. Ich meine, ich wusste, dass mein Vater das Feuer nicht selbst gelegt hat. Und ich wusste auch, dass ich Daniel in der Nacht gesehen habe. Aber ein Teil von mir hat immer gedacht, dass es vielleicht auch stimmen könnte, was Freddy sagte, dass ich mir nur eingebildet habe, Daniel gesehen zu haben, weil ... weil das eine Möglichkeit war, die Wahrheit nicht anerkennen zu müssen. Ich meine das, was alle anderen dachten.«

Er studierte ihre Züge. Die Verwirrung war aus seinem Ausdruck gewichen. Jetzt hatte er gar keinen Gesichtsausdruck.

»Also bist du jetzt rehabilitiert, dein Ruf ist wiederhergestellt«, sagte er sanft.

»Rehabilitiert?« Sie zog die Brauen empor, die kurz zuvor noch zusammengezogen gewesen waren. »Ich?«

»Sicherlich. All diese Leute«, sagte er, »die sich gegen dich gewendet haben, als es passierte. Du hast sie alle widerlegt. Es war Daniel Craven und nicht dein Vater, der sie um ihr Geld betrogen und das Feuer gelegt hat, so wie du immer gesagt hast.«

Überrascht setzte Kate sich auf. »Ja. Ich glaube, du hast Recht.« Dann schüttelte sie den Kopf. »Nur, dass ich das nicht beweisen kann.«

Burke, der neben ihr auf der Bettkante saß, zuckte mit den Schultern. »Ich habe gehört, wie er es zugab.«

»Hast du?« Kate sah ihn fassungslos an. »Hast du es wirklich gehört?«

»Natürlich habe ich das. Das werde ich auch am Morgen dem Magistrat sagen. Ob das nicht einige interessante Schlagzeilen in den Londoner Zeitungen machen wird? Bis zum Ende der Woche ist der Name deines Vaters wieder so unbefleckt wie der der Königin.«

Kate schüttelte den Kopf und traute sich kaum, dieser Wendung des Schicksals Glauben zu schenken. Nicht, dass sie jetzt weniger arm wäre als zuvor. Nein, sie war immer noch so arm wie eine Kirchenmaus, aber den Ruf ihres Vaters – seinen guten Namen – wiederhergestellt zu wissen, bedeutete ihr mehr als jedes Vermögen aus afrikanischen Diamanten.

»Natürlich ändert das für dich nichts«, fügte Burke hinzu.

Kate warf ihm einen verständnislosen Blick zu. »Was? Was ändert es nicht?«

Burke zuckte abermals mit den breiten Schultern. »Nun, was die Leute sagen, natürlich.«

»Bist du verrückt?«, fragte Kate. »*Natürlich* macht das einen Unterschied. Den riesigen Unterschied!«

»Aber ich dachte, du willst mit meinen Kreisen nichts mehr zu tun haben.« Burkes Tonfall war gleichmütig, sein Gesicht immer noch ausdruckslos. »Jedenfalls hast du das heute Morgen gesagt, oder etwa nicht? Ich glaube, wörtlich sagtest du, du könntest nicht zurückgehen. Dass du lieber unser Kind in

Sünde aufziehst, als inmitten der Menschen, die deinen Vater schon vor der Verhandlung für schuldig befunden haben, und die dann seinen Mörder haben laufen lassen.«

Kate fühlte, wie ihr Gesicht heiß wurde. Verblüfft stellte sie fest, dass sie nach allem, was sie mit diesem Mann schon erlebt hatte, immer noch rot werden konnte.

Sie hatte es wohl nicht anders verdient, schätzte Kate.

»Burke«, sagte sie beunruhigt. »Ich weiß, dass ich das heute Morgen gesagt habe. Aber schon bevor Daniel auftauchte, ist mir klar geworden, dass das keine Rolle spielt. Das einzig Wichtige ist, dass ...«

Aber er unterbrach sie erneut.

»Es muss sich gut anfühlen«, sagte er, »all diese Leute widerlegt zu haben. Es ist etwas, das ich einmal im Leben auch gern getan hätte.«

Sie blinzelte zu ihm hoch und vergaß, was sie hatte sagen wollen. »Du?«

»Sicher.« Er blickte auf seine Hände hinunter, die auf den Oberschenkeln ruhten. »Du kannst nicht so sehr mit den Gerüchten über deinen Vater beschäftigt gewesen sein, dass du die Gerüchte über mich nicht wahrgenommen hast.«

Kate ließ sofort wieder den Blick sinken. »Ich habe das eine oder andere gehört«, sagte sie und verankerte ihren Blick auf dem Muster der Tagesdecke. »Aber ich glaube den Gerüchten nicht. Deswegen will ich dir sagen, dass ...«

»Aber sie können auch ganz nützlich sein, weißt du«, sagte er. »Gerüchte, meine ich. In meinem Fall zumindest.«

Sie riskierte einen kurzen Blick auf ihn. Er sah auf sie herab mit einem Ausdruck, in dem sich Bitterkeit und Mitgefühl mischten. Verwirrt sah sie wieder weg.

»Ich verstehe nicht, was du meinst«, sagte sie schnell. »Burke, ich ...«

»Natürlich verstehst du. Ich bin sicher, dein Freund Freddy hat dir alles über mich erzählt. Der herzlose Marquis of Wingate, der den Liebhaber seiner Frau aus dem Fenster warf und dann alles in seiner Macht Stehende tat, um diese Frau davon abzuhalten, ihr Kind wiederzusehen. Heißt es nicht ungefähr so?«

Leise sagte Kate: »Tja, ich glaube, so etwas in der Art habe ich gehört ...«

»Sicher hast du das. Ich wollte es so, verstehst du. Denn manchmal, Kate, sind Gerüchte ... nun ja, freundlicher als die Wahrheit.«

Er musste ihren völlig verwirrten Ausdruck bemerkt haben, denn er fuhr seufzend fort: »Ich habe Isabels Mutter nie davon abgehalten, sie zu sehen, Kate. Ich habe ihren Liebhaber aus dem Fenster geworfen, das gebe ich zu. Aber alles andere ... Wenn Elisabeth jemals das kleinste Interesse gezeigt hätte, ihre Tochter zu sehen, hätte ich das sogar begrüßt. Und wenn ich Isabel den ganzen Weg nach Italien hätte bringen müssen. Während der Gerichtsverhandlung wegen der Scheidung hat sie sich nur Sorgen ums Geld gemacht. Wie viel ich ihr übertragen würde. Das war alles. Kein Wort, kein Seufzer wegen Isabel.

Deshalb habe ich nach einer gewissen Zeit die Gerüchte sogar begrüßt. Ich wollte, dass Isabel sie hörte und glaubte«, fuhr Burke fort. »Deswegen habe ich sie nie bestritten. Ich hielt es für besser, die Leute flüstern, ich sei ein Unmensch, als dass sie sagen würden, Isabels Mutter liebt ihr Kind nicht und will es nicht sehen.«

»Oh«, sagte Kate. Ihr Hals fühlte sich an, als habe er sich wieder geschlossen. Dieses Mal jedoch nicht, weil jemand sie erwürgen wollte. »Ich ... ich verstehe.«

Er sah auf sie herab, aber es lag etwas Unbewegtes in seinem Blick. Es war fast so, als sähe er sie gar nicht.

»Also, da hast du's«, sagte er. »Meine kleine, bittere Geschichte. Jedenfalls das, was für deine Ohren angemessen ist. Interessant, nicht wahr? Der Unterschied zwischen uns beiden, meine ich. Du bist abgestoßen von der feinen Londoner Gesellschaft wegen ihrer heuchlerischen Gerüchteküche, während ich eben dies egoistisch für meine Zwecke genutzt habe.«

Plötzlich stand er auf. Befreit von seinem Gewicht, hob sich die Matratze ein Stück in die Luft, bevor sie wieder herabsank.

»Nun, aber all dies macht ja keinen Unterschied mehr«, stellte er fest. »Du hast deine Entscheidung getroffen. Trotzdem ist es schade, dass wir uns nicht einigen konnten, du und ich. Denn ich denke, wir beide zusammen hätten diesem selbstgefälligen Haufen ordentlich eins ausgewischt. Aber, wie du schon sagtest, so ist es wahrscheinlich besser. Ich denke, wir hatten jetzt genügend Gefühlsaufwallungen für eine Nacht. Ich lasse dich jetzt besser schlafen.«

Er ging tatsächlich auf die Tür zu.

Kate warf die Decken von sich und krabbelte aus dem Bett. »Warte«, rief sie.

Burke war schon fast an der Tür. Er drehte sich um und sah sie mit undurchdringlichem Blick an. »Kate«, sagte er. »Du hast einen Schock erlitten. Du brauchst Ruhe. Geh zurück ins Bett.«

Kate blieb, wo sie war, und verdrehte nervös ihre Finger. »Nein«, sagte sie. »Ich muss mit dir reden.« Sie nickte Richtung Bett hinüber. »Willst du dich nicht setzten, nur noch für eine Minute?«

Er sah aus, als wolle er etwas sagen – wahrscheinlich wieder ein Protest –, gab es aber dann doch auf. Er lenkte seine Schritte wieder zurück und ging an ihr vorbei, um sich auf dem Bett niederzulassen, von dem sie gerade aufgesprungen war.

»So«, sagte er. Wie er so auf dem Bett saß, war sein Gesicht nur wenig niedriger als ihres, während sie vor ihm stand. »Was ist denn?«

Kate fand es äußerst schwierig, seinem Blick standzuhalten. Zuerst einmal machte es sie nervös, so in seiner Nähe zu stehen. Obwohl sie sich nicht berührten, fühlte sie sich von seiner Nähe umfangen. Ihre Sinne fühlten sich von allen Seiten belagert. Sie spürte deutlich die Hitze, die von seinen Oberschenkeln aufstieg, und von dem großen V, das sein Morgenmantel über seiner nackten Brust frei ließ. Und dann sein sauberer, klarer Duft. Und natürlich die Art, wie er aussah, so aufreizend männlich, so stark ... und trotz allem auch so verletzlich.

»Ich«, sagte Kate und konnte ihn nicht mehr ansehen. Da war etwas so Wissendes, Erwartungsvolles in seinen Augen, dass sie es nicht ertragen konnte und deshalb versuchte, die ihren auf den Boden zu heften. Aber dann wurde sie abgelenkt von der Stelle, wo sich sein Morgenrock unterhalb des Gürtels wieder teilte, knapp unter dem Knoten der Schärpe. Es war nichts zu erkennen, aber sie erahnte einen dunklen Schatten unter dem Satin, und sie spürte die Hitze – oh ja, sie spürte die Wärme, die von dort aufstieg – auf ihren Schenkeln, durch den dünnen Stoff ihres Negligees.

»Ich ... ich will mich entschuldigen«, stammelte sie endlich mühsam.

»Hast du das nicht schon getan?«

Sie sah ihm in die Augen und diesmal bereute sie es nicht. Dieses Wissende war zwar immer noch da, aber auch etwas anderes, etwas Undefinierbares. Vor langer Zeit hatte Kates Vater ihr einen Ring zum Geburtstag geschenkt, einen Ring mit einem Smaragden darin, dessen Farbe fast dieselbe war wie die von Burkes Augen. Nach stundenlanger Betrachtung hatte sie im Zentrum des Smaragden eine kleine Unregelmäßigkeit entdeckt. Ein kleiner Riss. Das Gleiche meinte sie jetzt auch in Burkes Augen zu sehen. Ein kleiner Riss, durch den sie, wenn sie nur genau hinsah, in seine Seele blicken konnte.

»Nicht wegen Daniel«, sagte Kate. Sie hob eine Hand und legte sie ihm auf die breiten Schultern. »Ich meine, es tut mir mehr Leid, als ich sagen kann, was er Isabel angetan hat. Aber es tut mir auch Leid, was ich ... was ich heute Morgen gesagt habe.«

Gott, war das erst heute Morgen gewesen, dass sie all diese schrecklichen Sachen zu ihm gesagt hatte?

»Nun, mir tut es auch Leid«, sagte Burke. »Aber bereuen ändert nichts mehr, oder?«

»Ich denke nicht«, murmelte Kate.

Zerquetscht. Er zerquetschte sie wie eine Ameise.

Trotzdem fuhr sie fort.

»Aber ich glaube, ich war etwas ... voreilig«, sagte sie.

»Voreilig«, wiederholte er, die grünen Augen fest auf sie geheftet.

»Ja. Dass ich abgelehnt habe, deine ...«

Eine der pechschwarzen Augenbrauen schnellte empor. »Was?«

Er wollte es ihr schwer machen. Er wusste genau, wovon sie sprach, aber er wollte sie offenbar ein wenig quälen, bevor er es zugab.

Nun denn. Sie verdiente es, auf die Folter gespannt zu werden, dachte sie sich.

»Burke.« Kate bewegte die Hand und ließ ihre Fingerspitzen leicht am seidigen Revers seines Morgenrocks entlanggleiten. »Ich will morgen mit dir und Isabel zurück nach London fahren.«

Die zweite Augenbraue folgte der ersten. »Tatsächlich? Das ist ja eine interessante Entwicklung der Ereignisse. Obwohl es verständlich ist, dass du die Entschuldigungen all der Leute, die einst so ungerecht zu dir waren, entgegennehmen und genießen willst.«

»Nicht deswegen. Du kannst doch nicht glauben, dass es mich *interessiert,* was die sagen.«

»Tut es nicht? Den Eindruck hast du aber durchaus erweckt. Es schien dir eine Menge zu bedeuten, was sie sagen ... Trotzdem denke ich, wenn du nach London zurückkehren möchtest, können wir das einrichten. Aber falls du daran denkst, wieder Isabels Anstandsdame zu sein, muss ich dich wohl enttäuschen.«

Sie legte den Kopf schief. Was für ein Spiel spielte er da? »Warum?«

»Sie wird nach der skandalösen Unternehmung mit Mr Craven wohl nirgendwo mehr eingeladen. Sie hat ihren Ruf sorgfältig ruiniert. Also braucht sie keine Anstandsdame mehr, nehme ich an.«

»Nein«, stimmte Kate zu, den Blick auf den Boden geheftet. »Aber sie wird eine Mutter brauchen.«

»Ach ja?« Sein Ton war trocken. »Und, hast du jemand Geeignetes im Sinn für die Position?«

Kate hob den Blick. »Burke«, sagte sie fest. »Es tut mir so Leid, dass ich dir nicht eher von meinem ... *unserem* Kind erzählt habe. Es tut mir Leid, dass ich sagte, ich wolle dich nicht heiraten. Und es tut mir Leid, dass ich mich wie eine ... Heuchlerin benommen habe.«

Einer seiner Mundwinkel – aber nur einer – hob sich. »Die Heuchlerinnen-Rolle fand ich eigentlich ganz gut«, gab er zu.

Dann, als täte er es gegen seinen Willen, streckte er den Arm aus und legte seine kräftigen Finger um ihr Handgelenk. Wie ein Fischer, der die Leine einzieht, zog er sie immer näher zu sich heran, bis sie zwischen seinen Beinen stand, die von den Falten seines Morgenrocks bedeckt wurden. Er sah zu ihr empor, seine Finger um ihr Handgelenk etwas gelockert, es aber immer noch besitzergreifend umfassend.

Sie senkte die Augen wieder. Sie konnte nicht anders. Nicht, dass sie nicht in seine Seele blicken wollte. Nein, aber ihre Hand war an dem Knoten in der Schärpe des Morgenmantels angelangt und befand sich genau über dem Stoff, der einen anderen

Teil von ihm verbarg, der sie ebenfalls sehr interessierte.

»Ich auch«, sagte Kate, obwohl sie schon völlig vergessen hatte, wovon eigentlich die Rede war. Sie überlegte krampfhaft, was Burke wohl von ihr denken würde, wenn sie diesem Knoten einen entscheidenden Ruck gab. Er würde sie wahrscheinlich für heuchlerischer denn je halten.

Sie musste wohl an eine empfindliche Stelle geraten sein – obwohl ihre Berührung nur ganz leicht gewesen war –, denn Burke versteifte sich plötzlich und seine Finger krampften sich fester um ihr Handgelenk. Als sie ihren Blick wieder hob, sah sie, dass dieser undefinierbare Ausdruck, den sie in seinen Augen gesehen hatte, immer noch da war – wie ein Schleier.

»Kate«, fing er an.

Aber sie ließ ihn nicht weitersprechen. Stattdessen griff sie ein Ende des losen Knotens in der Schärpe seines Morgenrocks und zog daran. Der Stoff zog sich zusammen, um dann auseinander zu fallen. Unter dem Morgenmantel war der Marquis so nackt wie an jenem Tag, als sie ihn aus dem Bad hatte steigen sehen. Außerdem hatte der Teil von ihm, den sie eben so federleicht berührt hatte, darauf offenbar reagiert und war zu einer Größe angeschwollen, die selbst sie erstaunte, obwohl sie ihn schließlich schon einige Male so gesehen hatte ...

»Kate«, sagte Burke mit völlig veränderter Stimme.

Aber sie hörte nicht hin. Wie in Trance streckte sie die Hand aus und legte die Finger um den dicken Schaft vor sich.

Diesmal war es Burke, der den Atem einsog. Einen

Moment später ließ er ihr Handgelenk los, um beide Hände auf ihre Hüften zu legen. Mit einem unverständlichen Ausruf zog er sie an sich. Kate legte eine Hand flach auf seine nackte Brust, aber die andere ließ sie, wo sie war, selbst als sein Mund sich des ihren bemächtigte und seine Zunge durch ihre Lippen vorstieß.

Dann fielen sie rücklings auf das Bett, gefangen in einem Wust von Spitze und Seide. Kate war auf ihm und ihre langen blonden Haare fielen wie ein Zelt um ihre Köpfe. Burke versuchte, sie beide umzudrehen und sich auf sie zu schieben, aber Kates Hand auf seiner Brust ließ ihn innehalten. Sie brauchte nur den leichtesten Druck auszuüben.

»Noch nicht«, flüsterte sie, als er sich zurückfallen ließ und sie fragend ansah.

Dieser Ausdruck schwand allerdings sofort, als sie die Hand auf seinem Brustbein durch ihre Lippen ablöste. Sie küsste seine Brust und kicherte, weil seine dichte Brustbehaarung sie in der Nase kitzelte. Dann wanderte sie mit ihrer Zunge tiefer herab und übersäte den Wall seiner eisernen Bauchmuskeln mit Küssen. Und dann glitt sie noch tiefer.

An dieser Stelle fühlte sich Burke gezwungen, sie zu bremsen. Obwohl er das nicht wollte. Mehr als alles auf der Welt wollte er diese süßen Lippen auf sich spüren.

Aber noch nicht jetzt. Nicht, wenn er zum Bersten angefüllt war vor Verlangen nach ihr, wo er sie beinahe wieder verloren hätte und nicht mehr imstande war zu denken.

Aber Kate ließ sich nicht aufhalten. Sie sah an seinem Körper entlang zu ihm hoch und sagte mit verführerischen Tonfall: »Was für die Gans gut ist, kann für den Gänserich nicht schlecht sein.«

Worauf Burke nichts erwidern konnte, denn sie hatte schon ihren Mund – diesen Mund, der ihn seit Monaten schon reizte und verzauberte – genau dort platziert, wo er sich schon eine Ewigkeit nach ihm gesehnt hatte.

Aber lange ging das nicht. Er konnte es nicht aushalten ... schon nach einigen Sekunden streckte er die Arme aus und legte beide Hände um ihr Gesicht, die Finger tief in ihren weichen, glatten Haaren vergraben. Er zog sie hoch und brachte ihren Mund an den seinen, diesen unglaublich kleinen, weichen Mund, um ihn mit den Lippen und der Zunge zu erobern, während er sie herabdrückte auf das Bett. Es war kaum einen Tag her, dass er sie zuletzt besessen hatte – nur ein Tag –, aber es fühlte sich an, als habe er jahrelang darauf gewartet. Er musste sich in ihr vergraben, sonst würde er gleich platzen.

Deshalb ließ er ihr Gesicht los und warf den Saum ihres Nachthemds in die Luft. Den Mund immer noch auf ihrem, fuhr er mit einer Hand an ihren Beinen entlang; er begann jeweils mit der Innenseite ihrer Schenkel und endete am hohen Spann ihrer Füße. Dann löste er abrupt seine Lippen von ihrem Mund und presste sie auf eine ihrer Brüste. Sein heißer Atem und seine Zunge schienen ihre Brustwarze durch das Nachthemd hindurch zu verbrennen. Gleichzeitig reichte er hinunter und umfasste ihre Fußgelenke mit den Händen. Bevor sie wusste, wie ihr geschah, spreizte er ihre Beine auseinander, öffnete sie, so weit es ihr möglich war. Er nahm das Gesicht von ihrer Brust und sah ihr in die Augen.

Jetzt konnte Kate endlich durch den kleinen Riss in den Smaragden seiner Augen sehen. Was sie dort sah, war nackte Begierde; der Drang, sie zu besitzen; die verzweifelte Wut; vor allem aber seine wilde, beschützende Liebe – und sie fragte sich ungläubig, wie sie diesen Mann jemals hatte verlassen können und wie sie jemals daran hatte denken können, ihr Leben ohne ihn zu verbringen.

Dann war sein Mund wieder auf dem ihren, aber es war kaum als küssen zu bezeichnen, was er da tat. Er verschlang sie förmlich; seine Hände ließen ihre Füße los und griffen ihr Hinterteil, hoben sie in die Luft und ließen sie – weich und feucht wie sie war, eine hypnotische Hitze ausstrahlend – auf seine harte Erektion hinabsinken.

Er tauchte mit einem Stöhnen in sie ein, vergrub sich in ihrer engen, nassen Tiefe. Wie immer schnappte sie nach Luft, als er in sie eindrang, und spannte sich an, als fürchte sie, er könne etwas in ihr zerreißen mit seinem gewaltigen Drang. Und dann, als sie merkte, dass alles in Ordnung war, dass sie nicht zerbrochen war, öffnete sie sich ihm fast schüchtern, umfing ihn mit ihrer Wärme – aber sie ließ ihn nur gradweise tiefer dringen, so wie man in ein heißes, dampfendes Bad steigt.

Aber das reichte ihm jetzt nicht. Diesmal musste er sofort und ganz in sie eindringen. Er musste sich in sie ergießen, sich in ihr verlieren. Er hob den Kopf, unterbrach ihren Kuss und verstärkte den Griff um ihre Hüften. Er beobachtete ihr Gesicht, als er sie näher an sich zog, und dann stieß er sich – alles, seine ganze Länge auf einmal – in sie hinein.

Sie bog sich ihm entgegen, ihr Kopf fiel nach hinten und legte ihren langen, weißen Hals frei. Ihre Brüste – die harten Brustwarzen schienen ihn zu versengen, als sie sich an ihn pressten, als seien sie aus Feuer statt aus Fleisch. Er sah, dass sie wie besinnungslos war vor Begierde nach ihm. Und so wollte er sie haben; denn dasselbe tat sie mit ihm. Er war von Sinnen, wahnsinnig nach ihr. Keine andere Frau, der er je begegnet war, hatte ihn vor Lust so wahnsinnig machen können. Keine andere Frau hatte sich in ihrer Leidenschaft jemals so fallen lassen wie die, die sich gerade unter ihm krümmte.

Diese Besinnungslosigkeit – die Tatsache, dass Kate von ihrer Begierde nach ihm genauso erfüllt war wie er von seiner nach ihr – war es, was ihn schließlich über die Grenze stieß. Er tauchte noch tiefer und tiefer in sie ein – er wusste noch, dass er es nicht so heftig wollte, er wollte es langsamer, süß und zärtlich, nicht so rau und gewaltsam, aber bei Kate hatte er offenbar keine Selbstkontrolle, kein bisschen. Und im nächsten Augenblick drohte er schon den Verstand zu verlieren. Den letzten Stoß gab ihm die plötzliche Anspannung von Kates Muskeln, auch derer, die ihn zwischen ihren Beinen hielten. Plötzlich war sie mitten im Höhepunkt, der Orgasmus durchzuckte sie wie ein Blitz den Sommerhimmel. Dann war auch er verloren in dem erlösenden Gewitter; sein ganzer Körper zitterte, als er sich schließlich in sie ergoss, sie in flüssigem Feuer badete.

Danach blieb er noch in ihr, tief vergraben. Sie hatte nichts dagegen. Er glaubte auch nicht, dass sie zum Protest überhaupt fähig wäre. Sie schien ebenfalls vollkommen erschöpft zu sein. Ihre Gliedmaßen waren in den schweren Falten seines Morgenrocks verfangen, den er nicht mehr ausgezogen hatte. Er spürte ihren Herzschlag unter sich – ein Beweis, dass sie sich noch unter den Lebenden befand –, zuerst rasend und unregelmäßig, dann langsamer und gleichmäßiger.

Nach einer Weile hob er den Kopf und sah auf sie hinab. Ihr Gesicht war gerötet, Wangen und Lippen von einem kräftigen Rot. Ihre Augen leuchteten übernatürlich hell und sie sah ihn wissend an.

»Burke«, sagte sie. Er fühlte, wie ihre Stimme – süß und heiser – durch ihre beiden Körper vibrierte. »Ich wollte dich noch etwas fragen.«

»Tatsächlich?« Er streifte ihre rosigen Lippen leicht mit seinen. »Und was wäre das?«

»Willst du mich heiraten?«

»Hmmm«, sagte er. »Ich glaube, wenn wir das nicht tun, werden die Leute reden. Meinst du nicht auch?«

Sie zeigte ihm, wie sehr sie das auch meinte, und ließ keine Zweifel daran bestehen.

34. Kapitel

»Burke«, sagte Kate mit einem Lachen. Sie ging neben ihm her, die eine Hand am Griff eines Kinderwagens, die andere in seiner Armbeuge. »Das ist ein altes Ammenmärchen.«

»Trotzdem«, sagte Burke düster. »Wir sollten kein Risiko eingehen. Wir reden hier immerhin über meinen Erben.«

»Aber das ist absolut lächerlich.« Kate blickte unter dem Schirm ihrer neuen Frühjahrshaube her zu ihm auf. Die Haube war erst am Tag zuvor den weiten Weg aus London angeliefert worden.

»Hast du Lady Babbie *jemals* in der Nähe der Wiege gesehen?«

»Jeden Morgen«, behauptete er. »Wenn ich in das Zimmer gehe, ist sie immer schon da und sitzt daneben.«

»Nun, sicherlich. Weil sie ihn anhimmelt. Aber wie du schon sagtest, sie sitzt daneben. Nicht *darin.*«

»Trotzdem ...«

»Trotzdem stimmt die Geschichte einfach nicht. Frag Nanny. Katzen sitzen nicht auf der Brust von Säuglingen und ersticken sie im Schlaf, Burke. Ich kann nicht fassen, dass du diesen Dienstbotentratsch glaubst.« Sie nickte in Richtung Isabels, die einige Meter vor ihnen herlief. Ihre Hand lag auf dem Arm eines großen, blonden jungen Mannes. »Du bist schlimmer als Isabel.«

Bei der Erwähnung des Namens seiner Tochter sah Burke zu ihr hinüber. »Das ist auch so eine Sache«, sagte er. »Wie lange lassen wir das noch so weiterlaufen?«

»Lassen was weiterlaufen, Burke?«

»Das.« Er hob eine Hand und gestikulierte in die Richtung von Isabel, die einen spitzenbesetzten Sonnenschirm über ihrem Kopf drehte und recht kokett über eine Bemerkung ihres Begleiters lachte. »Diese ... Flirterei, sollte man es wohl nennen, zwischen Isabel und Freddy Bishop.«

Kate hielt an, um eine Hand in den Kinderwagen zu strecken und die Mütze des Kindes zurechtzurücken. Ohne aufzusehen, entgegnete sie: »Also wirklich, Burke. Es ist eine sehr gute Verbindung. Du solltest überglücklich sein darüber. Nachdem die Wahrheit über Daniel ans Licht gekommen war, war ich absolut sicher, dass sie keinen anderen Mann mehr ansehen würde. Du weißt doch noch, wie sie tagelang geweint hat. Aber jetzt ist sie wie neugeboren. Sie könnte viel schlimmer dran sein.«

»Schlimmer?« Burke verdrehte die Augen. »Was könnte wohl schlimmer sein, als einen deiner alten Verehrer zum Schwiegersohn zu haben?«

»Geoffrey Saunders«, sagte Kate, richtete sich auf und schob ihre Finger zurück in seine Armbeuge. Dieses Mal nahm Burke den Griff des Kinderwagens und schob ihn über das Gelände von Wingate Abbey.

»Wenigstens war Geoffrey Saunders jung genug für sie«, sagte er. »Bishop könnte ihr Vater sein.«

»Blödsinn. Er ist bloß zehn Jahre älter als sie, Burke. Du bist *dreizehn* Jahre älter als ich. Und so benimmst du dich auch, muss ich mal sagen.«

Er sah sie finster an. »Was soll das denn heißen?«

Kate lächelte neckisch. »Ich denke nur, du solltest dich langsam darauf einstellen, dass Duncan dir Flanellwesten herauslegt. Es würde mich auch nicht wundern, wenn du bald rheumatisch wirst, wo du doch schon an Ammenmärchen glaubst und auf die Verehrer deiner Tochter eifersüchtig bist. Was kommt als Nächstes, Burke? Heiße Milch vor dem Schlafengehen?«

Mit verletzter Würde ließ er sie wissen: »Ich muss Ihnen mitteilen, Lady Wingate, dass ich in meinem ganzen Leben noch keine Flanellweste gebraucht habe, und ich bin genauso rheumatisch, wie du einen Gehstock brauchst. Außerdem bin ich auch nicht auf die Verehrer meiner Tochter eifersüchtig. In diesem Fall liegt es daran, dass dieser einer von deinen Bewunderern war.«

»Oh«, sagte Kate und winkte gelassen ab. »Da ist doch schon längst Gras drüber gewachsen. Ich bin nur noch eine blasse Erinnerung für Freddy, genau wie diese Sopranistin. Er hat mir gebeichtet, dass die Eroberung von Isabels Herz sein einziges Ziel im Leben ist, jetzt und immerdar.«

Burke gab ein Geräusch von sich, das einem Räuspern ähnelte. Kate musste sich zurückhalten, um ihm nicht einzugestehen, dass sie mit ihren Behauptungen maßlos übertrieben hatte. Schließlich war Burke mit siebenunddreißig noch außerordentlich vital. Hatte er nicht erst heute Morgen wieder seine alte Drohung – oder vielmehr, sein Versprechen – wahr gemacht, jeden Tag auf ihr liegend wach werden zu wollen?

»Außerdem«, sagte Kate lachend. »Wenn es dir

nicht gefällt, Isabel mit Freddy zusammen zu sehen, dann denk nur daran, wie Lady Palmer sich fühlen muss, mit mir als der zukünftigen Schwiegermutter ihres Sohnes. Na ja, Stief-Schwiegermutter, meinetwegen. Obwohl die Wahrheit über Papa jetzt bekannt ist, macht sie ihn immer noch für den frühen Tod ihres Mannes verantwortlich. Jetzt wird sie auch noch mit der Schande leben müssen, mit mir verwandt zu sein, wenn auch nur angeheiratet. Und dabei lassen wir mal außen vor, was du mit ihrem Wohnzimmer angestellt hast.«

»Morgensalon«, korrigierte sie Burke. »Und es geschieht ihr recht, weil sie dich – indirekt oder nicht – beschuldigt hat. Nun«, fügte er seufzend hinzu, »ich denke, du hast Recht. Bishop ist gar keine schlechte Wahl. Schließlich hat er mir damals gesagt, wo ich dich finden kann.« Burke grinste auf sie herab, schaukelte sanft den Kinderwagen und lächelte, als sein Sohn ihn verschlafen ansah. »Anstandsdamen«, sagte er zu dem Kind. »Anstrengende Menschen sind das. Wenigstens werde ich für dich niemals eine finden müssen, oder?«

»Für ihn nicht«, stimmte Kate trocken zu. »Aber er könnte ja irgendwann ein, zwei Schwestern bekommen.«

Burke hörte mit dem Geschaukel auf. »Oh Gott«, sagte er. Er blickte zu Isabel hinüber, die dem Earl of Palmer gerade einen spielerischen Klaps gab. *»Nein«*, sagte er verzweifelt.

Kate lachte nur und drückte seinen Arm. »Gott, *ja*«, sagte sie.